Caroline Brinkmann

DIE CLANS VON TOKITO
Lotus und Tiger

Für meine Familie.
Weil Liebe die Antwort ist.

Liebe
und natürlich 42 …

I

Erin Rider

Ich blühe im Schatten.

Es war der Moment, auf den ich gewartet hatte. Ein Methanwal schob seinen gigantischen, aufgedunsenen Körper durch die Smogwolke und tauchte hinab. Er öffnete sein Maul und zog die verseuchte Luft ein, um sie zu filtern. Lautlos glitt er durch die neonfarbenen Buchstaben, die in den Himmel projiziert wurden.

TOKITO.

Als würde man den Namen der Megametropole, in der wir lebten, je vergessen können.

Ich kauerte schon seit einer Stunde auf dem Dach. Der Lärm der belebten Straßen drang zu mir empor, doch ich hatte den Kopf in den Nacken gelegt und starrte in den trüben Himmel. Wolken und Smog überall. Und zwischen ihnen der fliegende Gasriese.

Fast streifte sein Bauch die Dächer der Hochhäuser. Er war zum Greifen nah. Allerdings hatte noch niemand, den ich kannte, einen Wal berührt, denn sie waren trotz ihres massiven Körpers schnell und schienen eine Art siebten Sinn zu haben. Es war quasi unmöglich, sie zu überraschen. Trotzdem juckte es mich in den Fingern. Vielleicht war es für eine Siebzehnjährige albern, einem Methanwal aufzulauern. Aber meiner Meinung nach gab es keine Altersgrenze für verrückte Vorhaben.

Ich mochte vielleicht keinen Methanwal-Sinn haben, aber ich hatte die Reflexe einer Katze. Sagte Mikko jedenfalls.

Ich hielt die Luft an und wagte nicht, mich zu bewegen. Mein Blick war fest auf den Gasriesen gerichtet, der über mir seine Kreise zog. Erneut senkte sich sein Körper auf das Hochhaus zu. In Gedanken zählte ich rückwärts. *Drei.* Die Wolken teilten sich und machten Platz für seinen massigen Körper. *Zwei.* Ich spürte den Luftzug. *Eins.* Jetzt oder nie.

Ich sprintete los.

Der Methanwal kippte zur Seite, doch ich hielt Kurs, streckte meinen Arm und sprang. Meine Finger schossen auf seinen Bauch zu. Er war aus tiefem, dunklem Blau, das fast in Schwarz überging. Wie in Zeitlupe flog ich auf seinen Körper zu, immer näher, bis meine Fingerkuppen seine Haut streiften. Sie war nicht kalt und ledrig, wie ich erwartet hatte. Sondern warm und weich wie eine Dampfnudel.

Viel zu schnell war der Moment vorbei und ich fiel zurück auf das Hochhausdach. Als meine Füße den Boden berührten, verzogen sich meine Lippen zu einem triumphierenden Grinsen.

Ich hatte es geschafft! Ich hatte einen Methanwal berührt. Wenn ich das Mikko erzählen würde. Er würde vor Neid erblassen.

Zufrieden legte ich den Kopf in den Nacken und sah ein letztes Mal in den Himmel, wo der Wal zwischen den Wolken verschwand. Fast glaubte ich, er wollte, dass ich ihn berühre. So als hätte er gewusst, wie sehr ich Aufmunterung nötig hatte.

Jäh erinnerte ich mich und meine Euphorie wich der Scham. Nicht der Methanwal war der Grund gewesen, warum ich seit Stunden auf dem Hochhaus gesessen hatte. Nein, ich drückte mich davor, nach

Hause zu gehen und Mikko zu beichten, dass ich meine Arbeit verloren hatte.

Schon wieder.

Ich fuhr mir über die dunkelroten, kurzen Haare.

Verdammt! Ich hatte es mal wieder gründlich verbockt!

Mit dem Zeigefinger der linken Hand fuhr ich über das Handgelenk. Die Stelle, an der kurz zuvor noch die Lotusblüte der Geisha geprangt hatte, war nun leer. Die Tätowierung war verschwunden und somit meine Zugehörigkeit zum Lotusclan.

Die Regeln waren einfach: Nur wer Arbeit hatte, gehörte zu einem Clan. Und nur wer zu einem Clan gehörte, war in Tokito sicher, denn die Zugehörigkeit beschützte einen vor Abschaum wie Menschenhändlern.

Ich musste eingestehen, dass ich nie eine besonders gute Lotusblüte abgegeben hatte, denn die Frauen dieses Clans galten als hübsch, geheimnisvoll und verführerisch. Selbst die, die nur in einem Waschhaus arbeiteten. Als Lotusblüte war es unsere Pflicht, unserer Fürstin, der Geisha, Ehre zu machen. Und da sich der Lotusclan nun mal auf Unterhaltung verstand, war es das Ziel jeder Frau, diese Werte zu vermitteln. Auf keinen Fall würde eine Lotusblüte je aus ihrer Rolle fallen und jemandem die Fresse polieren. Auch dann nicht, wenn die Aufseherin des Waschhauses, in dem sie arbeitete, das Gemüt einer fiesen Kakerlake hatte.

Niemand, außer mir.

Was sollte ich sagen? Ich wurde nicht gerne geschlagen. Weder früher im Waisenhaus noch heute. Der Unterschied zu damals war aber, dass ich nun groß genug war, um mich gegen einen Rohrstock zu wehren.

Du hättest ihr trotzdem nicht gleich die Nase brechen müssen, Erin.

Oh doch. Ich spürte immer noch, wie mich bei der Erinnerung an ihr blutüberströmtes Gesicht die Befriedigung durchflutete.

Es war dumm, Erin, denn clanlos zu sein bedeutete, vogelfrei zu sein. Ungeschützt.

Ich kletterte die wackelige Feuerleiter hinunter, bis ich ein anderes Dach erreichte. Von da aus hangelte ich mich ein Rohr hinab und schließlich eine weitere Leiter. Es dauerte eine Weile, bis ich den Boden einer engen Gasse erreichte. Hier zog ich die Kapuze tief ins Gesicht, stellte sicher, dass mein Handgelenk verborgen war, und eilte los.

Ohne Zwischenfälle gelangte ich zu einer größeren Straße, wo Händler in bunt beleuchteten Ständen ihre Ware anboten. Frittierte Ratte. Gebratene Ratte. Geschmorte Ratte. Wenn es von etwas genug gab, dann waren es Ratten.

Mein Magen knurrte vor Hunger. Es half alles nichts. Früher oder später würde ich meine Niederlage eingestehen müssen. Allerdings konnte es nicht schaden, Mikko eine kleine Aufmunterung mitzubringen. Also hielt ich an einem der Stände, wo eine einäugige, alte Frau süße Kuchen verkaufte. Weil sie die streunenden Katzen fütterte, wurde ihr Stand von den Tieren regelrecht belagert. Das verschaffte ihr auch den Spitznamen »Katzenfrau«.

»Erin Rider.« Sie schenkte mir ein zahnloses Lächeln und ich senkte den Kopf, um eine Verbeugung anzudeuten, wie es die höfliche Art des Lotusclans war. »Wie schön, dich zu sehen. Was darf ich euch einpacken?«

»Das Übliche«, antwortete ich und zeigte auf die süßen Reiskuchen, die mit rosafarbener Zuckerkruste überzogen waren. Sie packte mir die Ware in eine Tüte und musterte mich. »Hast du wieder etwas ausgefressen?«

»Ich? Immer«, antwortete ich und zwinkerte scheinbar unbeschwert. Gleichzeitig versteiften sich meine Muskeln, jederzeit bereit wegzurennen. In Tokito konnte man als Vogelfreie niemandem trauen.

»Wie ich deinen Mikko kenne, wird er dir verzeihen.« Sie nickte mir zuversichtlich zu und ich entspannte mich wieder. Sie hatte recht. Mikko würde mir alles verzeihen, doch das änderte nichts an der Scham, die ich empfand. »Ihr zwei habt etwas Seltenes. Besonderes.«

»Ein eigenes Dach über dem Kopf?«, scherzte ich.

»Liebe«, korrigierte sie mich. »Das ist in unserer Stadt nur schwer zu finden.«

Ihr harmloses, großmütterliches Aussehen trog, denn wer hier in der Hauptstadt einen Stand hatte, brauchte Nerven aus Stahl oder einen mächtigen Beschützer. Auf den ersten Blick hatte die Katzenfrau nichts von beidem, aber ihr verblasstes Tattoo am Handgelenk verriet sie als Mitglied des Streunerclans. Und niemand verscherzte es sich mit den Streunern oder ihrem Anführer, dem Katzenkönig. Sie mochten im Gegensatz zu anderen Clans zwar kein Territorium in Tokito haben und auch keine Krieger, aber sie waren überall. Und das war ihre Stärke. Sie wohnten zwischen den Häusern und darunter in den Abwasserkanälen. In jeder dunklen Gasse und auf jedem belebten Marktplatz spürte man ihren Blick im Nacken. Und wenn sie wollten, konnten sie einen spurlos verschwinden lassen.

Es würde mich nicht wundern, wenn die Katzenfrau schon längst wusste, dass ich meine Arbeitsstelle verloren hatte.

»Wie heißt es so schön? Mit vollem Bauch verzeiht es sich leichter«, sagte ich.

»Pass auf dich auf, Erin Rider.« Ihre spröden Lippen verzogen sich zu einem unheilvollen Lächeln. »Die Schatten wachsen schnell heute Nacht.«

Wortlos verbeugte ich mich erneut zum Abschied und eilte weiter. Ohne Zwischenfälle erreichte ich das Viertel, in dem Mikko und ich wohnten. Es war eine Ansammlung aus winzigen, übereinandergestapelten Apartments. Die meisten davon hatten schon bessere Tage gesehen. Doch auch wenn es nur ein kleines Zuhause war, war es etwas, das nur uns gehörte.

Ich passierte besprühte Wände und verrostete Gerüste, an denen bunte Werbetafeln hingen. Überwiegend Slogans und Fahnen vom Federclan, der in diesem Teil von Tokito am stärksten vertreten war. Aber auch Sprüche, die uns an die Regeln erinnerten, nach denen wir alle spielen mussten.

»Wer keinen Clan hat, hat keinen Platz.«

Neben den Metallbauten und leuchtenden Tafeln versteckten sich kleine rote Schreine, die man schnell übersah. Sie wirkten fehl am Platz, wie Relikte aus längst vergessenen Tagen. Vertrocknete Blumen lagen auf ihren Dächern. Abgebrannte Kerzen standen um sie herum. Geschenke für die Spirits, die Tokito schon längst verlassen hatten.

Mein Herz sank und ich zog die Kapuze tiefer ins Gesicht. Mit jedem Schritt, der mich der Wohnung näher brachte, wurden meine Beine schwerer und mein Hals enger. Ich öffnete unsere Wohnungstür, schlüpfte aus den Straßenschuhen und verschloss die Tür hinter mir. Dann hielt ich inne und lauschte. Mit etwas Glück würde Mikko bereits schlafen.

»Erin?«

Er schlief nicht.

»Erin!« Seine rabenschwarzen Haare standen wie gewohnt in alle Richtungen. Seine Brille saß ein wenig schräg auf der Nase, als er auf mich zukam und mich fest an sich zog.

»Ich hab mir Sorgen gemacht«, sagte er leise.

Ich legte den Kopf auf seine Schulter und atmete den vertrauten Geruch ein. Er roch nach Tee und Reis. Viel zu schnell löste er sich von mir und beugte sich vor, um mir in die Augen zu sehen.

Wie ich seine Augen liebte! Ich könnte mich für immer in diesem Blau verlieren.

»Geht es dir gut?« Er hatte die Stirn gerunzelt. Ich nickte, auch wenn mir die Tränen in die Augen stiegen. Ärgerlich blinzelte ich sie weg.

Er griff nach meinem Handgelenk und wischte mit seinem Daumen über die Stelle, an der die Lotusblüte gewesen war.

»Verdammt«, fluchte er, aber er war nicht sauer. Nur besorgt.

»Wer hat es dir gesagt?«, flüsterte ich, auch wenn ich die Antwort bereits ahnte.

»Ryanne.«

Ich wusste, er würde mir keine Vorwürfe machen. Trotzdem hatte ich das Bedürfnis, mich zu erklären. »Ich hab mir wirklich Mühe gegeben, aber diese Chefin … Sie hatte es auf mich abgesehen. Du weißt, wie ich den Rohrstock hasse …«

»Ich weiß.« Er zog mich wieder an sich und strich mir zärtlich über den Kopf. »Ich bin nur froh, dass dir nichts passiert ist.«

»Tut mir leid.« Jetzt schämte ich mich dafür, mich nicht eher nach Hause getraut zu haben.

Wir waren im selben Waisenhaus aufgewachsen und kannten uns schon eine Ewigkeit. Ich konnte mich noch gut an das Gefühl erinnern, bevor ich Mikko getroffen hatte. Das Gefühl, verloren zu sein, denn ich hatte niemanden auf der Welt. Und plötzlich traf ich den Jungen mit den gütigen blauen Augen. Und zusammen waren wir weniger einsam.

Aus uns wurden schnell Verbündete, beste Freunde, Seelenverwandte und schließlich Liebende. Ein Leben ohne Mikko konnte ich mir nicht vorstellen. Er war die einzige Familie, die ich je kennengelernt hatte.

»Komm«, sagte er. »Ich hab etwas zu essen gemacht. Mit vollem Bauch lassen sich besser Pläne schmieden.«

Das erinnerte mich an die Reiskuchen, die ich nun aus der Tasche zog. »Für dich«, verkündete ich. »Bestechung. Für alle Fälle.«

»Als ob du mich bestechen müsstest.« Er lachte. »Ich würde doch sowieso alles für dich tun.«

»Weil ich so charmant bin«, witzelte ich.

Sein Mund verzog sich zu einem Lächeln und ich konnte nicht anders, als ihn zu küssen.

»Weil du eben du bist, Moji«, flüsterte er und strich über meinen Nacken.

»Ich bin kein Moji!«, protestierte ich.

Mojis waren Luftquallen, die von Abfall lebten. Aber Mikko meinte den Spitznamen auf eine Art, die nur Liebende nachvollziehen können, positiv.

Als wir zehn Jahre alt waren, saßen wir nebeneinander auf einem rostigen Klettergerüst. Wir teilten uns eine Tüte Süßigkeiten, die wir einem verzogenen Kind des Handclans geklaut hatten. Unter uns schwebten die pink leuchtenden Quallen über dem Müllcontainer und machten sich über die Reste her. »Du schlingst dein Essen runter wie ein Moji«, hatte er gelacht. Seitdem war ich sein Moji.

Mikko schnappte sich die Tüte und marschierte in unsere Küche. Allein das Aufleuchten in seinen Augen war es wert gewesen, die Reiskuchen zu kaufen. Er liebte diese süßen Dinger über alles.

Unsere Küche war winzig. Eine kleine Arbeitsfläche, Waschbecken und Kühlzelle. Für mehr war hier kein Platz. Der Tisch war eine Plastikplatte, die wir aus der Wand klappen konnten. Ebenso wie die Sitzflächen.

Während ich mich setzte, stellte Mikko Tee auf den Tisch. Meine Finger schlossen sich um die heiße Tasse, während er eine Schale aus dem Schrank holte und Reis hineinfüllte. Er würzte ihn und verfeinerte ihn mit Taubeneiern, die ich gestern aus einem Nest erbeutet hatte, und etwas Seetang.

»Bei der Geisha kann ich mich nicht mehr blicken lassen«, gestand ich und kaute auf meiner Lippe. Eine blöde Angewohnheit, die dazu führte, dass sie meistens wund war. Doch wenn ich nervös wurde oder mich etwas bedrückte, konnte ich nicht anders, und ich hatte allen Grund, bedrückt zu sein.

»Es gibt noch andere Fürsten …« Mikko suchte schon nach einer Lösung.

Ich stocherte mit meinen Essstäbchen im Reis herum, der mir heute nicht so recht schmecken wollte. Dabei war Mikko der beste Koch überhaupt. Er schaffte es immer wieder, aus den wenigen Zutaten, die wir uns leisten konnten, die leckersten Gerichte zu zaubern.

»Ich werde mich morgen beim Federclan umhoren. Mach dir keine Sorgen«, versuchte er, mich zu beruhigen. »Wir schaffen das schon.«

Unser Wohngebiet lag genau an der Grenze zwischen Lotus- und Federclan. Nur ein paar Straßen weiter lag der berühmte Freudentempel »Tanz der Blätter«, in dem einige auserwählte Mädchen ihre Ausbildung zum Schmetterling beginnen durften. Eine besondere Ehre, die nur den Schönsten zuteilwurde, so wie unserer Freundin Ryanne.

»Es wäre eh einfacher, wenn wir im selben Clan wären«, stimmte ich zu. »Aber was, wenn ich dort keine Stelle finde? Was, wenn mich niemand haben will? Ich bin nicht gerade ein unbeschriebenes Blatt.«

»Es ist nicht deine Schuld, dass du so viele Arbeitsplätze verloren hast. Na ja. Schon ein bisschen. Aber du warst noch nie eine Lotusblüte. Du warst immer schon eher …« Er überlegte und plötzlich erhellte sich sein Gesicht. »… ein Affe.«

»Na toll.« Ich machte Anstalten, ihn mit meinen Stäbchen zu piken. Die Mitglieder des Affenclans galten als Raufbolde ohne Manieren.

»Wohingegen ich schon immer eine gerissene, verwegene Feder war«, fügte Mikko grinsend hinzu, während er meinen Angriffen auswich.

»Du bist so verwegen wie der rosa Reiskuchen, den du gerade verputzt hast«, knurrte ich und traf ihn mit meinem Essstäbchen an der Schulter. »Komm, ich zeig dir den Affen in mir.«

»Ich hab Köpfchen, du die Muskeln.« Er warf mir einen entwaffnenden Blick zu.

»Und diese Muskeln drehen dir gleich den Hals um.« Ich stellte Tee und Reisschale vom Tisch. Dann klappte ich die Platte hoch, während Mikko zurückwich.

»Erbarmen«, rief er lachend.

»Affen kennen kein Erbarmen«, rief ich und stürzte mich auf ihn.

Er hob mich hoch und küsste mich. Für einen kurzen, wunderbaren Moment waren all meine Sorgen vergessen. Ich ließ die Stäbchen fallen, schlang meine Arme um Mikkos Nacken und wünschte mir, dieser Moment würde ewig währen.

~

Es war früh am Morgen, als Mikko sich aus meiner Umarmung löste. In unserem Schlafzimmer war es warm, denn es gab kein Fenster. Nur ein Bett, das den gesamten Raum ausfüllte. »Schlafschrank« nannten wir unser kleines Nest auch.

»Nein. Geh nicht«, nuschelte ich schlaftrunken und griff nach seinem Arm, doch anstelle seines warmen Körpers wehte ein kühler Luftzug unter die Decke, als er die Schiebetür aufzog.

»Ich muss los. Leider.« Er drückte mir einen Kuss auf die Stirn.

Mikko hatte Glück und eine Stelle in der Bibliothek ergattert, ein echter Traumjob für ihn.

Ich hörte, wie er seiner gewohnten Morgenroutine nachging. Die Wände in unserer Wohnung waren so dünn, dass man jedes Geräusch vernahm. Er ging auf die Toilette, dann wusch er sich die Hände, putzte sich die Zähne, gurgelte mit Mundwasser und schlüpfte in die kleine Dusche. Die Geräusche waren so vertraut, dass ich wieder eindöste. Als ich endlich aufstand und in die Küche schlurfte, saß er schon am Tisch und trank Tee.

Er hatte die legere Kleidung von gestern gegen seine Arbeitsuniform getauscht. Sie war schwarz und aus festem Stoff. Um den Hals lag ein dunkelblauer, schimmernder Federkranz. Mikko hatte sich rasiert und versucht, seine Haare mit Gel zu bändigen, aber einzelne Strähnen schafften es immer wieder zu entkommen.

»Guten Morgen.« Er rückte seine Brille zurecht und lächelte mich an, während ich nicht mehr als ein Knurren zustande brachte. Ich war im Gegensatz zu ihm kein Morgenmensch.

»Tee kommt sofort«, verkundete Mikko, trotz der Neuigkeiten vom Vortag erstaunlich gut gelaunt. Er reichte mir die Tasse und füllte meine Reisschale. Bei uns gab es immer Reis. Zum Frühstück, zum Mittag und zum Abendessen, was daran lag, dass Reis in unserem Land so günstig war. Tokito bildete auch geografisch das Zentrum unseres Inselstaates. Im Süden und im Norden herrschten kleinere Clans über die ländliche Bevölkerung. Allerdings hatten sie nicht die Ressourcen, sich gegen die mächtigen Stadtclans zu behaupten. Es blieb ihnen nichts anderes übrig, als Tokitos Grundversorgung zu gewährleisten.

»Was hast du heute vor?«, fragte Mikko und schob sich das Essen mit den Stäbchen in den Mund, während ich morgens aus Faulheit den Löffel benutzte.

Ich nahm einen weiteren Schluck Tee und zuckte deprimiert mit den Schultern. »Noch nichts.«

»Dann bleib lieber in der Wohnung. Hier ist es sicherer.«

»Aber wir brauchen Geld.«

Er schien zu ahnen, was ich im Sinn hatte, und schüttelte energisch den Kopf. »Nein, Erin. Keine illegalen Geschichten. Das ist viel zu gefährlich. Ich werde mich umhören, ob Stellen frei sind.« Er griff nach meiner Hand. »Sobald ich etwas weiß, melde ich mich.«

Ich nickte.

Ein zaghaftes Klopfen an der Tür ließ uns aufhorchen. Um diese

Uhrzeit? Wir sahen uns an und wie immer verstanden wir uns wortlos. Mikko ging zur Tür, während ich mich mit einem Messer bewaffnete. Nur für den Fall, dass uns eine unangenehme Überraschung erwartete.

Ich war schon immer die Kämpferin von uns beiden gewesen. Auch wenn er größer war, war ich flinker und hatte einen rechten Haken, der uns schon aus einigen Schwierigkeiten geboxt hatte.

»Miiiiiiiikkooooooo«, quiekte es und ich erkannte die Stimme sofort. Erleichtert ließ ich das Messer in der Schublade verschwinden und trat in den Flur.

»Eriiiiiiiiin.« Schlanke Arme flogen mir entgegen und schlangen sich um mich. Ich roch ein leichtes Parfüm und hörte das vertraute Rascheln von teurer Seide. Als Ryanne von mir abließ, hielt sie eine Tüte in die Höhe. »Ich hab dir Aufmunterung mitgebracht.«

Sie zauberte eine Schale mit drei echten Erdbeeren hervor.

»Wo hast du die denn her?«, staunte Mikko.

»Wir mussten auf einer sehr exklusiven Party tanzen. Ihr glaubt gar nicht, was es da alles gab. Da hab ich natürlich gleich an meine besten Freunde gedacht und welche mitgehen lassen.«

Ryanne Cimon war ein Sonnenschein durch und durch. Sie war klein und zierlich, aber hatte das breiteste Lächeln, das ich je gesehen hatte. Ihre schwarzen Haare trug sie kinnlang, wodurch ihr puppenhaftes Gesicht noch niedlicher wirkte. Ihre Kleidung war aus azurblauer Seide, wie es für Schmetterlinge aus einem Freudentempel üblich war, und mit Perlen und Silberglöckchen verziert.

»Danke. Aber bei uns gibt es nichts zu feiern«, brummte ich, während ich einen weiteren Stuhl holte und Mikko versuchte, in der Küche etwas Platz zu schaffen, damit wir zu dritt an den winzigen Tisch passten.

»Oh doch.« Ryanne verteilte die Erdbeeren. Eine für jeden. Ich hatte schon ewig keine frische Erdbeere gegessen und beschloss, jeden Bissen zu genießen.

»Ich hab vielleicht eine neue Arbeit für dich«, fuhr sie fort und meine Augen weiteten sich. »Im Freudentempel erfährt man so etwas zuerst.«

Wie Mikko und ich war Ryanne im Waisenhaus aufgewachsen. Als wir elf wurden, mussten wir uns Arbeit bei einem der Clans suchen, um unsere erste Tätowierung zu bekommen. Mikko begann als Botenjunge beim Federclan. Ryanne und ich als Putzmädchen beim Lotusclan. Aufgrund ihrer Schönheit und ihrer herzlichen, unbeschwerten Art wurde sie schnell in einen der berühmten Freudentempel übernommen und absolvierte seitdem die Ausbildung zum Schmetterling. Angeblich hatte die Geisha selbst ein wachendes Auge über ihren Werdegang, aber ich war mir ziemlich sicher, dass Ryanne sich das mehr wünschte, als dass es der Realität entsprach.

»Im Freudentempel?«, echote ich wenig überzeugt.

Die Schmetterlinge waren die Aushängeschilder des Lotusclans. Sie waren Meister der Unterhaltung, gut ausgebildet in verschiedenen Künsten. Die Welt der Freudentempel war voller bunter Farben, Musik und betörender Düfte, in die man sich fallen lassen konnte, wenn man das Geld dazu hatte, doch ein schweres Portemonnaie alleine reichte nicht. Man musste sich eines Schmetterlings würdig erweisen, denn sonst wurde man gar nicht erst hineingelassen. Wo andere Clans auf Kämpfer setzten, setzte die Geisha auf ihre Schmetterlinge, und auch wenn sie bezaubernd schön waren, waren sie doch nicht weniger gefährlich. Das machte vermutlich ihren Reiz aus.

»Mirella hat auf dem Markt von einer Färberei aus dem Amphibienclan gehört, die Arbeiter sucht«, berichtete Ryanne mit leuchtenden Augen.

»Amphibien?«, fragte ich skeptisch. Deren Mitglieder galten als heimtückisch. »Ich weiß nicht recht.«

»Du brauchst Arbeit, Erin. Also sei nicht so wählerisch.« Ryanne griff nach meinen Händen. »Deine Aufgabe wäre es, Stoffe zu färben und zu putzen. Damit hast du doch Erfahrung.« Sie strahlte mich an, als wären das die beeindruckendsten Fähigkeiten, die ich vorweisen konnte.

»Das ist großartig. Danke«, sagte Mikko.

Eigentlich sollte die Nachricht meine Stimmung heben, tat sie aber nicht. Auch wenn ich den beiden ihre Stelle gönnte, fragte ich mich, was bei mir falsch lief. Wir alle waren unter gleichen Bedingungen ins Arbeitsleben gestartet, mit nichts anzubieten als unserem Fleiß. Und nun hatte Mikko einen sicheren Job in einer Bibliothek. Ryanne einen Ausbildungsplatz als Schmetterling. Und ich? Ich schlug mich von einer Putzstelle zur nächsten durch. Deprimiert vergrub ich mein Gesicht in den Händen.

»Wann ist der Vorstellungstermin?«, fragte Mikko für mich.

»Heute Nachmittag«, verkündete Ryanne, während sie sich ihre Erdbeere zwischen die Lippen schob und den Saft heraussaugte.

Manchmal beneidete ich sie um ihr Aussehen. Sie hatte das Gesicht eines unschuldigen Kindes, doch in ihren Bewegungen lag etwas Anmutiges und Verführerisches. Sie machte der Bezeichnung Schmetterling alle Ehre, während ich mit meinen kurzen Haaren und den verhältnismäßig breiten Schultern wirklich wie ein grober Affe wirkte.

»Lotus-, Feder- und Amphibienclan. Was für eine Kombination«, überlegte Mikko. »Darauf trinken wir.«

Er stellte drei kleine Becher auf den Tisch und griff nach einer Keramikflasche, in der er seinen Lieblingssake lagerte.

»Noch hab ich die Stelle nicht«, erinnerte ich ihn, als er uns einschenkte.

»Natürlich bekommst du sie.« Mikko und Ryanne strahlten mich an, als würden sie nicht einen Moment daran zweifeln, dass alles gut werden würde. Was ihren unerschütterlichen Optimismus anging, glichen sie sich sehr. In Momenten wie diesen fragte ich mich, warum Mikko sich ausgerechnet in mich verliebt hatte und nicht in jemanden wie die zuckersüße, wunderschöne Ryanne. Und ich wusste, was er auf eine Frage wie diese antworten würde. »Weil du eben mein Moji bist.«

»Ich kann die Kröte auf meinem Handgelenk kaum erwarten«, seufzte ich und leerte den Becher Sake mit einem Zug.

~

Ich trug mein bestes Hemd. Die Haare waren gewaschen, die Nägel geschnitten und die Schuhe geschrubbt.

Mit klopfendem Herzen machte ich mich auf den Weg zur Farberei des Amphibienclans. Als ich um die Ecke bog, erstarrte ich. Mir kamen ein junger Mann und eine Frau in weiten Gewändern entgegen, unter denen man gut Waffen verbergen konnte. Ihnen folgte ein älterer Mann mit dunkler Haut und weißen Haaren. Er stützte sich auf einen geschwungenen Holzstab, den er eigentlich gar nicht zu brauchen schien. Also handelte es sich entweder um ein Accessoire oder eine Waffe.

Phari, dachte ich abfällig. Die selbst ernannten Vertreter der Spirits! Durch ihre braunen Umhänge versuchten sie, ihre traditionellen Gewänder zu verhüllen, aber wenn man hier lange genug lebte, erkannte man sie sofort. An der Art, wie sie sich bewegten, voller Sicherheit und der Zuversicht, dass ihnen die Welt gehörte. Ihr Kinn war erhoben, als würde es ihnen missfallen, hier unten durch die Straßen zu laufen, mit dem übrigen Pöbel der Stadt. Sie gehörten nicht im eigentlichen Sinne zu einem der sechs Clans, sondern behielten sich vor, über die Clans »zu wachen«, wie sie es nannten. Den Frieden wollten sie sicherstellen. »Zum Wohle aller.« Vor allem ihrem eigenen.

Man sagte ihnen nach, dass sie Gedanken lesen konnten und andere besondere Fähigkeiten hatten. Völliger Schwachsinn. Für mich waren diese Leute bloß eingebildete Schnösel. Ihr Tempel passte perfekt zu ihnen. Ein Turm, der die restliche Stadt überragte. Die Spitze bildete ein Licht, das weit in den Himmel strahlte. Ein Leuchtturm, der verlorenen Seelen den Weg weisen sollte. So sagten sie.

Ein fetter Luxusbau, um alle in der Stadt daran zu erinnern, wer die meiste Kohle hatte, dachte ich.

Ich formte Sätze in meinem Kopf, die ich den beiden jüngeren Phari entgegenschickte. *Falls ihr mich hören könnt, ihr Methanköpfe, eure Eltern waren sicher Geschwister.*

In ihren Gesichtern zeigte sich keine Regung. Für mich ein klarer Beweis, dass sie keine Gedanken lesen konnten.

Mit etwas besserer Laune bog ich nach links und hatte mein Ziel erreicht: Die Straße war fest in der Hand des Amphibienclans und es fühlte sich an, als würde man eine andere Welt betreten. Sobald ich die Wachposten, zwei gelangweilte Männer mit Blasrohren und einer Batterie Giftpfeile, passierte, wurde es bunt. Die Straßen, die Geschäfte, Kleidung, Haare und Gesichtsbemalung. Alles versank in Orangerot und Giftgrün, den traditionellen Farben des Clans. Die Amphibien waren kreativ, wenn es darum ging, sich so bunt und schrill wie möglich anzuziehen. Mit meinem schlichten, farblosen Äußeren fiel ich unter ihnen auf wie eine verirrte Erdkröte unter Pfeilgiftfröschen.

In der Färberei angekommen, erkannte ich die Herrin sofort an ihrer Haltung. Sie hatte den Kopf erhoben und ragte über den Arbeitern auf, die sich über die Färbebecken beugten. Auf ihrem Kopf war ein orangefarbener Turban, um den sich eine Schlange wand. Keine echte, wie ich beim Näherkommen feststellte.

Ein strenger Geruch, der mir die Magensäure auf die Zunge trieb, lag in der Luft. Er ging von den Farbstoffen aus, die in großen Bottichen gerührt wurden. Bereits nach wenigen Minuten in der Färberei bekam ich Kopfschmerzen.

»Hey, du! Was willst du?« Die Herrin kam auf mich zu. Ihrem griesgrämigen Gesicht nach zu urteilen, taten ihr die Gerüche der Färbemittel auch nicht gut. Ihre Stirn war von Falten zerfurcht, in die sich Farbpartikel gelegt hatten.

»Ich suche Arbeit, Herrin.« Ich verbeugte mich tief, wie es von mir erwartet wurde. In dieser Haltung verharrte ich, bis sie sich räusperte.

»Name?«

»Erin Rider, Herrin.«

»Wo ist dein Empfehlungsschreiben?«

»Ich hab keins.«

»Nun …« Ihre Stimme hatte einen lauernden Ton angenommen. »Worin hast du denn Erfahrung?«

Ich konnte förmlich spüren, wie sie meinen Körper genau unter die Lupe nahm und meine Gesundheit und Stärke abschätzte, um meinen Wert zu ermitteln.

»Ich habe zuletzt im Badehaus *Zur goldenen Quelle* gearbeitet.«

»Wo du wahrscheinlich rausgeflogen bist.«

Mist.

»Na jaaaa.«

»Wusste ich es doch.« Sie runzelte ihre ohnehin schon faltige Stirn und hob grob mein Kinn an. »Mach den Mund auf.«

Ich gehorchte und sie überprüfte meine Zähne. Dann tastete sie ungeniert meinen Körper ab. Ich versteifte mich instinktiv, ließ es aber geschehen.

Du brauchst diesen Job, Erin.

Sie betastete meine Arme, die Schultern, das Gesäß und schließlich meine Beine, als wäre ich ein Tier. Ich spürte die Wut in mir hochsteigen.

Erneut griff sie nach meinem Kinn und zwang mich, in ihre Augen zu sehen.

»Du scheinst fest anpacken zu können, aber ich habe keine Lust auf Unruhestifter«, sagte sie schließlich und ließ mich los.

»Ich bin fleißig«, versprach ich schnell.

»Du hast keinerlei Empfehlungsschreiben.«

»Ich … habe aus meinen Fehlern gelernt, Herrin.« Ich verbeugte mich wieder artig. »Bitte. Ich verspreche, mein Bestes zu geben, und werde Euch nicht enttäuschen.«

»Sicher. Sicher«, murmelte die Herrin gelangweilt. »Warum versuchst du es nicht woanders, Mädchen? Ich habe keine Stelle offen.«

Lügnerin!

Ich biss mir auf die Zunge und verbeugte mich, damit sie mein gerötetes Gesicht nicht sehen konnte. »Seid Ihr sich …?«

»Ja, und nun verschwinde.« Sie drehte sich um und ließ mich stehen. Mit hängenden Schultern schlurfte ich aus der Färberei.

»In dem Gestank würde ich eh nicht arbeiten wollen«, murmelte ich zerknirscht.

~

Ich kauerte auf einem Stapel Kisten und fuhr mir über die leere Stelle an meinem Unterarm.

Was war ich für eine Versagerin!

Allein der Gedanke an Mikkos traurigen Blick schnürte mir die Kehle zu. Er hatte sicherlich versucht, früh nach Hause zu kommen, um mit mir auf die neue Stelle anzustoßen, und vertrieb sich in diesem Moment die Zeit damit, unser Abendessen vorzubereiten.

Ich wollte nicht, dass er sich ständig um mich sorgte. Immerhin hatte er genug mit seiner eigenen Arbeit zu tun und ich wusste, wie viel ihm seine Anstellung in der Bibliothek bedeutete.

Warum war ich so schnell von der Färberei abgewiesen worden? Lag es wirklich an meinem schlechten Ruf oder war Ryanne falsch informiert gewesen und sie suchten gar keinen neuen Arbeiter? Egal was der Grund war. Alles, was zählte, war, dass ich weiterhin arbeitslos und somit clanlos war.

Neben mir, zwischen Müllcontainern, entdeckte ich einen der roten Opferschreine. Vertrocknete Blumen und Schälchen mit Sake lagen um ihn herum, Gaben für die Geister. Ich schnappte mir eine Schale und leerte sie mit einem Zug. Angeblich sollte es Unglück und Verderben bringen, etwas aus einem Spirit-Schrein zu stehlen, aber was sollte jetzt noch schlimmer werden?

In Gedanken versunken machte ich mich auf den Weg nach Hause.

Hätte ich doch bloß besser aufgepasst, dann hätte ich bemerkt, dass es in dieser Gasse viel zu ruhig war. Keine streunenden Katzen, keine Ratten und auch keine Mojis weit und breit.

Zu spät bemerkte ich die Schritte, die sich rasch von hinten näherten. Ich fuhr herum, doch ein Elektroimpuls traf mich und setzte mich außer Gefecht, bevor ich die Chance hatte, mich zu wehren. Mein Körper erschlaffte, schwer wie ein nasser Reissack, und ich fiel zwischen einige Müllsäcke auf den Asphalt.

Verdammt!

Vor Schmerz waren mir Tränen in die Augen gestiegen und mein Herz schlug mir bis zum Hals, als schwere Stiefel auf mich zustampften.

Nein! Nein! Nein.

»Packt sie ein«, befahl ein Mann und Hände griffen nach meinen Beinen. Sie schleiften mich über den Boden, auf ein Fahrzeug zu. Mein Kopf schlug dabei immer wieder auf den Asphalt, aber das kümmerte sie nicht.

Kämpfe, Erin! KÄMPFE!

Ich musste mich wehren. Auf keinen Fall durften sie mich bekommen, doch meine Muskeln gehorchten mir nicht. Nun war es die Panik, die mir Tränen in die Augen trieb.

Wer war das?

Sadisten? Perverse, die Spaß mit mir haben wollten? Oder Verbrecher? Egal wer sie waren. Ich war in größter Gefahr. Verzweifelt versuchte ich zu schreien, um irgendwie auf mich aufmerksam zu machen. Ein gurgelnder Laut drang über meine Lippen und wurde jäh durch einen weiteren Elektroimpuls erstickt. Mein Körper stand in Flammen, als sich alle Muskeln auf einmal verkrampften und dann mit einem Schlag wieder erschlafften, als wäre jedes Leben aus ihnen gewichen.

Keiner würde mir helfen, denn ich war ein Niemand. Clanlos.

Meine Angreifer zogen mich die Rampe eines Transporters hoch, wo sie mich in eine Ecke warfen. Als wäre ich nicht mehr als eine erbeutete Ratte, die sie nun verkaufen wollten. Unwichtiger Krempel.

Doch für eine Person war ich nicht unwichtig. Für eine Person bedeutete ich alles, auch wenn ich mir keine Tätowierung verdient hatte.

Mikko.

Der Reis musste mittlerweile kalt geworden sein, doch ich war mir sicher, dass er seine Portion noch nicht angerührt hatte. Wahrscheinlich würde er genau in diesem Moment unruhig in der Wohnung herumschleichen, die Tür stets im Blick.

Ich durfte nicht sterben.

Ich hatte doch versprochen zurückzukehren.

2

Kiran Seaborn

Es werde Licht.

Ich zog mir die Kapuze tiefer ins Gesicht, während ich meinem Meister folgte. Er hatte kaum ein Wort mit uns geredet, seitdem wir den Tempel verlassen hatten.

Seine Finger schlossen sich um den geschwungenen Holzstab, auf dessen Spitze ein seltener Lichtkristall prangte. Wir trugen breite braune Umhange, die uns von Kopf bis Fuß einhüllten. So erregten wir weniger Aufmerksamkeit und konnten mit der gewöhnlichen Bevölkerung von Tokito verschmelzen.

Zumindest in der Theorie.

In der Praxis funktionierte es nicht sonderlich gut.

Unser Meister musste auf dem Weg bereits drei Babys, zwei Läden und vier Fahrzeuge segnen. Außerdem sollten wir zahlreiche Räucherstäbchen in den lokalen Schreinen entzünden, da die Bewohner glaubten, die Spirits wären durch unsere Anwesenheit besonders zufriedengestellt.

Wir hätten einfach den Wagen nehmen sollen. Aber nein … Der Meister wollte ja unbedingt laufen.

Ich lugte unter dem Rand der Kapuze hervor und schielte zum bewölkten Himmel empor. Weit über unseren Köpfen drehte ein Methanwal seine Kreise. Er öffnete seinen Mund und verschwand wieder im Wolkendunst. Majestätische Tiere, die man vor allem über Städten fand.

Sie erinnerten mich an meine Heimat, die weit im Norden lag. Eine kleine Fischersiedlung direkt an der Küste eines rauen, zerklüfteten Landes. Dort hatte es zwar kaum Methanwale gegeben, dafür echte Wale, die sich im Meer tummelten. Und auch wenn Luftwale genetisch gesehen nicht viel mit den Tieren im Wasser gemein hatten, erinnerten sie mich doch meine Heimat.

»Kiran«, sagte mein Meister streng und ich schrak aus meinen Gedanken. »Konzentriere dich.«

»Verzeihung, Meister«, murmelte ich und senkte meinen Kopf. Die Rüge war nicht unbemerkt geblieben. Ich konnte sehen, wie ein schadenfrohes Lächeln über Cleas Lippen schlich. Und ich musste dem Wunsch widerstehen, es ihr mit einer gemeinen Bemerkung aus dem Gesicht zu wischen. Sie war wie ich eine Novizin, die von Meister Konoha unterrichtet wurde. Aufmerksam musterte sie die Umgebung, während ihre linke Hand unter dem Umhang verborgen war. Ich war sicher, dass sich ihre Finger um den Griff ihres Dolches schlangen, jederzeit bereit zu kämpfen. Auch an meinem Gürtel hing eine Waffe, ein Kurzschwert, denn als Phari war man nicht überall in Tokito ein gern gesehener Gast.

»Hier ist es.« Unser Meister bog in eine Straße, in der es bereits von schwarz gekleideten Kriegern des Federclans wimmelte. Es war ihr Gebiet, wie der Rabe auf den Flaggen, die über die Straßen gespannt waren, zeigte.

Wir schlugen fast zeitgleich unsere Kapuzen zurück, um uns zu erkennen zu geben, als wir an den Federn vorbei zu einem bewachten

Hauseingang schritten. Wir waren angekündigt, also ließ man uns passieren.

Als ich über die Türschwelle trat, schlug mir der Geruch von Tod entgegen. Er war süßlich und stechend, eine unangenehme Kombination, die mir die Gallensäure in den Mund trieb. Doch ich versuchte, mir nichts anmerken zu lassen, da ich Cleas spöttischen Blick spürte. Sie wartete nur darauf, dass ich mich blamierte.

~

Es war üblich für einen Phari-Wächter, zwei bis drei Schüler auszuwählen, deren Ausbildung er persönlich übernehmen wollte. Die Novizen folgten ihrem Meister, bis dieser glaubte, dass sie für die Wächterprüfung bereit waren. Meister Konoha hatte ausgerechnet uns beide erwählt. Zwei Schüler, die unterschiedlicher nicht sein konnten. Clea erinnerte an einen warmen Sommertag, von denen es in meiner Heimat nicht viele gegeben hatte. Sie hatte goldbraune Haut und rotblondes Haar, das in einem geraden Pony über ihre Stirn und zu einem Zopf gebunden über ihre Schulter fiel. Ihr Wesen glich einem Feuersturm, an dem man sich nur allzu schnell verbrennen konnte.

Ich war vom Winter gezeichnet. Kinder aus Sturm und Kälte, so nannte man das Volk meiner Eltern auch. Stechende wasserblaue Augen und Haare, die von den Dunstwolken, die über unsere Inseln zogen, selbst geküsst worden waren.

Dazu ein breites Kinn, breite Schultern. Der typische Körperbau eines Fischers aus Alvane. Doch auch wenn mein Körper kräftiger als der von Clea war, konnte ich sie im Training nicht schlagen. Kein Novize konnte das, denn sie war die Beste.

»Wenn du dich übergeben musst, dann dreh dich bitte um«, sagte sie, während wir die Treppe erklommen. Wie immer schien sie meine Gedanken lesen zu können.

Mit jeder Stufe wurde der unangenehme Geruch stärker und mir gelang es nicht mehr, meinen Ekel zu verbergen.

»Wann wurde der Körper gefunden?«, erkundigte sich unser Meister. Er stützte sich auf seinen Holzstab wie ein alter Mann.

»Vor ein paar Stunden«, entgegnete die Feder, die hier das Sagen zu haben schien. Genau konnte man das beim Federclan nie wissen. Alle Soldaten trugen schwarze Kleidung mit leichter Panzerung, die die Struktur von dunkel schimmernden Federn hatte, und eine Stoffmaske, durch die man nicht mehr als ihre Augenpartie sah. »Aber liegen tut er hier wohl schon länger.«

»Gibt es irgendwelche Verdächtige?«, fragte Meister Konoha und hob seine Augenbraue.

»Nein. War bloß wieder eine dieser Blutlosen.« Der Federkrieger zuckte mit den Schultern, bevor er auf die Leiche zeigte, die in der Mitte des Raumes lag.

Eine Frau mit kurzen Haaren. Ich starrte in ihr Gesicht und kam nicht umhin zu bemerken, wie unecht es aussah. So teigig und blass. Fast so, als wäre sie bloß eine Puppe, deren Haut man aus Gummi gefertigt hatte. Aber der Geruch sagte etwas anderes, ebenso wie die Fliegen, die ihr aus Mund und Nase krochen. Leichensauger. Diese Fliegen wurden vom Tod angezogen wie Mücken vom Licht.

»Nehmt euch so viel Zeit, wie ihr wollt, Lichtbringer. Sie läuft ja nicht weg.« Der Federkrieger kicherte. Dann zogen er und seine Kameraden sich zurück. Bis auf zwei, die sich im Türrahmen postierten für den Fall, dass wir wider Erwarten doch noch etwas Interessantes finden würden.

Meister Konoha legte seine Stirn in Falten. »Was fällt euch auf, Schüler?«

Als hätte sie nur auf die Frage gewartet, stürzte Clea nach vorne und begann, die Tote zu untersuchen. »Ihr Körper zeigt Einstichstellen am

Hals, den Pulsadern und der Leiste. Sie wurde wie die anderen Opfer vollständig ausgeblutet. Man kann keine Abwehrspuren sehen. Also hat sie sich nicht gegen ihren Angreifer gewehrt, möglicherweise war sie betäubt, als sie getötet wurde.«

»Sehr gut.«

Angesichts des Lobes schwoll Clea vor Stolz an und fuhr fort: »Sie hat keine Tätowierung. Eine Clanlose also.«

»Gut. Was ist mit dir, Kiran?« Der Meister wandte sich an mich.

Ich riss meinen Blick von einem Leichensauger, der gerade aus der Wunde am Hals gekrochen kam und begann, seine Flügel von Fleischpartikeln zu befreien.

»Seit wann interessieren uns Mordermittlungen wie diese? Es ist bloß eine weitere Leiche ohne Blut. Also vermutlich werden hier Organhändler zugeschlagen haben«, entgegnete ich genervt.

Die Phari kümmerten sich nur um Verbrechen, die den Frieden von Tokito gefährdeten. Bei den Blutlosen war das nicht der Fall, darum hatten wir bisher auch nicht interveniert. Bis unser Meister heute Morgen plötzlich ganz erpicht darauf gewesen war, das zu ändern.

Meiner Meinung nach verschwendeten wir hier nur unsere Zeit. Zeit, die wir in weitaus vielversprechendere Missionen mit Aussicht auf Erfolg und Anerkennung stecken konnten.

»Wenn es Organhändler waren, warum haben die Leichen dann noch ihre Organe?«, fragte mich Clea und stemmte ihre Hände in die Hüften.

Ich zuckte die Schultern. »Sie sind halt auf Blut spezialisiert. Keine Ahnung.«

»Du sagst es. Du hast keine Ahnung. Wie immer«, entgegnete sie schnippisch. »Ich habe ein bisschen recherchiert.«

Natürlich hatte sie das. Diese Streberin!

»Bisher hat es siebenundneunzig Morde gegeben, bei denen die

Leichen blutlos hinterlassen wurden. Mit diesem hier sind es achtundneunzig«, berichtete sie. »Sie fanden in den Vierteln aller Clans statt, aber die Opfer waren meistens clanlos oder hatten einen sehr geringen Stand in ihrem Clan. Wer auch immer diese Morde begangen hat, wollte so wenig Aufmerksamkeit wie möglich auf sich ziehen.«

Das Fangen eines Mörders, der es auf Clanlose abgesehen hatte, war wenig ruhmreich. Niemand würde sich dafür interessieren.

»Das würde auch zu Organhändlern passen«, sagte ich und wandte mich an unseren Meister. »Versteht mich nicht falsch, ich finde auch, dass man solchen Kriminellen das Handwerk legen sollte. Aber das ist Clansache …«

»Die Clans haben bisher keinen Durchbruch erzielt«, redete Clea weiter, so als hätte sie bereits alles mit dem Meister besprochen. Und der stimmte ihr natürlich zu.

»Kiran. Die Phari sind dort, wo sie gebraucht werden. Und im Moment werden wir hier gebraucht.«

Ich hatte ihn noch nicht weit genug durchschaut, um zu sagen, ob er die Herausforderung suchte oder eine Schwäche für das Vernachlässigte hatte.

Wahrscheinlich das Zweite. Immerhin hat er eine Schwäche für mich …

»Allerdings muss ich Kiran recht geben«, sagte Clea überraschenderweise. »Es ist ungewöhnlich, dass wir uns hier einmischen. Darum denke ich, dass mehr dahintersteckt, als du uns bisher gesagt hast, Meister. Hat unsere Mission etwas mit deinem Ausflug gestern Abend zu tun?«

»Stalkerin«, murmelte ich, aber sie fuhr unbeirrt fort.

»Gibt es etwa einen Auftraggeber?«

Ich horchte auf. Das würde alles ändern. Dann wäre dieser Fall vielleicht doch wichtiger, als es den Anschein hatte.

Unser Meister räusperte sich. »Ich freue mich, dass du dich so für meine nächtlichen Aktivitäten interessierst, aber könnten wir uns nun erst einmal der Leiche widmen?«

Clea knirschte mit den Zähnen. Sie war hoffnungslos neugierig und hasste es, etwas nicht zu wissen.

»Ich kann es spüren. Er schämt sich für etwas«, raunte sie mir zu.

»Vielleicht haben seine nächtlichen Aktivitäten doch nichts mit dem Fall zu tun«, gab ich zu bedenken.

Sie schmunzelte. Dann hielt sie inne. »Jetzt ist er verärgert.«

Meister Konoha räusperte sich. »Vielleicht nutzt du deine besonderen Kräfte lieber für die Lösung unseres Falls, Schülerin.«

»Ja, Meister.« Immer noch grinsend schloss Clea die Augen, um sich zu konzentrieren. Zuerst sah ich die Anspannung in ihren Zügen und dann Erleichterung, gefolgt von absoluter Ruhe, als sie mit ihrem Spirit in Kontakt trat.

Clea Casapaia hatte eine natürliche Begabung für unsere Kräfte. Man könnte sagen, dass es ihr im Blut lag, denn ihre Eltern waren im Tempel wahre Berühmtheiten. Sie waren sogenannte Phari-Seher, dafür bekannt, die Intention und Gefühle ihres Gegenübers zu spüren und so deren Handlungen vorauszusehen. Eine Gabe, die einem im Kampf oder bei Verhandlungen sehr nützlich sein konnte.

Im Fall der Leiche würde ihr das wohl kaum weiterhelfen.

»Ich bemerke deine Skepsis, Fischerjunge«, sagte sie und runzelte die Stirn. »Warum versuchst du es nicht selbst?«

Ich hörte den Spott in ihrer Stimme, aber mein Meister nickte zustimmend. »Ja, versuche, deine besondere Gabe zu nutzen, Kiran.«

»Genau, wieso benutzt du nicht deine *besondere Gabe*?«, echote Clea herausfordernd.

Das war eine gute Frage. Ein Seher war ich nicht, so viel war sicher. Manchmal verstand ich ja nicht mal meine eigenen Gefühle, wie sollte ich da die Handlungen anderer vorhersehen?

Was für besondere Fähigkeiten schlummerten also in mir? Welche Kräfte gab mir mein Spirit? Besonders war vor allem, dass ich ihn sehen konnte. Nicht durch viel Übung und Meditation, wie es bei den übrigen Phari der Fall war, sondern einfach immer. Er war ständig da, wie ein Fettfleck auf der Brille. Egal wie sehr ich es versuchte, er verschwand einfach nicht. Niemals. Ein Spirit, der losgelöst von einem Körper existierte. Ein unglaubliches Mysterium, das niemand erklären konnte. Am Anfang waren die Meister in helle Aufregung verfallen, als ich ihnen von meinem Spirit erzählt hatte. Sie befragten mich. Wieder und wieder. Hinter geschlossenen Türen studierten sie Aufzeichnungen, um eine Erklärung für das Phänomen zu finden. Als sie keine fanden, glaubten sie, ich hätte gelogen. Und mittlerweile hatten sie das Interesse an meinem Fall verloren. Doch auch wenn niemand mehr darüber sprach.

Er war da. Immer.

Ich sah ihn an und er sah mit großen Augen zurück. Ein sanftes Leuchten ging von ihm aus, beinahe hypnotisch. Es löste die Grenzen seines Körpers auf, sodass seine Form nur zu erahnen war.

Willst du mir helfen?, fragte ich ihn wortlos.

Und wie immer hüllte er sich in Schweigen.

Nutzloser Geist!

Auch wenn mein Meister ihn für etwas Besonderes hielt, war ich mir da nicht ganz so sicher. Ich würde ihn eher als »stur« und »eigensinnig« bezeichnen.

Wenn es nach den anderen Meistern ging, war ich »talentlos«, jemand, der nur auf Basisfähigkeiten zurückgreifen konnte, jene Kräfte, die der Spirit mir durch unsere Verbindung geschenkt hatte. Es war keine Magie, wie manche glaubten, eher ein zusätzlicher Sinn, den die Phari hatten. Ein Sinn, der uns mit unserer unmittelbaren Umgebung verband.

Das Geheimnis dabei war Licht. Es war der Leiter unserer Kräfte, die sich nun im Raum ausbreiteten. Auf den Sonnenstrahlen erkundeten sie den Raum. Glühende, helle Finger, die sich über den Boden und die Wände tasteten. Auf der Suche nach einer Spur.

»Ich finde nichts«, brummte ich frustriert und schritt auf ein Fenster zu. Dabei tat ich so, als wollte ich mir einen Überblick über die Straße verschaffen. In Wirklichkeit inhalierte ich die frische Luft, die durch den Spalt strömte. Der süßliche Leichengeruch war kaum auszuhalten. Ich hatte das Gefühl, mit jedem Atemzug würde ich selbst ein Stück verwesen.

»Kiran ist genervt«, petzte Clea und ich warf ihr einen wütenden Blick zu. »Außerdem ekelt er sich vor dem Geruch.«

Auch wenn jeder Phari aus der Gestalt seines Spirits ein großes Geheimnis machte, war ich mir sicher, dass Cleas wie ein hässlicher Rattenschakal aussah.

»Ich glaube einfach nicht, dass wir hier etwas finden. Warum sollten wir mehr Glück haben als die Ermittler vor uns?«

»Weil wir Phari sind.« Clea war zuversichtlich. »Zumindest der Meister und ich … Bei dir bin ich mir nicht so sicher … Mithilfe des Lichts werden wir etwas finden.«

Natürlich fanden sie nichts.

~

Seit einiger Zeit beschäftigte Tokito das Rätsel der Blutlosen. Es gab die wildesten Theorien über diese Verbrechen. Das Werk eines einzelnen Serienmörders wurde für ebenso möglich gehalten wie die Tat einer Sekte oder einer Organisation von Bluthändlern. Einige behaupteten sogar, dass ein Dämon dahinterstecken würde.

Das Einzige, was alle Leichen gemeinsam hatten, war, dass man sie hatte ausbluten lassen. Und von diesem Blut wurde nie auch nur ein Tropfen gefunden.

Laut Cleas Recherche waren die meisten Leichen vom Handclan

obduziert worden, weshalb das Hospital unsere nächste Anlaufstelle war. Die Hand war ein Clan, der sich auf Medizin und Forschung spezialisiert hatte. Seine Mitglieder galten als klug, wissensdurstig und rational. »Bei den Händen besteht selbst der Reinigungsdienst aus Akademikern«, so scherzte man.

Ihnen gehörten die besten Krankenhäuser und Apotheken von Tokito. Sie hatten als einziger Clan keine Krieger. Das mussten sie auch nicht. Ihr medizinisches Wissen war ihre Macht. Kein anderer Clan wollte es sich mit denen verscherzen, auf die sie im Notfall angewiesen waren.

~

Scheinbar waren unsere Ermittlungen nicht unbemerkt geblieben. Als wir das Hospital betraten, wurden wir bereits erwartet.

Ein Mann in eng anliegendem, gebügeltem Kittel bat uns, ihm zu folgen. Doch er brachte uns nicht zu irgendeinem niederen Stationsarzt, sondern zu einem Mann, der mit jeder Faser seines Körpers ausstrahlte, dass er wichtig war. An seinem Kittel steckte eine goldene Brosche in Form einer Hand, die verriet, wer er war. Allerdings hätte es den Schmuck nicht gebraucht.

Der Doktor war der Anführer der Hände. Ihr Fürst. Darum war jedem in Tokito sein Gesicht bekannt. Vor ein paar Monaten hatte er das Amt von seiner Mutter übernommen.

Clea und ich sahen uns an.

»Warum kümmert sich ein Fürst um die Blutlosen?«, wisperte ich.

»Weil wir Phari sind«, erwiderte Clea. »Ich vermute, das macht alles gleich wichtiger.«

»Seid gegrüßt«, sagte der Doktor. »Ich habe gehört, dass ihr euch der Mordserie der Blutlosen annehmt.«

»Ganz genau.« Meister Konoha nickte. »Haben die Obduktionen etwas ergeben?«

»Alle Opfer haben das gleiche Verletzungsmuster, was letztendlich durch den Blutverlust zum Tode geführt hat«, berichtete der Doktor.

»Es gab keine andere Todesursache?«, hakte der Meister nach. »Waren sie am Leben, als sie ausgeblutet wurden?«

Der Doktor nickte. »Im Gewebe fanden wir Rückstände eines Betäubungsmittels. Sie waren also wahrscheinlich nicht bei Bewusstsein, als es passierte.«

»Klingt, als wäre ein Fachmann am Werk«, bemerkte Clea. »Jemand, der sich mit Medizin auskennt.«

Der Doktor zog missbilligend die Stirn in Falten. Offenbar gefiel es ihm nicht, dass sich eine neunmalkluge Novizin einmischte. »In der Tat verwenden wir eine ähnliche Technik, um die Körper für unsere Medizinstudenten vorzubereiten. Wir lassen das Blut ab und befüllen die Arterien stattdessen mit Formaldehyd, um die Körper vorübergehend zu konservieren. Aber diese Menschen sind natürlich bereits tot.«

»Also könnte der Täter eine Hand sein?«, hakte Clea nach.

Die Mine des Doktors war wie eingefroren. Es war unmöglich, seine Emotionen aus ihr zu lesen. Für Clea jedoch ein Kinderspiel.

»Ihm gefällt es nicht, dass wir hier sind«, raunte sie mir zu.

»Wahrscheinlich hat er etwas Besseres zu tun«, mutmaßte ich.

»Oder er fürchtet sich vor dem Staub, den wir aufwirbeln könnten«, flüsterte sie, bevor sie ihre Frage noch mal an den Fürsten richtete: »Also, was ist Eure Einschätzung dazu?«

Wenn die Blicke des Doktors töten könnten, wäre sie tot umgefallen.

»Nein.« Seine Worte waren kalt und schneidend. »Ich denke nicht, dass eine Hand dafür verantwortlich ist.«

»Und warum nicht?«

»Ich stelle eine Gegenfrage, Novizin. Warum sollte eine Hand das tun?«

Der Meister räusperte sich, aber wenn Clea einmal Fahrt aufgenommen hatte, war sie nicht mehr zu bremsen.

»Um das Blut für die Blutspende zu benutzen, die Ihr in Euren Hospitalen anbietet«, mutmaßte sie.

»Zügelt eure Schülerin, Meister Phari«, verlangte der Doktor und wandte sich demonstrativ von ihr ab.

»Das habe ich schon oft versucht«, seufzte Konoha. »Es ist hoffnungslos.«

Clea war niemand, der sich zügeln ließ. Sie marschierte zurück in das Sichtfeld des Fürsten und baute sich dort auf. »Das Thema ist Euch höchst unangenehm«, verkündete sie. »Ich spüre Eure Furcht. Habt Ihr Angst vor dem, was wir herausfinden könnten? Außerdem seid Ihr sauer. Vermutlich auf mich.«

Ich musste auflachen, was die Aufmerksamkeit des Doktors auf mich lenkte. Schnell versuchte ich, mein unprofessionelles Verhalten mit einem Husten zu kaschieren.

»Möchtest du auch etwas dazu beitragen, Novize?«, fragte der Doktor lauernd.

»Nein. Aber ich wäre auf Eure Antwort gespannt.«

Clea hatte einen siebten Sinn für unangenehme Fragen. Vielleicht würden wir den Fall doch schneller lösen als gedacht.

Der Doktor ging auf mich zu und blieb vor mir stehen, um mit prüfendem Blick mein Gesicht und meinen Körper zu studieren. Ich wusste, dass es vor allem die Tätowierungen waren, die sein Interesse weckten. Ein blauer Pfeil auf dem Kinn. Ebenso wie auf Hand- und Fußrücken. Und Linien, die sie mit dem Kreis auf meiner Brust verbanden. Es war das Symbol des Chaos, das mich für immer zeichnete. Und das mich zum Außenseiter machte, denn jeder wusste, was das Tattoo bedeutete.

»Ich habe von dir gehört. Dem bemitleidenswerten Jungen, der in die Triade hineingeboren wurde. Ist es wahr, dass deine Eltern dich umbringen wollten?«

Mein Spirit verzog sein Maul, als habe er einen vergammelten Fisch verschluckt. Offenbar mochte er den Doktor ebenso wenig wie ich.

»Ist es wahr, dass Eure Mutter Eure Kittel bügelt?«, konterte ich.

»Wie kannst du es wagen?«, zischte der Doktor. Er wandte sich an meinen Meister. »Eure Schüler haben keinen Respekt.«

»Das stimmt leider«, seufzte Meister Konoha. »Ich habe mein Bestes versucht, aber nun ja …«

»Ihr habt noch nichts zu meiner Theorie gesagt, Fürst«, rief sich Clea in Erinnerung.

»Ich fürchte, Ihr müsst ihr antworten. Sonst gibt sie keine Ruhe«, sagte unser Meister.

Der Doktor holte tief Luft. »Das Blut, das wir für die Blutspende verwenden, wird unter strengen Auflagen von freiwilligen Spendern gewonnen, die persönlich und *lebendig* anwesend sein müssen, wenn wir ihnen das Blut entnehmen. Sie bekommen dafür nicht genug Geld, dass sich ein Mord lohnen würde. Geschweige denn hundert«, erklärte der Doktor.

»Achtundneunzig«, korrigierte Clea, hoffnungslos besserwisserisch.

Der Doktor ignorierte den Kommentar und fuhr fort: »Auch wenn wir immer auf der Suche nach neuen Spendern sind, würde sich ein Bluthandel finanziell nicht lohnen. Und keiner meiner Mitarbeiter würde ein paar Tüten Blut unbekannter Herkunft annehmen.«

»Was wäre Eure Theorie?«, fragte Konoha.

»Ganz ehrlich? Ich weiß es nicht.« Der Doktor richtete den Kragen seines Kittels. »Vermutlich Wahnsinnige … Ein Kult womöglich.«

»Ich danke Euch«, sagte Meister Konoha.

~

»Das lief ja großartig«, rief unser Meister erbost. »Darf ich euch daran erinnern, was das oberste Ziel der Phari ist?«

»Für den Frieden einzustehen«, entgegnete Clea, ohne zu überlegen.

»Und wie stellen wir das an?«

»Durch unsere Tugenden Einigkeit, Geduld und Bescheidenheit«, sagte Clea.

»Und war euer Verhalten einem Lichtbringer angemessen?«

»Ich habe mich zurückgehalten«, verteidigte sich Clea. »Kiran war unverschämt. Ich habe bloß einige wichtige Fragen gestellt.«

»Und warum wünscht der Doktor dann, dass ich der Autopsie alleine beiwohne und euch zum Meditieren in den Tempel schicke?« Meister Konoha beherrschte den strengen Blick wie kein anderer. Er hatte uns nie geschlagen oder körperlich bestraft, wie ich es von meinen Eltern kannte. Nein, er vermochte es, uns mit einer gezielten Bewegung seiner Augenbraue zu züchtigen.

»Weil er ein empfindliches Muttersöhnchen ist«, entgegnete ich, was dazu führte, dass die gehobene Augenbraue noch ein Stückchen höher wanderte.

»Warum wurde ich mit zwei so unverbesserlichen Novizen gesegnet? Ihr benehmt euch wie Schüler aus dem ersten Lehrjahr. Wie wollt ihr so jemals die letzte Prüfung bestehen?«

Clea und ich sahen uns an und ich benötigte keine Spiritkräfte, um zu wissen, dass auch ihr Herz bei der Aussicht schneller schlug. Wir träumten davon, endlich zum Wächter aufzusteigen und als fertig ausgebildetes Mitglied im Tempel willkommen geheißen zu werden.

»Tut mir leid, Meister«, sagten wir fast wie aus einem Mund.

»Ich bin bereit für die Prüfung«, ergänzte Clea eifrig.

»Ich auch«, echote ich, was mir ein spöttisches Lachen von Clea einbrachte. »Du weißt noch nicht einmal, welche Fähigkeiten dein Spirit hat …«

»Einigkeit, Geduld und Bescheidenheit«, wiederholte der Meister streng. »Der Einsatz heute hat mir gezeigt, dass ihr in allen drei Dingen Nachholbedarf habt. Geht in den Tempel, meditiert über euer Verhalten und dankt den Spirits für unsere Verbindung.«

»Ja, Meister«, brummten wir im Chor.

»Und versucht, euch auf dem Weg dorthin nicht umzubringen«, ergänzte Meister Konoha. »Einigkeit gilt nicht nur für die Beziehung von Mensch und Spirit, sondern auch für die Beziehungen untereinander. Arbeitet miteinander anstatt gegeneinander.«

Er entließ uns und wir machten uns wie befohlen auf den Rückweg. Wortlos schritten Clea und ich nebeneinanderher. Das Gefühl, meinen Meister beschämt zu haben, hallte in mir nach.

Ich verdankte ihm so viel. Mein Leben, meine Ausbildung, einfach alles, was ich bisher erreicht hatte. Er war derjenige, der mich gefunden hatte. Einen einsamen, verschmutzten Jungen, der das Vertrauen in die Welt verloren hatte und an einem Ort zu überleben versuchte, der Kinder unbarmherzig verschlang. Er befreite mich und brachte mich nach Tokito in den Tempel des Lichts, wo mein Leben neu begann. Und er hatte nie aufgehört, an mich zu glauben, obwohl ich talentlos war. Ein Unruhestifter. Ein Außenseiter.

»Stimmt das, Fischerjunge?«, hakte Clea plötzlich nach. »Wollten deine Eltern dich umbringen?«

»Natürlich nicht«, log ich. Es reichte, dass Meister Konoha die Wahrheit kannte, und ich wusste oder hoffte vielmehr, dass er sie für sich behielt. Was hatte sich der Spirit bloß dabei gedacht, als er mich für sich erwählte? Einen Jungen, der in die Triade hineingeboren worden war, die erklärten Feinde aller Spirits.

»Ich spüre, dass du mich anlügst.« Clea deutete auf ihre Stirn.

»Vielleicht. Aber es geht dich nichts an.« Ich zog meine Kapuze tiefer ins Gesicht und schritt auf den Ausgang des Hospitals zu.

»Du bist wie ein brodelnder Topf ohne Deckel, Kiran«, pflegte mein Meister zu sagen, denn egal wie sehr ich mich auch bemühte, ich schaffte es nicht, meine Gefühle vor ihr zu verbergen.

»Natürlich geht mich das etwas an«, verkündete Clea. »Falls es noch nicht in deinem Dickkopf angekommen ist: Mein Schicksal hängt unglücklicherweise mit deinem zusammen. Denn aus irgendeinem unerklärlichen Grund hat einer der besten Meister jemanden wie dich zu seinem Novizen gewählt ... Streng dich gefälligst an und versuche, unsere Mission nicht durch deine Inkompetenz weiter zu gefährden.«

»Ich? Du hast doch den Doktor verärgert!« Ich blieb stehen und funkelte sie an.

»Du hast ihn als Muttersöhnchen bezeichnet. Das war superunprofessionell. Vor allem bei seiner Vorgeschichte. Jeder weiß, wie schwer es für ihn ist, seiner berühmten Mutter das Wasser zu reichen«, widersprach sie und ich spürte, wie sie ihre Kraft zum Angriff rief. Licht sammelte sich um sie und formte sich zu purer Energie. In ihren Augen glühte ein herausforderndes Feuer.

Einige Hände, die vorbeieilten, schüttelten ihren Kopf. Einer wies uns mit einem unmissverständlichen »Pssst!« darauf hin, dass wir uns in einem Krankenhaus befanden.

»Einigkeit«, erinnerte ich sie. »Hast du den Meister nicht gehört? Du sollst mit mir zusammenarbeiten.«

»Ich mit dir? *Du* sollst mit *mir* zusammenarbeiten.«

»Ich bin der Besondere von uns beiden.« Ich schenkte ihr ein selbstgefälliges Grinsen, woraufhin sie explodierte.

»Du bist höchstens besonders dämlich«, knurrte sie und schleuderte mir ihre Faust entgegen. Ich riss die Arme hoch und wehrte ihren Angriff ab, doch sie hatte mein Vorhaben bereits erkannt. Ich spürte Schmerz und stöhnte auf, als ihr Fuß gegen mein Schienbein schnellte.

»Und besonders langsam«, ergänzte Clea zufrieden, als sie meinen

Arm auf den Rücken drehte. »Für dich brauche ich nicht mal meine Sehergabe.«

»Lass mich los«, forderte ich.

»Wenn du lieb Bitte sagst«, säuselte sie mir ins Ohr.

»Vergiss es!« Ich versuchte, mich zu befreien, aber ihr Griff war gnadenlos. Sie drückte meine Hand zusammen und ich unterdrückte ein Stöhnen.

Ich trieb sie regelmäßig zur Weißglut, so wie sie mich. Wir waren wie die zwei Pole eines Magneten, und der Meister versuchte immer wieder vergeblich, uns zusammenzubringen.

»Sag es, Fischerjunge!« Sie drehte meinen Arm weiter und ich befürchtete, dass sie mir die Schulter ausrenken würde.

Hilf mir gefälligst!

Mein Spirit ignorierte mich. Ein Sieg schien ihn ebenso wenig zu interessieren wie meine Würde.

Ein erneutes »Pssst!«, gefolgt von einem missbilligenden Blick, ließ uns innehalten.

»Na schön. Bitte!«, gab ich nach.

»Gerne!« Augenblicklich ließ sie von mir ab und wir verließen das Hospital mit schnellen Schritten.

»Wenn dies unsere letzte Prüfung sein soll, werden wir sie nie bestehen«, murmelte ich und rieb mir den schmerzenden Arm.

»Du bist so ein Pessimist«, tadelte mich Clea.

Könnte daran liegen, dass meine eigenen Eltern mich umbringen wollten. Das prägt einen nicht gerade positiv.

Cleas Augen hingegen leuchteten vor Aufregung. »Du solltest lieber den Spirits vertrauen, die uns genau jetzt hierhergeführt haben. Wir sind da etwas auf der Spur. Etwas Großem! Ich kann das spüren.«

»Träum weiter.« Insgeheim musste ich ihr recht geben. Wenn wir den Mörder der Blutlosen stellen würden, dann würde man uns vielleicht in den Rang von Wächtern erheben. Mein Herz schlug schneller bei dem Gedanken.

»Du willst das Gleiche wie ich«, entlarvte mich Clea. »Und du brauchst keine Seherkräfte, um zu wissen, welche Chancen dieser Fall uns bietet.«

»Ich weiß, welche Chancen er *mir* bietet. Was ist mit dir, Casapaia?«, fragte ich. »Ist ja nicht so, als müsstest du irgendwem beweisen, wie toll deine Familie ist.«

Ich hatte den Namen Casapaia während meiner Ausbildung so oft gehört, dass mir der bloße Klang Übelkeit bereitete. Cleas Mutter war eine Meisterin der Verhandlungen und Mitglied der »Tafel der Sieben«, die Tokito regierten – die sechs Clanfürsten und Cyra Casapaia als Abgesandte des Tempels mit der wichtigen Aufgabe, als Schlichterin im Rat zu fungieren und den Frieden zwischen den Clans zu sichern.

Cleas Vater war ebenfalls eine Legende. Es hieß, dass er im Stadium der Meditation sogar Blicke in die Zukunft werfen konnte.

»Es geht nicht um meine Familie«, zischte Clea. »Es geht um mich.«

»Oh, ich verstehe. Du denkst, du stehst im Schatten deiner Eltern und willst jetzt beweisen, wie gut du bist.« Ich verdrehte die Augen. »Was für ein Klischee.«

»Gar nichts verstehst du, Fischerjunge. Bevor du noch mal versuchst, mich zu verstehen, versteh erst mal dich selbst.« Sie verschränkte die Arme. »Oder deine ach so besonderen Fähigkeiten. Sonst bleibst du für immer ein Novize. Oder fliegst raus. Beides würde mich nicht wundern.«

Hörst du das, du dummer Geist? Sie könnte recht haben. Wir könnten rausfliegen. Verrate mir endlich, was du kannst!

Der Spirit glänzte mit Desinteresse für meine Sorgen und flog davon. Das war typisch für ihn.

Hey! Wo willst du hin? Sieh mich gefälligst an, wenn ich mit dir spreche!

»Kiran!« Clea packte mich am Arm, als ich Anstalten machte, ihm zu folgen. »Wir sollten in den Tempel zurück.«

»Ich komme nach«, brummte ich und schüttelte sie ab. »Viel Spaß beim Meditieren.«

»Ich werde nicht für dich lügen. Nur dass das klar ist«, rief mir Clea hinterher.

»Das weiß ich.« Ebenso wie ich wusste, dass nichts auf der Welt uns dazu bringen würde, zusammenzuarbeiten.

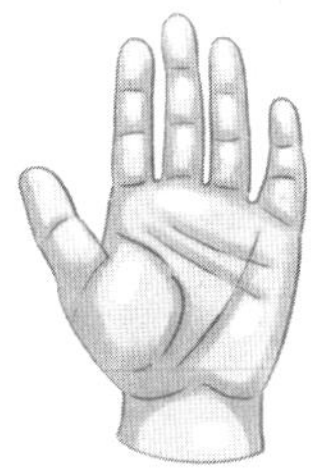

3

Erin Rider

Ich blühe im Schatten.

Als ich mit pochenden Kopfschmerzen erwachte, lag ich gefesselt in einem dunklen Raum. Die Luft war heiß und schwer. Meine Lungen brannten. Schweißperlen liefen mir übers Gesicht und meine Kleidung klebte am Körper.

Ich öffnete die Augen und starrte in die Dunkelheit. Meine Atmung war schnell und jagte mit meinem Herzschlag um die Wette. Ich hatte das Gefühl, in einem warmen Schwamm zu liegen, der sich mit süßlichen Gerüchen vollgesogen hatte. Trotz der Hitze bekam ich eine Gänsehaut.

Es roch nach Blut und Tod.

Verdammt! Organhändler.

Panisch drehte ich mich auf den Rücken und stieß gegen etwas Weiches. Feuchtes. Ich wollte nicht wissen, was es war, und drehte mich weg. Vorsichtig tastete ich mit meinen vor dem Körper gefesselten Händen nach einer Waffe oder einem Gegenstand, mit dem ich mich verteidigen konnte, doch ich fand nichts. Meine Bewegungen wurden schwerfälliger und langsamer. Ich spürte, wie die Müdigkeit mich zu Boden drückte. Verzweifelt schnappte ich nach Sauerstoff, doch die Luft war verbraucht und taugte nichts.

Plötzlich hielt ich inne.

In der Dunkelheit spürte ich einen Blick, der mir folgte. Ich war nicht allein.

»Ist da jemand?«, flüsterte ich mit rauer Stimme.

»*Nein*«, antwortete es.

Erschrocken sah ich mich um, doch ich konnte nicht einmal meine eigene Hand vor Augen sehen, so dunkel war es.

»Ich höre dich.« Ich rappelte mich auf und folgte mit zittrigen Knien dem Klang der dunklen, aber nicht unangenehmen Stimme.

»*Nicht mehr lang.*«

»Was meinst du?«

»*Sie werden dir die Organe herausschneiden*«, sagte der Fremde. Er klang dabei spöttisch, ja sogar amüsiert. »*Schnipp, schnapp.*«

Ich ließ mich nicht einschüchtern. »Was ist mit dir?«

»*Ich?*« Erneut ein Lachen. »*Ich liege hier nur so rum.*«

»Wo?« Die Stimme war ganz nah, also streckte ich erneut meine Hand aus und stieß gegen ein Regal. Vorsichtig tastete ich mich weiter und berührte nutzlosen Plunder, bis ich eine flache, tönerne Scheibe fand. Ich wendete sie zwischen den Fingern, doch sie war weder schwer noch scharfkantig genug, als dass sie mir als Waffe dienen konnte.

»*Ich bin in diesem Amulett gefangen, Kind.*«

»Ja. Klar«, brummte ich und suchte weiter.

»*Ich wurde in dieser Scheibe eingesperrt. Ein tragischer Fehler. Eine Sekunde der Unachtsamkeit und schon ist man dazu verdammt, Jahre um Jahre in einer Tonscheibe zu verbringen*«, erklärte die körperlose Stimme. »*Aber du … du könntest mir helfen.*«

»Warum sollte ich?« Ich war kein barmherziger Samariter, erst recht nicht für sprechende Gegenstände.

»Weil ich im Gegenzug dir helfen könnte. Du willst doch nicht aufgeschnitten und ausgeweidet werden.«

»Ich komm schon klar.« Der Druck hinter meiner Stirn nahm zu und ich sehnte mich nach Frischluft. Die Kraft wich mit jedem Atemzug aus meinem Körper. Es würde nicht mehr lange dauern und ich würde erneut das Bewusstsein verlieren, ein verzweifelter Versuch meines Gehirns, Sauerstoff zu sparen.

Wahrscheinlich halluzinierte ich bereits.

»Steck mich ein«, flüsterte die Stimme, und aus irgendeinem wahnsinnigen Grund ließ ich die Scheibe in meine Tasche gleiten, bevor ich zu Boden fiel.

~

Als ich wieder erwachte, war die Tür offen und frische Luft zog in den kleinen Raum, der mit Schränken und Kisten vollgestopft war, deren Inhalte ich mir lieber nicht so genau ansah. Ich spähte hinaus, konnte aber keinen der Organhändler entdecken. Nur ihre gedämpften Stimmen waren zu hören, so undeutlich, dass ich nicht verstehen konnte, was sie redeten oder wie viele es waren.

»Da bist du ja wieder«, sagte die vertraute Stimme und ich schreckte hoch. Sie war klar, als würde der Sprecher direkt neben mir sitzen. Es gab hier keine Verstecke und auch keine Lautsprecher. *»Ich dachte schon, du hättest das Glück gehabt zu ersticken. Ist weitaus angenehmer, als bei lebendigem Leib aufgeschnitten zu werden.«*

Die Tür war offen und Hoffnung stieg in mir empor. Vielleicht konnte ich doch noch entkommen …

»Vergiss es. Egal wie sehr du die Spirits um Beistand anflehst, es gibt keine Gerechtigkeit auf dieser Welt. Nur die Dunkelheit«, säuselte es.

»Ich bete zu keinen Spirits.«

»Oh. Dann bist du vielleicht doch klüger, als du aussiehst.«

Ich sah mich erneut nach dem Ursprung der Stimme um, aber es gab hier niemanden, keinen Körper, keine andere Erklärung, außer …

»Du … bist in der Tonscheibe?«, hakte ich nach.

»Das sagte ich bereits.«

Wenn das stimmte, dann sollte ich die Stimme lieber ignorieren. Diese Art von Kreatur war gefährlich. Weitaus gefährlicher als die Organjäger.

»Ich will nichts mit dir zu tun haben«, sagte ich.

»Du brauchst mich«, säuselte die Stimme. *»Ich bin deine letzte Chance. Sonst wird dir niemand helfen.«*

»Lass mich in Ruhe.« Ich rappelte mich auf, um den Raum weiter nach einer Waffe abzusuchen. Es musste hier doch verdammt noch mal etwas geben!

»Weißt du, was ich bin?«

»Etwas Böses.« Im Schrank lag eine Kiste mit jeder Menge Gerümpel, die ich hektisch durchwühlte. Nur wertloser Kram.

»Ich bin ein Schatten.«

»Ein dunkler Spirit.« Ich wusste nicht viel über sie. Die Spirits waren eine Angelegenheit der Phari. Etwas, womit ich nichts zu tun haben wollte.

»Nun, ich bevorzuge den Terminus freier Spirit. Nur, weil wir uns nicht der Eintönigkeit der Phari angeschlossen haben, sind wir nicht gleich alle böse.«

»Warum bist du dann in diesem Ding eingesperrt?« Wenn ich etwas wusste, dann dass man einem Schatten nicht trauen konnte.

Die körperlose Stimme seufzte. *»Durch eine Verkettung unglücklicher Umstände. Mein letzter Wächter wurde bedauerlicherweise Opfer dieser Tölpel hier. Nun, ich trauere ihm nicht wirklich hinterher. Immerhin wollte* *er, dass ich bis in alle Ewigkeit in der Tonscheibe bleibe. Im Gegensatz zu diesen Tölpeln da draußen scheinst du was im Köpfchen zu haben. Brich das Siegel und befreie mich. Dann helfe ich dir.«*

»Vergiss es. Wenn ich einem Dämon helfe, werden die Organhändler mein kleinstes Problem sein.«

»Und was willst du dann tun, Kind?«, säuselte die Tonscheibe amüsiert.

In diesem Moment hörte ich Schritte, die sich rasch näherten, und Männer in Plastikoveralls erschienen in der Tür. Das Blut meiner Vorgänger rann an ihrer Kleidung hinunter.

Auf keinen Fall würde ich mich aufschneiden lassen.

Ich griff nach der Kiste und schleuderte sie ihnen entgegen, bevor ich mich mit meinem gesamten Gewicht auf sie warf. Einer bekam meinen Ellbogen ins Gesicht. Ein anderer meine Faust. Sie gingen zu Boden und gaben eine Lücke frei, die ich nutzte, um mich vorbeizudrängen.

»Oh, eine Kämpferin«, schmeichelte die Stimme. *»Das mag ich.«*

Ich hatte keine Chance. Ehe ich auch nur über die Schwelle gelangt war, streckte mich der Impuls ihres Elektroschockers nieder.

~

Ich wurde auf einen Tisch gelegt. Neben mir standen Kisten, die mit blutigen Tüchern abgedeckt waren. Aus einer guckte eine Hand. Sie war so klein, dass sie sicher zu keinem erwachsenen Körper gehörte.

Die Panik schnürte mir die Kehle zu.

Ich würde sterben. Bei lebendigem Leib ausgeschlachtet. Jemand packte mich am Arm. Eine Frau, ebenfalls in einen Plastikoverall gehüllt, beugte sich über mich. In ihrem Gesicht fand ich weder Freundlichkeit noch Mitleid, nur ein kaltes Grinsen. In der Hand hielt sie eine Spritze.

Erschrocken riss ich meine gefesselten Arme hoch, um sie abzuwehren. Ich drehte mich und rollte über den Rand der Liege, doch meine Muskeln hatten sich noch nicht von dem Elektroschock erholt. Hart schlug ich auf dem Boden auf und landete in einer Pfütze aus Blut, neben den Überresten meines Vorgängers. Ich schrie entsetzt auf.

»Haltet sie fest«, befahl die Frau. Gummistiefel eilten auf mich zu und brachten das Blut und die Darmschlingen um mich her zum Tanzen. Wenig später packten mich kräftige Arme. Ich strampelte und trat um mich, als mich die Männer wieder auf die Liege wuchteten und mit ihrem Körpergewicht fixierten. Ich schrie, so laut ich konnte, auch wenn ich wenig Hoffnung hatte, dass mir jemand zu Hilfe kommen würde.

»Jetzt werden wir das Kätzchen zähmen«, verkündete die Frau zufrieden und jagte mir die Spritze in den Arm. Ich spürte, wie die Anspannung aus meinen Muskeln wich und ich nach und nach erschlaffte. Als meine Schreie verebbten, ließen mich die Männer los. »Dann wollen wir dich mal aufschneiden.«

Die Frau sah mich an, als wäre ich eine Orange, die sie schälen wollte. Es würde nichts bringen, zu betteln und zu flehen, selbst wenn mir die Zunge in meinem Mund noch gehorchen würde. Die Skrupel, die sie vielleicht einmal gehabt haben mochte, waren längst verschwunden.

Mikko.

Er suchte mittlerweile bestimmt schon nach mir, krank vor Sorge.

»Wir bleiben zusammen. Für immer.« Das hatten wir uns versprochen. Damals im Waisenhaus und viele Male danach. Ich würde ihn wiedersehen. Kostete es, was es wolle.

»Dämon?«, nuschelte ich.

»Ja?«, säuselte es aus meiner Hosentasche.

Eigentlich wollte ich »Wie genau sieht der Deal aus?« fragen. Aber es kamen nur noch undeutliche Silben über meine betäubten Lippen.

Der Schatten verstand dennoch, was ich wissen wollte.

»Wir werden zusammengehören, Kind. Ein Bund der Dunkelheit, den man nicht lösen kann. Ein Bund der Ewigkeit. Du wirst nicht länger allein sein. Ich werde in deinem Schatten wandeln. Deine Gedanken werden meine Gedanken sein und meine Macht wird die deine sein.«

Ich nuschelte etwas, das in meinen Ohren nicht wie das beabsichtigte »Kannst du mich retten?« klang.

»Oh ja.«

Die Organhändlerin ignorierte das Gebrabbel eines sterbenden Mädchens. Sie beugte sich über mich und schnitt mit einer sicheren Bewegung mein Hemd auf, das zur Seite rutschte.

Die Muskeln waren das Einzige, was sie betäubt hatte. Ich war weiterhin bei vollem Bewusstsein und würde es auch noch sein, wenn sie meinen Körper öffnete. So lange, bis der Schmerz gnädigerweise dafür sorgte, dass ich ohnmächtig wurde.

Der Dämon in meiner Tasche konnte nicht böser sein als diese Frau …

»Wie?«, murmelte ich, während die Organhändlerin zum Radio ging und es anschaltete. Summend schritt sie zum verdunkelten Fenster, um es zu öffnen. Dann wandte sie sich den Skalpellen zu und suchte ein passendes heraus.

»Das mag jetzt etwas verstörend klingen«, verriet die Stimme und räusperte sich. *»Aber du musst dich umbringen und mit deinem letzten Atemzug meinen Namen flüstern. Nur so kannst du das Siegel brechen, das mich hält.«*

Die Hoffnung verließ mich. Wie sollte ich das anstellen? Abgesehen davon, dass es nicht nur verstörend, sondern vollkommen verrückt klang, sich für eine Tonscheibe umzubringen, war ich betäubt und wehrlos.

»Du solltest dich beeilen«, drängte die Stimme. *»Sonst kommt dir die Verrückte zuvor.«*

»Wie denn?«, nuschelte ich.

Die Frau trat auf mich zu und setzte das Skalpell über meinem Brustbein an. Ich spürte einen stechenden Schmerz, als es durch die Haut schnitt und sie sauber teilte. Sie zog den Schnitt immer weiter, bis sie den Bauchnabel erreichte. Heißes Blut lief zu beiden Seiten über meinen Brustkorb und sammelte sich auf der Liege unter mir. Ein gurgelnder Schrei drang über meine Lippen und mein Körper wand sich vor Schmerzen. Genervt hielt die Frau inne und legte ihr Werkzeug zur Seite.

»Da war ich wohl zu sparsam«, murmelte sie und drehte sich um, um eine weitere Spritze aufzuziehen.

»*Jetzt oder nie*«, säuselte der Schatten. Adrenalin schoss durch meine Adern. Im Angesicht des Todes entwickelte man ungeahnte Stärke.

Ich rollte mich die Beine voran zur Seite und landete neben der Liege. Die Muskeln hatten kaum Kraft, mich zu tragen, und drohten nachzugeben. *Wagt es nicht*, schrie ich sie an. Ich stolperte nach vorne. Einen Schritt. Dann noch einen. Die Frau war so überrascht, dass sie nicht schnell genug reagierte.

»Wo willst du denn hin, Kätzchen?«, fragte sie, während sie, die Spritze in der Hand, auf mich zukam. Ich lehnte mich keuchend auf die Fensterbank und sah in die Tiefe. »Da geht es nirgendwo hin.«

Ich hatte auch nicht vor zu fliehen.

Ich hatte vor zu sterben.

Ich schenkte der Frau ein grimmiges Lächeln. Und als sie endlich realisierte, was ich vorhatte, war es bereits zu spät.

Ich stürzte aus dem Fenster.

~

Mein Körper landete auf einem Dach, rollte ungebremst weiter und weiter über die harten Pfannen. Ich spürte, wie meine Knochen brachen. Erst die Rippen, dann die Arme. Aber ich hatte keine Kraft, den Fall zu stoppen oder mich vor dem zu bewahren, was folgte.

Ich fiel über den Rand des Daches, in die tödliche Tiefe.

Mein Sturz endete jäh im Schatten der Häuser. Ich hatte die Augen geöffnet, konnte aber nichts mehr sehen, nur noch undeutliche Farben, die mit jedem Blinzeln dunkler wurden. Ich versuchte zu atmen. Vergeblich. Meine Rippen waren zertrümmert und ihre Splitter bohrten sich in beide Lungenflügel, die in sich zusammengefallen waren wie geplatzte Ballons. Ich spürte, wie sich Blut in meinem Mund sammelte, hatte aber keine Kraft, es auszuspucken.

So fühlte es sich also an zu sterben.

Mikko.

Wie gerne würde ich noch einmal über seine Bartstoppeln streichen, seine Lippen berühren und sie küssen. Wie gerne würde ich noch einmal seine Stimme hören.

Mikko.

Ich wollte nicht sterben.

Ich wollte ihn nicht zurücklassen.

Vielleicht war ich kaputt, zerstört, aber mein Geist war noch nicht gebrochen. Er wollte, dass sie bezahlten.

»*Willst du Rache, mein Kind?*« Ich hörte Mordlust in der Stimme des Schattens.

Ja. Das wollte ich.

»*Dann opfere mir deine Seele.*«

Ich röchelte. Mit jedem Atemzug wich mehr Leben aus meinem Körper.

Nein. Meine Seele gehört mir!

»*Jetzt stell dich nicht so an. Gib mir deine Seele. Dann sorge ich dafür, dass du deine Rache bekommst.*«

Meine Seele gehört mir, wiederholte ich. *Und jetzt hilf mir oder verrecke in der scheiß Tonscheibe.*

Ich spürte den Ärger des Dämons. Für einen Moment glaubte ich, dass ich verloren hatte, dass ich nun sterben würde. Doch dann hörte ich erneut seine Stimme an meinem Ohr.

»Nun gut, Kind. Stirb. Stirb mit meinem Namen auf den Lippen.«

Ich kannte ihn.

Seinen Namen, auch wenn er ihn mir nie genannt hatte. Er nahm vor meinen Augen Gestalt an und mit letzter Kraft sprach ich ihn aus.

»Distelkönig.«

Und das Siegel brach in dem Moment, als mein Herz zu schlagen aufhörte.

4

Ryanne Cimon

Schönheit ist Macht.

»Wenn du schön bist, dann begehrt man dich. Und wenn man dich begehrt, verdienst du Geld. Ich bete für dich zu den Spirits, dass du nicht die nutzlosen Gene deines Vaters geerbt hast.« Das hatte meine Mutter zu mir gesagt, als ich sechs Jahre alt war. Dann hatte sie mir über die Wange gestrichen und mich vor dem Waisenheim stehen gelassen, in dem ich von da an leben sollte.

Ich war ihr nicht böse. Sie hatte weder das Geld noch die Zeit, sich um ein Kind zu kümmern. Und das Waisenhaus war das Beste, was mir je passiert war. Es bewahrte mich davor, wie meine Mutter zu enden, und schenkte mir eine weitaus bessere Zukunft.

Ich fuhr mir durch das rabenschwarze glatte Haar und drehte mich vor dem Spiegel. Der seidene Kimono in Azurblau raschelte bei jeder Bewegung. Die Farbe zeichnete mich als Schmetterling aus, denn nur wir durften diese Kleidung tragen. Eine ganz besondere Ehre, denn als Schmetterling unterstand ich direkt unserer Fürstin, der Geisha. Na ja.

Theoretisch. Praktisch hatte ich sie nur von Weitem gesehen, da ich mich erst noch beweisen musste, um das Azurblau behalten zu dürfen.

Die Schmetterlinge waren in ganz Tokito bekannt und im höchsten Maße angesehen. Wenn ich es schaffen würde, zu ihnen zu gehören, würde ich mir um meine Zukunft keine Sorgen mehr machen müssen.

Meine Mutter hatte recht behalten. Schönheit war eine Waffe und ich war schön. Doch das reichte nicht. Man musste auch clever sein, um es zu etwas zu bringen.

Das sagte Großmutter Yubaba immer. Sie war nicht meine richtige Großmutter. Wir Schmetterlinge nannten sie nur so, da sie so alt war.

Sie arbeitete ohne Unterlass für die Geisha, indem sie uns ausbildete. Angeblich war sie selbst einmal wunderschön gewesen und konnte Männer wie Frauen dazu bringen, sich mit einem Blick in sie zu verlieben. Das war jetzt, angesichts der weißen Haare und der zunehmenden Falten, kaum vorstellbar, auch wenn ihre Augen den Glanz nicht verloren hatten und immer noch eine gewisse Magie ausstrahlten.

»Du siehst umwerfend aus«, flüsterte Mirella, die junge Frau, mit der ich mir das Zimmer teilte.

Als Schmetterlingsanwärterinnen arbeiteten wir jede für sich, denn nicht alle von uns würden die Ehre haben, die Ausbildung zu beenden und das kleine Schmetterlingstattoo im Nacken zu erhalten.

Aber trotz aller Konkurrenz war es gut, jemanden zu haben. Eine Verbündete. Und Mirella war mir wirklich ans Herz gewachsen.

»Du siehst auch sehr gut aus«, erwiderte ich und strich über ihr Kinn, worauf sie errötete. Ihre Augen waren goldbraun und ihre Haare sahen aus, als hätten warme Sonnenstrahlen sie geküsst.

Oft hatten wir uns nach dem harten Training in ein Bett gekuschelt und uns gegenseitig Kraft gespendet.

Die Beziehung zu ihr hatte eine andere Natur als die zu Erin und Mikko. Das Band zwischen Waisenkindern war aus Schmerz, Einsamkeit und Not geknüpft und durch Liebe gefestigt. Ich hatte mich ihnen angeschlossen, weil niemand alleine überleben konnte, und war bei ihnen geblieben, weil sie mein Herz eroberten. Doch auch wenn ich wusste, wie viel ich ihnen bedeutete, war meine Liebe nichts im Vergleich zu der Liebe, die sie füreinander empfanden. Sie waren eine Einheit, die sich ohne Worte verstand. Bei ihnen sah es so leicht aus zu lieben, so unkompliziert, als gäbe es nichts Einfacheres auf der ganzen Welt.

Dabei war es meistens so viel komplizierter.

Mirella und ich hatten uns in der bunten und lebhaften Welt der Freudenhäuser gefunden. Auch wenn man hier nie alleine war, fühlte ich mich so einsam wie nie zuvor, denn die Ausbildung zum Schmetterling war ein Weg voller Disziplin, Gehorsam und Schmerz. Umso glücklicher war ich, dass ich mich mit ihr etwas weniger alleine fühlen konnte. »Wir zwei gegen den Rest«, flüsterten wir uns oft ins Ohr, um uns Mut zu machen. Und es funktionierte. Wir hielten uns gegenseitig den Rücken frei in einer Welt, in der Freundschaften unerwünscht waren.

»Was, glaubst du, will Großmutter von uns?«, fragte Mirella mit einem Hauch von Sorge und ergriff meine Hand.

Wir würden es bald erfahren.

~

Zuerst war Mirella an der Reihe, dann ich. Großmutter Yubaba führte mich zum Balkon, von dem aus man einen guten Blick über die Straßen hatte.

»Was soll ich heute für dich erledigen?«, fragte ich sie artig.

»Das Geschäft der Schmetterlinge ist die Illusion. Wenn unsere Gäste einen Zuhörer möchten, hören wir zu. Wenn sie getröstet werden wollen, trösten wir sie. Wenn sie bestraft werden wollen, bestrafen wir sie. Wir geben den Menschen, was sie brauchen, und bringen sie so dazu, uns zu lieben.«

Ich nickte.

»Weißt du, was die meisten begehren?« Sie sah mich an.

»Beachtung«, antwortete ich. Meiner Erfahrung nach wollten die meisten Menschen gesehen werden, denn sie fürchteten sich, in der Masse zu verschwinden und in Vergessenheit zu geraten. Doch Großmutter schüttelte den Kopf.

»Vertrauen«, sagte sie. »Die Menschen in Tokito sehnen sich danach, jemanden zu treffen, dem sie vertrauen können. Jemanden, bei dem sie sich fallen lassen können. Doch in einer Welt wie unserer ist das schwer. Jeder könnte einem den Arbeitsplatz neiden und einen verraten. Letztendlich sind wir alle austauschbar.«

Wieder nickte ich.

»Ich möchte, dass du es schaffst, dass dir jemand vertraut. Und dann, wenn er eingelullt ist von der Illusion, mit der du ihn umgarnst, will ich, dass du ihm eine Haarsträhne abschneidest. Die wirst du mir bringen.«

»Ja, Großmutter.« Aufgaben wie diese kannte ich schon. Als Schmetterling war es unsere Pflicht, die Bedürfnisse unseres Gegenübers erkennen zu können und sie auszunutzen, um seine oder ihre Gefühle zu manipulieren. Auch wenn ich lieber sagte, dass ich Freude und gute Laune bereitete. Manipulation klang so … niederträchtig.

»Sei wachsam. Der Wettbewerb ist schwieriger, als du denkst. Unsere Herrin, die Geisha, will die Hälfte aller noch verbliebenen Mitstreiter aussortieren.«

»Die Hälfte?« Ich schluckte. So schwierig klang die Aufgabe gar nicht.

»Ja. Aber mach dir keine Sorgen. Gegen dein unschuldiges Gesicht hat niemand eine Chance.« Yubaba legte ihre faltige Hand unter mein Kinn und lächelte mich an, wie eine wirkliche Großmutter ihre Enkelin anlächeln würde.

Mir wurde ganz warm ums Herz, auch wenn ich es besser wissen sollte. Genau so hatte sie mich angesehen, kurz bevor sie mich eine Woche in einer Zelle ohne Licht eingesperrt hatte, um meine mentale Widerstandsfähigkeit zu testen. Und auch, bevor sie mich in ein Becken mit Eiswasser warf, um meine Willensstärke und Körperkontrolle zu prüfen. Und vermutlich hatte sie Mirella kurz zuvor mit genau demselben wohlwollenden Blick bedacht und so dafür gesorgt, dass sie sich besser fühlte. Von ihr lernten wir zu manipulieren und sie war eine Meisterin darin.

»Vergiss nie, süße Ryanne. Du bist etwas ganz Besonderes.«

Für diesen kleinen Moment wollte ich ihr glauben. Ich wollte glauben, dass sie mich wirklich für etwas Besonderes hielt. Und nicht nur für eine von vielen Anwärterinnen.

»Ich werde mein Bestes geben«, versprach ich.

»Daran zweifle ich nicht.« Sie nickte. »Du hast mich noch nie enttäuscht.«

»Danke, Großmutter«, sagte ich artig.

»Du bist wie ich, süße Ryanne. Ein Schmetterling. Und Schmetterlinge überleben jeden Sturm.«

Ich streckte meine Schultern und hob mein Kinn. Ich war bereit, die Aufgabe zu erfüllen. »Wer ist mein Ziel?«

Großmutter lächelte. »Ein Phari. Du hast zwei Stunden Zeit.«

Ein Phari?

Das war also der Haken …

~

Ich beobachtete ihn schon seit einer Stunde, denn ich wollte sichergehen, die richtige Strategie zu wählen. Ich würde nur einen Versuch haben, ihn zu überzeugen.

Der Phari war ein junger Mann, den ich noch nie gesehen hatte. Er sah gut aus. Sicher niemand, der Schwierigkeiten hatte, Mädchen kennenzulernen. Doch in seinem Blick lag etwas Rastloses, als hätte ihn die Vergangenheit Vorsicht gelehrt und ein grundlegendes Misstrauen gegenüber anderen Menschen. Ich konnte verstehen, warum Großmutter ihn gewählt hatte. Es würde nicht einfach werden, seine Mauer zu durchbrechen.

Je länger ich ihn beobachtete, desto mehr offenbarte er mir. Es war nicht nur das Misstrauen, das in seinen Augen lag. Gleichzeitig fand sich eine Sehnsucht darin. Der Wunsch, endlich einen Platz zu finden und anzukommen.

Ich kannte solche Männer. Sie brauchten jemanden, den sie retten konnten, um sich nützlich zu fühlen. Und genau das würde meine Strategie sein.

Aber ich musste vorsichtig sein. Es hieß, dass die Spirits den Phari übermenschliche Kräfte verliehen hatten, dass sie fliegen konnten und unsterblich waren. Allerdings war ich mir sicher, dass nicht jedes Gerücht stimmte. Sicher war wohl nur, dass sie außergewöhnliche Kämpfer waren.

Seitdem ich den Phari beobachtete, irrte er ziellos durch die Straßen. Erst dachte ich, er suche etwas. Mittlerweile glaubte ich, dass er vielmehr etwas vermied. Ich kannte diese innere Unruhe nur zu gut. Früher war ich auch stundenlang durch die Stadt geschlichen, um nicht ins Waisenhaus zurückzumüssen.

Jetzt hatte ich meine wertvollen Gewänder ausgezogen, sodass ich nur noch das weiße Unterkleid trug. Weiß für die Unschuld. Ich holte tief Luft und kniff mir in die Schulter. Wieder und wieder, bis sie von Blutergüssen übersät war. Dann zerriss ich das Kleid darüber.

So zugerichtet verfolgte ich den Phari bis zum Viertel des Affenclans. Hier wimmelte es von streitsüchtigen Raufbolden und Schlägern, die nur darauf warteten, die Situation eines kleinen Mädchens auszunutzen. Als er auf eine ruhige Straße zusteuerte, sah ich meine Chance. Ich schwang mich die Feuerleiter hinunter, landete elegant auf dem Boden und ging auf einen Arbeiter zu, der sich gerade über sein Mittagessen hermachte. Der Mann war groß und stämmig, wie für den Affenclan üblich. Seine Nase war krumm, offenbar mehrfach durch Prügeleien gebrochen. Genau das, was ich brauchte, denn um ein Opfer zu sein, brauchte ich einen Täter.

Und dieser hier war perfekt.

Ich rempelte ihn an.

»Hey, pass doch auf, junges Fräulein«, sagte er, ließ sich aber nicht aus der Ruhe bringen und biss erneut von seinem Butterbrot ab. Ich hatte erwartet, dass er mich zurechtweisen oder beschimpfen würde.

Verdammt!

Warum blieb er so höflich?

Jeden Moment würde meine Zielperson in die Straße einbiegen. Also musste ich mir etwas mehr Mühe geben. Ich trat vor, nahm dem Affen sein Essen weg und warf es vor seinen Augen auf den Boden.

»Was soll denn das?« Er starrte mich entsetzt an. Die andere Hälfte seines Brotes ragte ihm noch aus dem Mund. Doch wider Erwarten erhob er nicht seine Hand gegen mich. Ja, nicht einmal seine Stimme. »Das hat mir meine Frau geschmiert.«

Ich warf einen Blick auf sein Handgelenk, das tatsächlich eine Affentätowierung zierte. Wo war die kurze Zündschnur, die ihnen nachgesagt wurde? »Was ist los mit dir, Bananenfresser?«, fragte ich und schubste ihn.

»Bist du betrunken, junges Fräulein? Brauchst du einen Arzt?«

Zu spät.

Der Phari bog bereits in die Straße ein und ließ mir keine andere Wahl. Ich schrie auf und warf mich zu Boden. Auf Anhieb zu weinen war eine der ersten Fähigkeiten, die wir während unserer Ausbildung zum Schmetterling lernten.

»Nein. Bitte nicht!«, bettelte ich und rutschte von dem Affen fort, der mir folgte. Allerdings in besten Absichten.

»Ich will dir doch nichts tun. Bist du verletzt?«

»Nein, bitte. Schlag mich nicht«, wimmerte ich, während mir die Tränen in Strömen über die Wangen flossen. »Schlag mich nicht mehr. Ich tue alles, was du willst.«

»Hey! Was soll das?«

Die Stimme meines Retters. Immerhin einer hielt sich an den Plan!

Wie erhofft eilte er herbei und stieß den Affen, der mir leidtat, beiseite.

»Verschwinde!«, knurrte der Phari, als der Affe beschwichtigend seine Hände hob.

»Aber … Aber ich mache hier doch bloß Mittagspause.«

Ich musste mich zusammenreißen, um nicht aufzuspringen und den Plan abzublasen. Dieser Affe war ein guter Kerl. Im Gegensatz zu mir. Warum hatte ich nicht auf einen Kriminellen stoßen können, der nicht gezögert hätte, einem wehrlosen Mädchen eine Lektion zu erteilen? Jemanden, der es verdient hatte, so benutzt zu werden?

Denk an den Schmetterling in deinem Nacken. Du musst diese Prüfung bestehen, Ryanne!

»Ich sag es nicht noch einmal.« Mein Held schob seinen Umhang zur Seite, um ein Kurzschwert zu enthüllen. Der Griff sah aus wie ein Leuchtturm und war der erste Hinweis, den der Affe entdeckte. Der zweite war die senfgelbe Kleidung, die mein Retter unter dem Umhang zu verbergen versuchte. Seine Augen wurden groß, als er verstand, wer da vor ihm stand.

»Herr Phari«, murmelte er. »Was für eine Ehre …«

»Verschwinde von hier.«

»Natürlich.« Kopfschüttelnd hob der Affe die Reste seines Butterbrotes auf und ging.

»Alles in Ordnung bei dir?« Mein Retter schlug seine Kapuze zurück, und während er sich über mich beugte, wurde sein Blick wärmer. Er sah wirklich gut aus. Markante Kieferknochen. Die helle, reine Haut der aus dem Norden Stammenden und blaue Augen, blau wie der Himmel an einem kalten, wolkenlosen Wintertag.

»Danke«, hauchte ich, als ich die angebotene Hand annahm. Er zog mich hoch und führte mich zu einigen Stufen, auf die ich mich setzen konnte. »Mir geht es gut.«

»Danach sieht es nicht aus.« Auf seiner Stirn entstanden Sorgenfalten. »Darf ich mir das ansehen?«

Er deutete auf meine Schulter und ich nickte zögerlich. »Sie scheint nicht gebrochen, aber du solltest sie kühlen und schonen«, sagte er, nachdem er sie untersucht hatte.

»Das werde ich.« Ich schenkte ihm ein schüchternes Lächeln. »Warum hast du mich gerettet?«

»Niemand sollte geschlagen werden«, antwortete er und ich sah einen Schatten der Erinnerung über sein Gesicht huschen.

Wie beiläufig berührte ich seinen Arm, um ein Blick auf seine Tätowierung zu werfen, doch ich konnte keine entdecken. Dafür zierten seltsame Dreiecke und Linien seine Handrücken und auch sein Kinn. Er musste meine Überraschung bemerkt haben, also sah ich ihn direkt an.

»Wer bist du?«, fragte ich. Es half immer, sich etwas dumm zu stellen. Das ließ einen ungefährlicher wirken.

»Niemand.«

»Dann danke für deine Hilfe, Niemand.« Ich schenkte ihm mein breitestes Lächeln und konnte spüren, wie seine Schutzmauern bröckelten. »Darf ich dir zum Dank eine Orange schenken?«

Ich pflückte sie aus meiner Tasche.

»Wo hast du die denn her?«

»Geklaut«, sagte ich unbeschwert und entlockte ihm ein ehrliches Lachen.

»Behalte sie ruhig.« Natürlich sagte er das, denn er war nicht jemand, der armen Straßenmädchen ihr Essen wegnahm.

»Ich bestehe darauf.« Ich drückte sie ihm in die Hand und schloss seine Finger darum. Sanfte Berührungen. Noch etwas, das half, Brücken zueinander zu bauen.

»Danke. Aber wir Phari nehmen keine Geschenke an.«

»Du bist … ein Phari?«, flüsterte ich mit gespieltem Erschrecken.

Er antwortete nicht. Das musste er auch nicht. Ich konnte auch so sehen, dass er es genoss, den Retter zu spielen. In scheinbarer Ehrfurcht schlug ich mir die Hände vor den Mund und ließ Tränen in den Augen aufblitzen, bevor ich demütig auf die Knie sank. »Mein Herr …«

Er wich entsetzt zurück.

»Schon gut«, murmelte er, rot vor Scham. Offenbar hatte ich es übertrieben. Er mochte es zwar, bewundert zu werden, war aber einer von der Sorte, die sich das nie eingestehen würden.

»Was machst du hier unten auf der Straße, mein Herr?«, wechselte ich schnell das Thema.

»Wir ermitteln in dem Fall der Blutlosen«, sagte er und runzelte die Stirn. Er sah so ernst aus. Das machte ihn älter, als er vermutlich war. »Weißt du darüber etwas?«

»Nein. Nicht wirklich.« Ich hatte davon gehört. Darüber gab es fast ebenso viele Legenden und Geschichten wie über die Phari. »Die Morde machen mir Angst. Aber ich hoffe sehr, dass du den Täter schnappst und Tokito ein klein bisschen sicherer machst.«

»Wir werden es versuchen«, versprach er, um dem armen, kleinen Straßenmädchen Hoffnung zu geben.

»Habt ihr schon eine Spur?«, flüsterte ich atemlos.

»Nun. Die Ermittlungen sind geheim, aber ich denke, wir sind auf dem richtigen Weg.«

»Wie aufregend.« Ich rückte vertraulich näher an ihn heran. »Darf ich um etwas bitten, Herr Phari?«

»Natürlich«, sagte er in seiner ganzen Großmütigkeit. »Und bitte, nenn mich nicht Herr Phari.«

»In Ordnung. Darf ich dich um etwas bitten, Herr Niemand?«

Er lachte auf. Schlagfertigkeit war offenbar etwas, das ihm gefiel.

»Klar.«

»Könntest ... könntest du mich segnen? Für Glück, du weißt schon.« Ich senkte die Augen und verschränkte die Arme hinter dem Rücken, als wäre mir die Bitte unangenehm.

»Ich bin noch ein Novize ...«

»Aber du tust es trotzdem?« Als ich wieder zu ihm aufsah, legte ich so viel Hoffnung in meinen Blick wie möglich. »Es wäre mir so wichtig. Bitte ...«

Ich wusste nur wenig über die Spirits, die Geister, die unsere Welt durchstreiften. Meine Mutter hatte dem örtlichen Schrein Blumen gebracht, selbst gepflückte, da sie dafür kein Geld ausgeben wollte. Dann hatte sie um Reichtum, Gesundheit und Schönheit gebeten.

»In Ordnung.« Der Phari streckte seine Hand aus, leckte über seine Fingerkuppe und drückte mir seinen feuchten Daumen gegen die Stirn, während er die Augen schloss und lautlos seinen Segen murmelte.

Ich wusste nicht, ob mir so ein Segen wirklich half, aber schaden würde es sicher nicht. »Mögen die Spirits dich beschützen«, sagte er, als er fertig war.

»Ich danke dir. Vielen Dank!« Stürmisch umarmte ich ihn.

»Du hast diesen Tag zu etwas ganz Besonderem gemacht. Das werde ich dir nicht vergessen«, hauchte ich ihm ins Ohr, während ich eine Klinge aus meinem Ärmel hervorzauberte, nicht länger als mein kleiner Finger.

»Gern geschehen …« Sanft schob er mich von sich und in seinem Blick lag kein Misstrauen, nur Wärme. Ich hatte es geschafft. »Du … du hast mir gar nicht deinen Namen gesagt.«

»Ryanne«, flüsterte ich. »Und du?«

»Kiran«, sagte er nach kurzem Zögern.

»Ich hoffe, wir sehen uns wieder, Kiran.« Ich schenkte ihm mein liebenswertestes Lächeln. »Viel Glück mit deinem Fall. Falls du das brauchst … Du hast die Spirits ja schon auf deiner Seite.«

Dann drehte ich mich um und eilte davon. Ich spürte seinen Blick auf mir, während ich die Straße hinuntersprang. Ein letztes Mal blieb ich stehen und winkte ihm zu, bevor ich um die Ecke bog und verschwand. Ein triumphierendes Lächeln schlich sich auf mein Gesicht, als sich meine Finger um die blonde Haarsträhne schlossen. Das war einfacher gewesen als gedacht. Offenbar waren Phari doch nur normale Menschen.

~

Als ich nach Hause kam, erwartete mich Mirella schon in unserem Zimmer. Sie sprang auf, um mich zu umarmen.

»Und?«, fragte ich, als sie sich löste. »Ist bei dir alles gut gegangen?«

»Klar. Ich sollte so einen dicken, alten Kerl um den Finger wickeln.« Sie kicherte. »Ich dachte erst, er würde auf Männer stehen. Aber dann hab ich ihn doch noch gekriegt. Und bei dir? Ich will alles wissen.«

Sie führte mich ins Badezimmer. Dort erwartete mich ein dampfendes, wohlriechendes Bad, auf dem Blüten schwammen. Mirella war wirklich ein Schatz. Sie wusste immer, was ich gerade brauchte.

»Einen jungen Phari«, antwortete ich, während sie mir die zerrissene Kleidung abnahm. Dann ließ ich mich ins Wasser gleiten. Es duftete herrlich und die Wärme entspannte die Muskeln.

»Einen Phari?« Ihre Augen wurden ganz groß. »Das klingt viel schwerer als meine Aufgabe. Hattest du keine Angst, dass er deine Gedanken liest?«

»Ach, das sind doch bloß Gerüchte«, lachte ich. »Es war eigentlich gar nicht so schwer.«

»Für dich war es das nicht«, säuselte Mirella in mein Ohr. »Weil du zu gut bist.«

Ich spritzte sie mit Wasser nass. »Ach was!«

Quiekend brachte sie sich hinter einem Handtuchhalter in Sicherheit. Ich versank erneut im Wasser.

»Sah er gut aus?«

»Oh ja«, seufzte ich.

»Muss ich eifersüchtig werden?« Mirella spielte die Entrüstete.

»An dich kam er nicht heran«, beruhigte ich sie. Das wusste sie natürlich längst.

»Erzähl mir alles.« Sie begann, mir die Haare zu bürsten, und ich schloss die Augen. Ein Kribbeln fuhr über meine Kopfhaut und ließ den Rest des Körpers erschaudern.

Ich erzählte ihr von meinem Plan mit dem Affen und wie entsetzlich schief alles zunächst gegangen war.

»Er war einfach viel zu nett. Wahrscheinlich der sanftmütigste Affe des ganzen Clans«, lachte ich. »Ich fühle mich schrecklich.«

»Das solltest du auch«, scherzte Mirella und stand auf, um uns Tee zu holen. Auf dem Tablett lag zudem eine Salbe. Sie deutete auf meine Blutergüsse. »Das wird dir gegen die Schmerzen helfen.«

»Danke.«

»Tut es sehr weh?«

Ich nickte. Wie erhofft streckte sie ihren Finger aus und strich sanft über die Wunden.

»Besser?«

Ich nickte seufzend. Mirella hatte magische Hände und noch magischere Lippen. Als sie meine Schulter küsste, war der Schmerz fast vergessen.

»Noch besser?« Sie nahm meinen Kopf in ihre Hände und drückte ihre Lippen auf die meinen. Sie waren so weich und beschworen das Gefühl von wirbelnden Schmetterlingen in meinem Bauch herauf. Meine Hände vergruben sich in ihren blonden Locken. Ich wünschte mir, dass dieser Augenblick ewig währte.

»Du kennst die Antwort«, hauchte ich, als sie sich löste.

Sie schenkte mir Tee ein, bevor sie mir eine Tasse reichte. »Dann auf uns, meine süße Ryanne. Wir zwei gegen den Rest.«

»Wir zwei gegen den Rest.« Wir stießen mit unseren Porzellantassen an, die einen besorgniserregenden Laut von sich gaben. Dieser Brauch war nicht sonderlich schmetterlingshaft, aber hier im Badezimmer waren wir einfach nur zwei Mädchen, die sich über ihren Erfolg freuten. Ich ergriff ihre Hand und drückte sie mir ans Herz. »Ich bin wirklich froh, dass keiner von uns gehen muss.«

»Oh ja. Großmutter meinte, die Hälfte aller Anwärterinnen wird rausgeworfen.« Mirella schüttelte traurig den Kopf.

»Einfach auf die Straße«, murmelte ich und auf einmal spürte ich das beklemmende Gefühl von Angst in der Brust. »Wo würdest du hingehen? Du weißt schon, wenn du es nicht schaffen würdest?« Ich wusste, dass sie keine Familie hatte, zu der sie im Notfall zurückkonnte.

»Das darf nicht passieren.« Mirella knetete ihre Hände und ich wusste, wie sehr sie der Gedanke ängstigte. »Und du? Was würdest du tun?«

»Dieses Zimmer hier ist das einzige Zuhause, das ich kenne«, sagte ich. Ich hatte kein anderes. Ins Waisenhaus konnte ich nicht zurück, und auch wenn mir Erin und Mikko sicher helfen würden, wollte ich keine Belastung für sie sein.

»Wenn sie dich rauswerfen, versteck ich dich unter meinem Bett«, versprach Mirella und drehte eine Strähne meiner Haare um ihren Finger. »Ich lass nicht zu, dass dir etwas geschieht.«

»Das werde ich auch tun«, versprach ich ihr. Unser Versprechen besiegelten wir mit einem weiteren Kuss. Dann nahm ich noch einen Schluck Tee und schloss seufzend die Augen, während Mirella mir übers Haar streichelte. Ihre Finger hinterließen einen angenehmen Schauer auf meiner Kopfhaut.

Ein kostbarer Moment, der viel zu selten war. Meine Lider wurden schwer und schwerer, schwer wie Blei. Ich sank tiefer ins Wasser. Es war so einladend, so verlockend, wie Arme, die nach mir griffen, um mich in die einlullende Wärme hinabzuziehen.

Ich würde nie wieder aufstehen.

»Tut mir leid, süße Ryanne«, murmelte Mirella, die mir weiterhin die Haare streichelte. Ihre Stimme war weit weg, wie das Echo einer entfernten Erinnerung. »Großmutter sagte doch, dass du niemandem trauen darfst.«

»Was meinst du?«, nuschelte ich und zwang mich, die Augen zu öffnen. In Mirellas Hand blitzte die kleine Klinge, die alle Schmetterlinge bei sich führten. Mit einer geschickten Bewegung schnitt sie damit eine Strähne meiner Haare ab. »Was soll das?«

Ich wollte mich aufrichten, aber mein Körper gehorchte mir nicht. Was hatte sie mir gegeben?

»Es gab keinen dicken Mann.« In ihren Augen glänzten Tränen, als sie sich zu mir herunterbeugte und mir einen Abschiedskuss gab. »Du warst mein Ziel. Es tut mir leid.«

5

Erin Rider

Ich blühe im Schatten.

Ich war ein Geist.

Mehr tot als lebendig schleppte ich mich nach Hause. Es war ein Wunder, dass ich noch lebte.

Nein, kein Wunder. Es war die Macht eines Dämons gewesen, die mich vor dem Tod bewahrt hatte und die schlimmsten meiner Wunden geheilt hatte. Trotzdem löste jede Bewegung unerträgliche Schmerzen aus. Mit letzter Kraft öffnete ich die Tür und stolperte in den Flur. Meine Knie gaben nach.

»Mikko«, stöhnte ich, aber er antwortete nicht. Sicherlich suchte er noch nach mir, irrte durch die Straßen, halb wahnsinnig vor Sorge.

»*Oder er hat schon eine andere gefunden*«, säuselte der Distelkönig und kicherte böse.

»Da kennst du meinen Mikko aber schlecht.« Ich schloss die Tür mit dem Fuß und blieb auf dem Boden liegen. Die Augen geschlossen, atmete ich den vertrauten Geruch unserer Wohnung.

Ich war zu Hause. Auch wenn man als Clanlose nirgendwo wahrhaftig sicher war, fühlte ich mich hier geborgen. Ich seufzte vor Erleichterung und übergab meinen Körper der Bewusstlosigkeit, in der ich endlich den Schmerzen entkam.

~

»Erin!«

Ich öffnete meine verschwollenen Augen und versuchte zu lächeln, als ich ihn sah.

Au! Mein Kopf fühlte sich an, als hätte man mir Hunderte von Nägeln in die Knochen gebohrt.

Mikko kauerte neben mir. Sein Gesicht war bleich und dunkle Schatten lagen unter seinen Augen.

Diese Augen! Diese wundervollen blauen Augen! Sie waren mein Anker und ich hielt mich an seinem Blick fest, um nicht von den Schmerzen davongeschwemmt zu werden. Ich wollte meine Hand heben und über seinen Bart streichen, um ihn zu beruhigen, aber mir fehlte die Kraft.

Mikko. Mein Mikko.

»Was ist passiert?« Er starrte hilflos auf mein zerrissenes Hemd und das viele Blut, das mich als klebrige Kruste bedeckte.

»Organhändler«, murmelte ich.

»Ich werde sie umbringen«, fluchte er wütend.

»*Zu spät*«, säuselte der Schatten in meinem Kopf.

»Komm.« Mikko versuchte, mich hochzuheben, aber seine Berührung verschlimmerte meine Schmerzen ins Unerträgliche. Gequält schrie ich auf.

»Alles gut«, murmelte Mikko. »Wir kriegen das hin.«

Dann stand er auf, um ein Bettlaken zu holen, das er vorsichtig unter mich schob. Damit zog er mich ins Badezimmer, wo er mich behutsam entkleidete. Ich zuckte bei jeder Berührung schreiend zusammen, sodass es eine gefühlte Ewigkeit dauerte, bis er die Überreste meiner Kleidung, die vom Blut mittlerweile hart und steif waren, entsorgen konnte.

»So viel Blut«, murmelte er.

»*Nicht nur von uns*«, gurrte der Distelkönig.

»Ich … wollte … zurück. Nur zurück«, flüsterte ich und eine Träne rollte aus meinem Augenwinkel. »Zu dir.«

»Psst. Du musst nichts sagen, Moji. Ich werde mich um dich kümmern.«

»*Er nennt dich Müllqualle*«, bemerkte der Distelkönig.

»Ich liebe dich.« Mikko küsste vorsichtig meine Stirn. Immer und immer wieder, als könnte er mir so die Schmerzen nehmen. Und es funktionierte. Zumindest ein bisschen. »So sehr.«

Er nahm ein Handtuch, tränkte es in warmem Wasser und wusch meinen Körper. Ganz sanft. Dabei sah sein Gesicht aus, als würde er ähnliche Qualen durchleben wie ich.

»Tut mir leid«, flüsterte er immer wieder. »Eigentlich musst du in ein Hospital …«

Aber da würden sie keine Clanlose behandeln. Er musste es nicht aussprechen. Wir beide wussten es.

Nachdem er mich gesäubert und meine Wunden desinfiziert und verbunden hatte, machte er einen erneuten Versuch, meinen lädierten Körper auf unser Bett zu hieven. Ich schrie, als er mich hochhob, aber irgendwie schaffte er es, mich auf die Matratze zu legen. Dann eilte er in die Küche, um mir etwas zu trinken zu bringen. Als er wiederkam, war ich bereits eingeschlafen.

In der Nacht wich er nicht von meiner Seite. Ich konnte seinen sorgenvollen Blick spüren. Und immer wenn ich aufstöhnte, spürte ich seine Finger, die beruhigend über meinen Kopf und die Stirn strichen, ganz vorsichtig, so als befürchte er, ich könnte bei der kleinsten Berührung zerbrechen.

~

Am nächsten Tag ging er nicht zur Arbeit, sondern meldete sich krank. Das konnte ihn in große Schwierigkeiten bringen, aber ich hatte keine Kraft zu diskutieren.

Er kochte Tee und Milchbrei für mich. Ich hatte gerade drei Bissen heruntergeschluckt, als uns ein Klopfen unterbrach.

»Wer kann das sein?«, flüsterte ich, als Mikko in die Küche eilte, um ein Messer aus der Küchenschublade zu ziehen. Sein Gesicht war kreidebleich und seine Hand zitterte, als er nachsah.

»Keine Sorge. Es sind sicher nicht die Organhändler.«

Wenig später hörte ich ein entsetztes »Erin!« und Ryanne beugte sich über mich. »Was ist passiert?«

»Organhändler«, sagte Mikko kurz angebunden. »Kannst du Verbände und Schmerzmittel besorgen?«

»Natürlich.« Ryanne nickte. Ihre Lippen bebten, aber sie vergoss keine Träne. Ich vergaß immer wieder, dass sie nicht länger das kleine Mädchen aus dem Waisenhaus war. Sie war älter geworden, wie wir alle. Aber im Gegensatz zu mir hatte sie es trotz der harten Jahre geschafft, ihre Unschuld zu bewahren.

»Unschuldig ist sie sicher nicht …«

»Nur, wenn es dich nicht in Schwierigkeiten bringt«, ergänzte Mikko schnell.

»Keine Sorge. Ich habe heute sowieso … frei.« Sie versuchte ein Lächeln, aber es gelang ihr nicht, die Sorge aus Mikkos Gesicht zu vertreiben oder aus ihrem eigenen.

»Warum hast du Gepäck dabei?« Mikko deutete auf eine Tasche, die Ryanne im Flur abgestellt hatte. »Bist du in Schwierigkeiten?«

»Ich?« Ryanne lachte auf und winkte ab. »Ach, Mikkoschatz. Mach dir nicht immer so viele Sorgen. Ich wollte nur bei meiner Mutter vorbeisehen.«

»Du hast wieder Kontakt zu ihr?«, fragte Mikko irritiert.

»Guck nicht so. Ich kann schon auf mich aufpassen.« Obwohl ihre Mutter sie vor einem Waisenheim ausgesetzt hatte, hatte Ryanne immer noch das Bedürfnis, sie zu unterstützen, in der Hoffnung, irgendwann die Liebe zurückzubekommen, die sie sich so sehr wünschte.

Mikko und ich hatten uns damit abgefunden, dass wir Waisen waren. Es machte uns nichts aus, denn immerhin hatten wir uns. Bei Ryanne war das anders gewesen. Ihr Blick war immer voller Sehnsucht, wenn sie Familien sah. Ihre Mutter hatte in ihrem Herzen ein Loch hinterlassen. Ein Loch, das wir nie ganz füllen konnten.

»Du solltest ihr nicht vertrauen«, mahnte Mikko.

»Ich weiß, aber sie ist meine Mutter. Trotz allem.«

»Ich mag die Kleine«, flüsterte der Distelkönig und ich spürte, wie er sie interessiert musterte.

Jeder mochte Ryanne. Aber es war nicht ihre unbeschwerte Art, die er meinte. Und auch nicht ihr rührender Wunsch nach einer richtigen Familie. Er schien noch etwas anderes in ihr zu sehen. Etwas, das ich nicht greifen konnte.

Ryanne strich mir sanft über den Kopf und drückte mir einen Kuss auf die Stirn.

»Ich komme so schnell zurück, wie ich kann«, versprach sie, bevor sie mit Mikko im Flur verschwand. Dort flüsterten sie miteinander.

»Sicher wundern sie sich, wie wir das überlebt haben«, flüsterte der Schatten. *»Was wirst du ihnen sagen?«*

Ich wusste es noch nicht.

»Du darfst ihnen nicht von mir erzählen. Weißt du, was die Phari mit Menschen wie dir machen?«

Nein. Das wusste ich nicht.

»Nun, du würdest dir wünschen, auf dem Tisch der Organhändlerin gestorben zu sein.«

Der Schatten hatte recht. Es war besser, Ryanne nicht einzuweihen. Man konnte niemandem vertrauen, wenn es um ein Geheimnis dieser Größe ging. Außerdem wollte ich ihr das nicht aufbürden, denn mit diesem Wissen kam auch eine große Gefahr.

»Du bist vernünftiger, als ich dachte«, seufzte der Distelkönig erleichtert.

Bei Mikko war das jedoch etwas ganz anderes.

»Ist es nicht!«

~

»Moji?«

Als Ryanne fort war, kam er wieder ins Zimmer und setzte sich zu mir aufs Bett. Es tat so gut, sein Gesicht zu sehen. Und seine Augen, die immer eine Spur sanfter wurden, wenn ihr Blick auf mich fiel.

»Ich muss ... dir so viel ... sagen«, stöhnte ich.

»Und ich will alles wissen.« Er ergriff meine Hand und hielt sie, während ich nach den richtigen Worten suchte. Wie sollte ich ihm verständlich machen, dass ich nur überlebt hatte, weil ich mich zuvor aus einem Fenster gestürzt hatte.

»Erzähl ihm nicht von mir. Ich warne dich! Ich werde ... «

Natürlich erzählte ich Mikko alles. Einfach alles. Und er hörte zu.

»Du dummes Ding! Er wird dir kein Wort glauben«, zeterte der Schatten.

»Ich glaube dir«, sagte Mikko.

»Ihr seid beide verrückt!«

Ich hatte gewusst, dass Mikko mir glauben würde. Jedes Wort, egal wie fahrig und durcheinander meine Geschichte klang. Und ich hatte recht. Er drückte meine Hand an sein Herz, bevor er sich neben mich auf das Bett legte.

»Ändert das etwas?«, wagte ich schließlich zu fragen.

»Natürlich nicht. Ich bin einfach nur froh, dass du lebst«, flüsterte er und vergrub seinen Kopf an meiner Schulter. »Und dieser dunkle Spirit … er hört uns zu?«

»Jedes Wort«, bestätigte ich.

Mikko räusperte sich. »Na gut. Ähm … Hallo, Distelkönig. Freut mich, dich kennenzulernen.«

»Das ist so demütigend.«

»Hat er was gesagt?«, flüsterte Mikko.

»Er ist … nicht sehr höflich«, kommentierte ich.

»Danke, dass du Erin gerettet hast. Das werde ich dir nie vergessen.«

»Ich bereue es gerade.«

»Er freut sich auch sehr, dass ich seinen Fluch gebrochen habe.«

»Ich sehne mich nach der Tonscheibe zurück.«

»Ist er jetzt immer da?«, fragte Mikko weiter.

»Ich fürchte, ja.«

»Und kann er auch mal … verschwinden und uns etwas …«, Mikko senkte die Stimme und flüsterte, »… Privatsphäre gönnen?«

»Oh. Jetzt wird es interessant«, feixte der Schatten.

»Ich weiß es nicht«, antwortete ich ehrlich. »Ich war noch nie besessen.«

6

Ryanne Cimon

Schönheit ist Macht.

Nachdem ich Verbandsmaterial besorgt hatte, nahm ich meine Tasche und verabschiedete mich. Eigentlich hatte ich vorgehabt, Mikko um Hilfe zu bitten, aber in seinem Kopf war kein Platz für weitere Sorgen.

Ich hatte sie nie kennengelernt. Die wahre Liebe. Meine Mutter war Prostituierte und hatte für meinen Vater, einen ihrer vielen Freier, nichts empfunden. Ich war mir nicht einmal sicher, ob sie etwas für mich empfand. Immerhin war ich bloß »ein dummer Unfall« gewesen.

Als Schmetterling lernte ich, wie ich Menschen dazu brachte, sich in mich zu verlieben. Ich dachte, das zwischen Mirella und mir sei so etwas wie Liebe gewesen, ein unverzeihlicher Fehler, wie sich herausgestellt hatte. Ich hätte den Glauben an die wahre Liebe längst verloren, wenn es nicht Erin und Mikko geben würde. Was sie miteinander teilten, war anders als alles, was ich je erlebt hatte. Es war selbstlos. Und rein.

~

Als ich die Straße der Roten Türen erreichte, hatte es zu regnen begonnen. Das Wasser rann in Bächen von den Dächern und flutete die Straße.

Ich beeilte mich, unter den Schutz der Vordächer zu gelangen, und setzte meinen Weg, die Tasche an mich gedrückt, fort. Meine Schuhe waren innerhalb von Minuten durchgeweicht und erzeugten bei jedem Schritt ein schmatzendes Geräusch. Meine Haare klebten mir auf der Stirn und Wasser rann unaufhörlich meinen Nacken hinunter. Durchnasst und vor Kälte zitternd erreichte ich mein Ziel. Mein Herz sank, als ich klopfte. Niemand öffnete.

Ich hatte alles verloren. Meine Freundin. Mein Zuhause. Meine Chance auf eine unbeschwerte Zukunft. Und etwas, das erstaunlich schwer wog: meine Würde.

Das Leben, das ich gelebt hatte, war wie ein Traum gewesen. Nicht nur regelmäßiges Essen, sondern Köstlichkeiten, die wir nie zuvor gesehen hatte. Exotische Früchte, Pralinen und sprudelnde Getränke. Teure Kleidung aus Seide und Schmuck, der bei jedem Schritt klimperte. Wie oft hatte ich vor dem Spiegel gestanden und das zerlumpte Mädchen aus dem Waisenhaus darin gesucht.

Ich hatte gewusst, wie hart Großmutters Prüfungen sein konnten und wie unbarmherzig sie Mädchen ihrer Flügel wieder beraubte. Und doch hatte ich mich immer sicher gefühlt. Sie hatte mir das Gefühl gegeben, etwas Besonderes zu sein, ihre Favoritin. Doch ich war nichts Besonderes, bloß eine von vielen, die gehofft und versagt hatten.

Großmutter hatte mich nicht einmal verabschiedet …

Reiß dich zusammen, Ryanne.

Mein wertvollster Besitz, der azurblaue Seidenkimono, lag zusammengepresst in meiner Tasche. Ich hatte ihn einfach eingepackt, auch wenn es mir von nun an nicht mehr gestattet war, ihn zu tragen. Dieses Recht war nur Schmetterlingen vorbehalten. Ebenso wie das eigentliche Zeichen, das mir noch fehlte. Das Schmetterlingstattoo im Nacken.

Hoffentlich gibt das keinen Ärger … Natürlich gibt das Ärger. Was hast du dir nur dabei gedacht?

Ich klopfte erneut an der Tür.

Keine Reaktion.

Seufzend schob ich meine Tasche an die Hauswand und setzte mich darauf. Eine Familie rosafarbener Müllquallen suchte ebenfalls Schutz vor dem Regen. Ich wusste, dass Mojis nicht in Familien lebten, trotzdem stellte ich mir vor, wie die zwei kleineren Quallen sich an ihre Mutter drückten, während sie ihnen erklärte, warum der Regen für ihre hauchdünnen Membranen so gefährlich war. »Gebt auf eure Gaskammern acht, Kinder. Wenn sie reißen, könnt ihr nicht mehr fliegen«, sagte Mutter Moji.

Ich blickte zum Himmel empor. Die Methanwale hatten sich aus demselben Grund über die dicke schwarze Wolkendecke zurückgezogen. Früher hatten Mikko, Erin und ich uns oft vorgestellt, auf dem Rücken der Gaswale durch den Himmel zu reiten. Raus aus Tokito. Raus in eine andere, bessere Welt. Immer wenn ich die Riesen über meinem Kopf erblickte, beschleunigte sich mein Herzschlag.

»Ach, wären wir doch davongeflogen«, dachte ich nun wehleidig und kratzte mir das Handgelenk. Die Stelle, auf der meine Lotusblüte geprangt hatte, war gerötet und leer. Man hatte mir die Tätowierung genommen und damit meinen Wert für die Gesellschaft.

Ich musste neue Arbeit finden und das schnell. Sonst würden mich die Organhändler schnappen und im Gegensatz zu Erin würde ich ihnen sicherlich nicht entkommen.

Plötzlich kam ein Mann die Straße entlanggetorkelt. Ich hörte ihn, bevor ich ihn sah, denn er sang lauthals immer wieder dieselben Verse.

»Ich bin ein Tunichtgut,
der nichts weiter tut.
Und wer nichts tut,
ist zu nichts gut.«

So einfallsreich, wie diese Zeilen waren, hatte er sie vermutlich soeben selbst gedichtet. Großmutter warnte uns vor Alkohol. Er baute die Hemmungen ab, eine Wirkung, die man sich zunutze machen konnte, aber es machte das Gegenüber auch gefährlicher und unberechenbarer.

»Ich bin ein Tunichtguuuuut,
der nichts weiter tuuuuut.«

Ob er wohl ein Clanloser war? Ich konnte mir nicht vorstellen, dass jemand wie er einer anständigen Arbeit nachging. Menschen mit Arbeit hatten für so etwas wie sinnloses Betrinken keine Zeit. Er hatte vermutlich recht. Er war ein Tunichtgut, der keinen Beitrag für die Gesellschaft leisten konnte und so nach und nach im Morast der Nutzlosigkeit versunken war.

Auch du bist gerade clanlos, kleine Ryanne, erinnerte mich meine innere Stimme. Schnell schob ich den Stoff meines Ärmels über das geschwollene, leere Handgelenk.

»Und wer nichts tuuuuuuut,
ist zu nichts guuuuuut.«

Unter einer leuchtenden Werbetafel, auf der eine leicht bekleidete Frau an die Dienste dieses Viertels erinnerte, stolperte der Mann über seine eigenen Füße und fiel bäuchlings auf die Straße. Für eine gefühlte Ewigkeit rührte er sich nicht mehr. Sollte ich ihm helfen? Ich erhob mich langsam von meiner Tasche und ging bis zu der Grenze, die das schützende Dach zwischen Regen und Trockenheit zog.

Steh auf, dachte ich. *Komm schon.*

Was sollte ich tun?

Großmutter würde mir zur Vorsicht raten. »Der Narr hat sein Schicksal selbst gewählt«, würde sie sagen, doch Großmutter war nicht hier. Sie saß im warmen, trockenen Freudentempel und trank vermutlich Tee.

Guck nur ganz schnell, ob er tot ist. Wenn ja, kannst du eh nichts mehr tun.

Und so eilte ich kurze Zeit später über die überflutete Straße zu dem Narren, der reglos auf dem Boden lag.

»Hallo?« Ich stupste ihn zaghaft mit dem Fuß an. Als er sich nicht bewegte, versuchte ich, ihn auf den Rücken zu drehen, was weitaus schwieriger war als erwartet. Der Körper war so schwer und unbeweglich wie ein nasser Sack Reis. Gerade wollte ich Atmung und Puls überprüfen, da begann der Mann zu schnarchen.

Okay, nur ein schlafender, betrunkener Narr … Und was jetzt?

Ich wischte mir die nassen, klebenden Haarsträhnen von der Stirn und sah mich um. So konnte ich ihn nicht liegen lassen. Regenwasser staute sich bereits vor seinem Gesicht, da er den Weg zum Abfluss versperrte. Was, wenn er ertrank? Oder überfahren wurde?

»Mein Herr?«, fragte ich zögerlich. »Hallo? Aufwachen!«

Ich griff seine Hand und zerrte an seinem Arm, aber der Mann wachte nicht auf. Gerade überlegte ich, doch aufzugeben und ihn einfach seinem Schicksal zu überlassen.

»Hey.« Ein Fremder kam durch den Regen auf mich zu und blieb stehen. Zuerst hielt ich ihn für einen Besucher des Rote-Türen-Viertels, der das Wetter nutzte, um sich unbemerkt davonzustehlen. Er lugte unter dem breiten Regencape hervor und sah mich an. Seine Augen hatten etwas an sich, das mir einen Schauer über den Rücken jagte.

Kalt und leer, als hätte er seine Seele zu Hause vergessen. »Ist das ein Clanloser?« Er nickte zu dem Betrunkenen.

Sicher hatte er nichts Nettes mit ihm vor.

Verschwinde, Ryanne!

Doch aus irgendeinem Grund dachte ich genau in diesem Moment an Erin, die nicht weglaufen würde, und anstatt meinem Instinkt zu folgen, begann ich zu kichern. »Nein, bloß einer meiner Kunden, der zu viel getrunken hat«, entgegnete ich und hoffte, dass er mir die Geschichte abkaufen würde. »Ich hol wohl besser Hilfe.«

Der Mann zuckte die Schultern und ging weiter.

Als er außer Sichtweite war, zerrte ich den Betrunkenen unter das Vordach. Zentimeter für Zentimeter, bis er endlich im Trockenen war. Meine Arme und Beine brannten vor Anstrengung, aber immerhin wurde mir durch die Aktion warm.

Erschöpft sank ich neben dem Körper zusammen und lehnte mich an die Hauswand.

»Das wäre geschafft«, erklärte ich der Müllquallen-Familie, die mich aufmerksam beobachtete.

»Und das, liebe Kinder, ist ein Mädchen, das sehr, sehr einsam ist«, verkündete Mutter Moji. »Sie rettet sogar betrunkene Clanlose, um sich weniger allein zu fühlen.«

Schon nach kurzer Zeit spürte ich die Kälte, die wieder meine durchnässten Glieder hochkroch. Der Mann roch unangenehm nach Alkohol und ich überlegte kurz, etwas weiter wegzurücken. Andererseits war er angenehm warm.

Wie tief bin ich bloß gesunken?

Gestern hatte ich noch mit Mirella und den anderen auf weichen Seidenkissen gesessen, Musik gemacht und gelacht. Nie hätte ich da für möglich gehalten, dass ich jetzt in der Gosse sitzen würde, neben einem stinkenden Clanlosen, und mich mit Müllquallen unterhielt.

Ich warf ihm einen verstohlenen Blick zu. Eine kleine Narbe verlief unter seinem Auge. Sie wirkte nicht entstellend, sondern machte sein Gesicht interessanter. Er sah nicht schlecht aus. Wenn man ihm die Haare schneiden und den Bart in Form bringen würde, könnte er sogar ganz ansehnlich sein.

Gerade wollte ich nach seinem Tattoo schauen, als ein Geräusch mich zusammenzucken ließ.

»*Miau.*« Eine Katze trat aus dem Regen zu uns. Sie blieb kurz stehen, um mich mit durchdringenden Augen zu mustern.

Gruselig. Und irgendwie auch ganz niedlich.

Ich streckte die Hand nach ihr aus, aber sie fauchte und sprang mit einem Satz außer Reichweite. Auf einmal sah ich Gestalten durch den Regenschleier. Zuerst hielt ich sie für zufällige Passanten, doch sie kamen direkt und ohne Umweg auf uns zu.

Es waren drei. Zwei Männer und eine Frau. Und sie blieben vor uns unter dem Hausdach stehen. Einer von ihnen hielt eine neonfarbene Röhrenlampe, mit der er mir ins Gesicht leuchtete.

Wer waren sie? Menschenhändler?

Als ich mich erhob, verbarg ich meine Arme hinter dem Rücken, um meine Klinge aus dem Ärmel zu holen. Sie war zwar nur kurz, aber äußerst scharfkantig und lag in einer als Schmuck getarnten Halterung verborgen. Ein weiteres Souvenir, das ich hatte mitgehen lassen.

Großmutter hatte uns beigebracht, wie wir uns verteidigen konnten, denn ein Schmetterling war vielleicht bezaubernd, aber niemals wehrlos.

Du kannst nicht gewinnen. Nicht gegen drei. Und du weißt, was du dann tun musst …

Ich wusste es. Um das letzte bisschen, das mir an Würde und Stolz geblieben war, zu behalten, musste ich diese Klinge für den Keikei verwenden, für den letzten Flug des Schmetterlings.

Vor vielen Jahren, als der Tigerclan noch existierte, wurden immer wieder Schmetterlinge von Kriegern entführt, um sie als Gefangene für ihr persönliches Vergnügen zu benutzen. Der Verrückte König, Fürst der Tiger, hatte den Lieblingsschmetterling der Geisha sogar gezwungen, seine Frau zu werden, bevor sie sich das Leben nahm. Auch Großmutter wäre beinahe ein Opfer der Entführungen geworden.

»Kein Opfer«, würde sie sagen. »Ein Schmetterling ist niemals ein Opfer. Und er verliert nie die Kontrolle.« Angeblich hatte sie zwei Krieger getötet und sich danach das Messer selbst in den Hals gerammt, um zu verhindern, dass sie von den Tigern mitgenommen wurde. Man hatte sie für tot gehalten und liegen gelassen. Sie hatte den Keikei wie durch ein Wunder überlebt und trug die Narbe am Hals wie ein Accessoire. Aber ich war nicht wie sie. Ich wollte nicht sterben!

»Wer seid ihr?«, flüsterte ich, während ich meine Schultern hob und den Blick senkte, um hilflos und eingeschüchtert zu wirken. Wenn sie mich unterschätzten und unachtsam waren, könnte mir das den Vorteil geben, den ich brauchte.

Einer der Männer, ein schlanker Kerl mit zotteligem Haar, machte jedoch nicht den Fehler, näher zu kommen. Er musterte mich so ausgiebig, dass ich seinen Blick förmlich auf mir spüren konnte. Dann senkte er seine Röhrenleuchte und streckte seinen Arm aus, um mir seine Tätowierung zu zeigen. Feine Linien, die wie Kratzspuren wirkten.

Der Streunerclan.

»Wir haben gesehen, was du mit ihm gemacht hast«, sagte er und nickte in die Richtung des Betrunkenen, der weiterhin schnarchte.

»Ich habe ihm nichts gestohlen«, stellte ich klar, woraufhin die drei zu lachen begannen.

»Das wissen wir«, sagte der Mann und senkte seine Stimme. »Andernfalls würden wir uns auch nicht mehr unterhalten.«

Er gab seinen Begleitern ein Zeichen, die den Betrunkenen hochzogen und zwischen sich nahmen.

»Was wollt ihr von ihm?«, fragte ich alarmiert. Die Streuner waren eine Gruppe aus Straßenkünstlern, Dieben und Betrügern. Der soziale Bodensatz, der sich zusammengeschlossen hatte und sich Clan nannte. Allerdings hatten sie auch Prinzipien. Wenn man den Gerüchten glauben konnte, eine Art Ehrenkodex, sofern es so etwas bei Verbrechern gab.

»Keine Sorge, Mädchen. Er ist einer von uns und wir bringen ihn nach Hause. Da solltest du auch hin.«

»Ich bin ... zu Hause.« Ich deutete auf das Haus hinter mir. Er musterte die rote Tür und den Türrahmen, der mit leuchtenden Rosen dekoriert war, und verstand.

»Du bist eine Prostituierte?«

»Ich bin ein Niemand«, entgegnete ich. Das entsprach mehr der Wahrheit, als ich zugeben wollte, denn was war ich schon ohne meine Flügel. Ohne meine Tätowierung. Bloß ein Unfall. Ein Mädchen, das niemals hätte geboren werden sollen.

»Ein Niemand zu sein ist nichts, wofür man sich schämen sollte. Es ist vielmehr eine Gelegenheit. Du kannst mit uns kommen, wenn du willst.«

»Nein, danke«, sagte ich.

»Wie du willst.« Er nickte mir ein letztes Mal zu, bevor er sich umdrehte. »Geh lieber rein. Durstige Yokai suchen wieder nach Blut.«

»Yokai?« Ich kannte Gruselgeschichten, die sich die Mädchen nachts erzählten, um sich gegenseitig zu erschrecken. »Ich habe keine Angst.«

Was redest du da? Du hast schreckliche Angst.

»Zumindest nicht vor dieser Art von Monstern«, ergänzte ich leise. »Nicht mehr.«

Die realen waren weitaus gruseliger.

~

Als die Streuner verschwunden waren, klopfte ich erneut an der Tür. Dieses Mal hatte ich mehr Glück. Auf der anderen Seite waren Schritte zu hören, gefolgt von Fluchen, und wenige Augenblicke später wurde geöffnet. Eine Frau im pinkfarbenen Bademantel öffnete, hinter ihr ein Wachmann, der nicht gerade glücklich aussah, um diese Uhrzeit geweckt zu werden.

Die Frau hatte schönes seidenschwarzes Haar, in das sie Gold und Silberfäden geflochten hatte, doch die Frisur hatte sich aufgelöst und sah unordentlich aus.

»Ryanne?«, fragte sie und musterte mich mit einer Mischung aus Verwunderung und Misstrauen. Überwiegend Misstrauen. »Was willst du denn hier?«

Ihr Blick fiel auf die Müllquallen, die unter dem Dach Schutz suchten. Unwirsch griff sie zu einem Besen, um die ungebetenen Gäste zu verjagen.

»Hallo, Mutter.«

7

Erin Rider

Ich blühe im Schatten.

Ich kauerte im Windschatten einer Reklametafel auf dem Dach unseres Hauses und sah auf die beleuchtete Straße hinunter. Es war früh am Morgen und die Sonne schob sich gerade erst über den Horizont.

Im Gegensatz zu Ryanne hatte ich nie Angst vor der Dunkelheit gehabt. Ich hatte in ihr einen willkommenen Freund gesehen, der seinen schützenden Mantel um mich legte und mir Ruhe versprach. Ryanne war nachts oft zu mir ins Bett gekrochen. Sie hatte sich vor den Monstern gefürchtet, die sich dort in den Schatten verbargen.

»Es gibt keine Monster«, hatte ich dann geflüstert, während ich ihr beruhigend über den Kopf gestreichelt hatte, aber ich konnte sie nicht überzeugen.

»Doch, die gibt es.«

Damals hatte ich ihr nicht geglaubt. Nun wusste ich es besser.

Es gab Monster, die in den Schatten lauerten. Dämonen. Ich spürte die Dunkelheit, die mich mit unnachgiebigen Klauen umschloss. Ich spürte ihre Präsenz wie ein leichtes, aber stetiges Schaben, das gegen mein Bewusstsein klopfte, in der Hoffnung, endlich eingelassen zu werden.

Doch ich würde ihr nicht öffnen.

»*Ich hasse Menschen*«, säuselte der Schatten und streckte sich, um eine Gruppe von Arbeitern zu beobachten, die durch die Straßen eilten. »*Sieh sie dir an. Jeder von ihnen glaubt, die Welt dreht sich nur um ihn. Menschen sind so erschreckend engstirnig.*«

Ich fragte mich, ob ich alle seine Gedanken hörte.

»*Nur die, die ich dich hören lasse*«, antwortete er. »*Glaubst du wirklich, du hast Zugriff auf den genialen Geist des mächtigsten Spirits aller Zeiten?*«

Der mächtigste?

»*Na, ich. Wer denn sonst? Glaubst du, man hätte mich in eine Tonscheibe gesperrt, wenn ich unbedeutend wäre?*«

Na ja. Das mit der Tonscheibe klingt jetzt nicht so furchteinflößend.

»*Du hast keine Ahnung! Tonscheiben sind die schlimmsten aller Gefängnisse.*«

So musste man sich fühlen, wenn man den Verstand verlor …

»*Es ist wirklich eine Bestrafung sondergleichen, dass wir gezwungen sind, uns in dieser Welt an Menschen zu binden. Und dann bin ich auch noch dazu verdammt, den Gedanken und Gefühlen eines naiven Mädchens ausgesetzt zu sein. Was gibt es Schlimmeres? … Ohhh, bin ich zu fett? Ob er mich wohl hübsch findet? Denkst du so etwas? Bestimmt denkst du so etwas. Jedes Mädchen in deinem Alter tut das. Wie alt bist du überhaupt? Elf?*«

»Siebzehn.« Ich fragte mich, ob die Stimme des Dämons jemals Ruhe geben würde oder ob ich nun bis ans Ende meiner Tage damit leben musste.

»*Weißt du, Menschen reden einfach zu viel. Und das noch nicht einmal, weil sie etwas zu sagen hätten. Sondern weil sie sich einfach gerne reden hören. Aber zuhören … Das tun sie selten. Darum sind sie auch so engstirnig. Und darum hasse ich sie.*«

Ich vermutete, dass er niemals schweigen würde. Ich war diesen dämonischen Pakt eingegangen und nun musste ich die Konsequenzen tragen.

»Hörst du mir überhaupt zu? Du kannst mich nicht ignorieren. Ich bin in deinem Kopf. Schon vergessen? Hast du etwa gerade die Augen verdreht? Du solltest froh sein, dass du mit so einem genialen Geist wie dem meinen gesegnet bist, der deinem unbedeutenden, zerstreuten Leben einen Sinn einhaucht.«

»Und welcher Sinn soll das sein?«, murmelte ich.

»Rache natürlich. War es nicht befriedigend, die Organhändler zu töten? Ihre Angst zu sehen, als ihr Opfer zum Richter wurde? Hast du nicht süße Genugtuung gespürt, die Frau mit ihren eigenen Skalpellen zu richten?«

Ich antwortete nicht. Das musste ich auch nicht, denn er kannte die Antwort.

»Es gibt nichts Befreienderes, als diejenigen zu bestrafen, die es verdient haben.«

Ich blinzelte. Manchmal glaubte ich, den Schatten sehen zu können, wie ein Tuch, das mich einhüllte und die Welt noch eine Nuance dunkler machte. Und dann, wenn ich ganz lange auf eine Stelle starrte, ohne zu blinzeln, da glaubte ich, einen länglichen Kopf zu sehen. Mit Hörnern. Geschwungenen Widderhörnern. Und einem breiten Maul, das grinste. Ein Grinsen, das gleichzeitig einnehmend und unheimlich war.

Ob er das war?

Der Distelkönig?

»Von nun an bist du mehr als bloß ein Straßenmädchen. Du wirst der Inbegriff der Rache. Zusammen gehen wir in die Geschichte ein.«

Ich spürte seine Kraft. Sie durchflutete meinen Körper wie ein Aufputschmittel und riss die Schmerzen mit sich. Ich fühlte mich mächtig, unverwundbar.

»Berauschend. Nicht wahr?«, säuselte der Schatten.

Das war es.

Und beängstigend.

»*Gib es zu. Du liebst es. Dieses Gefühl der Macht.*«

Und er hatte recht.

~

Als es hell wurde, hangelte ich mich die Feuerleiter hinab. Mikko würde gleich aufstehen und ich wollte ihm Tee kochen, bevor er zur Arbeit ging. Außerdem konnte ich es nicht erwarten, ihm zu zeigen, wie schnell meine Wunden verheilt waren, damit er sich nicht länger um mich sorgte.

»*Da kommt jemand*«, flüsterte der Schatten, als meine Füße den Boden erreichten. Alarmiert drehte ich mich um und sah unsere Hausvermieterin, eine verhärmte Frau aus dem Federclan. Sie trug eine Schürze und Schlappen. Beides vermittelte einen harmlosen Eindruck, ebenso wie ihr Name, Madame Pie, aber der Schein trog.

»*Harmlos ist sie sicher nicht*«, bestätigte der Schatten.

»Ihr habt eure Miete noch nicht bezahlt«, begrüßte sie mich. Wie immer kam sie direkt zum Punkt.

»Tut mir leid.« Ich verbeugte mich artig.

»*Tut es nicht. Du hasst diese geldgierige Frau.*«

Und ich fürchtete sie.

Sie war zwar einen Kopf kleiner als ich, doch was ihr an Körpergröße fehlte, glich sie durch Ausstrahlung aus.

»Wenn ich den Betrag in zwei Tagen nicht habe, werfe ich euch raus«, verkündete sie ohne jegliche Regung. Ich glaubte ihr. Sie kannte weder Gnade noch Mitleid und hatte Mittel und Wege, jeden verschwinden zu lassen. Es sah nicht gut aus. Mikko verdiente nicht genug, um uns beide zu versorgen und die Miete zu bezahlen. Selbst wenn er Ryanne nicht so viel für Desinfektionsmittel und Verbände gegeben hätte, würde es nicht reichen.

»Was kann ich tun?« Ich streckte meine Schultern durch.

»Du?« Sie musterte mich abschätzig. »Nichts, Schätzchen.«

»Ich kann kämpfen«, widersprach ich.

»Das hatten wir doch schon mal.« Sie winkte ab. »Wenn ich mich recht erinnere, ging es nicht gut für dich aus.«

»Ich kann kämpfen«, wiederholte ich, dieses Mal entschlossener.

»Und wie wir das können«, flüsterte der Schatten.

»Du willst wieder in die Grube?« Unschlüssig sah sie mich an. »Na ja. Das letzte Mal hattest du Unterhaltungswert. Die Leute lieben es, wenn jungen Mädchen die Knochen gebrochen werden.«

»Und ich liebe es, Hälse zu brechen.«

»Dieses Mal werde ich vorbereitet sein«, versprach ich.

»Also gut.« Sie griff in die Tasche ihrer Schürze und zog einen schwarzen Münzchip hervor, auf dem »Blut und Beifall« stand. Er war die Eintrittskarte in eine andere Welt, eine Welt, die ich nie wieder betreten wollte. »Wir sehen uns in der Hölle wieder, Mädchen. Sei pünktlich.«

Sie schnippte mir den Chip zu, den ich mit einer flinken Bewegung auffing und in der Tasche verstaute.

»Du kennst wirklich interessante Leute«, feixte der Distelkönig. *»Wirst du es Mikko erzählen?«*

Nein.

»Ich dachte, ihr erzählt euch alles. Einfach alles. Weil ihr euch doch so sehr liiiieeeebt.«

Madame Pie hatte recht. Das letzte Mal ging nicht gut für mich aus, aber ich hatte das Gefühl, dass es dieses Mal anders laufen würde.

~

Es war dunkel in unserem »Schlafschrank«, da es kein Fenster gab. Vom Flur aus zog eine schmale Lichtstraße zum Bett, an die ich mich hielt.

»Dir geht es besser?« Mikko strahlte, als ich ihn mit einem Kuss weckte. »Was ist mit deinen Wunden?«

Erstaunt strich er über meinen Arm. Die bloße Berührung wäre vor Kurzem noch eine Qual gewesen, doch jetzt genoss ich sie.

»Der Distelkönig«, erklärte ich.

»Das kann er?« Mikko richtete sich mit einem Ruck auf. »Hast du jetzt Superkräfte?«

»Offenbar.«

Mikko zog mein Hemd hoch, um nach dem Schnitt zu schauen, den die Organhändlerin gemacht hatte. Er schnappte nach Luft, als er sah, dass nur noch eine feine Narbe übrig war, kaum zu ertasten. »Und der Rest der Wunden? Ist alles … weg?«, hauchte er beinahe ehrfürchtig.

»Sieh nach«, murmelte ich halb scherzend, halb verführerisch.

Er sah mich fragend an, entfernte die Überreste der Verbände und kontrollierte die Wunden mit den routinierten Bewegungen, mit denen ein Arzt seinen Patienten untersuchen würde. Mikko hatte in den letzten Jahren einiges an Erfahrung darin sammeln müssen, mich zu verbinden.

»Wow. Du bist wieder ganz die Alte«, sagte er und wollte sich zurücklehnen, doch ich hielt ihn fest. Mit einem Finger tippte ich auf seine nackte Brust.

»Ich finde, du solltest mich sorgfältiger untersuchen, Herr Doktor.« Schlechte Flirtsprüche waren meine Spezialität.

Er lachte. Dann strich er mir über die Oberschenkel, hinauf zum Bauch und den Rippen. Ich schlang meine Arme um seinen Nacken und zog ihn an mich. Seine Haut rieb sich an meiner. Die Hitze unser Körper ließ die Temperatur im Raum steigen. Trotzdem jagte ein Schauer über meinen Rücken und ich schloss die Augen, als wir zusammen in der Matratze versanken.

»Ist er … ist er weg?«, flüsterte Mikko in mein Ohr, während er es küsste.

»*Nein, das ist ER nicht*«, entgegnete der Schatten.

»Verschwinde, Dämon«, stöhnte ich.

»*Was erlaubst du dir?*« Der Distelkönig tobte. »*Ich bin der Herr der tanzenden Schatten. Der Gebieter der Dunkelheit und der Dornen. Der …* «

Reg dich nicht künstlich auf, dachte ich.

»*Ich? Mich künstlich aufregen?*« Die Schatten um mich herum schwollen an. Sie füllten unser Schlafzimmer und verschluckten die Straße aus Licht, die vom Flur aus ins Zimmer zog.

»*Du hast noch nicht verstanden, wer ich bin, Kind! Ich bin weder Spielzeug noch Waffe. Ich bin der Herr der Schatten! Ich bin die Dunkelheit selbst!*«

Die Schiebetür schloss sich von allein und damit schwanden die letzten Partikel Licht.

»Erin?« Ich hörte Angst in Mikkos Stimme und richtete mich auf.

»Was soll das, Dämon?«, fragte ich. »Willst du uns drohen?«

Ich spürte, wie die Kraft des Distelkönigs wuchs und den Raum auflud. Ich konnte die Energie, die aus meinen – oder waren es seine? – Poren drang, regelrecht spüren. Sie sorgte dafür, dass sich die Haare auf meinen Armen aufstellten. Obwohl es stockdunkel war und ich nicht einmal die eigene Hand vor Augen sah, spürte ich alles mit beeindruckender Präzision. Die Grenzen des Raumes. Die Kanten des Bettes. Den Abstand zur Tür. Zum Lichtschalter. Und Mikkos Körper. Die Klauen des Schattens griffen nach ihm und hoben ihn in die Höhe.

»Erin!«, rief er und versuchte, sich an mir festzuhalten. »Was geht hier vor?«

»Lass ihn los!«, forderte ich und sprang aus dem Bett.

»*Du kannst mir nichts befehlen, Kind! Ich bin dein Herr und Meister. Vergiss nicht, dass du ohne mich tot wärst.*«

Mikkos Körper schwebte unter der Decke. Seine Augen waren vor Panik weit aufgerissen.

»Ich sagte loslassen.« Ich betätigte den Schalter neben dem Bett.

Weißes, grelles Licht durchflutete den Raum und drängte die Dunkelheit zurück. Sie verschwand in meinem Körper, floh regelrecht.

Mikko stürzte auf die Matratze. Mit einem Satz war ich bei ihm.

»Wow. Bin ich gerade geflogen?«, fragte er mich, als ich meine Hände auf seine Wangen legte. Seine blauen Augen sahen zu mir empor und ich fand in ihnen weniger Angst als in mir selbst.

»*Noch …* «, gurrte der Distelkönig. »*Bald wird er uns fürchten. Sie alle werden uns fürchten.*«

»War das der Dämon?«, stotterte Mikko. »Ich habe gespürt, wie mich etwas gepackt hat … Für einen Moment dachte ich, es wollte mich zerfetzen.« Er lachte auf, so als könnte er nicht so recht glauben, was er da sagte.

»*Das wollte ich auch*«, bestätigte der Dämon.

»Es tut mir leid«, sagte ich und schlang meine Arme um Mikko.

»Das muss es nicht, Moji.« Er strich mir beruhigend über den Kopf. »Ich wusste, dass er mir nichts tun würde, denn du bist stärker als er.«

»*Träum weiter, Junge.*«

Wenn du ihn noch einmal verletzt, werde ich dich töten.

»*Niemand kann mich töten*«, schmollte der Schatten.

Ich werde dich mit meinen eigenen Händen aus dem Körper reißen. Ich meinte es ernst.

»*Jetzt reg dich nicht künstlich auf*«, sagte der Distelkönig.

8

Kiran Seaborn

Es werde Licht.

Wellen schlugen über meinem Kopf zusammen. Ich atmete und schluckte salziges Wasser, als mich der Sog des Meeres in die Tiefe riss. Dies war mein sicherer Tod, denn die Meere von Alvane verschluckten alles und jeden. Ohne zu zögern.

Schwarze, endlose Weite, wohin ich auch sah. Und eine unsichtbare Kraft, die mich mit sich zog. Meine Lungen begannen zu brennen und die Kälte lähmte meine Glieder. Meine Bewegungen wurden schwächer und schon bald gab ich auf. Ich ließ mich mitreißen.

Doch das Schicksal meinte es gut mit mir. Es rettete mich in Gestalt eines Schweinswals. Meine kleinen Finger drückten sich an die kühle Haut. Der Körper unter mir schien aus purer Kraft zu bestehen, die gegen die Strömung ankämpfte und mich emportrug. Ich durchstieß die Oberfläche und schnappte nach Luft.

~

Träume.

Sie führten mich immer wieder in die Vergangenheit, als wollten sie verhindern, dass ich meine Eltern und das, was sie mir angetan hatten, je vergaß.

Ich schwang meine Beine aus dem Bett und ging zum Badezimmer, wo ich mir kaltes Wasser ins Gesicht spritzte. Dann stützte ich mich auf das Becken und sah in mein erwachsenes Spiegelbild, das mich viel zu sehr an meinen Vater erinnerte. Dieselbe Farbe des stürmischen Ozeans in meinen Augen. Dasselbe markante Kinn. Die breiten Schultern, die genug Kraft hatten, Fischernetze aufs Boot zu ziehen, und Arme, mit denen man Wale jagen konnte. Ein Körper, geschaffen für rohe Kraft. Auch wenn die Fischer von Alvane keine Soldaten waren, wollte es sich kein Volk mit ihnen verscherzen, denn ihre Wut war ebenso verschlingend wie die raue See.

Langsam beruhigte sich mein Puls wieder. Neben mir schwebte mein Spirit und beobachtete mich.

»Du bist verflucht«, hatten meine Eltern gesagt, als sie mich eines Tages dabei beobachteten, wie ich meine Kräfte einsetzte, um Fische zu fangen. Es war intuitiv gewesen und niemand war darüber erschrockener als ich selbst. »Ein Besessener.«

»Ich will wieder gesund werden«, hatte ich geschluchzt. In meinem Augenwinkel hatte ich es gesehen. Ein unförmiges, glühendes Wesen ohne Gestalt. Ich wusste, dass es nicht da sein sollte. Dass es mein Fluch war. Darum hatte ich nie ein Wort darüber verloren.

»Ich hab es immer gewusst, Weib«, hatte mein Vater gepoltert. »Unser Sohn hat keine Seele. Ein Dämon hat sie gefressen.«

Und da wurde es mir klar.

Meine Eltern würden mich umbringen.

Ein Teil von mir starb da unten, in der Kälte des Meeres, aber ein anderer wurde neu geboren. Auf dem Rücken eines Schweinswals. Seit jenem Tag erschien mir mein Spirit in der Gestalt meines Retters.

Er und ich.

Wir waren auf ewig miteinander verbunden. Er wurde zu meinem größten Feind und engsten Freund. Zusammen überlebten wir in einer Welt, in der kein kleiner Junge allein überleben konnte.

~

Es war noch vor Sonnenaufgang, als ich mein Zimmer verließ und zum Fahrstuhl ging. Ich fuhr in das Stockwerk, in dem Gärten und Parks angelegt waren. Als Schüler durfte man den Tempel nur selten verlassen, aber hier gab es alles, was man sich nur wünschen konnte. Als ich als kleiner Junge hergebracht wurde, hatte ich mich wie im Paradies gefühlt. Erst einige Jahre später begannen die Mauern sich wie ein Gefängnis anzufühlen. Ein sorgloses, friedvolles Gefängnis voller Zeremonien und Meditation. Ein Ort, dem ich bei jeder Gelegenheit zu entfliehen versucht hatte.

Ich fand meinen Meister an seinem gewohnten Fleck. Er saß bei den rotgoldenen Spirit-Schreinen, auf einem der Glasbalkone, von denen man auf die Stadt hinuntersehen konnte. Um ihn herum glühten frisch entzündete Räucherstäbchen, deren schwerer Sandelholzgeruch sich mit der Morgenluft vermengte. Angeblich half er dabei, mit den Geistern in Kontakt zu treten. Mir trieb er bloß die Magensäure auf die Zunge.

»Guten Morgen, Meister. Kannst du auch nicht schlafen?«, fragte ich und nahm neben ihm Platz.

»Nein.« Sein Blick lag auf den Lichtern von Tokito, die niemals ganz erloschen. Vor ihm drehte sich sein Stab, ohne dass er ihn berührte. »Ich spüre Unruhe. Etwas bedroht den Frieden unserer Stadt.«

Ist der nicht immer bedroht?, dachte ich. Immerhin war es kein Geheimnis, dass sich die Clans untereinander nicht ausstehen konnten.

Wenn es die Phari nicht geben würde, hätten sie sich bestimmt längst zerfleischt. Das Schicksal des Tigerclans war dafür Beweis genug.

»Mehr als sonst?«, fragte ich.

»Schatten spannen sich über Tokito.«

Ich kannte die dunklen Seiten der Stadt. Es gab viele. Daher hatte ich die naive Vorstellung, dass ich als Phari die Welt retten konnte, lange abgelegt. Die Menschen konnte man nicht retten, am wenigsten vor sich selbst. Sie warfen ihren Müll auf die Straße und in die Kanäle, während sie gleichzeitig die Naturgeister um ihre Gunst anflehten. Oder sie töteten ihre eigenen Kinder im Glauben, ihre Seele zu retten.

»Glaubt ihr, dass diese Schatten etwas mit den Morden zu tun haben?«, fragte ich.

»Das kann ich noch nicht sagen.« Auf seiner Stirn lag eine Sorgenfalte, die, seitdem er mich und Clea als Novizen erwählt hatte, zu einer Furche herangewachsen war. Ein Zeichen dafür, wie viel Nerven wir ihn kosteten.

Erst jetzt bemerkte ich, dass er seine Kräfte benutzte. Ich konnte sie nicht sehen, aber sie luden die Luft um uns herum wie elektrische Impulse auf. Er saß hier oben und war gleichzeitig da unten, bei den Lichtern, auf der Suche nach Antworten.

Das war seine besondere Gabe. Er war ein Sucher, jemand, der Spirits spüren konnte. Säuglinge, in die ein heller Geist gefahren war. Ebenso wie Dämonen. Durch seine Gabe hatte er auch mich gefunden, einen Jungen, der gebetet hatte, gesucht zu werden.

»Du sprichst aber nicht von einem Umbra, oder, Meister?«

Ich war noch nie auf einen Besessenen getroffen. In diesem Punkt hatten meine Eltern recht gehabt. Es gab sie. Die bösen Spirits, machthungrige Dämonen, die eine menschliche Seele fraßen, um ihren Körper zu besetzen.

»Möglich. Ich habe so etwas schon sehr lange nicht mehr gespürt.

Nicht mehr seit …« Mein Meister sprach den Satz nicht zu Ende, sondern versank in seinen Erinnerungen. »Ich muss mit den anderen Meistern sprechen.«

»Möglicherweise jagen wir also nicht nur einen Mörder, sondern auch einen Umbra?«, hakte ich nach.

Das war … *fantastisch!* Der Fall nahm plötzlich eine ganz neue Wendung, mit Aussicht auf tatsächlichen Ruhm.

»Kiran. Ihr seid noch nicht so weit. Du und dein Spirit.«

»Doch. Das sind wir«, log ich und sprang auf. »Er ist bloß … stur. So wie ich. Aber wenn wir die Gelegenheit bekommen, uns zu beweisen …«

»Die Dunkelheit ist tückisch. Sie verbirgt sich, verschleiert sich, bevor sie gnadenlos zuschlägt. Um gegen sie zu bestehen, musst du deinen Spirit verstehen. Ihr müsst eins werden«, belehrte mich mein Meister, griff nach seinem Stab und zog sich an ihm hoch.

»Sag das meinem Spirit!« Ich warf dem Schweinswal einen anklagenden Blick zu. »Warum kann er nicht normal sein?«

Dann wüsste ich, was ich wäre. Heiler. Seher. Sucher. Alles war besser als ein Spirit, der nicht mit mir sprach.

»Wir Phari haben zwei Seelen in uns. Unsere ursprüngliche und die des Spirits …«

»Genau genommen ist er nicht in meinem Körper.« Ich nickte mit dem Kinn in Richtung Geist, der es sich gerade auf dem Spirit-Schrein gemütlich machte. Er lag da und schaute sich den Sonnenaufgang an.

»Weißt du, warum die Spirits schon so früh in uns fahren, Kiran?« Es war eine rhetorische Frage. Jeder Phari kannte die Antwort. »Die Seele eines Babys ist sehr anpassungsfähig. Auf diese Weise kann sie mit der des Spirits verschmelzen, um in perfekter Symbiose miteinander zu leben. Zwei Seelen für sich und doch für immer verschmolzen.

Wenn ein Spirit erst später in einen Körper fährt wie bei den Umbra, kann es diese Harmonie nicht geben. Die Seelen bekämpfen sich, bis eine die andere verschlungen hat.«

Ich beobachtete den Schweinswal, der sich auf den Rücken drehte und in den Himmel starrte. Dann wagte ich es, meine größte Furcht auszusprechen. »Was ist, wenn ich kein echter Phari bin? Wenn etwas bei der Seelen-Verschmelzung nicht geklappt hat?«

Mein Meister legte mir eine Hand auf die Schulter. »Ich glaube an dich. Vertraue deinem Spirit. Stoße ihn nicht weg. Dann werdet ihr eure Einheit finden.«

Ich wollte es glauben, aber ich konnte es nicht. Wenn ich mir seine leeren Augen ansah, kam ich zu dem Schluss, dass mein Geist einfach nicht der hellste war.

»Du bist etwas Besonderes, Kiran. Das spüre ich. Wenn die Zeit gekommen ist, wirst auch du es sehen.«

Vielleicht war ich auch einfach nur *besonders* untalentiert.

~

Als Meister Konoha sich auf den Weg zum Saal des Lichts gemacht hatte, um mit den anderen Meistern zu sprechen, ging ich zu dem künstlich angelegten Wasserfall und kletterte an den Steinen empor, bis ich ganz oben angelangt war. Dann nahm ich widerwillig die Meditationshaltung ein. Ich konnte die Meditationsräume nicht ausstehen. Dort war das Gefühl, eingesperrt zu sein, noch größer, aber auch hier, unter dem Himmel von Tokito, gelang es mir einfach nicht, mich zu entspannen. Mein Körper schien unter Strom zu stehen, als ob er ständig mit dem Schlimmsten rechnete.

Einatmen.

Ausatmen.

Ich starrte meinen Spirit an, der beinahe amüsiert aussah.

»Guck nicht so blöd, Geist!«

Einatmen.

Ausatmen.

»Hast du nicht gehört, was der Meister gesagt hat? Deine Seele sollte eigentlich mit meiner verschmolzen sein. Und meine Seele ist hier drinnen.« Ich klopfte mir auf die Brust.

Einatmen.

Ausatmen.

Ich sah einen Phari-Wächter mit einer Gruppe junger Schüler durch den Park schreiten. Als sie mich sahen, steckten sie die Köpfe zusammen und flüsterten. Man sollte meinen, dass ich mich mittlerweile daran gewöhnt hatte, der Sonderling zu sein. Hatte ich aber nicht. Ich hasste es, wenn sie meine Tätowierungen musterten oder sich über mich lustig machten.

Ich würde es ihnen zeigen! Spätestens, wenn ich einen Umbra zur Strecke gebracht hatte, würde es niemand mehr wagen, über mich zu lachen.

Einatmen.

Ausatmen.

Ich schloss die Augen und konzentrierte mich auf meine Atmung. Ich wusste, was als Nächstes kam. Wie immer, wenn ich meditierte. Wie immer, wenn ich mit meinem Spirit in Kontakt treten wollte.

Ich sah meinen Tod.

Meine Eltern. Ihren Blick, als sie entdeckten, was ich war. Und den Moment, wie sie mich von der Klippe stießen. Hinein in das schwarze, tobende Meer, das seitdem in meinem Inneren wütete und verhinderte, dass ich je wieder Vertrauen fassen würde. Es war diese verschlingende Tiefe, die uns vereint hatte und uns im selben Augenblick trennte.

Ich riss die Augen auf und wischte mir den Schweiß von der Stirn. Es war genau diese Panik, die mich davon abhielt, tiefer zu gehen. Sie war wie eine Mauer, die meinen Geist umschloss und mich isolierte. Als würde etwas in mir versuchen, den Spirit, der sich an mir festkrallte, wie einen Fremdkörper abzustoßen.

Meine Finger verkrampften sich und ich kniff mir in den Unterarm, bis es schmerzte. Der Schmerz half mir dabei, die Kontrolle zu bewahren, denn eigentlich wollte ich etwas kaputt machen. Ich war so wütend. Auf mich selbst. Auf meinen Spirit. Meine Eltern. Und auf Clea, der ich nie das Wasser reichen konnte.

Verdammt! Ich sprang auf und trat wütend gegen einen Felsen. Wieder und wieder.

»Was treibst du da, Fischerjunge?«, fragte Clea belustigt, während sie sich anmutig zu mir emporzog. Ich bemerkte einen dünnen Schweißfilm auf ihrer Haut. Vermutlich war sie schon seit Stunden wach und hatte trainiert. Neben ihrem natürlichen Talent war sie unglaublich fleißig und arbeitete jede Minute daran, sich zu verbessern. Manchmal wünschte ich mir, ich hätte ihre Disziplin.

»Kämpfst du schon wieder mit Steinen?«, fragte sie und strich sich den Pony glatt. Sie legte zwanghaft Wert darauf, dass alles an ihr perfekt saß.

»Ja«, brummte ich und rieb mir die schmerzenden Füße.

»Und wer gewinnt?«

»Der Stein.« Ich ließ mich nieder und versuchte, meine Gefühle zu beruhigen.

»Er scheint einfach mehr einstecken zu können.«

»Verschwinde, Casapaia. Ich bin nicht in der Stimmung.«

Aber sie dachte nicht daran, mich in Ruhe zu lassen, und setzte sich. Freudig winkte sie der Gruppe Schüler zu, die bei ihrem Anblick verzückt zurückgrüßten. Wer liebte die talentierte Hoffnungsträgerin Clea Casapaia nicht? Ich beneidete sie um die Normalität ihres Alltags. An meiner Ausbildung war nichts normal gewesen.

»Bist du etwa neidisch?« Wie immer nahm sie jede Regung in mir sofort wahr.

Einatmen.

Ausatmen.

Ich war mittlerweile ein Meister darin, Meditation vorzutäuschen. Einfach entspannt dasitzen und selig lächeln reichte, um die Meister zufriedenzustellen. Also tat ich genau das, um Clea loszuwerden.

Keine Chance.

»Du siehst aus, als würdest du gleich platzen.« Sie hob wie Meister Konoha den Finger und tippte auf meinen angespannten Arm. »Lass locker.«

»Wie soll ich lockerlassen, wenn du mich nervst?«, presste ich zwischen den Zähnen hervor. »Verschwinde einfach.«

»Weißt du, wo der Meister ist?«

»Ja.«

»Und willst du es mir sagen?«

»Nein. Benutze doch deine Sehergabe.«

Ein Punkt für mich!

Clea konnte es nicht ausstehen, wenn ich mehr wusste als sie. Und ich konnte mir nicht verkneifen, noch einen draufzusetzen. »Hat er dir denn nicht von dem Umbra erzählt, den er gespürt hat?«

»Ein Umbra?« Ihre haselnussbraunen Augen weiteten sich. »Hier in Tokito?«

Ich nickte, als hätte er alles haarklein mit mir besprochen. Eine Welle der Kränkung durchströmte sie, die sogar ich wahrnahm. Clea erhob sich schwungvoll und starrte auf die Stadt hinunter, wo die ersten Sonnenstrahlen die Schatten der Nacht durch die Straßen jagten.

»Warum hat er mir nichts gesagt?«

»Weil du noch nicht so weit bist, es wirklich mit einem Besessenen aufzunehmen«, verkündete ich schadenfroh. »Du und dein Spirit.«

»Das hat er gesagt?« Sie wirbelte herum und ihre Augen funkelten. »Lügner.«

Da hatte sie wohl recht. Trotzdem bemerkte ich mit einer gewissen Genugtuung den aufkeimenden Zweifel in ihrem Blick.

»Glaubt er, ein Umbra könnte für die Morde verantwortlich sein?«

»Er schließt es nicht aus.« Ich nickte erneut und wartete gespannt, ob sie das verängstigte. Doch Clea fürchtete sich vor nichts.

»Das macht den Fall noch interessanter.« Ein Grinsen schlich sich auf ihre Lippen, wie immer, wenn sie eine Herausforderung witterte. Sie sehnte sich danach, große Taten zu vollbringen. Taten, die man nicht so schnell vergessen würde. Darin mochten wir uns ähneln. Allerdings würde sie dem Meister gegenüber nie ungehorsam sein.

Im Gegensatz zu mir.

~

Nach seinem Treffen im Saal des Lichts verließ Meister Konoha den Tempel, ohne uns vorher über Neuigkeiten zu informieren. Auch wenn Clea nichts sagte, wusste ich, wie enttäuscht sie darüber war, dass erneut »Meditieren« auf unserem Tagesprogramm stand. Ihre Wut ließ sie erst an ihrem Abendbrot, einem hilflosen Sojaschnitzel, aus, danach an dem Boxsack im Trainingsraum. Da ich nicht wie das Schnitzel enden wollte, ging ich ihr aus dem Weg.

Ich hatte eine andere Strategie, eine bessere, wie ich fand.

Als es dunkel wurde, schlich ich mich aus dem Tempel. Wie schon Hunderte Male zuvor. Eine innere Kraft trieb mich immer wieder raus. Raus auf die Straßen von Tokito. Dieses Mal hatte ich auf meine senfgelbe Kutte verzichtet und trug unauffällige Kleidung. Meine Tätowierungen verbarg ich unter Handschuhen. Außerdem hatte ich meine untere Gesichtspartie und den Hals mit schwarzer Farbe bemalt, um die Linien des Chaos zu verstecken.

Heute zog es mich an die dunkelste Ecke von Tokito, dort, wo die Schatten am längsten waren. An den Ort des Blutes.

Ich war schon oft hier gewesen, hatte die Kämpfe verfolgt, gewettet und ja, ich hatte sogar selber im Sand der Grube gestanden. Die Kämpfe vermochten etwas, das keine Meditation hinbekam. Sie schafften es, meine aufgewühlten Gedanken zu beruhigen. Wenigstens für diesen einen Moment, in dem ich mein Ziel klar vor Augen hatte, verspürte ich so etwas wie Frieden.

Hier war ich weder der gefallene Sohn der Triade noch der Phari-Novize ohne besondere Fähigkeiten. Ich war einfach nur ein Junge, der in der Grube um Leben und Tod kämpfte.

Ein Lichtbringer, der seine Selbstbestätigung unter Kriminellen fand. Wenn die Meister das wüssten, würden sie mich aus dem Tempel werfen. Wahrscheinlich wären sie sogar erleichtert, endlich einen Grund zu haben, den Sonderling loszuwerden.

Aber heute schlich ich mich nicht zum Kämpfen hinaus. Ich wollte mich umhören, denn hier brodelte es von Gerüchten. Hier, wo alle Clanmitglieder an einem Tisch saßen und es egal war, welche Tätowierungen ihr Handgelenk zierten.

Als ich mich dem Eingang näherte, trat mir ein Wächter entgegen. Es war ein grobschlächtiger Kerl mit schlichtem Gemüt, aber umso breiterem Kreuz.

»Wo ist dein Chip?«

Ohne Einladung hatte man keine Chance, in den Untergrund zu kommen.

»Ich …«

Er ließ mich nicht ausreden, sondern packte mich und hielt mir eine Klinge an die Kehle. Seine Kameraden sahen sich alarmiert zu uns um.

Mein Spirit schien sich wie immer nicht für meine missliche Lage zu interessieren. Er hatte mich vergessen und schwebte vor einem verwitterten Spirit-Schrein, dem irgendjemand jede Menge leerer Getränkedosen geopfert hatte.

»Natürlich hab ich eine. Du kennst mich doch, Buck.« Ich schenkte dem Wächter ein unbeschwertes Lächeln, das ihn verunsicherte.

»Du kennst meinen Namen?«

»Wir hatten schon oft das Vergnügen«, erinnerte ich ihn. Dann öffnete ich die Hand mit der Münze. Ein schwarzer Taler, auf dem »Blut und Beifall« geschrieben stand.

»Siehst du?«, sagte ich mit beruhigender Stimme. »Es ist alles in Ordnung.«

Hoffentlich wachte der Kerl, dem ich sie abgenommen hatte und der nun einige Straße weiter zwischen Müllsäcken schlief, nicht zu schnell auf.

»Alles in Ordnung«, echote er und ließ mich los. Zügig trat ich an ihm vorbei und folgte dem Gang. Hinab in eine Welt voller Blut und Schmerz.

9

Erin Rider

Ich blühe im Schatten.

»Hab ich dich hier schon mal gesehen, Junge?« Der Ringrichter musterte mich, während ich mir die Bandagen um meine Fingerknöchel enger zog. Dank Körperbau und kurzer Haare war es für mich nie ein Problem gewesen, als Junge durchzugehen, wenn ich es wollte. Und gerade an einem Ort wie diesem war es das Beste, so wenig über sich preiszugeben wie möglich. Also hatte ich mir die Brüste abgebunden und die obere Hälfte meines Gesichtes schwarz angemalt. Es war nicht ungewöhnlich für Kämpfer der Grube, sich mit Kriegsbemalungen zu verzieren. Ein Grund war die Einschüchterung. Ein anderer die Anonymität. Darum war es auch verboten, seine Clan-Tätowierungen zu zeigen, denn hier hatten die Clangesetze keine Macht. Alles, was zählte, war der Kampf.

»War schon länger nicht mehr da«, antwortete ich ihm.

»Bist du sicher, dass du antreten willst?« Als ich nichts erwiderte, räusperte der Ringrichter sich und zückte einen Schreibblock. »Nun gut. Wie nennst du dich?«

Gute Frage. Darüber hatte ich noch nicht nachgedacht.

»Oh. Kampfnamen! Ich liebe Kampfnamen. Nenn dich Meister der tausend Qualen oder Verschlinger der Sterne.«

»Moji.«

»Wie die Qualle?«, fragte der Ringrichter.

»Wie die Qualle«, bestätigte ich.

»Vielleicht solltest du dir etwas Furchteinflößenderes ausdenken, Junge.« Er warf mir einen beinahe mitleidigen Blick zu. Als ich erneut nichts antwortete, seufzte er. »Ich schreib Killer-Moji auf, okay? Kennst du die Regeln?«

»Es gibt keine.«

»Ganz genau. Also wehe, du beschwerst dich, wenn dich jemand umbringt.«

»Ich werde mich nicht beschweren.«

Der Ring war ein Käfig, geformt wie eine Halbkugel, inmitten der Zuschauerreihen, sodass alle einen Rundumblick auf das blutige Geschehen hatten. Sie pressten ihre Gesichter an die Gitter, einige besonders Neugierige saßen sogar auf dem Kuppeldach des Käfigs. Flackernde Neonlampen tauchten die Mitte der Arena in pinkes und blaues Licht. Allerdings waren sie zu schwach, um die ganze Fläche auszuleuchten. Die Luft war so dick, dass man sie schneiden konnte. Ratternde Ventilatoren arbeiteten ununterbrochen, doch der Gestank von Schweiß und Blut ließ sich nicht vertreiben.

Als Erstes mussten sich alle Kämpfer aufstellen, damit sie begutachtet werden konnten. Wir standen uns in zwei Reihen gegenüber und ich musterte meine Kontrahenten. Von allen Seiten tönte es »Blut und Beifall«, während die Zuschauer gegen die Metallstangen trommelten. Doppelt so schnell wie das tobende Klatschen schlug mein Herz. Meine Kehle war wie ausgedörrt und ich spürte Angstschweiß, der sich auf meiner Stirn bildete und langsam die Wangen hinabperlte.

Was hast du dir nur dabei gedacht, Erin?

»*Das ist eine gute Frage*«, bemerkte der Distelkönig. »*Wie genau hast du dir das vorgestellt?*«

Wir kämpfen und wir siegen.

Es waren sechzehn Männer und Frauen. Die meisten doppelt so breit wie ich, obwohl ich nicht untrainiert war. Und alle mit größter Sicherheit äußerst kampferfahren. Das letzte Mal war ich gleich beim ersten Kampf ausgeschieden. Mit gebrochener Schulter und gebrochener Ehre. Mein damaliger Gegner, der Knochenbrecher, gehörte zu den Dauerkämpfern in der Grube und war auch dieses Mal anwesend. Er stand neben mir und musterte mich von der Seite.

»Dich kenn ich doch«, brummte er schließlich und sein Gesicht erhellte sich.

Ich reagierte nicht.

»Ich vergesse nie einen Gegner … Du bist One-Strike«, erinnerte er sich.

»*One-Strike? Klingt beeindruckend.*« Neugierig regte sich der Schatten.

Nicht wirklich.

Ich unternahm einen vergeblichen Versuch, mir die Stirn trocken zu wischen, und verteilte dabei schwarze Farbe über meinen Arm.

»Der Junge, der nach einem Schlag k. o. ging.«

Der Distelkönig brach in Gelächter aus, als er verstand, was zu dem Spitznamen geführt hatte.

»Ich weiß es noch genau. Hab dir mit dem ersten Hieb die Schulter gebrochen und du bist vor Schmerz ohnmächtig geworden. Wollte dir die Finger brechen, wie ich es mit allen Gegnern mache. Aber das Publikum hatte zu viel Mitleid.« Der Knochenbrecher griff meine Hand und riss sie in die Höhe, ehe ich es verhindern konnte.

»Hey, Leute!«, rief er euphorisch. »Das ist One-Strike!«

Einige Zuschauer, die meine demütigende Vorgeschichte kannten, brachen in Gelächter aus. Die, die sie nicht kannten, wurden vom Knochenbrecher aufgeklärt. Mein Gesicht wurde vor Scham heiß, während der Schatten nicht aufhören konnte zu lachen.

»Hoffentlich macht er heute Two-Strikes draus«, johlte mein Gegner, packte mich mit seinen Pranken um die Taille und hob mich wie eine Trophäe in die Höhe. Ich verschränkte die Arme und versuchte, ein finsteres Gesicht zu machen, als er mich am Käfigrand entlangtrug. Es half nichts.

Ein Blick auf die Wetttafeln verriet mir, dass die Zuschauer mir nicht viel zutrauten. Ich belegte den letzten Platz.

~

Der Kampf begann und es wunderte mich nicht, dass mein erster Gegner der Knochenbrecher sein sollte. Die Menschenmenge tobte, während er um mich herumschritt, seine Arme siegesgewiss erhoben, um die Stimmung weiter anzuheizen. Er wusste, was das Publikum von seinen Kämpfern wollte, und er gab es ihnen.

»Wer will, dass ich One-Strike die Finger breche?«

Alle wollten das. Zumindest ihrem begeisterten Brüllen nach zu urteilen.

Er präsentierte seine eingeölten, glänzenden Oberarme in dem flackernden Scheinwerferlicht und machte ein paar Posen, für die ihn die Menge weiter feierte.

Ich stand da und versuchte, mich nicht zu übergeben.

»Wie viele Finger soll ich brechen?«, rief der Knochenbrecher. »Einen?«

»NEIN!«, schallte die Antwort.

»Zwei?«

»NEIN!«

»Drei?«

»NEIN!«

»Alle?«

»JA!«

»Na, das wird ja ein Spaß«, bemerkte der Schatten trocken.

Mach dich bereit, befahl ich und straffte die Schultern.

»Ich bin doch kein Hund, den du rufen kannst, wann du willst«, schmollte er.

Ich denke, du liebst kämpfen.

»Ich liebe Rache ... Keine stumpfen Prügeleien. Das ist meiner unwürdig.«

Der Countdown verkündete den Beginn des Kampfes und mein Gegner machte sich bereit. Erwartungsvoll ließ er seine Knöchel knacken und schenkte mir ein grimmiges Lächeln. Auch ich hob meine Fäuste. Egal wie gut mein rechter Haken war, an diesem Mann aus Stein würde meine Faust hoffnungslos zerschmettern.

Distel?

Der Startgong erklang. Die Menge um mich herum jubelte und schrie, aber ich blendete die Geräusche aus und horchte in mein Inneres.

Hallo? Distelkönig?, fragte ich alarmiert, als der Knochenbrecher Schritt für Schritt auf mich zutrat. Ich konnte den Hunger nach Blut, *meinem Blut*, förmlich in seinen Augen sehen. *Distel?*

Der Schatten antwortete nicht.

»Verdammt, willst du, dass er mir noch mal die Knochen bricht?«, flüsterte ich und wich zurück.

»Ja. Das würde mir gefallen.«

»Mach es mir nicht zu leicht, Kleiner«, rief mir der Knochenbrecher zu.

Verdammt! Distel! Jetzt ist nicht der Zeitpunkt, um nachtragend zu sein.

»Ich finde den Zeitpunkt ganz passend.« Er kicherte hämisch.

Du willst sicher nicht gegen einen einfachen Ringkämpfer verlieren, dachte ich. *Oh, großer Herr der tanzenden Schatten. Gebieter der Dunkelheit und der Dornen.*

»Ich weiß, was du vorhast. Du willst an meine Eitelkeit appellieren, damit ich dir helfe ...«

Klappt es?, fragte ich hoffnungsvoll.

»Nein.«

Mist! Ich war wirklich in der Klemme.

Eine Faust flog mir entgegen und ich duckte mich. Gerade noch rechtzeitig. Mein Gegner war vielleicht stark wie ein Steinbulle, aber ich war flink. Also wich ich seinen Angriffen aus, bis ich das Gitter des Käfigs in meinem Rücken spürte. Die Zuschauer packten mich an den Schultern und stießen mich zurück auf die Sandfläche, meinem Gegner entgegen.

»Kämpfe, du Feigling!«

»Na los!!!«

Der Knochenbrecher schnaufte wie ein Nashorn, bevor er wieder auf mich zurannte. Sein Arm war wie ein Hammer aus Stahl, der durch die Luft schnitt. Gerade noch rechtzeitig konnte ich mich mit einer Rückwärtsrolle in Sicherheit bringen. Allerdings landete ich damit erneut in den Armen der Zuschauer, die genug von meinem Katz-und-Maus-Spiel hatten und mich festhielten.

»Schnapp ihn dir!«

»Nieder mit dem Feigling!«

Der Knochenbrecher packte mich am Kragen und warf mich durch die Luft. Ich konnte mich abrollen. Gerade hatte ich mich aufgerappelt, als er mich wieder erreichte. Ich riss meine Arme hoch, um seinen Schlag abzufangen. Ein Treffer gegen den Brustkorb reichte und mir wurde schwarz vor Augen. Keuchend landete ich auf dem Boden.

Nicht wieder ohnmächtig werden!

Der Knochenbrecher beugte sich hinunter, um mich erneut zu werfen, doch ich wehrte ihn mit meinen Beinen ab. Oder versuchte es zumindest. Unbeeindruckt holte er zum Tritt aus.

»*Das wird wehtun*«, prophezeite der Distelkönig. »*Er hat Stahlplatten in den Schuhen.*«

Was? Dann schummelt er!

»*Ich dachte, es gibt keine Regeln.*«

Ich versuchte, mich zur Seite zu rollen, aber es war zu spät. Der Knochenbrecher traf meine Kniescheibe und brennender Schmerz schoss mir durch das Bein. Wimmernd krümmte ich mich zusammen.

So hatte ich mir das Ganze nun wirklich nicht vorgestellt. Nie wieder würde ich einem verfluchten Spirit vertrauen. Nie wieder!

Der Knochenbrecher packte meine Hand und zog mich so ruckartig empor, dass meine Schulter knackte. Dann nahm er den ersten Finger, den kleinen, und brach ihn am Gelenk entzwei.

»Ahhh!« Der Schmerz war überwältigend. Ich schrie und zappelte wie ein hilfloser Fisch an der Leine, während er sich meinen Ringfinger vorknöpfte.

»Blut und Beifall«, tönte es von allen Seiten. »Blut und Beifall!«

Die Scheinwerfer fanden uns, damit mein Leid auch für alle sichtbar war.

»Verdammte Scheiße«, schrie ich, als mein zweiter Finger brach.

Ich hörte das fiese Lachen des Distelkönigs.

»*Und?*«, fragte er triumphierend. »*Wer ist hier der Herr und Meister?*«

»Ich!«, schrie ich, bevor ich einen weiteren Schmerzensschrei ausstieß.

»*Du bist zu stolz. Sieh ein, dass ich dein Herr bin.*«

»Niemals.« Ich nahm all meine Kraft zusammen und trat mit meinem gesunden Bein nach dem Knochenbrecher. Wieder und wieder, bis er gezwungen war, meine Hand loszulassen. Ich fiel wie ein nasser Reissack zu Boden, doch war nicht schnell genug, um ihm zu entkommen.

Schnaubend ließ er sich auf mich fallen und fixierte mich mit seinem Gewicht. Dabei drückte er meinen Brustkorb so fest zusammen, dass ich kaum Luft holen konnte.

»Bitte, Distel«, keuchte ich, während der Druck in meinem Kopf zunahm.

»Tut mir leid, Junge«, flüsterte der Knochenbrecher. »Aber du hörst es ja. Die Menge will mehr Blut sehen.«

In der Tat trommelten und schlugen sie wie wild gegen den Käfig, als wollten sie eine Zugabe. Und das bedeutete in diesem Fall mehr gebrochene Knochen.

Er holte aus. Wieder und wieder sauste seine Faust auf mich nieder, so schnell, dass ich die einzelnen Schläge kaum noch spürte. Nur noch das Dröhnen in meinem Kopf, der sich anfühlte, als würde er jeden Moment explodieren.

Er wird nicht aufhören.

Er wird mir den Schädel brechen.

Dieser Mann wird das Letzte sein, das ich sehe.

»Das ist auch mein Schädel ... «, bemerkte der Distelkönig, doch er klang nicht länger belustigt. Vielmehr beunruhigt. *»Er sieht wirklich so aus, als wollte er dich töten ... «*

Hilf mir endlich. Oder wir sterben beide.

Das Argument schien ihn zu überzeugen. *»Roll dich aus dem verdammten Scheinwerferlicht.«*

~

Die Kampffläche war nur spärlich ausgeleuchtet. Insgesamt gab es neben den flackernden Neonröhren zwei bewegliche Lichtkegel, die dem Geschehen folgten, und beide waren im Moment auf uns gerichtet.

»Tu es, Kind!«

Wie denn? Er sitzt auf mir drauf.

»Ziel auf seine Augen!«

Mit dem Zeigefinger der gesunden Hand holte ich aus und folgte dem Rat des Distelkönigs. Der Knochenbrecher wich meinem verzweifelten Angriff aus.

»Hast du noch nicht genug, kleiner Floh?«, brummte er, gab mich aber frei. Er nutzte den Moment, seine Arme hochzureißen und sich von der Menge bejubeln zu lassen.

»Was soll ich mit One-Strike machen?«, rief er.

»Keine Gnade für Feiglinge«, lautete die Antwort.

»Seid ihr sicher?«, fragte der Knochenbrecher. »Ich habe Mitleid mit ihm. Er kämpft wie ein Mädchen.«

Doch die Menge war sich sicher.

»Roll dich endlich aus dem Licht!«, befahl der Distelkönig.

Ich rollte mich zur Seite, hinaus aus dem Scheinwerferkegel und weiter bis zum Rand der Kampffläche, in den Schatten, der mich willkommen hieß. Er war schwach, aber ich spürte seine Wirkung sofort. Kühle Arme, die meinen Körper ergriffen und mit sich trugen. Eine dunkle Haut, die sich wie ein Panzer um meine legte.

Der Schmerz wurde davongespült und stattdessen erwachte etwas anderes in mir. Wut. Tiefe, dunkle Wut auf diesen riesigen Kerl, der mir Schmerz zugefügt hatte. Und auf die Menschen, die daran Spaß hatten, mich leiden zu sehen.

»Willst du Rache, mein Kind?«, säuselte der Distelkönig in mein Ohr und seine Stimme war wie süßer Honig.

Ja.

Der Knochenbrecher kam erneut auf mich zu. Kurz hielt er überrascht inne, als ich mich trotz des verletzten Knies aufrichtete. Dann schlich sich ein Grinsen auf sein Gesicht.

»Du hast offenbar wirklich noch nicht genug.«

»Ich werde dir zeigen, wie ein Mädchen kämpft«, knurrte ich.

»Du bist zäher, als du aussiehst. Das freut mich. Dann macht es mehr Spaß«, sagte er, bevor er ausholte.

Meine Arme schnellten hoch und fingen den nächsten Schlag mit erstaunlicher Kraft ab. Der Knochenbrecher war ebenso verwundert wie ich, als ich ihn ohne Schwierigkeiten festhielt. Anstatt vor Angst zu erstarren, warf ich den Kopf zurück und ein fremdartiges Lachen drang aus meiner Kehle. Es klang, als hätte ich vor Schmerz den Verstand verloren.

Aber es war nicht mein Lachen.

Es war *seins*.

Erst jetzt bemerkte ich, dass sich noch etwas anderes verändert hatte. Ich hatte das Gefühl, ein grauer Schleier läge vor meinen Augen, und blinzelte.

Nein, es war umgekehrt. Es war, als hätte jemand einen Schleier weggerissen. Meine Umgebung war dunkler und gleichzeitig klarer. Als ob meine Sinne geschärft waren. Ich hörte nicht nur das tobende Gebrüll der Masse. Ich hörte einzelne Stimmen, das Scharren von Füßen auf dem Sand, das Rascheln von Geldscheinen, das Knacken einer Nuss zwischen sanierungsbedürftigen Zahnreihen, das Auftreffen von Spucke auf dem Boden. Sogar das Schlagen ihrer aufgeregten Herzen und ihre unregelmäßige Atmung.

Ich roch Schweiß und Blut, vermischt mit dem Geruch von Essen und Alkohol. Ich spürte den Boden unter meinen Füßen. Die Sandkörner, die um meinen Körper tanzten.

Ich sah den Knochenbrecher, der mit seiner freien Hand wieder zum Angriff ausholte. Er schnaufte und hatte ein hochrotes Gesicht, das vor Schweiß glänzte. Seine Beine schienen schwer. Die Metallpanzerung machte ihn langsam.

»Ich sitze in der Falle«, bemerkte ich alarmiert, als die Scheinwerferkegel erneut auf mich zuflogen und mir den Fluchtweg abschnitten. Nur noch wenige Sekunden und er hatte mich erreicht.

»*Wir laufen nicht weg*«, entgegnete der Distelkönig düster, während er seine Klauen ausstreckte. »*Beeil dich!*«

Die Atmung des Knochenbrechers war unregelmäßig. Sein Herzschlag schnell. Die Adern am Hals quollen hervor. Er hatte vor dem Kampf Nudelsuppe gegessen, mit viel Fleisch und vielen Zwiebeln. Beides lag ihm schwer im Magen.

Ich richtete mich auf, doch dieses Mal war ich nicht allein. Wir waren schnell. Wir waren stark. Eine rasende Einheit an Wut und Zerstörung. Und wir benötigten nur einen Schlag, direkt in den Kehlkopf des Mannes, der sonst keine Schwachstelle hatte.

Und als der Knorpel unter meiner Faust zerbrach, fiel der Gigant um. Er stürzte in den Sand und brachte den Boden zum Beben. Sein Blick drehte sich nach oben, sodass man nur das Weiße in seinen Augen sah. Aus seinem offenen Mund lief ein Rest Nudelsuppe.

Es schien, als ob das Publikum gemeinsam die Luft anhielt. Für den Bruchteil einer Sekunde war es still, so still, dass man die Münze fallen hören konnte, die der Ringrichter zum Zeichen des Sieges in den Sand warf. Ein schwarzer Chip, auf dem »Blut und Beifall« stand. Dann wurden vereinzelte Rufe laut, die anschwollen, gefolgt von dröhnenden Schlägen auf die Gitterstäbe.

»Das war Crazy Killer-Moji!«, verkündete der Ringrichter, aber das Publikum brüllte einen anderen Namen.

»ONE-STRIKE! ONE-STRIKE! ONE-STRIKE!«

»Das war ONE-STRIKE!« Der Ringrichter riss meinen Arm hoch und unter dem tobenden Applaus des Publikums verließ ich die Arena.

~

Ich habe ihn getötet.

Dieser Satz formte sich wieder und wieder in meinem Kopf, während ich auf der Untersuchungsliege saß und von dem Grubenarzt notdürftig versorgt wurde. Er sah nicht aus, als hätte er eine medizinische Ausbildung hinter sich, eher die eines Schlachters. Dazu passte auch die schmutzige Schürze, die er trug. Und das nur spärlich beleuchtete Untersuchungszimmer.

Ich habe ihn getötet.

Ich starrte angeekelt die Hand an, mit der ich den Kehlkopf zerschmettert hatte, und konnte das Gefühl des brechenden Knorpels nicht vergessen. Ebenso wenig wie den Anblick der Suppe, die aus seinem Mund geflossen war.

»*Er hatte es verdient*«, entgegnete der Distelkönig. Doch das beruhigte mich nicht. Ich hatte einen Menschen getötet, ihm das Leben geraubt. Okay, er war kein freundlicher Geselle gewesen. Aber ich erwischte mich bei der Frage, ob er möglicherweise eine Familie hatte. Ob er nur deshalb an diesen düsteren Ort gelangt war, weil er Kinder zu versorgen hatte. Kinder, die jetzt vergeblich auf seine Rückkehr warteten. Ich hatte ihnen den Vater genommen.

Mit einem Schlag.

»*Ganz ehrlich. Was erwartest du, wenn du an einem Kampf ohne Regeln teilnimmst? Noch dazu an einem Ort, wo Menschen auf das Leben anderer Wetten abschließen?*«

Magensäure schoss mir in den Mund und ich übergab mich, direkt neben den Schlachter-Arzt, der gerade meine Finger verbunden hatte.

»Hey!«, rief er. »Das machst du gefälligst selbst weg.«

Er warf mir eine Rolle vergilbter Verbandsmaterialien in den Schoß, die so aussahen, als wären sie schon einige Male benutzt worden.

»*Warum regst du dich so auf?*«, fragte der Distelkönig. »*Er ist nicht der Erste, den du tötest. Die Organhändler …*«

»Daran kann ich mich nicht erinnern«, flüsterte ich mit erstickter Stimme, als der Arzt gegangen war.

»Daran willst du dich nicht erinnern«, korrigierte der Schatten listig. *»Denn dann müsstest du zugeben, dass du es gerne getan hast. Dass es eine wahre Genugtuung war, als du die Frau mit ihrem eigenen Skalpell ausgeweidet hast.«*

»Das hab ich nicht.« Hatte ich das getan?

»Oh doch, mein Kind. Du hast es in dir. Die Finsternis.«

»Lass mich in Ruhe!« Ich trommelte mir mit der gesunden Hand gegen die Stirn, doch das hämische Lachen wollte nicht verstummen.

»Vorsichtig! Wir sind nicht allein.«

Ich bemerkte es im selben Moment, als der Distelkönig es aussprach. Ein Mann stand in der Tür und beobachtete mich. Hoffentlich hatte er mein Selbstgespräch nicht mitbekommen.

»Oh. Das hat er bestimmt.«

Er war groß, größer als ich, und von breiter Statur. Sein Alter war schwer einzuschätzen, da er das Gesicht mit einer Kapuze verhüllte.

Vielleicht soll er mich umbringen!

Es kam hin und wieder vor, dass Leute viel Geld bei den Wetten verloren und sich in ihrer Wut an den Gewinnern rächen wollten. Es war höchst unehrenhaft, aber wer interessierte sich hier unten schon für Ehre.

»Wer bist du?«, fragte ich geradeheraus. Gleichzeitig wurden die Schatten um mich herum dunkler, ein Zeichen dafür, dass sich der Distelkönig auf alles gefasst machte.

»Ich habe dich beim Kämpfen gesehen«, begann der Mann mit tiefer, aber angenehmer Stimme. Er kam einen Schritt in den Raum hinein und sah sich um. »Das soll das medizinische Versorgungszimmer sein?«, fuhr er fort, als er die flackernde Lampe passierte, die neben der offenen Tür die einzige Lichtquelle darstellte. »Nicht sehr …« Er suchte nach dem richtigen Wort. »… vertrauenerweckend.«

»Was willst du?«, fragte ich.

Er schlug seine Kapuze zurück und fixierte mich mit seinen Augen. Stahlblau. Sie erinnerten an Eis, während Mikkos blaue Augen wie ein See im Sonnenlicht aussahen. Überrascht stellte ich fest, dass der Mann seine untere Gesichtshälfte schwarz bemalt hatte. Offenbar schätzte auch er die Anonymität.

»Bist du ein Kämpfer?«, fragte ich und er nickte.

»Gelegentlich. Ja.«

»Er sieht gut aus«, bemerkte der Distelkönig.

Ja, das tat er. Unter seinem etwas zu sauberen Leinenhemd zeichneten sich die Muskeln ab. Muskeln, die einen förmlich einluden, sie anzufassen.

»Du findest ihn heiß.«

Mit Mikko kann er nicht mithalten, entgegnete ich.

»Quatsch.« Der Distelkönig prustete los, als hätte ich einen Scherz gemacht. *»Sieh dir diese Arme an. Und seine Schultern. Als wären sie aus Marmor gehauen. Und diese Augen. Ein Eisblau, das sich in die Seele brennt. Selbst ich werde bei seinem Anblick schwach. Komm, gib es zu. Dein Lappen zu Hause ist nichts im Vergleich zu diesem Prachtexemplar.«*

Mikko ist kein Lappen.

»Im Vergleich zu dem da schon.« Der Distelkönig senkte seine Stimme. *»Ich merke ein Aufwallen von Lust in dir.«*

Nein.

Dieser Mann war nicht vergleichbar mit meinem Mikko, der mit verwuschelten Haaren über einem Buch hockte. Der so oft verträumt über den Rand seiner Brille blickte und der es liebte, summend durch die Küche zu tanzen, während er kochte. Der sich rausschlich, um heimlich Müllquallen zu füttern, die eine wahre Plage waren. In Momenten wie diesen, da wärmte er mein Herz, wie es kein anderer vermochte.

»Du und Mikko. Ihr seid … unausstehlich«, antwortete er. *»Ich hingegen bin glücklicherweise völlig ungebunden.«*

»Ist es dein erstes Mal hier?«, fragte der Mann.

»Nein.«

»Meines schon«, gurrte der Distelkönig. Die Schatten quollen aus mir hervor und tasteten sich auf mein Gegenüber zu. Sie erreichten seinen Körper und tanzten verführerisch über seine Arme und Brustmuskeln.

»Hab dich noch nie hier gesehen.«

»Ist schon eine Weile her.« *Den Geistern sei Dank hatte er meine Blamage beim letzten Mal nicht gesehen!*

»Du bist wirklich schnell.« Er nickte mir anerkennend zu.

»Glück.« Ich zuckte die Schultern, als wäre mein Sieg keine große Sache, doch seine Augen ruhten weiterhin auf mir.

»Also, ich bin verliebt«, schwärmte der Distelkönig, bevor er plötzlich erschauderte. Ich bemerkte sein Entsetzen wie eine Erschütterung, die den Raum zum Beben brachte. Ähnlich wie zuvor im Schlafzimmer flohen die Schatten in meinen Körper zurück, als hätte plötzlich jemand das Licht angeschaltet.

Was ist?, dachte ich alarmiert.

»Er ist ein … PHARI.«

WAS? Wir erstarrten beide, während der Fremde scheinbar unbeeindruckt auf die Untersuchungsliege zutrat, um sich mein Knie anzusehen.

Weiß er von dir?, fragte ich den Distelkönig. *Ahnt er etwas?*

Dann würde er uns sicher töten! Die Schatten im Raum bäumten sich hinter mir auf. Sie wuchsen wie Tentakel aus dem Boden und hüllten uns ein, jederzeit bereit zuzuschlagen. Doch der Phari schien die tödliche Gefahr, die von der Dunkelheit ausging, nicht zu bemerken. Ich konnte nicht einmal das kleinste Anzeichen einer Regung in seinem Gesicht sehen, als der Distelkönig sich ihm erneut näherte.

»*Er weiß es nicht*«, flüsterte der Schatten. »*Die Lichtbringer blenden und schimmern gerne, aber für das Verborgene haben sie wenig Gespür. Dieser hier scheint mir zudem nicht sonderlich helle zu sein.*«

In der Tat schienen dem Phari die wachsenden Schatten nicht aufzufallen.

»*Etwas ist seltsam. Sein Spirit und er sind nicht richtig verbunden. Ist er möglicherweise …* « Der Distelkönig hielt inne. »*Nein. Das kann nicht sein. So jemandem bin ich schon sehr lange nicht mehr begegnet.*«

Mit fachmännischen Bewegungen untersuchte der Phari meine Kniescheibe, während neben ihm ein Dämon stand, der mit mordlüsternem Blick auf ihn hinabsah.

»Du hattest Glück«, verkündete er und sah mich an. »Ich dachte, sie sei gebrochen.«

Das war sie auch.

»Danke.« Ich brachte kaum ein Nicken zustande, so angespannt war mein Körper. Schnell schob ich mich von der Untersuchungsliege und ging mit zittrigen Beinen zum Ausgang.

»*Ich könnte ihn zerfetzen. Hier und jetzt.*« Die Schatten wuselten über die Wände, bereit, sich auf den Phari zu stürzen.

Warum tust du es nicht?

»*Vielleicht ist er nicht allein.*«

Fürchtest du dich?

»*Ich fürchte niemanden*«, schmollte der Dämon. »*Allerdings … sollten wir nicht unnötig Aufmerksamkeit auf uns ziehen.*«

»Wie heißt du?«, fragte der Phari neugierig, als er mir unbedacht folgte.

»One-Strike«, antwortete ich.

»Wirst du morgen wieder hier sein?«

»Mal sehen.«

Nein!

Ich konnte es nicht erwarten, die Grube und den Phari hinter mir zu lassen. Also ließ ich ihn stehen, schlang einen Umhang um mich und verschmolz mit den Schatten der Nacht. Es war, als würde die Dunkelheit mich einhüllen und verschlucken.

»Bist du sicher, dass er nichts bemerkt hat?«, flüsterte ich.

»Ganz sicher«, bestätigte der Distelkönig. *»Er hält dich für einen ganz normalen Kämpfer.«*

10

Kiran Seaborn

Es werde Licht.

Eines stand fest. An dieser Kämpferin war nichts normal.

Allein bei der Erinnerung an sie durchlief mich ein Schaudern, auch wenn ich dieses Gefühl nicht ganz greifen konnte. In dem Moment, als sie als Junge verkleidet den Sand der Grube betreten hatte, war klar gewesen, dass sie gewinnen würde. Ich hatte es einfach gespürt. Ihre Kraft. Ihre Stärke. Beides umgab sie wie ein unsichtbarer Schild.

Und sie hatte gewonnen. Mit einem einzigen Schlag.

One-Strike.

Sie war groß, hatte den Körper eines durchtrainierten Jungen und kurze Haare, entsprach also nicht unbedingt den gängigen Schönheitsidealen, aber unattraktiv war sie keineswegs. Sie hatte weiche Gesichtszüge, volle Lippen, und Augen, in denen eine Wildheit brannte, die an das Meer von Alvane erinnerte. Blaugrün waren sie. Wie ungestüme Wellen, die über Algenteppiche rollten.

Etwas an ihr hatte meinen Spirit beunruhigt. Der Schweinswal hatte sich nicht einmal richtig in das Untersuchungszimmer hineingewagt, sondern im Flur seine Kreise gezogen. Und dann, als ich mich One-Strike genähert hatte, war er regelrecht in Panik verfallen. So etwas hatte er noch nie getan.

Seine Sorge schien jedoch nicht unberechtigt, denn eine klirrende, verschlingende Kälte hatte dieses Mädchen umgeben. Und plötzlich war es nicht mehr die See gewesen, die in ihren Augen wütete. Stattdessen hatte ich zwei Brunnen gesehen, die in die Dunkelheit führten. Je länger ich hineinsah, desto mehr hatte ich befürchtet, von ihrem Blick verschlungen zu werden.

Sogar jetzt noch stellten sich die Härchen auf meinen Armen auf, allein bei dem Gedanken an ihren Blick, und etwas in meiner Brust zog sich zusammen. Wo sie wohl herkam?

Ich hatte versucht, ihr zu folgen, aber sie war trotz ihrer Wunden flink wie eine Katze verschwunden.

Nun blieb ich unter einer Laterne stehen und nutzte das Licht, um meine Kräfte zu fokussieren. Sie wanderten auf den Strahlen und breiteten sich aus. In der Nacht viel langsamer als am Tag, da sie an den Schatten kleben blieben. Die Dunkelheit war zäh wie Teer und hasste es, sich zu bewegen. Meine lichten Finger tasteten sich unsicher über die Straße auf der Suche nach Spuren, einem Hinweis, fanden aber nichts, als hätte die Nacht selbst das Mädchen fortgetragen. Ich gab auf. In Momenten wie diesen bereute ich es, kein Sucher zu sein wie mein Meister, dem sie sicher nicht so leicht entkommen wäre. Oder zumindest ein Seher wie Clea. Dann wüsste ich jetzt mehr über das seltsame Mädchen.

Ich sah zu meinem Spirit empor, doch der dachte nicht daran, mir zu helfen. Im Gegenteil. Er sah froh aus, dass wir sie los waren, und schwebte in Richtung Tempel, als hätte er seine Mission hier erfüllt.

Ich versuchte ja, ihn zu verstehen, aber seine Gedanken erschlossen sich mir einfach nicht.

»Wir sind hier noch nicht fertig«, erinnerte ich ihn. Langsam drehte er sich zu mir um, als wollte er sagen: »Was denn noch?«

Ich zog meine Kapuze tief ins Gesicht, bevor ich zurück in die Grube ging. In die Räume, in denen der Grubenarzt die Verletzten behandelte.

Aber nicht nur die.

Als ich ihn fand, setzte er gerade sein Messer an einen Kämpfer, der die Grube nicht lebend verlassen hatte, bereit, ihn aufzuschneiden.

»Was machst du da?«, fragte ich. Er schrak hoch und richtete die Klinge auf mich. »Davon würde ich dir abraten.«

Natürlich hörte er nicht auf meine gut gemeinte Warnung und griff mich an. Es fiel mir nicht schwer, ihn zu entwaffnen. Sekunden später drückte ich ihm sein eigenes Messer an die Kehle.

»Rede, wenn du nicht neben dem unglücklichen Kerl da auf der Bahre landen möchtest.«

Er schluckte. »Ich will nur die Organe. Der ist doch eh tot.«

»Was entnimmst du den Leichen noch?«, fragte ich nach.

»Manchmal finde ich auch alte Prothesen. Die sind Gold wert.«

Prothesen waren das Spezialgebiet des Tigerclans, der vor vielen Jahren ausgelöscht worden war. Ein Clanozid, über den selten gesprochen wurde, denn das Blut klebte an unser aller Händen. Seitdem war es schwieriger, an Prothesen zu kommen.

»Was ist mit dem Blut?«

»Dem Blut?« Der Atem meines Gegenübers roch faulig.

»Gibt es dafür Abnehmer?«, hakte ich nach.

Der Grubenarzt schüttelte den Kopf. »Hab ich noch nicht gehört …«

»Denk nach!« Ich schüttelte ihn, um seinen Erinnerungen auf den Sprung zu helfen. Es half nichts.

»Töte mich nicht«, flehte er stattdessen.

~

»Die Welt wäre besser ohne Abschaum wie dich. Der illegale Organhandel ist das Letzte.«

»Ich bin nicht der Einzige«, keuchte der Kerl. Die Klinge brachte ihn noch mehr zum Schwitzen. »Glaubst du, die anderen Clans sind unschuldig? Wenn einer von denen eine Niere braucht, ist ihm egal, wie sie besorgt wurde. Solange es Abnehmer gibt, gibt es einen Markt. Und ich bringe immerhin niemanden um!«

Ich seufzte und ließ den Abschaum los, damit er zu seinem erbärmlichen Leben zurückkehren konnte.

Der Ausflug hatte mir nicht weitergeholfen. Mein Spirit sah mich nach dem Motto »Hab ich dir doch gesagt« an.

Schönen Dank auch!

~

Vor Sonnenaufgang kehrte ich in den Tempel zurück.

»Hallo, Fischerjunge«, begrüßte mich Clea, die mit verschränkten Armen aus dem Schatten trat. Mir fehlten vor Schreck die Worte.

Verdammt! Jetzt sitze ich in der Klemme!

»Das werde ich den Meistern melden«, verkündete sie. Dabei zog sie ihre Augenbraue hoch und machte damit selbst Meister Konoha Konkurrenz. »Ich werde ihnen sagen, dass du dich nachts heimlich rausschleichst und gegen die Tempelregeln verstößt. Schon wieder.«

Die Luft schien mit einem Mal so dünn. Egal wie schnell ich atmete, ich hatte das Gefühl zu ersticken.

»Mach dich nicht lächerlich. Ich war spazieren«, erwiderte ich, doch die aufsteigende Angst blieb ihr sicher nicht verborgen.

»Sicher. Ich geh auch immer in so einem Aufzug mit Gesichtsbemalung spazieren. Verkauf mich nicht für dumm!« Clea drehte sich um und marschierte auf eine Treppe zu.

»Nein.« Ich stürmte ihr hinterher. »Warte.«

»Vergiss es. Ich habe genug von dir und deinen Regelbrüchen.«

»Sie werden mich rauswerfen.« Panisch griff ich nach ihrem Arm, aber sie schüttelte mich ab.

»Das hast du verdient«, knurrte sie. »Du bist es nicht wert, dich Phari zu nennen.«

»Ach ja? Und du bist es, Petze?« Ich wusste, es war ein Fehler, sie noch weiter zu provozieren, aber die Worte rollten einfach über meine Zunge. »Ich dachte, Novizen sollten zusammenhalten und sich nicht gegenseitig verpfeifen.«

»Zusammenhalten? Mit dir?« Ich spürte, wie das Feuer in ihr kochte und die Luft um uns herum zu brodeln begann.

»Was hast du gegen mich?« Ich verstand nicht, warum sie mich so sehr hasste. »Ich hab dir doch nichts getan.«

»Was treibst du da draußen?«

»Ich hab bloß Spuren gesucht ... Der Fall ... Ich wollte Hinweisen nachgehen«, stammelte ich.

»Du lügst. Es ist nicht das erste Mal, dass du dich rausschleichst.« Sie fixierte mich mit loderndem Blick. »Meister Konoha hat dir eine Chance gegeben. Trotz deiner Vergangenheit und deiner Lügen. Er verdient deinen Verrat nicht. Und ich auch nicht.«

»Ich habe niemanden verraten.« Nun wurde ich wütend, denn ich wusste sehr wohl, was der Meister für mich getan hatte. Er hatte mich gerettet und an mich geglaubt, als ich nicht einmal selbst an mich geglaubt hatte. Und er tat es gegen jegliche Vernunft immer noch. Ich würde es nie übers Herz bringen, ihn zu hintergehen.

»Du weißt, wie viel ich von ihm halte. Ich würde ihm niemals schaden«, beharrte ich.

»Das werden die Meister entscheiden.« Clea ließ mich stehen und marschierte die Treppen hinauf. Aber ich wollte nicht zulassen, dass sie mir mein Leben wegnahm. Der Tempel war das einzige Zuhause, das ich noch hatte. Ich zog das Licht um uns herum zu mir und sammelte es um meinen Körper, Hunderte von Armen, die mich emporhoben. Mit einem Satz war ich bei Clea und bekam sie zu packen. Überrascht wirbelte sie herum, als ich sie härter als beabsichtigt die Stufen herunterzog. Sie verlor den Halt und fiel gegen einen Miniaturleuchtturm. Von denen gab es einige. Sie erhellten die Säle und Gänge.

Mit einem Scheppern ging die Lampe in ihm zu Bruch, als Cleas Ellbogen durch das Glas fuhr. Ich spürte Hitze, noch bevor sie mich angriff. Mein Spirit, der Verräter, verschwand in sichere Entfernung, als ihre Faust auf meine hochgerissenen Arme knallte. Ihre Zähne waren gefletscht. Dies war kein Trainingskampf. Sondern einer, der durch Wut und Rachsucht entfacht worden war.

Sie schleuderte mir ihre Kraft entgegen, entschlossen wie ein Sturm, wild wie das Feuer, und ich verlor für einen Moment das Gleichgewicht. Sie nutzte die Ablenkung, um mir ihr Knie in den Bauch zu rammen. Ihre Bewegungen hatten die Anmut einer Tänzerin und die Stärke eines Bären. Sie war tödlich. Tödlich schön. Ich stolperte zurück, ebenfalls gegen einen der Miniaturleuchttürme, die im Gang Spalier standen. Mit einem Krachen ging er zu Bruch.

»Jetzt sind wie quitt«, knurrte Clea zufrieden, doch ich dachte nicht daran aufzugeben und benutzte erneut meine Kräfte, um aufzustehen. Das Licht sammelte sich um mich wie ein Schild. Wenig später landete ich vor Clea. Ich leitete das Licht in meine Faust und schlug zu. Clea knallte mit dem Hinterkopf gegen die Wand. Mit Genugtuung stellte ich fest, dass ich sie überrascht hatte.

Sie, die ach so tolle Seherin.

»Du mieser …«

Ich spürte, wie sie nach ihren Spiritkräften griff. Die Lampen im Flur flackerten, als sie ihnen das Licht entzog, um ihren nächsten Angriff zu nähren. Clea würde sich nicht mehr zurückhalten, aber das war mir egal. Ich mochte vielleicht nicht ihr Talent haben, aber schwach war ich auch nicht. Immerhin war ich ein Fischer aus Alvane!

Wir waren nicht unbedingt leise. Und so war es kaum verwunderlich, dass sich schon bald Schaulustige um uns sammelten.

Clea packte mich und warf mich zu Boden. Ich riss an ihren immer viel zu perfekt aussehenden Haaren, um sie mit mir zu ziehen.

»Lass los«, wütete sie.

»Nein!«, schrie ich, woraufhin sie mir in den Arm biss.

Was als Kampf unter Phari begonnen hatte, endete in einem wüsten Gerangel. Und gerade, als wir uns ineinander verschlungen über den Boden wälzten, fand uns Meister Konoha.

»Was tut ihr da?«, fragte er, als er das rollende Kiran-Clea-Knäuel mit seinem Stab zum Halten gebracht hatte.

Wir sahen zu ihm empor. Clea ließ mich hastig los und rappelte sich so würdevoll wie möglich auf.

»Nichts«, murmelte ich und versuchte, das ausgerissene Büschel an rotblonden Haaren zu verstecken.

»Meister.« Clea schnappte nach Luft und zu meiner großen Verwunderung erfand sie eine Lüge. »Wir haben trainiert.«

Meister Konohas Augenbraue wanderte in die Höhe. »Du hast ihn gebissen.«

»Jaaa.« Sie nickte nachdenklich, während ihr keine gute Ausrede einfiel, um das zu erklären. Hilfe suchend sah sie sich zu mir um.

»Das war Absicht«, bestätigte ich, als ihr Blick den meinen fand. Wir trafen eine stumme Vereinbarung. »Man muss schließlich immer auf alles vorbereitet sein.«

»Ihr habt Tempel-Dekoration zerstört.« Konohas Gesicht verdüsterte sich. Zwei weitere Meister erschienen. Meisterin Hun und Meisterin Gaiana, eine Heilerin, die mit Cleas Eltern befreundet war. Natürlich stand der Schuldige in ihren Augen sofort fest.

»Kiran Seaborn«, sagte Meisterin Hun. »Was hast du wieder angestellt?«

»Ich habe nichts angestellt«, verteidigte ich mich wütend.

»Doch. Das war Kiran.« Cleas Widerstand zerfiel im Angesicht der Meister zu Staub und damit unser frisch getroffenes Bündnis. »Meister, er hat angefangen. Er hat mich angegriffen, weil … er verrückt ist!«

»Sei still«, knurrte ich und funkelte sie an.

»Sei du still, Fischerjunge …«

Eine unsichtbare Macht riss uns den Boden unter den Füßen weg und wir landeten nebeneinander auf dem Rücken. Hilflos wurden wir über den Gang geschleift.

Mein Spirit verdrehte seine Augen und wandte sich von der demütigenden Szene ab.

Das würde Ärger geben!

II

Erin Rider

Ich blühe im Schatten.

Als ich früh am Morgen die Tür öffnete, erwartete mich Mikko in der Küche.

»Erin!«

Kein Kosename. Das war kein gutes Zeichen. Neben seinem unangetasteten Frühstück lag der Zettel, den ich ihm geschrieben hatte.

»Ich arbeite. Mach dir keine Sorgen! Ich liebe dich«, las er vor und ich hörte den Ärger in seiner Stimme. »Was soll das heißen?«

Sein Blick fiel auf mein geschwollenes Gesicht und die verbundene Hand. Er wurde noch blasser als sonst und sprang vom Tisch auf.

»Was ist passiert? Wo warst du?« Er packte mich am Kragen, schüttelte mich, nur um mich kurz darauf an sich zu drücken.

»Wir brauchten Geld …« Ich zog den Beutel mit meinem Grubengewinn aus der Tasche und legte ihn auf den Tisch. »Madame Pie hatte mich abgefangen.«

»Madame Pie?«

»Sie wollte unsere Miete haben. Sonst wären wir rausgeflogen.«

Er befreite meine Hand von den schmutzigen Bandagen und untersuchte sie fachmännischer als der Grubenarzt. Die gebrochenen Finger waren blau verfärbt, ließen sich aber bereits wieder bewegen. Die Knöchel waren abgeschürft und geschwollen.

»Du warst kämpfen?« Ungläubig schüttelte er den Kopf.

»Ja.« Ich hatte weder die Kraft noch den Wunsch, ihn anzulügen. Meine Lippen verzogen sich zu einem vorsichtigen Lächeln. »Und ich habe gewonnen.«

Doch das freute ihn keineswegs.

»In der Grube?« Er raufte sich seine Haare. »Du warst in der Grube? Obwohl du mir letztes Mal versprochen hast, es nie wieder zu tun?«

»Dieses Mal war es anders. Ich war nicht allein.« Ich deutete auf meinen Schatten, der dunkler als sonst an meinem Körper klebte. Womöglich, weil ein Dämon in ihm lebte.

»Erin! Bist du verrückt?« Er packte mich wieder an den Schultern. »Du benutzt deine Kräfte vor Publikum? Was, wenn jemand herausfindet, dass du besessen bist?«

»Ist doch nichts passiert«, murrte ich.

»Nichts passiert?« Mikko funkelte mich an. »Du wurdest von Organhändlern geschnappt und fast umgebracht. Der einzige Grund, warum du noch lebst, ist dieser Dämon. Und das Erste, was du machst, ist, in der Grube erneut den Tod zu suchen.«

»Ein bisschen dumm war es schon«, stimmte der Distelkönig ihm zu.

»Wann wirst du endlich vernünftig, Erin? Wir sind ein Team. Du kannst nicht ständig diese Alleingänge machen.«

»Ich hab es doch für uns getan«, protestierte ich. »Glaubst du, ich gehe gerne in die Grube?«

»Jaaa«, säuselte der Dämon.

»Aber damit hilfst du uns nicht«, widersprach Mikko verärgert.

»Stell dir vor, die Phari finden heraus, was du bist. Und sie sind nicht einmal unser einziges Problem. Ich wette, eine Menge Clans hätte gerne eine Besessene in ihren Händen. Du bringst dich mit solchen Aktionen in Gefahr.«

»Ich habe aufgepasst.« Der Ärger, den ich spürte, richtete sich vor allem gegen mich, denn ich wusste, dass Mikko recht hatte. Er dachte die Dinge zu Ende. Darum hatte er ja auch eine Anstellung im Federclan, während ich mich von einer Putzstelle zur nächsten durchschlug.

»*Aber jetzt hast du mich*«, versprach der Distelkönig. »*Du musst nie wieder putzen. Stattdessen können wir Leute umbringen. Das macht viel mehr Spaß!*«

»Du bist unverbesserlich, Erin«, sagte Mikko. »Du kannst nicht immer mit dem Kopf durch die Wand. Du siehst doch, wohin das führt.« Er deutete auf mein leeres Handgelenk.

»Das ist ungerecht«, widersprach ich. »Du weißt, warum ich meine Arbeit verloren hab.«

»Du kannst nicht ständig deine Vorgesetzten verprügeln. Das tut man nicht. Wir sind keine Kinder mehr.«

Der Ärger in mir verwandelte sich in Wut. »Ich lasse mich nicht schlagen. Nie wieder. Ist es das, was du von mir verlangst?«

Ich wusste, dass er das nicht gemeint hatte, und trotzdem spürte ich die verschlingende Hitze in mir, den Wunsch, etwas zu zerstören.

»Erin …« Mikko seufzte. Er nahm seine Brille ab und rieb sich das Gesicht. Auf einmal sah er so erschöpft aus. »Ich mache mir nur Sorgen.«

»Das musst du nicht.« Ich verschränkte die Arme vor der Brust. »Ich habe getan, was notwendig war. Manchmal reicht nachdenken nicht. Da muss man handeln. Also komm mir nicht mit deinen Belehrungen.«

Ich funkelte ihn an, aber sein Ärger war verpufft, was es schwer machte, an meinem eigenen festzuhalten.

Er musterte mich für einen Moment und ich hoffte, dass er mir zustimmen würde. Ich war immer schon der handfeste Part in unserer Beziehung und hatte diejenigen, die uns im Waisenhaus bedroht hatten, verprügelt. Mikko hatte währenddessen darüber nachgedacht, wie wir es vertuschen konnten. Das machte uns zu so einem guten Team.

»Hast du jemanden getötet?«, fragte er plötzlich und mein Herz gefror zu Eis. Ich wurde kreidebleich und musste schlucken.

»Nein!«, schoss es aus mir heraus. *Feigling!* »Doch.«

Allein die Erinnerung an das Brechen des Kehlkopfes jagte mir einen Schauer über den Rücken.

»Tu nicht so scheinheilig …«, säuselte mein Schatten. *»Ich weiß, wie du wirklich fühlst.«*

Ich versteckte meine zitternden Hände hinterm Rücken.

»Erin …« Mikko schüttelte fassungslos den Kopf. Seine Betroffenheit war viel schlimmer auszuhalten als sein Ärger.

»Es war Notwehr«, versuchte ich mich zu erklären, konnte seinem Blick aber nicht länger standhalten. »Madame Pie wollte das Geld sofort«, stotterte ich. »Welche andere Lösung hätte es gegeben? Ich musste etwas tun …«

Wir beide wussten, dass wir so viel Geld innerhalb so kurzer Zeit nicht anders hätten verdienen können. Nicht auf legalem Weg.

»Warum hast du mir nichts gesagt?«

Ich sah ihm an, wie sehr ihn das verletzte.

»Du hättest Nein gesagt.«

»Ganz genau. Lieber lebe ich mit dir auf der Straße. Solange wir beide nur zusammen sind.« Mikko ergriff meine Schultern. »War das seine Idee?«

Er meinte den Schatten.

»Nein.«

»Ich … ich weiß es nicht«, antwortete ich.

»Du darfst ihm nicht vertrauen. Diesem Dämon. Du bist keine Mörderin.«

»Moment! Warum bin ich jetzt der Sündenbock? Das ist so typisch!« Der Distelkönig schmollte.

»Er mag deinen Körper heilen, aber was ist mit deiner Seele, Erin?« Er nahm mein Kinn und hob es an. »Was ist, wenn er es auf die abgesehen hat?«

»Du hast recht«, sagte ich und lehnte meinen Kopf an seine Brust. Die pulsierende Wärme seines Körpers beruhigte mich. »Diese Verbindung verändert mich. Er weiß Dinge, spürt Dinge. Und ich weiß nicht, ob ich noch die Kontrolle habe. Ich bin so oft so … wütend.«

Mikko hielt mich fest, bis sich meine Gefühle wieder beruhigt hatten, und gab mir die Zeit, die ich brauchte, um mich neu zu sammeln.

»Er liest meine Gedanken. Ich bin für ihn wie ein offenes Buch. Aber umgekehrt weiß ich nichts über ihn und seine Absichten.«

»Meine Absichten sind stets die besten …«

Für wen?

»Für mich natürlich.«

Mikko strich mir beruhigend über den Kopf. »Wir finden eine Lösung. Aber bis dahin musst du stark bleiben.«

Hier, in der Wärme seiner Umarmung, fühlte ich mich sicher und für einen Moment wünschte ich mir, ich könnte ihm glauben. Dass alles wieder gut werden würde. Doch selbst jetzt hörte ich das kalte Lachen der Finsternis. Sie wuchs, fraß sich wie ein Geschwür durch meinen Körper. Ich spürte ihre Tentakel, die versuchten, mich in den Abgrund zu ziehen.

»Die Grube war doch deine Idee«, erinnerte mich der Dämon. *»Bist du sicher, dass es meine Finsternis ist, die du siehst?«*

»Wir müssen einen Weg finden, ihn loszuwerden«, sagte Mikko.

»Ich werde mich umhören. Die Federn haben viele Bücher über die Spirits. Ich bin sicher, es gibt eine Lösung.«

»Aber willst du das, mein Kind?«, hakte der Distelkönig nach und traf damit einen Nerv. *»Willst du wieder normal sein? Schwach? Verletzlich?«*

Er kannte die Antwort.

~

Als Mikko fort war, suchte ich unsere Vermieterin auf, um sie zu bezahlen. Sie musterte mich auf eine Art, die mir nicht gefiel.

»Ich habe von deinem Kampf gehört«, sagte sie und zauberte eine weitere Münze hervor. »Das Publikum war begeistert. Warum kommst du nicht heute Abend wieder?«

»Heute nicht.« Ich schüttelte entschlossen den Kopf.

»Ich würde es mir sehr wünschen.« Es war nicht bloß ein Wunsch, das konnte ich in ihrem Gesicht sehen. Unglücklicherweise war ich nicht sonderlich gut darin, Befehlen zu folgen.

»Heute nicht«, wiederholte ich und drehte mich um. Aber Madame Pie war schneller. Sie packte mich am Handgelenk und zog mich zu sich heran. Dann, ehe ich es verhindern konnte, riss sie den Ärmel zurück und entblößte die leere Stelle.

»Clanlos«, bemerkte sie. Allerdings schien sie deshalb nicht sonderlich überrascht.

»Aber nicht wehrlos«, gurrte der Distelkönig und ich musste grinsen, denn durch meinen Körper floss pure Kraft, die jedes Aufkeimen von Angst und Sorge mit sich riss. *»Sie ist allein. Niemand guckt zu … Du könntest das Problem einfach beseitigen. Sie hätte es verdient.«*

Aber ich wollte das Problem nicht auf diese Art beseitigen. Ich war keine Mörderin.

»Genau genommen bist du das schon.«

Ich korrigiere. Ich bin kein Monster.

»Tief innen drin schleppt jeder ein Monster mit sich herum.«

»Ich suche eine neue Anstellung, Herrin. Deswegen kann ich nicht«, erklärte ich, um Höflichkeit bemüht, und schüttelte ihre Hand ab.

»Wirklich?« Sie musterte mich mit ihren schwarzen Augen, die an einen Adler erinnerten, kurz bevor er sich auf seine Beute stürzte. »Ich habe gehört, eine Färberei im Amphibienclan sucht immer neue Arbeiter. Vielleicht versuchst du es dort.«

Mir wurde abwechselnd heiß und kalt.

»Wie bitte?«, hörte ich mich sagen, aber meine Stimme war rau und heiser.

Madame Pie zuckte die Schultern. »Eine kleine Kröte auf deinem Handgelenk würde dir sicher gut stehen.«

»*Was ist denn los?*« Der Distelkönig regte sich interessiert.

»Danke für den Tipp.« Ich verbeugte mich artig.

Dann drehte ich mich um, damit sie nicht sah, wie bleich ich geworden war.

12

Ryanne Cimon

Schönheit ist Macht.

Ich lag auf einer harten Strohmatte unter dem Dach, doch obwohl ich unglaublich müde war, wagte ich es nicht, zu schlafen. In dem Zimmer lagen noch sechs weitere Frauen. Niemanden hatte es sonderlich erfreut, dass sie für eine weitere Person Platz machen mussten. Der Raum war voll mit Schränken und Kommoden und trotzdem lag Kleidung überall auf dem Boden verstreut.

Die Fenster waren geöffnet, kühle Nachtluft strömte herein. Ich zog meine Decke bis zum Kinn. Eines der Mädchen schnarchte. Es klang wie eine defekte Dampfmaschine, die ihrer Arbeit müde geworden war.

Meine Klinge lag fest in meiner Hand, denn wenn ich etwas gelernt hatte, dann, dass man in einer Gegend wie dieser niemals unvorbereitet sein durfte. Vor allem nicht als Mädchen.

Irgendwann gewann doch die Müdigkeit gegen die Sorge und ich fiel in einen unruhigen Schlaf.

~

Am nächsten Tag wachte ich davon auf, dass die anderen Frauen sich fertig machten. Ich hörte, wie sie über mich sprachen.

»Ist das eine Neue?«

»Ist ganz hübsch.«

»Ist sicher eingebildet. Das sind die Hübschen immer.«

»Hab gehört, sie ist ein Schmetterling.«

»Was? So ein Quatsch. Wäre sie einer, wäre sie doch nicht hier.«

Als ich die Augen aufschlug, verstummten sie. Ein Mädchen mit goldblonden Locken, das mich an Mirella erinnerte, lieh mir ihren Kamm, damit ich meine wirren Haare richten konnte. Ich zog meine Kleidung vom Vortag an, die mittlerweile getrocknet war, und folgte den anderen nach unten.

In der Küche erwartete uns meine Mutter, zusammen mit einem schmierig aussehenden Mann. Er trug einen violetten Zylinder und ein Samtjackett in derselben Farbe. Auch wenn ich ihn nicht kannte, wusste ich sofort, wer er war. Der Kuppler, der für dieses Haus zuständig war.

»Ist sie das?« Er nickte in meine Richtung. Ohne die Antwort meiner Mutter abzuwarten, kam er auf mich zu. Ich mochte seinen Blick nicht. Er betrachtete mich, als wäre ich ein Stück Fleisch, das er auf dem Markt kaufen wollte. »Ist hübsch. Und du sagtest, sie ist ein Schmetterling?«

»Sie hat für einen Freudentempel der Geisha selbst gearbeitet«, bestätigte meine Mutter fast schmeichlerisch, als wollte sie ihm gefallen. Dann hob sie meine Tasche hoch, um ihm meinen azurblauen Seidenkimono zu zeigen.

»Das ist meiner«, protestierte ich. Hatte sie etwa meine Sachen durchwühlt? Ganz sicher hatte sie das. Auf der Suche nach etwas Wertvollem.

»Alles in diesem Haus gehört mir, Kleine«, korrigierte mich der Kuppler. »Nenn mich Onkel Joe.«

Onkel Joe.

Ich konnte ihn auf Anhieb nicht ausstehen.

Großmutter hatte uns so oft gesagt: »Wenn dein Gegenüber die Kontrolle will, dann tu so, als hätte er die Kontrolle, während du sie in Wahrheit nie verlierst.« Jetzt war es an der Zeit, all ihre Ratschläge anzuwenden, doch das war einfacher gesagt als getan.

»Danke, dass ich über Nacht bleiben durfte, Onkel Joe«, antwortete ich mit zuckersüßer Stimme und verbeugte mich artig. »Das hat mir sehr geholfen. Ich muss mich jetzt in meinem Tempel melden.«

Ich versuchte, nach meiner Tasche zu greifen, doch er stellte sich mir in den Weg und legte seine Finger unter mein Kinn.

»Nicht so schnell, Kleines. Du bist also ein Schmetterling. Weißt du, wie viele meiner Kunden dafür töten würden, mal einen zu treffen?«

»Das ist sehr schmeichelhaft, aber genau genommen bin ich bloß eine Schülerin«, korrigierte ich ihn und hielt seinem Blick stand, auch wenn mir seine Augen Angst machten. Es war keine Wärme darin, nur Hitze. Alles versengende Hitze. Langsam schritt er um mich herum und seine Hand glitt meinen Rücken hinunter.

Kontrolle, Ryanne. Du darfst die Kontrolle nicht verlieren. Ich hatte das Gefühl, sie rann mir wie Sand durch die Finger. Er konnte mich berühren, wie er wollte, ich hatte keine Macht, ihn daran zu hindern. *Lass dir etwas einfallen!*

»Sie war eine Schülerin«, berichtigte meine Mutter. »Ist rausgeflogen. Sie hat keine Bleibe mehr und niemanden, an den sie sich wenden kann.«

Diese Verräterin!

Jetzt gab es keinen Zweifel mehr daran, dass ich vollkommen mittellos war. Schutzlos. Einsam.

»Was hast du angestellt, meine Kleine?« Onkel Joe kam mir so nah, dass sein Hut meine Haare berührte. Ich erstarrte.

»Ich habe eine Prüfung nicht bestanden«, erklärte ich zwischen zusammengepressten Lippen und legte vorsichtig meine Hände zusammen. Meine Finger tasteten über das Armband, in dem die Klinge versteckt lag. Das letzte bisschen an Kontrolle, das mir geblieben war.

»Ein Schmetterling ohne Flügel also«, flüsterte Onkel Joe und sein Atem kitzelte unangenehm auf meiner Haut. »Aber ein bisschen werden sie dir doch beigebracht haben, oder?«

»Nun, ich bin begabt im Umgang mit der Laute«, sagte ich, wohl wissend, dass es nicht meine musikalischen Fähigkeiten waren, die ihn interessierten.

»Muss ja keiner wissen, dass sie rausgeflogen ist. Die Leute zahlen viel für ein paar Stunden mit einem Schmetterling.« Meine Mutter hob den blauen Seidenkimono hoch. »Alleine ihre Anwesenheit wird die Position unseres Hauses stärken.«

»Das geht nicht.« Meine Stimme war schriller als geplant. Wollte mich meine Mutter etwa wie Vieh verkaufen? Wie konnte sie mir das antun? Ihrer eigenen Tochter? Ich holte tief Luft und setzte alles daran, meine Panik in den Griff zu bekommen. Etwas ruhiger fuhr ich fort: »Diesen Kimono dürfen wir nur im Auftrag der Geisha tragen. Es ist verboten, sich ohne ihre Zustimmung als Schmetterling auszugeben. Strengstens.«

Falsche Schmetterlinge erwarteten schlimme Bestrafungen, wenn sie erwischt wurden. Großmutter hatte uns von einer Hure erzählt, die sich selbst einen azurblauen Kimono genäht hatte, um mehr Geld zu verdienen. Die Geisha hatte ihr Gesicht mit kochendem Wasser übergießen lassen, um ihren Körper für immer zu zeichnen.

»Warum hast du ihn dann eingesteckt?« Meine Mutter lächelte schräg.

»Ich …« Darauf hatte ich keine überzeugende Antwort.

»Ich kenne dich, Ryanne. Wir sind vom selben Blut.« Sie hielt sich den Kimono an und drehte sich damit um die eigene Achse. »Mein kluges, einfallsreiches Mädchen. Du bist zu uns gekommen, um hier deine zweite Chance zu kriegen. Deine zweite Chance auf Ruhm.«

Ich bin sicher nicht wie du!

»Wenn die Geisha erfährt …« Ich versuchte es erneut, doch Onkel Joe kam mir zuvor.

»Keine Sorge, meine Hübsche, ich pass auf dich auf.« Er legte seine Hände auf meine Schultern und es fühlte sich wie eine Drohung an. »Und du musst verstehen. Jeder, der in diesem Haus wohnt, muss seinen Beitrag leisten.«

»Mutter.« Ich wandte mich direkt an sie, aber es war kein Mitleid oder Verständnis in ihrem Blick.

»Ich habe dir ein besseres Leben ermöglicht, Ryanne. Ein Leben in einem schillernden Tempel, aber du hast versagt und nun müssen wir das Beste daraus machen.«

Du hast mir kein besseres Leben ermöglicht. Du hast mich im Stich gelassen. Und jetzt lässt du mich wieder im Stich.

Mir wurde abwechselnd heiß und kalt, während sich meine Finger um die Schlaufe der Klinge legten.

»Verzeihung. Ich weiß euer … Angebot sehr zu schätzen.« Da von meiner Mutter keine Hilfe zu erwarten war, musste ich die Sache wohl selbst in die Hand nehmen. »Aber ich muss gehen. Als Bezahlung für eure Mühen und den Schlafplatz könnt ihr den Kimono behalten. Mehr habe ich leider nicht.«

Mit diesen Worten schritt ich zur Haustür, doch sie ließ sich nicht öffnen. Panik überkam mich, als ich erneut den Griff hinunterdrückte.

»Niemand erwartet dich«, widersprach Onkel Joe, der mir langsam gefolgt war. Nun packte er mich am Arm und entblößte mein leeres Handgelenk. Die Haut hatte sich mittlerweile von der Entfernung meines Tattoos erholt und die Schwellung war abgeheilt. Es sah aus, als hätte es die kleine Lotusblume nie gegeben. »Du hast niemanden mehr. Darum bist du hergekommen. Auf der Suche nach Schutz und Arbeit.«

Dumme, dumme Ryanne!

Mir gefiel weder sein Grinsen noch der gierige Ausdruck in seinen Augen. Dieser Mann war gefährlich, das spürte ich mit jeder Faser meines Körpers.

»Aber deine Mutter und ich sind bereit, dich aufzunehmen. Du kannst ja schlecht auf der Straße schlafen. Weißt du, was einem clanlosen Mädchen ohne Schutz alles passieren kann?« Er führte mich in den Raum zurück. Ich sah zu meiner Mutter, doch sie wich meinem Blick aus.

»Tigereye!« Onkel Joe winkte das Mädchen herbei, das mich an Mirella erinnerte. »Du wirst unsere Neue einweisen. Sorg dafür, dass sie keine Schwierigkeiten macht.«

»Ja, Onkel.« Tigereye presste die Lippen aufeinander und verbeugte sich.

»Willkommen in der Familie, meine Hübsche.« Onkel Joe grinste und entblößte eine Reihe goldener Zähne.

Ich straffte die Schultern und reckte das Kinn, wie Erin es immer tat, und irgendwie gab mir die Erinnerung an sie Kraft. Ich kannte keinen Menschen, der mutiger war als sie. Vermutlich hätte sie Onkel Joe schon längst die Nase gebrochen. Und meiner Mutter gleich mit. Was würde ich dafür geben, dass sie jetzt hier wäre, an meiner Seite.

Es gab eine Zeit, da war ich stolz auf meine zierliche Statur. Großmutter hatte mir gezeigt, wie ich sie nutzen konnte. Sie hatte mir das Selbstbewusstsein wiedergegeben, das ich im Waisenhaus verloren hatte. Dort hatte ich schnell feststellen müssen, dass mein Aussehen nicht nur ein Segen war. Es war ein Fluch, denn ich rückte ins Interesse von Männern, die mich nur zu gerne auf ihren Schoß zogen. Als wäre ich ihr kleines, süßes Haustier. In Momenten wie diesen wünschte ich mir, wie Erin zu sein. Groß, stark und wild.

Anstatt im Angesicht der Gefahr zu erstarren, biss und schlug sie um sich wie ein tollwütiges Tier. Sie brachte mir bei, kein Haustier zu sein. Sondern wie die herrenlosen Straßenkatzen, die sich vor nichts fürchteten. Ich konnte mich noch gut erinnern, wie sie verzweifelt versucht hatte, meine Schlagtechniken zu verbessern. Heimlich auf dem Dach des Waisenhauses. Und als sie merkte, wie vergeblich das war, schenkte sie mir eine Trillerpfeife. »Puste da rein, wenn du mich brauchst«, hatte sie gesagt. »Dann komm ich und rette dich.«

Nur zu gerne würde ich jetzt in diese Trillerpfeife pusten. Allein die Vorstellung, wie Erin die Tür eintrat und mich hier rausholte, beflügelte mein Herz. Damals schien alles so viel einfacher, als wir zu dritt durch die Straßen schlichen und das Gefühl hatten, nichts könnte uns schaden, solange wir nur zusammenhielten. Die tapfere Erin. Der kluge Mikko. Und ich.

Jetzt war ich allein. Auf mich gestellt.

~

Onkel Joe war der Kuppler von insgesamt neun Frauen. Zwei davon waren noch kleine Mädchen, die, bis sie älter waren, als Dienstboten fungierten. Sie schliefen in einer Art Schrank in der Nähe der Küche. Meine Mutter hatte als Vertreterin des Kupplers eine Sonderstellung und somit einen eigenen Schlafraum. Die übrigen Mädchen schliefen unter dem Dach. In der ersten und zweiten Etage waren die Kundenräume und die Badezimmer. Im Erdgeschoss gab es einen Innenhof, den Empfangsbereich und weiter hinten die Küche mit einem kleinen Kräutergarten.

»Gibt es hier keine Männer?«, fragte ich Tigereye, die mich herumführte.

»Nein, die gibt es im Etablissement nebenan. Onkel Joe ist auf Frauen spezialisiert«, erklärte sie. Ihr Name passte zu ihren hellbraunen Augen. »Die einzigen Männer hier sind unsere Wachen.«

Unsere Wärter, korrigierte ich stumm. Dieser Ort war kein Schutzhaus, sondern ein Gefängnis.

Tigereye führte mich ins Badezimmer und wies mich an, meine Kleidung abzulegen. Ich behielt mein Armband an und betete, dass man es mir nicht wegnehmen würde. Es sah nicht gerade kostbar aus und jetzt verstand ich auch, warum. Es sollte keine Aufmerksamkeit erregen.

»Du bist die Letzte«, erklärte Tigereye, als ich in das abgestandene Wasser tauchte, auf dessen Oberfläche ein Ölfilm schimmerte. Eines der kleinen Mädchen klopfte, um uns Seife und Handtücher zu bringen. Sie schob die Tür auf. Ihr Blick war auf den Boden gerichtet, während sie sich den Weg durchs Bad tastete.

»Danke, Anne.« Tigereye nahm ihr alles ab.

»Ist sie blind?«, fragte ich.

»Ja. Onkel Joe ist großzügig, weißt du? Er hat vielen von uns eine Chance gegeben und sie bei sich aufgenommen. Hier haben wir ein Dach über dem Kopf, genügend Essen und Arbeit.«

»Ihr seid Gefangene.«

Bei dem Wort stieß Tigereye ein Zischen aus. »Als ich hier ankam, war ich halb verhungert. Ich hatte keinen Clan und niemand wollte einem dürren, schwachen Mädchen Arbeit geben. Bis auf Onkel Joe. Also mach keinen Ärger. Ich bin für dich verantwortlich. Wenn du Mist baust, werde auch ich bestraft.« Ich konnte die Angst in ihrem Blick sehen. Weniger vor körperlicher Strafe als vielmehr davor, verstoßen zu werden.

»Er manipuliert euch«, versuchte ich es noch einmal.

»Er sagt die Wahrheit. Du bist wirklich ein undankbares Ding, das sich für etwas Besseres hält.« Tigereye warf das Stück Seife zu mir in die Wanne. »Sei lieber froh, dass er dich von der Straße geholt hat. Wo Blut trinkende Monster wie die Yokai ihr Unwesen treiben.«

Man kann niemanden retten, der nicht gerettet werden will. Das hatte Großmutter gesagt.

»Ja, du hast recht. Tut mir leid«, lenkte ich ein. Es würde nichts bringen, mit ihr zu streiten, und ich konnte nicht noch mehr Feinde gebrauchen. Nicht an einem Ort wie diesem. Also wechselte ich das Thema. »Was weißt du über diese Yokai? Ich dachte, sie wären bloß ein Märchen.«

Märchen von Wesen, die sich von Blut ernährten. Kreaturen der Dunkelheit mit spitzen Zähnen, die sie tief in ihre Opfer schlugen. Geschichten und Legenden gab es in Tokito viele. Geschichten, die Angst machen sollten, aber auch solche, die Sehnsüchte erfüllten. Wie zum Beispiel die von der »Krone der Macht«. Einem Schmuckstück, das dem Tiger-Fürsten gehört hatte und angeblich unglaubliche Macht verlieh. Nach dem Tod des Fürsten brach ein regelrechter Hype aus, um die verschollene Krone zu finden. Menschen brauchten einfach Märchen, an die sie glauben konnten.

»Nein. Die Yokai gibt es wirklich«, beharrte Tigereye. »Haben vor Kurzem eine Hure geholt, die von hier abhauen wollte. Ich kannte sie. Hat im Nachbarbordell gearbeitet. Ihr Name war Klee. Sie hat sich in einen Arzt verliebt und ihre Sachen gepackt. Ein paar Tage später war sie tot. Alles, was übrig blieb, war eine leere, bleiche Hülle.«

»Du meinst, Yokai sind für die Blutlosen-Morde verantwortlich?«

»So ein Quatsch«, lachte eine der anderen Frauen, die gerade die Tür zur Seite schob. »Das waren nicht die Yokai. Sondern eine verrückte Sekte.«

»Eine Sekte?«, wiederholte ich.

»Ja, Männer und Frauen, die zu dunklen Spirits beten. Da, wo andere ihre Clantattoos tragen, haben sie sich die Haut weggebrannt.«

»Ich glaub, es waren Yokai.« Tigereye zuckte die Schultern. »Kein Mensch würde so etwas Grausames tun.«

Oh doch! Denn in den Menschen lauerten die grausamsten Monster. Ich hatte schon einige von ihnen kennenlernen dürfen und ich war mir sicher, dass auch Onkel Joe eines in sich trug.

~

Nach der Führung brachte mich Tigereye erneut zu Onkel Joe, der meinen Namen in seine Angestelltenliste eingetragen hatte, die tagtäglich aktualisiert werden musste. Die Überwachung des Arbeitsmarktes war in Tokito eine wichtige Angelegenheit.

Als ich das Zimmer betrat, holte er aus seinem Tresor den Stempel. Eine metallene Box mit einem Loch darin, so groß, dass man seinen Arm hineinschieben konnte. Jeder Stempel, ebenso wie die Stempeltinte, war gelistet und musste von Arbeitgebern unter Verschluss gehalten werden. Er sah unscheinbar aus und doch hatte er so viel Macht. Ich entblößte mein Handgelenk und legte es hinein. Onkel Joe betätigte einen Knopf und ich spürte, wie etwas in meinen Arm gedrückt wurde. Die spezielle Tinte fraß sich durch die Haut. Es brannte und juckte, aber ich versuchte, mir den Schmerz nicht anmerken zu lassen. Als ich meinen Arm zurückzog, prangte eine Lotusblüte auf der Stelle. Blutrot war sie. Nicht blau wie diejenige, die ich zuvor getragen hatte. Kaum zu glauben, dass dieses kleine Bild alles bedeutete.

»Herzlichen Glückwunsch. Du bist wieder offiziell Mitglied unserer Clans.« Onkel Joe fuhr zufrieden über das Tattoo, bevor er den Stempel wieder in seinem Tresor verstaute.

»Danke für die Arbeit«, antwortete ich brav und verbeugte mich. Er entließ mich mit einer Bewegung seiner Hand und ich floh regelrecht in das Zimmer unterm Dach. Dort lag neben meiner Strohmatte eine kleine Kiste mit den Dingen, die zu behalten mir Onkel Joe erlaubte. Er hatte mir alles weggenommen bis auf etwas, das mir die Tränen in die Augen trieb.

Eine kleine rote Trillerpfeife.

Er hatte sie für wertlos gehalten, dabei war sie kostbarer als all der Schmuck und Plunder, denn sie gab mir Hoffnung. Ich presste sie an mein Herz. Und für einen kurzen Moment, als ich mich auf die Matte fallen ließ, war ich wieder im Waisenhaus. Zu meiner Rechten lag Erin. Und zu meiner Linken Mikko. Wir waren bloß drei Kinder und doch durchströmte mich das Gefühl von Sicherheit, als ich ihre Hände ergriff und sie festhielt. Kein Monster der Welt hatte eine Chance gegen uns drei.

»Nichts kann uns trennen!«

Ach, wäre das doch wahr.

13

Kiran Seaborn

Es werde Licht.

Eine Nacht in der Ruhezelle. Im Prinzip war es ein Zimmer mit Bett, einem harten Meditationskissen und »Press-Essen«, wie wir die zusammengedrückten Energiewürfel nannten. Sie schmeckten nach nichts und bereiteten keinerlei Genuss, versorgten einen aber mit den notwendigen Nährstoffen.

Deutlich schlimmer als das Essen und die Isolation war die Ungewissheit. Nicht zu wissen, was jenseits dieser beengten Wände entschieden wurde und welche Zukunft einem bevorstand, wenn sich die Tür öffnete.

Ich hatte mich neben das Meditationskissen auf den Boden gelegt und starrte zur Decke empor. Über mir schwebte mein Spirit. Der Schweinswal sah mich mit leeren Augen an, die mich zweifeln ließen, dass es sich bei diesem Geist um ein denkendes Lebewesen handelte.

»Was willst du von mir?«

Er rührte sich nicht. Starrte weiter.

»Ach, lass mich doch in Ruhe!«, rief ich und warf ein Kissen nach ihm, das durch den glühenden Körper sauste und an die Decke klatschte, bevor es wieder zu mir herunterfiel.

Ich wusste, ich hatte Mist gebaut. Es war verboten, sich ohne das Wissen seines Meisters rauszuschleichen. Und dann noch die Prügelei …

Würde Meister Konoha mich verstoßen? Ich war mir ziemlich sicher, dass ich keinen anderen Meister finden würde, der mich freiwillig als Novizen nehmen würde.

Ach! Verdammt!

Warum war ich nur so ein Versager? Seitdem meine Eltern beschlossen hatten, mich von der Klippe zu werfen, seit ich im Meer auf meinen Tod gewartet hatte, seitdem war etwas in mir. Etwas, das nie ganz verschwand. Das immer weiter an mir fraß und mich zu verschlingen drohte. Etwas Mächtiges. Wütendes.

Ich griff nach meinen Spiritkräften und schickte die lichten Finger auf Wanderschaft. Meine Sinne verließen die Grenzen des Körpers und breiteten sich im Raum aus. Sie krochen durch den Spalt der geschlossenen Tür auf die andere Seite, wo ich mehrere Personen wahrnahm. Meine Finger streiften sie mit zittrigen Bewegungen. Standen sie da, um über mein Schicksal zu beraten?

»Wenn ihr mich rauswerfen wollt, tut es lieber gleich«, brüllte ich und sprang auf. Augenblicklich zogen sich meine Kräfte zurück, beinahe erschrocken über meinen plötzlichen Ausbruch. Mein Spirit warf mir einen anklagenden Blick zu.

»Was?«, pampte ich ihn an. »Ist ja nicht so, als wärst du mir je eine große Hilfe gewesen!«

Kurze Zeit später wurde die Tür geöffnet und Meister Konoha trat herein.

»Beruhige dich, Novize.«

»Bin ich das denn noch? Ein Novize? *Dein* Novize?«, fragte ich. »Oder verstößt du mich?«

So wie mich meine Eltern verstoßen haben. So wie mich alle verstoßen werden.

»Verhalte dich wie ein Phari und denk nach, Kiran.« Meister Konoha hob seine Augenbraue, die es immer schaffte, meine Wut zu bändigen. Wir lieferten uns einen Wettkampf im Anstarren, den ich verlor. Reumütig fiel ich auf die Knie und nuschelte eine Entschuldigung, wie es sich für einen Novizen gehörte.

»Tut mir leid, Meister.« Ich war wie das Meer von Alvane, das mich einst verschluckt hatte. In einem Moment ruhig und glatt wie ein Spiegel, im nächsten wild und ungehorsam. Unberechenbar und nicht zu bändigen. Wie sollte ich je ein richtiger Phari werden? Wie sollte ich je Ruhe finden, mit diesem Sturm, der in meinem Inneren tobte?

Meister Konoha nahm mir gegenüber Platz. Ich konnte nicht sagen, ob er sauer auf mich war. Die einzigen Indizien waren die schmalen Lippen und die Falten auf seiner Stirn, die etwas tiefer aussahen als gewohnt. Er war bestimmt sauer. Und enttäuscht. Ich widerstand dem Drang, mir selbst einen Schlag zu verpassen.

»Du hast viel Potenzial, Kiran. Doch du fürchtest dich und diese Furcht umgibt deinen Geist wie eine Mauer. Sie bringt dich aus dem Gleichgewicht, isoliert dich. Auch von deinem Spirit.«

Ich wusste, dass er recht hatte. Ich hatte Angst zu versagen. Angst, ihn zu enttäuschen. Angst vor so vielen Dingen, dass ich sie gar nicht benennen konnte. Und das machte mich wütend.

Meister Konoha seufzte. »Ich kann das verstehen. Das, was deine Eltern getan haben, hinterlässt Narben, die nur schwer heilen. Narben, die dich daran hindern, Bindungen einzugehen. Auch zu deinem Spirit. Du musst lernen, ihm zu vertrauen. Und dir selbst.«

Der Sturm in mir legte sich und zurück blieb nur die Scham.

»Ja, Meister.« Meine Zähne bearbeiteten nervös die Unterlippe, während ich auf den Boden vor mir starrte.

»Ich werde nicht immer da sein, um dich zurechtzuweisen«, fuhr mein Meister fort. »Nicht ich sollte dir Halt geben. Du musst Halt in dir selbst suchen.«

»Ja, Meister.« Das war einfacher gesagt als getan.

»Was hast du da draußen gemacht, Kiran?«

Meine Muskeln spannten sich an. »Ich wollte nach Hinweisen suchen«, sagte ich schnell. Die Worte stolperten hektisch über meine Lippen.

»Ich weiß, wo du warst.«

Natürlich wusste er das. Fieberhaft bemühte ich mich, eine glaubwürdige Erklärung zu finden. »Ich war nur wegen der Gerüchte dort. In der Grube wird viel geredet. Ich hatte gehofft, etwas über die Blutlosen zu erfahren.«

»Woher kennst du diesen äußert zwielichtigen und fragwürdigen Ort?«

Ich schluckte. »Mein Spirit hat seinen eigenen Kopf. Manchmal führt er mich zu Orten und Personen … Ich versuche, ihm zu vertrauen. So wie du es mir gesagt hast.«

Es war nicht fair, seine Tipps als Entschuldigung für meine Regelüberschreitung zu benutzen, aber ich hatte Angst. Meister Konoha hatte recht. Die Furcht hatte mich fest im Griff mit ihren scharfen, unbarmherzigen Krallen.

»Und? Hattest du Erfolg?«

»Nein, Meister.« Kurz überlegte ich, ihm von dem seltsamen Mädchen zu erzählen. Die Erinnerung an ihren Blick jagte mir erneut einen Schauer über den Rücken. Doch was sollte ich dem Meister sagen? Da war eine komische Kämpferin, deren Augen mir Angst gemacht haben?

»War das alles, Kiran?«

Nein! Ich wollte mutig sein und ihm die Wahrheit erzählen. Einfach alles. Sie quoll in mir empor und legte sich auf meine Zunge, aber ich presste die Lippen fest zusammen.

»Ja, Meister«, sagte ich schnell, den Blick weiterhin auf den Boden geheftet. »Das war alles.«

~

Als ich am nächsten Morgen aufwachte, war die Tür offen. Da mir niemand in den Weg trat, verließ ich die Ruhezelle und fuhr mit dem Fahrstuhl zum Speisesaal, um mein Frühstück einzunehmen. Verglaste Wände sorgten hier für Licht und eine angenehme Atmosphäre. Neben meterhohen Statuen alter Phari-Meister waren Schreine aufgestellt, an denen man der Spirits gedenken konnte. Die Tische waren als lange Tafeln angelegt, aber im Moment war es nicht sehr voll.

Clea saß alleine und war in Unterlagen vertieft. Ich wollte mich so weit von ihr wegsetzen wie möglich, aber mein Spirit hatte andere Pläne. Wie selbstverständlich flog er auf sie zu.

Na gut, blöder Geist! Ich vertraue dir.

Ich holte tief Luft, bevor ich ihm zögerlich folgte und ihr gegenüber Platz nahm. Eine Angestellte brachte mir ein Tablett mit meinem Frühstück. Süßer Reis mit Obst und Rosinen. Dazu dampfender Jasmintee.

»Warst du auch in der Ruhezelle?«, fragte ich Clea.

»Nein.« Sie machte sich nicht einmal die Mühe aufzusehen.

»Natürlich nicht. Du bist ja eine Casapaia.« Wie hatte ich nur davon ausgehen können, dass für uns die gleichen Regeln galten? »Was dann? Hast du dir eine Strafpredigt von Mami und Papi anhören müssen?«

»Noch nicht.«

»War ja klar.«

»Warum hältst du nicht die Klappe, Fischerjunge?« Sie warf mir einen tödlichen Blick zu und für einen Moment glaubte ich, sie würde mich mit ihrer Gabel aufspießen. »Du bist nicht der Einzige, der es schwer hat.«

»Oh! Tut mir leid.« Das meinte ich nicht ernst.

»Tut es nicht.«

Schweigend konzentrierte ich mich wieder auf mein Frühstück und fragte mich, warum ich so blöd gewesen war, dem Schweinswal zu vertrauen.

Weil du sonst keine Freunde hast, flüsterte eine fiese Stimme in mir. Sie war nicht meine Freundin, aber die Einzige, die meine Tätowierungen nicht anstarrte.

Neben Cleas Tablett waren unappetitliche Fotos der Blutlosen verteilt, ebenso wie Teile der Autopsieberichte. Das erklärte, warum auch sie heute allein am Tisch saß. Diese Bilder waren nichts für schwache Nerven, erst recht nicht beim Essen. Möglicherweise war aber auch unsere unpharihafte Prügelei von gestern schuld daran.

»Die meisten sind enttäuscht, dass wir uns jetzt nicht die Köpfe einschlagen«, bemerkte Clea, ohne von ihren Unterlagen aufzusehen. »Sie sehnen sich geradezu nach ein bisschen Drama.«

»Im Ernst?« Ich ließ überrascht meinen Löffel sinken.

»Ja. Also halte dich mit deinen erdrückenden Schamgefühlen zurück.«

»Ich schäme mich nicht.« Natürlich schämte ich mich.

Clea war wieder verstummt. Ihre Stirn unter dem perfekten Pony war in Falten gelegt und sie sah aus, als wäre sie in den Text vertieft. Was sie nicht war.

»Du liest denselben Satz schon seit vierzehn Minuten«, bemerkte ich schließlich. »Was ist los?«

Ich wusste, sie würde mich nicht einweihen. Immerhin konnten wir uns nicht ausstehen. »Was steht da drin?«

Ich nahm ihr die Akten ab und überflog den Text. Unser Opfer war ein Mitglied des Lotusclans gewesen. Man hatte Rückstände ihrer Tätowierung gefunden, die vermutlich wenige Tage vor ihrem Tod entfernt worden war. Anhand ihres Fingerabdrucks hatte man zudem ihre Identität sowie ihre zuletzt eingetragene Arbeitsstelle ausfindig machen können.

»Wann werden wir ihre Angehörigen aufsuchen?«, fragte ich Clea.

»Ich vielleicht gar nicht.« Sie schluckte.

»Was meinst du?«

»Mein Vater hat mich zu sich bestellt. Wegen der ... Sache.«

»Du hast nichts zu befürchten«, bemerkte ich. »Er ist dein Vater. Er wird dir schon nicht den Kopf abreißen.«

»Du hast keine Ahnung.« Sie stocherte in ihrem Essen. »Er kann sehr ... einschüchternd sein.«

Bei den Geistern! Das war eine ganz andere Seite von ihr, eine verletzliche Seite, die mich hoffnungslos überforderte. Bisher war das Verhältnis zwischen uns klar. Wir konnten uns nicht ausstehen und nutzten jede Gelegenheit, das dem anderen zu zeigen. Was sollte ich jetzt tun? Sollte ich sie aufziehen oder trösten? Ich entschied mich für einen unverfänglichen Mittelweg.

»Willst du drüber reden? Mit schlechten Eltern kenn ich mich aus.«

Für einen kurzen Moment huschte ein Lächeln über ihre Lippen. »Sie wollten dich also wirklich umbringen?«

»Ja. Die Triade hält nicht viel von Spirits.«

»Das tut mir leid. Muss schwer sein ...«

Dieses Gespräch ging in eine ganz neue Richtung. Anstatt uns zu beleidigen, tauschten wir plötzlich Mitleidsbekundungen wegen unserer Eltern aus.

»Meine Eltern wollen mich zwar nicht umbringen, aber sie haben hohe Erwartungen.« Clea seufzte. »Es ist nicht leicht, eine Casapaia zu sein.«

»Ach nein?« Was sollte an ihrem Leben bitte schön schwer sein?

»Ich muss die Beste sein. Klug, erfolgreich und hübsch, um irgendwann einen perfekten Partner von mir zu überzeugen. Mit weniger als Perfektion werden meine Eltern nie zufrieden sein …«

»Ach, deswegen zupfst du so oft an deinem Pony rum.«

Sie knurrte. »Ein Problem, das du offenbar nicht kennst, Fischerjunge.«

»Willst du damit etwa sagen, dass ich nicht hübsch bin?«, rief ich.

Sie lachte kurz auf, bevor sie gleich wieder ernst wurde.

»Tja. Ob du es glaubst oder nicht, Perfektion steht nicht auf meiner Liste.« Ich deutete auf meine Tattoos. »Ich bin schon froh, wenn mich nicht alle hassen.«

»Ich würde es nicht Hass nennen«, widersprach Clea. »Es ist eher gesundes Misstrauen.«

»Gesundes Misstrauen?«, echote ich. »Ich hasse die Triade mehr als jeder andere in der Stadt.« Ich war aufgestanden und stemmte meine Arme auf den Tisch.

»Fischerjunge …«

»Ich habe es satt, dass diese Dreiecke mein Leben bestimmen. Ich würde sie herausschneiden, wenn ich könnte. Leider ist das nicht die Art von Tätowierung, die man entfernen kann.«

Ich erwartete eine bissige Bemerkung, stattdessen ergriff sie meine Hand und hielt sie fest. Die Berührung ließ mich erstarren. Ich war es nicht gewohnt, freundlich angefasst zu werden. Erst recht nicht von Clea. In der Regel war es ihre Faust, die mich berührte. Gefolgt von ihrem Knie. Und auch meine Eltern hatten nicht viel für körperliche Zärtlichkeiten übrig, nicht mal, als sie noch dachten, ich wäre ein guter, normaler Triadenjunge.

»Kiran, beruhig dich.« Es lag keine Überheblichkeit in ihrem Blick, bloß ein stilles Flehen, das meine Wut verrauchen ließ. Erst jetzt bemerkte ich, dass alle Augen auf uns gerichtet waren. »Oder willst du ihnen geben, was sie erwarten? Drama?«

Nein, das wollte ich nicht. Also setzte ich mich.

»Gute Wahl. Jetzt haben wir sie ganz schön enttäuscht.« Clea packte ihre Papiere zusammen und stand auf. Gerade als ich glaubte, sie würde mich alleine lassen, drehte sie sich um. »Kommst du?«

Es war ein seltener Anblick, dass wir den Speisesaal verließen, ohne uns zu streiten. Ich brachte sie bis zum Fahrstuhl. Auch ohne Seherkräfte konnte ich ihre Nervosität spüren. Offenbar hatte sie vor der Begegnung mit ihrem Vater wirklich Angst.

»Du könntest es doch noch mal mit unserer Trainings-Notlüge probieren?«, schlug ich vor.

»Könnte funktionieren«, sagte sie spöttisch. »Einer muss diesem talentlosen Novizen ja was beibringen.«

Ich wollte etwas kontern, aber sie lachte, bevor ich meinem Ärger Luft machen konnte. »War bloß Spaß, Kiran. Ich fürchte, für meinen Vater bin ich ein offenes Buch. Er spürt, wenn ich ihn anlüge.«

»Dann weißt du wenigstens mal, wie das ist.«

»Oh, das weiß ich ...« Sie übergab mir die Akten. »Wir sind echt die katastrophalsten Novizen, die Meister Konoha wählen konnte.«

»Das sind wir wohl.«

Ich hatte es nie für möglich gehalten, aber in dem Moment, als Clea in den Fahrstuhl trat und aussah, als würde sie den Weg zu ihrer Hinrichtung beschreiten, empfand ich Mitleid für sie. Und so etwas wie ein klein wenig Sympathie. Sie ordnete ihre ohnehin schon perfekten Haare und strich ihre Kutte gerade.

»Viel Erfolg, Casapaia. Falls du die Begegnung mit deinem Vater nicht überleben solltest, sei gewiss, dass ich den Mörder auch ohne dich schnappe«, verkündete ich, als sich die Fahrstuhltüren schlossen.

»Träum weiter, Fischerjunge!«, hörte ich ihre Stimme, gefolgt von einem dumpfen Schlag, der sich anhörte, als würde sie mit ihrer Faust gegen die Innenverkleidung schlagen.

Zufrieden drehte ich mich um.

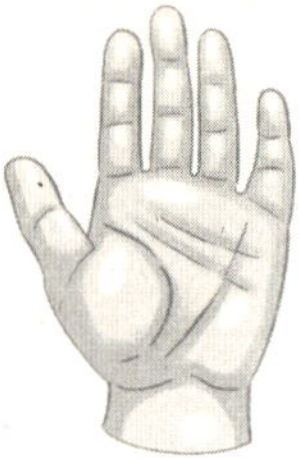

14

Erin Rider

Ich blühe im Schatten.

Der Kommentar von Madame Pie ließ mir keine Ruhe. Ich drehte in der Wohnung Kreise wie ein eingesperrter Tiger, während ich mir den Kopf darüber zerbrach, was sie gemeint haben könnte.

Warum empfahlen alle diese Färberei? Und warum hatte die Herrin mir gegenüber behauptet, keine Arbeiter zu suchen?

Das war doch merkwürdig.

Um mich abzulenken, putzte ich. Ich schrubbte unsere Böden, die Küche, das Badezimmer.

»Warum quälst du mich mit so langweiligen Tätigkeiten? Wirst du jetzt zur braven Hausfrau, oder was?«

Der Schatten hatte recht. Das war nicht ich. Egal wie sauber ich die Böden wischte, egal wie sorgfältig ich die Regale von Staub befreite, die Zeit schien einfach nicht zu vergehen. Ich fühlte mich schrecklich nutzlos, und immer wenn ich mich nutzlos fühlte, kamen mir dumme Gedanken.

»Ahhh!« Ich ließ mich rückwärts auf den Boden fallen, alle viere von mir gestreckt. Ob man an diesem Gefühl der Nutzlosigkeit wohl sterben konnte? Ich sicher schon.

Der Distelkönig witterte seine Gelegenheit. *»Willst du nicht wissen, was in dieser Färberei los ist? Das klang vielversprechend.«*

NEIN!

»Ich kann deine Gedanken lesen. Das weißt du, oder?«

Dann liest du eben falsch.

Ich hatte Mikko versprochen, mich von Ärger fernzuhalten. Also packte ich meine Sachen, um einkaufen zu gehen. Die meisten Läden waren für Clanlose verboten und hatten Türsteher, die die Tätowierungen der Kunden überprüften. Also ging ich zum Markt, um Reis zu besorgen. Hier gab es keinerlei Kontrollen, allerdings war die Ware teurer.

Ich passierte den Stand der Katzenfrau, die gerade die Streunerkatzen fütterte.

»Erin Rider.« Sie nickte mir zu und ich grüßte artig. »Hattest du einen guten Tag?«

»Es geht.«

Sie winkte mich zu sich und ich folgte. »Du bist ganz blass, Kind. Hast du wieder was ausgefressen?«

»Immer. Wieso?« Ich versuchte ein Grinsen, aber meine Gedanken waren noch bei den Worten von Madame Pie.

Die Katzenfrau setzte sich schwerfällig und sofort sprangen ihr zwei Katzen auf den Schoß und bettelten um Streicheleinheiten. »Hast du Arbeit gefunden?«

Ich war nicht wirklich überrascht, dass sie es wusste. Es war so, als ob die Katzen selbst den Streunern die Neuigkeiten der Stadt ins Ohr flüsterten. Sie wussten einfach immer, was vor sich ging.

»Nein.« Ich schüttelte den Kopf. »Aber mir wurde empfohlen, mich in einer Färberei vorzustellen.«

»Wurde es das?« Der Blick der Katzenfrau verdunkelte sich kurz. »Interessant …«

»*Katzen. Ich liebe Katzen.*« Die Schatten um mich herum wuchsen. Niemand schien es zu bemerken, bis auf die Tiere. Sie fauchten die Dunkelheit an, die sich über den Boden ausbreitete. »*Kommt, ihr Kleinen. Kommt! Ich habe euch zum Fressen gerne.*«

»Was ist denn los, meine Lieben?« Die Katzenfrau sprach mit beruhigender Stimme auf ihre Begleiter ein. Mit einem Mal erstarrten sie. Die Schatten kreisten sie ein, aber die Katzen hatten plötzlich keine Angst mehr. Als wären sie hypnotisiert, näherten sie sich mir und rieben ihre warmen, weichen Körper an meinen Beinen. Seliges Schnurren brachte ihre Körper zum Vibrieren.

Herr der Dunkelheit, dachte ich. *Dass ich nicht lache. Herr der Kätzchen trifft es eher.*

»Sie mögen dich«, lachte die alte Händlerin. »Du musst etwas Besonderes sein.«

»Besonders arbeitslos …« Ich tänzelte um die Tiere herum. »Ich muss weiter.«

»Du solltest vorsichtig sein, Erin Rider. Viele Clanlose folgen dem Ruf nach Arbeit. Einige kehren nicht zurück.«

»Was meinst du?«

»Ich meine, dass manchmal Gerüchte verbreitet werden, um verzweifelte Seelen an die richtigen Orte zu locken.«

»Eine Falle?«

»Sei achtsam, Kind. Dein Mikko würde es nicht verkraften, dich zu verlieren.«

»Danke. Ich kann schon auf mich aufpassen.« Ich verbeugte mich zum Abschied.

»Oh! Ich weiß.« Die Katzenfrau schenkte mir ein zahnloses Lächeln.

Ich brachte den Einkauf nach Hause und wartete auf Mikko, so wie ich es versprochen hatte, aber es ließ mir keine Ruhe. Und während ich in unserer Wohnung saß, drehte sich jeder düstere Gedanke um die Färberei.

»Lass uns nachsehen«, säuselte der Schatten. *»Nur ganz kurz.«*

Nein. Es wäre das Vernünftigste, die Sache einfach zu vergessen.

»Nun, du bist nicht sonderlich vernünftig.«

Ich kann mich ändern.

»Kannst du nicht.«

Der Schatten hatte recht.

Ich war nicht vernünftig. Und es würde bestimmt nicht lange dauern.

~

Wenig später stand ich vor dem Eingang der Färberei und beobachtete das Treiben. Es kam mir vor wie eine Ewigkeit, dass ich mit frischem Hemd über die Schwelle dieser Tür getreten war und nach Arbeit gefragt hatte.

»Und nun?« Der Distelkönig streckte sich in meinem Schatten. Wenn ich genau hinsah, konnte ich seine Gestalt sehen. Beinahe menschlich. Bis auf dieses gehörnte Gesicht. Aber immer wenn ich versuchte, ihn zu fokussieren, verschwammen die Umrisse wieder. *»Was willst du tun, Kind?«*

Warten.

Ich setzte mich hin und wartete. Tatsächlich dauerte es nicht lang, bis ein junger Mann auftauchte, sich verstohlen umsah, sein Hemd glatt strich und die Färberei betrat. Ich erhob mich und folgte ihm. Mein Gesicht hielt ich unter einer breiten roten Kapuze verborgen, wie sie hier im Amphibienclan nicht weiter auffiel. Ich hatte sie von einer Wäscheleine gestohlen und betete seitdem inständig, nicht seinem Besitzer über den Weg zu laufen.

»Eine Mörderin. Eine Diebin. Ach, Kind, was soll nur aus dir werden?«, säuselte der Dämon.

Er hatte recht. Ich war nicht wie Mikko. Mikko war ehrlich, freundlich und verdiente es nicht, dass ich ihn anlog. Das schlechte Gewissen nagte an mir und für einen kurzen Moment überlegte ich, einfach umzudrehen.

»Aber du wirst bleiben ...«, prophezeite die Dunkelheit, die meine Gedanken kannte. Und sie hatte recht.

Im Tor der Färberei blieb ich stehen und beobachtete, wie der junge Mann auf die Herrin mit dem Schlangenturban zutrat.

»Ich suche Arbeit«, sagte er.

»Tut mir leid. Ich suche niemanden«, entgegnete die Herrin und musterte ihn abfällig. Der junge Mann verbeugte sich und verließ die Färberei mit hängenden Schultern, während die Turban-Frau nach oben sah, zu einem Fenster, und kurz nickte.

Ein Signal!

»Uiii. Es ist wirklich eine Falle«, flüsterte der Distelkönig, der das Geschehen ebenso interessiert verfolgte wie ich.

Ich spürte, wie die Dunkelheit in mir emporstieg. Sie tropfte aus meinen Poren und breitete sich unter dem gestohlenen Mantel aus.

Sie arbeitet mit den Organhändlern zusammen, mutmaßte ich. Und sie hatte diesen armen Clanlosen verkauft, wie sie zuvor mich verkauft hatte.

»Was hast du vor?«, säuselte der Distelkönig, der sich an meiner Wut zu laben schien. *»Willst du Rache, mein Kind?«*

Nein.

Dieses Mal nicht.

Ich werde ihn retten.

Sekunden später stürmte ich hinter dem jungen Mann her, folgte ihm durch überfüllte Gassen bis zu einem kleinen Kanal. Hier herrschte reges Treiben. Schiffe wurden be- und entladen, Kisten wurden in Geschäfte geschleppt und Waren sortiert. Straßenkinder liefen mit Stöcken umher. Sie waren dazu angeheuert worden, Rattenschakale und Mojis zu vertreiben, die sich auf der Suche nach Essen den Ständen näherten.

Ich wandte mich wieder meinem Ziel zu. Der Mann setzte sich auf eine Bank. Sein Blick huschte unruhig hin und her. Ich konnte seine Angst nachempfinden, das Gefühl, nie sicher zu sein, ständig beobachtet zu werden. Und in seinem Fall war es nicht bloße Paranoia.

Es wunderte mich kein bisschen, als plötzlich ein Transporter hinter der Bank hielt und zwei Männer ausstiegen. Ich streckte meinen Kopf. Ihrer Kleidung nach zu urteilen, waren sie aus dem Federclan!

Sie sahen sich nur flüchtig um, überzeugt, dass niemand ihrem Opfer helfen würde, denn er hatte keinen Clan und somit kein Gesetz auf seiner Seite. Sie fühlten sich sicher und überlegen.

Wie falsch sie doch lagen!

»Willst du Rache, mein Kind?«, säuselte die Dunkelheit erneut.

Ich rette ihn.

»Aber ein klein bisschen Rache willst du doch auch, oder?«

Ja.

Die wollte ich.

15

Kiran Seaborn

Es werde Licht.

Cleas Vater hatte ihr nicht den Kopf abgerissen. Sie sah noch recht lebendig aus, als sie durch die Tür geeilt kam, auf den Transporter zu, in dem Meister Konoha und ich warteten. Sie riss die Tür auf und nahm neben mir Platz.

»Bereit?«, fragte Meister Konoha, der uns gegenübersaß.

Sie nickte bloß.

Der Fahrer ließ die Motoren an, die Tore des Tempels öffneten sich und wir fuhren hinaus, auf die Straßen von Tokito, für die das senfgelbe Fahrzeug ein wenig zu sauber und neu aussah. Mit einem der Tempel-Luftschiffe würde es deutlich schneller gehen. Aber unser Meister fand, dass die Fortbewegung auf dem Boden »näher an den Bewohnern der Stadt« war. Luftschiffe konnten sich nur die allerwenigsten leisten.

»Freut mich, dass du noch lebst«, sagte ich.

»Mich auch«, antwortete Clea und schenkte mir ein kurzes Lächeln.

»Wie lief es?« Ihrem trüben Blick nach zu urteilen, nicht besonders gut.

»Eltern … Du weißt schon«, sagte sie bloß.

Meister Konohas Blick wanderte zwischen uns hin und her. »Bei den Geistern! Was ist los mit euch?«

»Was soll los sein, Meister?« Wir sahen uns irritiert an.

»Ihr seid so … umgänglich. Friedlich. Ja, beinahe freundlich zueinander. Habe ich etwas verpasst? Seid ihr über Nacht erwachsen geworden?«

»Wir sind wie immer«, widersprach ich und Clea nickte zustimmend.

»Freut mich, dass ihr euch so gut versteht.« Ein zufriedenes Lächeln huschte über seine Lippen und er lehnte sich zurück, als hätte er nie daran gezweifelt, dass wir eines Tages zueinanderfinden würden.

»Wir verstehen uns nicht gut«, stellte Clea klar. »Wir sind bloß …« Sie sah sich hilflos zu mir um.

»… verantwortungsvolle Novizen?«, beendete ich ihren Satz.

»Genau.« Clea griff den Faden auf. »Wir üben Einigkeit. Wie du uns aufgetragen hast.«

»Aber das heißt nicht, dass wir uns mögen.«

»Verstehe.« Meister Konoha begann zu summen, dabei behielt er das selbstgefällige Grinsen bei. Wir rutschten so weit wie in dem engen Transporter möglich auseinander und starrten aus dem Fenster. Irgendwie hatten wir es geschafft, die Situation peinlicher zu machen, als sie war.

»Was sich liebt, das neckt sich. Heißt es nicht so?«, fragte er.

»Was weißt du schon davon, Meister?«, brummte Clea.

»Oh. Eine ganze Menge.« Ein Schatten huschte über sein Gesicht. »Auch ich kannte einst jemanden. Sie war eigensinnig und störrisch. Wir haben uns ständig gestritten, aber am Ende. Nun ja …«

Clea und ich sahen uns verwirrt an. Irgendwie konnte und wollte ich mir den Meister nicht als Liebhaber vorstellen.

»Wir sind gleich da«, verkündete der Fahrer, als wir eine Straße erreichten, über die Girlanden mit Lampions und roten Lotusblüten gespannt waren.

Ich war noch nie zuvor im Viertel der Roten Türen gewesen. Es wurde von den Kupplern beherrscht, Männern und Frauen, die dem Lotusclan angehörten. In ihren Häusern beschäftigten sie Prostituierte, die bemüht waren, ihren Freiern jede Fantasie zu erfüllen.

Unser Transporter blieb schnaufend stehen. Er senkte sich gut einen halben Meter ab, bevor sich die Türen öffneten. Die Räder waren hoch gebaut, damit sie problemlos durch Pfützen und überschwemmte Straßen gelangen konnten.

»Das Haus da müsste es sein«, sagte Clea.

Das letzte blutlose Opfer hieß Klee Lander. Sie war eine Prostituierte, die bei einer Kupplerin angestellt war. Einer Tante Mei Mei, wie sie sich selbst nannte. Die überschlug sich förmlich mit Verbeugungen, als wir ihr Haus betraten. Sie servierte uns Getränke und bot uns an, mit allen Angestellten über die Ermordete zu reden. Man hätte schließlich nichts zu verbergen. Natürlich wusste niemand irgendetwas über Klee Lander. Außer, dass sie gekündigt hatte und weggegangen war. Das sei nun mal das Schicksal vieler Clanloser. Betrüblich, aber eine Lehre für alle. Am Ende bat man uns, in dem Haus-Schrein ein Räucherstäbchen zu entzünden, damit die Spirits den Bewohnern gut gesonnen blieben. Manchmal war ich mir nicht sicher, ob sie wirklich an den Schutz durch die Geister glaubten oder ob es einfach zur Gewohnheit geworden war, ihnen Opfer zu bringen.

»Eine Sackgasse«, knurrte Clea, als wir das Haus wieder verließen. Unsere Ankunft war nicht unbemerkt geblieben. Einige Neugierige hatten sich auf der Straße versammelt, um einen Blick auf die Phari zu werfen und unseren Segen zu erbitten. »So viel Angst und Neugierde. Eine schreckliche Mischung.«

»Kannst du spüren, wo die Angst am stärksten ist?«, fragte ich einer Eingebung folgend. Sie sah mich an und verstand.

»Gute Idee, Fischerjunge. Die mit der meisten Angst vor einer Phari-Ermittlung haben sicher etwas zu verbergen.«

Erneut bemerkten wir, wie Meister Konoha uns verzückt anstarrte. »Ich bin gerührt. Meine streitsüchtigen Novizen haben zu Weisheit gefunden und arbeiten Hand in Hand. Dass ich das noch erleben darf!«

»Meister, ich muss mich konzentrieren.« Clea verdrehte die Augen und griff nach ihren Spiritkräften. Im selben Moment hatte mein Schweinswal wieder einen seiner Aussetzer. Er schoss davon, auf ein Haus zu.

Warte, dummer Geist!

Fast zeitgleich zeigte Clea in dieselbe Richtung.

Okay. Vielleicht hatte er ja doch einen hellen Moment gehabt.

Entschlossen schritten wir mit geblähten Roben über die Straße. Meister Konoha folgte uns mit leuchtenden Augen.

Clea wartete nicht darauf, dass uns jemand öffnete. Mit ihren Kräften entriegelte sie das Schloss und die Tür flog vor uns auf. Offenbar stand sie auf dramatische Auftritte, ebenso wie ich.

Ein schmieriger Kerl mit violettem Anzug eilte über den Innenhof auf uns zu und verbeugte sich tief.

»Mein Name ist Onkel Joe. Willkommen in meinem Haus, werte Phari. Was kann ich für euch tun?«, fragte er unterwürfig, aber Clea ließ ihn links liegen und schritt an ihm vorbei.

»Meine Novizen wollen sich hier einmal umsehen«, erklärte Meister Konoha entschuldigend.

»Umsehen?«, fragte der Kuppler nervös. »Aber warum, werter Phari?«

»Es geht um die Blutlosen-Morde.« Meister Konoha stützte sich scheinbar erschöpft auf seinen Stab. »Wir ermitteln in diesen furchtbaren, tragischen Fällen.«

»Und was habe ich damit zu tun?«

»Ich habe keine Ahnung. Ich folge bloß meinen Novizen.« Meister Konoha lächelte freundlich. Ein Lächeln, das schnell dazu führte, dass man ihn für ungefährlich hielt.

»Was soll das?« Onkel Joe folgte uns in den Empfangsraum, in dem sich nach und nach die Frauen versammelten, die in diesem Etablissement arbeiteten.

»Kennst du dieses Opfer?« Clea warf ihre Kapuze nach hinten und hielt ihm ein Foto von Klee Lander unter die Nase. Ihr Blick war stechend und furchtlos, etwas, das der Kuppler offenbar nicht gewohnt war. Selbst ich konnte den Ärger spüren, der in ihm brodelte, weil er einem Mädchen Rede und Antwort stehen musste.

»Ja, sie hat bei Tante Mei Mei gearbeitet. Ein hübsches, talentiertes Ding.« Der Kuppler rang sich ein Lächeln ab.

»Wann hast du sie zum letzten Mal gesehen?«

»Oh. Das kann ich nicht mit Gewissheit sagen. Sie hat irgendwann gekündigt …«

»Gekündigt? Ist das üblich?« Die Fragen folgten Schlag auf Schlag. Clea war nicht der Typ für Small Talk.

»Wir sind kein Gefängnis, schöne Frau. Jeder kann kommen und gehen, wie er möchte.«

»Du lügst, unattraktiver Mann.«

»Wie hast du mich genannt?«

»Unattraktiver Mann.«

»Du wagst es …?« Der Blick von Onkel Joe verfinsterte sich und er trat drohend auf Clea zu. Sie hob ihre Augenbraue.

»Du hast mich schöne Frau genannt. Eine subjektive Einschätzung meines Äußeren, gepaart mit meinem biologischen Geschlecht. Das stellt nicht gerade eine adäquate Anrede dar, wenn man seinen Gesprächspartner erst seit wenigen Minuten kennt. Aber da du damit angefangen hast, dachte ich, es sei hier üblich. Allerdings empfinde ich dein Äußeres als nicht ansprechend.«

Ich konnte mir ein Grinsen nicht verkneifen. Manchmal mochte ich Cleas unausstehlich direkte Art.

»Deine Novizin ist unverschämt.« Onkel Joe fiel nichts Besseres ein, als sich bei Meister Konoha zu beschweren.

»Oh ja, ich weiß«, sagte der ungerührt.

»Sie hat mich bloßgestellt und beleidigt. Vor meinen Angestellten.« Onkel Joes Gesicht färbte sich rot. Sofort eilte eine der Frauen an seine Seite, um ihn zu beruhigen, doch die Bemühungen waren vergeblich. »Muss ich mir das gefallen lassen? Muss ich mich in meinem eigenen Haus beleidigen lassen?«

»Clea ist immer so. Man gewöhnt sich dran«, brachte ich mich ein, was Onkel Joe aber auch nicht versöhnlicher stimmte.

»Sie kennt keinen Respekt. So etwas darf nicht ungestraft bleiben!«

»Respekt beruht auf Gegenseitigkeit«, belehrte ihn Clea.

»Du unverschämte Göre! Ich werde ... « Für einen Moment glaubte ich, er würde den Fehler machen, sie zu schlagen.

Meister Konoha rettete ihn im letzten Moment vor dieser Dummheit mit einem lauten: »Das reicht!« Dazu schlug er mit seinem Stab auf dem Boden auf und sofort war es still.

Er hatte sich kaum bewegt, aber plötzlich wirkte er größer. Alle Blicke im Raum waren auf ihn gerichtet, erstaunt, dass sie den alten Mann mit dem Stock nicht schon eher wahrgenommen hatten.

»Wir untersuchen hier eine Mordserie und nicht das persönliche Kränkungserleben eines Zeugen. Du hast meine Novizin mit ihrem Titel oder Namen anzusprechen.«

»Jaja. Das war bloß Spaß«, brummte Onkel Joe verdrießlich.

»Nun, ich habe keinen Spaß gemacht«, verkündete Clea mit verschränkten Armen.

Mein Spirit flog an den versammelten Frauen vorbei, die Stufen empor, direkt auf eine Person zu. Sie hielt den Kopf gesenkt, aber beobachtete mich ununterbrochen. Ich erkannte sie sofort und schnappte nach Luft.

Ryanne.

Arbeitete sie etwa hier?

»Sie hat Angst«, bemerkte Clea. »Sie alle haben Angst.«

»Hey, du!« Sie zeigte auf ein Mädchen mit blonden Locken, das neben Ryanne stand. Einfühlsam wie immer zitierte sie die Prostituierte zu sich. »Komm her und sag mir, wovor du dich fürchtest.«

Ich ging die Treppe hoch zu Ryanne. Sie trug ein schlichtes Kleid, das für ihre zierliche Gestalt etwas zu groß war.

»Hallo, Niemand«, begrüßte sie mich mit einem schüchternen Lächeln. »Bist du hier, um Tokito etwas sicherer zu machen?«

Ich nickte. »Und du? Arbeitest du hier?«

»Jetzt schon.« Sie rang sich ein Lächeln ab, das jedoch keinerlei Freude zeigte.

»Kann ich dir ein paar Fragen stellen?«

»Sicher.«

In diesem Moment tauchte eine Frau an ihrer Seite auf, die ihr ähnlich sah. Sie hatte dasselbe herzförmige Gesicht, dieselben geschwungenen Lippen und Vogelaugen. Aber in ihrem Blick lagen Härte und Misstrauen, während man bei Ryanne Neugierde und Wärme fand.

»Ich werde bei meiner Tochter bleiben«, verkündete die Frau, doch es klang nicht so, als würde mütterliche Sorge sie antreiben. Ryanne wagte nicht zu widersprechen, das sah man an ihrem Blick.

Ich zeigte ihr ein Foto von Klee Lander, doch sie schüttelte den

Kopf. »Ich kenne sie leider nicht. Aber ich habe Geschichten gehört. Die Mädchen erzählen von einem Monster, das entlaufene Huren tötet. Sie vermuten eine Art Yokai.«

»Gab es denn hier im Viertel noch mehr Opfer?«, hakte ich nach.

»Das sind bloß Gruselgeschichten«, mischte sich Ryannes Mutter ein.

»Ach ja?« Clea war neben uns erschienen. »Warum hat dann eine gestandene Frau Angst vor einer Märchengestalt?«

»Clea …« Ich ärgerte mich, dass sie sich in meine Befragung einmischte. Doch sie berührte meine Hand, wie zuvor im Speisesaal, und all meine Wut verrauchte.

»Ich glaube, wir müssen reden, Frau …«

»Cimon«, antwortete Ryannes Mutter.

»Kennst du das Opfer?«

»Ja. Das passiert mit Mädchen, die sich nicht an die Regeln des Viertels halten.« Sie warf ihrer Tochter einen bedeutungsvollen Blick zu.

»Darüber musst du mir mehr erzählen.« Clea deutete die Treppe hinunter und ich verstand. Sie versuchte zu helfen, indem sie mir ein paar Minuten alleine mit Ryanne verschaffte.

»Ist alles in Ordnung?«, fragte ich.

»Die Antwort darauf ist schwierig.« Sie sah sich unruhig um.

»Können wir dir helfen?«

Sie schüttelte den Kopf und ihr hilfloser Blick brachte mein Herz zum Schmelzen. »Ich glaube nicht, dass die Phari sich in meine unbedeutenden Probleme einmischen würden. Der Orden würde keinen Konflikt mit den Kupplern und der Geisha riskieren.«

Da hatte sie wohl recht. Es war schwierig, sich in Clan-Angelegenheiten zu mischen, und als Phari waren wir verpflichtet, neutral zu bleiben und den Frieden zu sichern. Offiziell konnten Arbeitnehmer jederzeit kündigen. Wie Klee es getan hatte. Aber das riskierten nur wenige, wenn sie keine neue Stelle in Aussicht hatten.

»Aber vielleicht kann ich trotzdem etwas für dich tun.« Es widerstrebte mir zutiefst, sie einfach ihrem Schicksal zu überlassen. »Irgendetwas?«

Hoffnung flackerte in ihrem Blick auf. »Mein lieber Held. Versuche, Tokito etwas sicherer zu machen, ja?« Sie nahm meine Hand und legte etwas hinein. Dann beugte sie sich vor und flüsterte mir einen Namen ins Ohr. *Erin Rider.* Ich ließ den Gegenstand in meiner Tasche verschwinden, gerade rechtzeitig, bevor uns Onkel Joe erreichte.

»Was gibt es, meine Hübsche?« Er forderte eine Erklärung, die Ryanne sogleich parat hatte.

»Ich habe dem Phari von dem Yokai erzählt«, berichtete sie. »Allerdings glaube ich nicht an solche Monster.«

»Ach nein?« Er rückte nervös seinen violetten Hut zurecht.

»Es gibt Gerüchte über eine geheime Sekte. Sie haben Narben auf den Armen und beten zu dunklen Spirits. Vielleicht sind sie die Täter, die ihr sucht.« Ryanne gab vor, die Anspannung ihres Kupplers nicht zu bemerken. Sie deutete auf das Bild unseres Opfers und plauderte weiter. »Klee Lander hat sich in einen Arzt verliebt und ihre Sachen gepackt. Als sie zu ihm gegangen ist, wurde sie getötet. Wer weiß, vielleicht solltet ihr den mal näher unter die Lupe nehmen.«

»Ach, tatsächlich? Weiß man, wer dieser Arzt war?«

Onkel Joe druckste herum.

»Dies ist eine Mordermittlung«, erinnerte ich ihn und versuchte ebenfalls das Spiel mit der Augenbraue, das mir nicht halb so gut gelang wie Clea und dem Meister. »Willst du wirklich unsere Arbeit behindern?«

»Was interessiert die Phari denn der Mord an Huren?«, beschwerte sich Onkel Joe.

Das wüsste ich auch gerne!

Endlich rückte er raus mit der Sprache. »Es gab da eine Hand. Hat im Hospital ein paar Straßen weiter gearbeitet und unsere Mädels häufiger mal verarztet. Klee war oft da. Zu oft. Hat wohl heimlich Geld nebenher verdient.«

»Wir brauchen seine Kontaktdaten.«

»Sein Name war Jack Harper, wenn ich mich recht erinnere.«

~

Als wir gingen, war Onkel Joe sichtlich erleichtert. Er konnte es kaum erwarten, uns loszuwerden, und eilte mit federnden Schritten über den Innenhof, um uns die Tür zu öffnen. Doch plötzlich blieb Clea stehen und starrte auf ein kleines Podest, auf dem eine Laute aufgebaut war.

»Was ist?«, fragte ich.

Ihr Blick wanderte in die Ferne und wurde glasig. »Ein Mädchen guckt in den Himmel. Kein Wal zu sehen. Zeit zu gehen.«

»Was?« Zuerst dachte ich, sie wollte mich auf den Arm nehmen, aber das war so gar nicht ihr Stil.

»Kein Wal zu sehen. Zeit zu gehen.« Dass Clea seltsame Gedichte erfand, war neu. Sie sah zu Ryanne, bevor sie verkündete: »Ist es Selbstmord, wenn sich jemand umbringt, aber nicht sterben will?«

»Was redest du da?« Ich packte Clea an der Schulter, doch sie reagierte nicht.

»Zeit zu gehen«, murmelte sie wie in Trance und schob meine Hand beiseite. Sie kniff sich in den Arm, so fest, dass es wehtun musste. Ich kannte das von mir. Wenn mich die Erinnerung an meine Eltern überrollte, half mir Schmerz dabei, den dunklen Träumen zu entkommen.

»Casapaia. Was war das gerade? Verlierst du den Verstand?«

Sie zuckte zusammen und blinzelte. Als sie mich mit wütendem Blick bedachte, war sie wieder ganz die Alte.

»Wer würde das nicht mit einem Mitschüler wie dir?«, knurrte sie und eilte zu Meister Konoha, der am Transporter bereits auf uns wartete.

Ich warf einen letzten Blick auf Ryanne, die von ihrer Mutter die Treppe hochgeleitet wurde. Ein Schauer jagte mir über den Rücken und ich sandte ein Stoßgebet zu den Spirits, dass es nicht Ryannes Schicksal war, von dem Clea gesprochen hatte.

»Was ist, Novizin?«, hörte ich Meister Konoha fragen.

»Es ist wieder passiert …«, flüsterte sie.

Was war wieder passiert?

Wir kehrten in den Tempel zurück, wo Meister Konoha Clea mit sich nahm und mich ratlos allein ließ.

Ich ging in mein Zimmer. Als ich mich verwirrt auf mein Bett setzte, spürte ich etwas in der Hosentasche. Es war das, was Ryanne mir gegeben hatte.

Eine rote Trillerpfeife aus Plastik.

16

Erin Rider

Ich blühe im Schatten.

Es war, als ob ich aus einem Traum erwachte. Einem Albtraum. Ich blinzelte, um die Müdigkeit zu vertreiben, und streckte meine Glieder. Wasser umspülte meine Beine und ein Schwarm Fische hatte sich um meine Füße versammelt, in der Hoffnung, etwas Essbares gefunden zu haben.

Ich saß am Kanal. Vor mir drängten sich überladene Boote durch die enge Wasserstraße.

»Hey! Verschwinde!«, rief jemand, der offenbar da anlegen wollte, wo ich saß. Ich rappelte mich auf und schleppte mich zu einer Bank. Als ich mich setzte, bemerkte ich entsetzt das Blut, das an meinen Händen klebte.

»Keine Sorge. Du bist nicht verletzt«, gurrte der Distelkönig, dessen Anwesenheit ich für einen kurzen, wunderbaren Moment vergessen hatte.

Was hast du getan?

»*Was haben* wir *getan?*«, korrigierte er mich. »*Du hattest recht. Es war eine Masche, um an Clanlose zu kommen. Eine Falle.*«

Was ist aus den Organhändlern geworden?

»*Das weißt du doch*«, gurrte der Schatten. Nicht allzu weit entfernt entdeckte ich eine Menschenansammlung, die sich um den weißen Transporter versammelt hatte und vermutlich just in diesem Moment die Opfer begaffte.

»*Wollen wir jetzt der Herrin aus der Färberei einen Besuch abstatten?*«

Nein!

Ich sprang auf und machte, dass ich davonkam. Das Blut an meinen Händen. Die Bilder in meinem Kopf. Hatte ich diese Menschen getötet?

Mit einem Mal wurde mir speiübel. Ich verwandelte mich mehr und mehr in das Monster, das ich in meinem Schatten sah.

»*Wer ist gefährlicher? Die Waffe oder der, der sie führt?*« Der Distelkönig verhöhnte mich. Er war weitaus mehr als eine Waffe. Er war ein Dämon und ich hatte ihn hereingelassen, in meinen Körper und meinen Geist. Wer auch immer ihn in die Tonscheibe gesperrt hatte, hatte der Welt einen Gefallen getan.

»*Jetzt bist du undankbar, Kind.*«

Ich kniete mich an den Kanal und versuchte, das Blut von meinen Händen zu schrubben. Doch während sich die Haut säubern ließ, wollten sich die Erinnerungen nicht wegwaschen lassen.

Der Distelkönig lachte.

»Sei still«, flehte ich. Ich trocknete die Hände an meiner Hose ab und setzte mich in Bewegung. Ich war noch nicht weit gekommen, da hörte ich Schritte, die mir folgten.

»Hey.« Ein Mann, den ich als den Clanlosen erkannte, kam auf mich zu. »Hey, du!«

Ich tat so, als hätte ich ihn nicht gehört, und schob mich weiter. Die Straßen am Kanal waren überfüllt und ich kam nur schleppend voran.

»Warte! Bitte«, keuchte er. »Ich will dir danken.«

Schnaufend erreichte er mich und drängte sich an meiner Seite weiter.

»Du bist unglaublich stark.« Er versuchte, einen Blick unter meine Kapuze zu werfen. »Sie hatten keine Chance.«

Ich erinnerte mich verschwommen.

»Ich habe noch nie jemanden wie dich getroffen.« Der Mann klebte an mir wie eine Fliege.

Ich bog in eine etwas ruhigere Seitenstraße ab, an deren Ende das Gebiet des Lotusclans begann. Über unseren Köpfen waren Wäscheleinen gespannt. Dort hingen, je nach Clanzugehörigkeit, grellorange Hemden auf der einen Seite und unaufdringliche, pastellfarbene Kleider auf der anderen. Und weit darüber, knapp unter den Wolken, jagte ein Methanwal hinter einem Luftschiff her.

»Wo hast du so kämpfen gelernt? Das war unglaublich!«

Ich schwieg und beobachtete den Himmel. Mit einem Mal fühlten sich meine Füße so schwer an und ich wünschte mir Flügel, mit denen ich diese Stadt hinter mir lassen könnte. Und all meine Sorgen gleich mit.

»Er ist ein Zeuge. Er wird uns in Schwierigkeiten bringen«, säuselte der Dämon, der sich in den Schatten rekelte, bereit, das Problem zu lösen. Auf seine Art.

Lass ihn in Ruhe, befahl ich.

Wir passierten einige Rattenschakale, die sich knurrend über erbeutetes Fleisch hermachten. Gierig kämpfte jeder um das größte Stück.

»Warum hast du mich gerettet?«, fragte der Mann. Er hatte schwarzes Haar, das ebenso dunkel war wie seine Augen. Seine Haut war braun und von einem Schweißfilm überzogen. Immer wieder fummelte er an seinen Ärmeln, um sicherzustellen, dass sein nacktes Handgelenk nicht zu sehen war.

»Ich kann Organhändler nicht ausstehen«, erklärte ich ihm kurz angebunden.

»Ich auch nicht.« Er zog sein Schultern hoch. »Ich will gar nicht daran denken … Na ja. Was sie mit mir gemacht hätten.« Sein Blick suchte erneut nach meinem. »Bist du … bist du … wirklich wie ich? Eine Clanlose?«

Unmerklich deutete er auf meine Hand.

»*Vertrau ihm nicht*«, zischte der Dämon, aber ich nickte bereits. »*Warum hörst du nie auf mich?*«

»Ich habe noch nie gehört, dass eine Clanlose so etwas Mutiges getan hat. Du hast allen Clanlosen eine Stimme gegeben.«

»Keine große Sache«, winkte ich ab. »Ich hab gehört, dass die Organhändler Gerüchte über angebliche Jobs verbreiten. Ist eine Falle. Also sei beim nächsten Mal vorsichtig.«

»Danke.« Er warf einen weiteren Blick auf mein Gesicht. »Sag mal. Kenn ich dich nicht?«

»Nein.«

»*Mir gefällt das nicht. Töten wir ihn lieber.*«

Schnell drehte ich mich um und dieses Mal folgte er mir nicht. Stattdessen rief er: »One-Strike? Du bist es, oder? Wurde ich gerade echt von One-Strike gerettet?«

~

Zu Hause kochte ich das Abendessen und wartete auf Mikko. Er war ganz aufgeregt, als er die Wohnung betrat.

»Ich habe mich in der Bibliothek umgesehen«, platzte es aus ihm heraus und er fischte eine Schriftrolle aus seiner Tasche. »Hier geht es um Spirits. Vielleicht finden wir da interessante Antworten.«

»Mikko Bridger«, schimpfte ich und versuchte, ernst zu gucken. »Hast du die etwa geklaut?«

»Nur ausgeliehen«, verteidigte er sich. Sofort stieg ihm die Schamesröte ins Gesicht. »Ich werde sie natürlich zurückbringen.«

Er nahm meine Anschuldigung ernst, bis er mein Grinsen sah.

»Ich glaub, ich muss dich durchsuchen. Nicht, dass du noch mehr Diebesgut dabeihast.« Meine Anmachsprüche waren flach wie immer, aber Mikko spielte mit, als ich ihn ins Badezimmer jagte, wo ich ihm seine Uniform aufknöpfte. Zusammen quetschten wir uns wenig später in die viel zu kleine Duschkabine.

»Mach sie zu«, lachte ich.

»Geht nicht. Dein Popo versperrt den Weg.«

»Verdammt!« Ich presste mich so fest an ihn, dass wir kaum noch atmen konnten. Endlich schafften wir es, die Kabinentür zu schließen. So blieben wir umschlungen, während das warme Wasser auf uns niederprasselte. Ich schloss meine Augen und fand seine Lippen blind. Er erwiderte meinen Kuss, bis ein lautes Krachen uns unterbrach.

»Was war das?«, flüsterte Mikko und reckte den Hals.

»Mein Hintern hat soeben die Duschwand zerstört«, verkündete ich, als ich den Riss im Plastik sah.

~

Unser Abendessen nahmen wir in eine Decke gekuschelt auf dem Dach ein. Neugierige Mojis warteten in der Nähe und hofften auf Reste. Ich nahm ein bisschen Reis aus der Schale, drückte ihn zusammen und warf ihn in ihre Nähe. Aufgeregt setzten sich die wabbelnden Körper in Bewegung und umkreisten die unverhoffte Beute.

»Wie damals«, flüsterte Mikko, während wir den schmatzenden Müllquallen zusahen.

»Wie immer«, widersprach ich und nahm seine Hand.

»Wie immer«, bestätigte er und beugte seinen Kopf, um mich zu küssen.

Der Distelkönig machte Würggeräusche. *»Willkommen in meiner persönlichen Hölle.«*

Als wir fertig gegessen hatten, entfaltete Mikko die Schriftrolle. Er räusperte sich und studierte die Zeichen und Bilder. Ich studierte sein Gesicht. Ich liebte es, ihn beim Lesen zu beobachten. Wie er seine Stirn in Falten legte. Wie er seine wackelige Brille zurechtrückte. Und wie er nachdenklich auf der Unterlippe kaute.

»Was?«, fragte er, als er meinen Blick bemerkte.

»Ich liebe dich.«

»Und ich liebe dich«, entgegnete er und gab mir einen weiteren Kuss. »Und jetzt, Moji. Konzentration.«

Er hob seinen Finger und bemühte sich um einen ernsten Gesichtsausdruck, der nicht lange hielt. Schon schimmerte wieder sein Lächeln durch. Das Lächeln, das er nur mir schenkte. Bei ihm wurde ich von einem wilden Tiger zu einem schnurrenden Kätzchen.

»Du wirst nicht zum Kätzchen. Du wirst einfach nur debil.«

Ich wollte mich an ihn schmiegen, seinen Duft atmen, seine Wärme genießen und … Ich biss in seine Schulter.

»Hast du etwa immer noch Hunger?«, fragte er lachend.

»Manchmal lieb ich dich einfach zu sehr«, nuschelte ich. »Da würde ich dich am liebsten … auffressen!«

»AHHH! Warum bin ich nicht in meiner Tonscheibe geblieben? Ganz ehrlich! Verliebte Paare sind das Allerschlimmste.«

»Sieh mal.« Mikko deutete auf die Schriftrolle und ich lehnte meinen Kopf an seine Schulter. »Das könnte uns weiterhelfen.«

Die Rote Königin

Es war einmal eine Prinzessin, deren Reich eingenommen wurde. Die Eroberer richteten ihre Familie öffentlich hin und nahmen die Prinzessin gefangen. Sie erniedrigten sie auf jede erdenkliche Weise, um ihrem Clan jede Hoffnung zu nehmen. Angezogen von ihren Qualen und dem Wunsch nach Rache wurde sie von einem dunklen Geist erwählt. Einem Dämon. Er kam aus der Schimmerwelt, nährte sich von ihrem Hass und ihrem Schmerz und säuselte ihr Versprechungen ins Ohr. Als sie schließlich ermordet wurde, opferte sie ihre Seele dem Dämon. Er verschlang sie und füllte ihren Körper mit Dunkelheit. Auf diese Weise nahm die Prinzessin Rache, doch sie war nicht mehr sie selbst und so tötete sie jeden, der sich ihr in den Weg stellte. Die Besetzer und ihr eigenes Volk. Bis niemand mehr übrig war. In einem Gewand aus Blut schritt sie durch den Palast und setzte sich auf ihren Thron. Fortan wurde sie die Rote Königin genannt, die Herrscherin über Asche und Knochen.

~

»Wie traurig«, flüsterte Mikko.

»Traurig? Die Rache ist die einzige Gerechtigkeit, die einem bleibt«, widersprach der Distelkönig. *»Sie hatten es verdient zu sterben, nach dem, was sie der Prinzessin angetan hatten. Glaub mir!«*

»Ich kann sie verstehen«, gestand ich. Auch ich hätte sie alle töten wollen und verspürte bittersüße Genugtuung am Ende der Geschichte.

»Ja, aber der Hass hat sie verschlungen. Ist sie überhaupt noch sie selbst am Ende der Geschichte? Oder ist es der Dämon, der ihren Körper übernommen hat?«

Ich las erneut die letzten Sätze und plötzlich verstand ich, was er meinte. Das Bild der in Blut getränkten Königin auf ihrem Thron war kein Bild des Triumphes, sondern der Einsamkeit.

»Vielleicht ist es das, wovor die Geschichte warnen will, Moji. Wenn du zulässt, dass der dunkle Spirit deinen Geist verschlingt, dann wirst du wie die Rote Königin. Eine Hülle, gefüllt mit Dunkelheit.«

Ist es das, was du tust? Mich nach und nach verschlingen, um deine eigenen Pläne zu verfolgen?

»Na ja, zwei Seelen in einem Körper werden auf Dauer schon etwas anstrengend«, wisperte der Distelkönig.

»Allerdings«, fuhr Mikko fort, »ist es bei dir etwas anders gelaufen, oder nicht?«

Ich horchte auf. Der Distelkönig ebenfalls.

»Der Dämon in der Geschichte hat die Prinzessin erwählt, weil er ihre Qualen und ihr Leid gespürt hat. Ihre Gefühle waren so stark, dass er von ihnen angelockt wurde«, erklärte Mikko. »Du hast den Distelkönig aus der Tonscheibe befreit. Und er hat dich aus Mangel an Alternativen gewählt, um seinem Gefängnis zu entfliehen.«

»Wobei ich rückwirkend betrachtet besser in der Tonscheibe hätte bleiben sollen.«

»Du hast ihm deine Seele nie geopfert, Moji. Im Gegenteil. Du kämpfst um sie.«

»Du hast mit deinem letzten Atemzug meinen Namen gerufen«, erinnerte mich der Distelkönig.

»Und warum bin ich dann noch hier?«, fragte ich ihn laut.

»Weil du kämpfst«, sagte Mikko voller Inbrunst. Der Dämon schwieg. »Und ich weiß, dass du gewinnen wirst.«

Ich fuhr mit der Hand über das raue Dach, als könnte ich mich daran festhalten. Sie war da. Die Dunkelheit. Die Schatten. Und ja, in mir brannte dieselbe Wut, die auch in der Roten Königin gebrannt haben musste. Doch da war auch ein Licht, heller als die Sonne, das mich immer wieder befreite und alle bösen Gedanken mit einem Schlag wegzuwischen vermochte.

Mikko.

»Ich werde dich nicht verlassen. Niemals«, flüsterte ich und drückte meine Stirn gegen seine Schulter.

»Nein, Moji.« Mikko schlang seine Arme um mich. »Ich verbiete es.«

Ich erwiderte seine Umarmung. »Du wirst mich nicht so schnell los. Keine Sorge.«

Doch die Dunkelheit um uns herum machte mir Angst. Ebenso wie das finstere Grinsen des Dämons, der dort im Schatten der Schornsteine saß, wo kein Licht hinfiel. Er ließ mich nie aus den Augen. Sein Mantel spannte sich wie ein Zelt über das Dach und vergrub uns darunter. Beinahe konnte ich sie fühlen, die Schlieren der Dunkelheit, die aus meinem Körper selbst zu kommen schienen. Sie tropften aus meinen Poren und verschluckten das Licht der untergehenden Sonne.

Lass mich in Ruhe, Dämon!

»Am Ende wirst du mir deine Seele opfern, Kind. So geht es immer aus. Und ich kann warten …«

Meine Hände ballten sich, aber Mikko zog mich an sich. Ich spürte seinen warmen Atem im Nacken. Doch dieses Mal konnte ich nicht vergessen, dass wir beobachtet wurden. Wir waren selbst in unseren innigsten Momenten nicht mehr allein.

»Seid ihr auch nicht.« Die Dunkelheit bewegte sich. *»Ich bin hier. Und ich werde immer da sein.«*

17

Kiran Seaborn

Es werde Licht.

»Wo ist der Meister?«, fragte ich Clea, die im Tempelgarten auf einer Bank lag und einen Methanwal beobachtete, der am Himmel seine Kreise zog.

»Er ist vor einer Stunde mit dem Luftschiff verschwunden. Ich wette, er trifft wieder unseren geheimen Auftraggeber«, brummte sie. »Und lässt uns zum Meditieren hier …«

»Wer könnte das sein?«

»Keine Ahnung.«

»Hast du nicht versucht, es herauszufinden?«, hakte ich nach. Clea war schließlich niemand, der die Geheimnisse anderer auf sich beruhen ließ.

»Doch.« Sie seufzte theatralisch. »Aber der Meister gibt sich große Mühe, es zu verbergen. Er ist vorsichtig wie ein Luchs.«

»Was hältst du davon, eigene Geheimnisse zu haben?« Ich ließ verschwörerisch die Augenbrauen tanzen.

»Vergiss es«, fauchte sie. »Ich mach nichts Unerlaubtes.«

»Das ist es nicht. Nur eine kleine Ermittlung.«

»Was meinst du?«, fragte sie neugierig.

Ich erzählte ihr von Jack Harper. Sofort setzte sie sich auf. Sie wollte mehr erfahren, zögerte aber noch.

»Bis der Meister wieder da ist, sind wir zurück«, versprach ich ihr. »Ein kleiner Ausflug in ein Hospital. Was ist schon dabei?«

»Okay.« Sie nickte.

Okay?

Mit der Antwort hätte ich nicht gerechnet.

»Casapaia!«, rief ich aus. »Du Rebellin!«

»Meister Konoha hat gesagt, dass wir zusammenarbeiten sollen. Diesen Befehl befolge ich.« Sie zuckte mit den Schultern. »Einigkeit, Geduld und Bescheidenheit. Die letzten beiden können wir schon mal vergessen. Also lass uns wenigstens einig sein.«

»Ich wusste gar nicht, dass du so gut darin bist, Worte zu verdrehen«, lachte ich, als wir Seite an Seite durch den Garten eilten.

»Es gibt viel, was du noch nicht über mich weißt, Fischerjunge.«

~

Wenig später erreichten wir das Hospital, wo Jack Harper arbeiten sollte. Es war in der Nähe des Viertels der Roten Türen gelegen und somit die nächste Anlaufstelle für die dort Beschäftigten. Der Platz vor dem Haupteingang war mit weißem Marmorstein gepflastert. Ein Stil, der zur Hand passte. So hell und sauber, dass man sich schlecht fühlte, darüberzugehen.

Auf Dekoration wurde gänzlich verzichtet. Bis auf eine gigantische Statue, die vor dem Gebäude stand und von allen Seiten angestrahlt wurde. Sie zeigte die ehemalige Handfürstin, in ihren Händen einen

Schädel und einen Kräuterstrauß, die Zeichen für medizinisches Wissen und Heilung.

»Das ist Stechapfel«, erklärte mir Clea. »Die Pflanze, mit der sie den Verrückten König betäubt hat, bevor sie ihn tötete, um ihre Schwester zu rächen.«

Das war einer der Gründe, warum die ehemalige Handfürstin so beliebt war. Sie hatte Tokito von dem verrückten Fürsten der Tiger befreit und war somit zur Heldin geworden.

Die Tiger hatten sich für unaufhaltsam gehalten. Für die Herrscher der Stadt. Ihr Fürst war sogar überzeugt gewesen, unsterblich zu sein. Man nannte ihn nicht umsonst den »Verrückten König«.

Die Hände und den Lotusclan hatte es am schlimmsten getroffen. Die Tiger entführten Schmetterlinge zu ihrem Vergnügen. Freudentempel sowie Hospitale wurden besetzt. Tokito drohte im Chaos zu versinken, doch niemand wagte es, sich gegen den Verrückten König zu stellen. Bis auf die Handfürstin.

»Im Gegensatz zu ihrem Sohn ist sie echt beeindruckend«, erwiderte ich.

»Das ist der Fluch, wenn man berühmte Eltern hat«, murmelte Clea. »Man wird ihnen nie gerecht …«

~

Das Hospital war pragmatisch eingerichtet. Jeder Gang sah gleich aus und man konnte sich nur allzu leicht verlaufen.

»Verzeihung.« Ich lehnte mich lässig auf den Informationstresen. Die Augen des Mitarbeiters weiteten sich angesichts der senfgelben Roben.

»Was kann ich für euch tun, werte Phari?«

»Wir suchen einen gewissen Jack Harper. Arbeitet er hier?«

Der Mitarbeiter zog ein Verzeichnis hervor, das er sorgfältig durchging. »Ja, in der Tat. Und er hat sogar die heutige Nachtschicht.«

»Hervorragend. Wo finden wir ihn?«

»Ich werde ihn herrufen lassen.«

Das klappte doch besser als gedacht.

~

Jack Harper war ein äußerst charmanter Arzt. Er sah nicht so geleckt aus wie die übrigen Hände und hatte ein freundliches, offenes Lächeln.

»Phari! Was für ein hoher Besuch!« Er führte uns in einen Aufenthaltsraum, in dem es nach Salzwasser roch. Es erinnerte mich an das Meer von Alvane.

Alvane.

Ich wollte etwas erwidern, etwas sagen, aber die Worte blieben mir im Hals stecken.

Alvane …

Es kam plötzlich. Wie immer.

Erinnerungen quollen hervor, wie bei einer Flasche Sprudelwasser, die man vor dem Öffnen geschüttelt hatte.

Schwarze Wellen. Alles verschlingend. Sie dringen in meine Lungen. Ich bekomme keine Luft.

Clea musste meine Veränderung bemerkt haben, denn sie packte meine Hand und kniff fest hinein. Der Schmerz brachte mich in die Realität zurück, doch die Panik blieb. Ich zog mir die Kapuze tiefer ins Gesicht, damit man nicht sah, wie blass ich geworden war.

Sanft drückte sie mich auf einen Stuhl und übernahm die Befragung. »Wir ermitteln in der Serie der Blutlosen«, erklärte sie, während ich mich verfluchte.

Komm endlich drüber hinweg, Kiran. Du lebst. Deine Eltern sind weit weg. Niemand will dich töten.

»Das letzte Opfer war eine Frau aus dem Viertel der Roten Türen. Klee Lander.«

»Klee …« Jack Harper nickte betroffen.

»Wir haben gehört, Ihr habt sie öfter getroffen«, sagte Clea.

»Ja. Sie war eine meiner Patientinnen«, bestätigte er. »Ich kümmere mich oft um die Arbeiter aus diesem Viertel. Na ja, es gibt wenig andere Freiwillige für den Job, da die meisten Patienten nicht viel Geld haben.«

Wie selbstlos!

»Weshalb war Klee hier?«

»Ihre Schulter. Ein Freier hatte sie ihr ausgekugelt. Seitdem hatte sie immer wieder Probleme damit.«

»Verstehe. Und die Gegenleistung?« Clea hatte die Arme vor der Brust verschränkt.

»Wir waren kein Liebespaar, wenn Ihr das meint«, widersprach Jack Harper energisch. »Ich habe sie nur behandelt.«

Nun, er sah auch nicht aus wie jemand, der für Liebesdienste bezahlen musste. Eher wie jemand, dem sich Frauen und Männer nur allzu gerne freiwillig hingeben würden. Dieses einnehmende Lächeln. Diese strahlend blauen Augen.

Ich konnte ihn nicht ausstehen …

»Es heißt, sie habe sich in einen Arzt verliebt und deshalb ihre Arbeit im Viertel der Roten Türen gekündigt«, mischte ich mich ein und versteckte die zitternden Hände in den Taschen meiner Robe. Ich versuchte, mich ganz auf den Arzt zu konzentrieren, aber der Geruch von Salzwasser machte das unmöglich.

Verfluchte Erinnerungen!

»Nun.« Jack Harper kratzte sich verlegen den Kopf. »Ich versichere Euch, dass unsere Beziehung rein professionell war. Von meiner Seite aus …«

Er hatte etwas zu verbergen!

Clea durchbohrte ihn mit ihrem »Ich-glaube-kein-Wort«-Blick, der dazu führte, dass er nervös an seinen Handschuhen zupfte.

»Sie wollte mit besagtem Arzt durchbrennen«, ergänzte Clea. Ohne Vorwarnung hob sie ihren Zeigefinger und drückte ihn an seine Stirn. »Wenn Ihr davon nichts wusstet, warum fürchtet Ihr euch dann?«

Jack Harper räusperte sich. Dann senkte er die Stimme. »Nun, es gibt da jemanden, der sich auch sehr für ihren Fall interessiert hat. Jemanden, der weit über mir steht. Vielleicht solltet Ihr dort nach Antworten suchen.«

»Wen meint Ihr?«

»Na ja ...«

»Raus mit der Sprache«, mischte ich mich ein. Ich konnte es kaum erwarten, diesen Raum endlich zu verlassen.

»Die ehemalige Handfürstin hat alle Akten angefordert«, flüsterte der Arzt.

»Die Handfürstin? Warum interessiert sie sich für den Mord an einer Prostituierten?« Clea war sprachlos.

»Ich kann wirklich nicht mehr dazu sagen.« Jack Harper hob die Arme. In dem Moment rutschte sein Kittel nach unten. Er zupfte ihn schnell wieder zurecht, aber Clea war es nicht entgangen.

»Wo ist Euer Clansymbol?«

Der Arzt räusperte sich, bevor er den Handschuh seiner linken Hand abzog und das Zeichen auf dem Handrücken zeigte.

»Warum ist es nicht an Eurem rechten Arm?«

»Eine Verletzung«, antwortete Jack Harper und winkte ab.

»Eine frische Verletzung?«, hakte Clea nach und überprüfte seinen Arm auf Abwehrspuren.

»Nein, eine sehr alte. Aus meiner Kindheit. Ihr seid wirklich neugierig, oder?«

»Man kann nie neugierig genug sein«, entgegnete Clea, woraufhin der Arzt lachte.

»Da habt Ihr recht, Phari! Da habt Ihr recht!«

Clea verbeugte sich. »Danke für Eure Zeit.«

Als Jack Harper gegangen war, murmelte ich: »Da stimmt etwas nicht! Ich trau dem Kerl nicht.«

»Ich weiß, was du meinst«, sagte Clea, die ihm ebenfalls nachstarrte. »Auf den ersten Blick scheint er wie ein unglaublich gut aussehender, selbstloser Helfer.«

»So etwas gibt es nicht. Nicht in Tokito.« Ich räusperte mich, bevor ich ein hastiges »Danke« zwischen meinen Lippen hervorpresste. Clea hob fragend die Augenbraue. »Ich hatte einen kurzen Aussetzer …«

»Du solltest das in den Griff bekommen. Was auch immer das war …«

Ich erwartete, dass sie sich über meinen kurzen Zusammenbruch lustig machen würde. Stattdessen sagte sie bloß: »Wir sollten den Meister informieren.«

Kaum waren wir in das Phari-Fahrzeug gestiegen, das uns hergebracht hatte, erreichten uns die Neuigkeiten über Funk.

Es hatte einen Anschlag gegeben.

Auf die ehemalige Handfürstin.

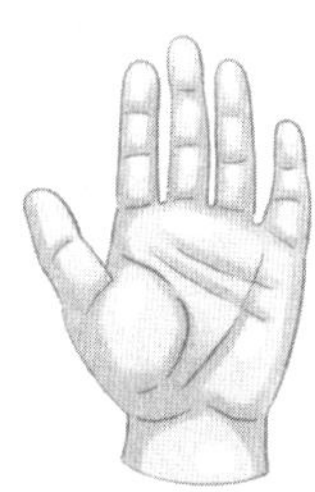

18

Ryanne Cimon

Schönheit ist Macht.

Ich war eine Berühmtheit. Onkel Joe hatte die Neuigkeiten schnell verbreiten lassen, dass sich ein Schmetterling in seinem Etablissement aufhielt. Wenn ich aus dem Fenster sah, bemerkte ich, wie Menschen auf der Straße absichtlich langsamer gingen. Schaulustige reckten ihre Köpfe in der Hoffnung, einen Blick auf mich werfen zu können.

Ich wusste nicht, wie ich das finden sollte. Ein Teil von mir fühlte sich geschmeichelt, ein anderer, deutlich größerer Teil hatte Angst. Was, wenn die Geisha davon erfahren würde? Die Wächter vor unserer Tür mochten bedrohlich wirken, aber gegen die Fürstin des Lotusclans hatten sie keine Chance.

Onkel Joe schien sich diesbezüglich keine Sorgen zu machen. Er plante eine besondere Veranstaltung. Eine Feier mit ausgewählten Gästen, die in der Lage waren, das horrende Eintrittsgeld, das er angesetzt hatte, aufzubringen. Das Erdgeschoss und der Innenhof wurden unter der Aufsicht meiner Mutter hergerichtet. Sitzecken und

Stehtische wurden aufgestellt und Papiergirlanden und Lampions aufgehängt. Die Frauen und Mädchen waren herausgeputzt worden zur Unterhaltung der Gäste, die auf die Attraktion des Abends warteten.

Auf mich.

Und ich? Ich träumte davon, gerettet zu werden. Von dem Phari-Novizen oder von Erin und Mikko. Doch bisher war niemand erschienen und mir war klar, dass niemand mehr kommen würde. Ich wollte mich an die Hoffnung klammern, wollte glauben, dass sie kommen würden, gerade rechtzeitig, und mich hier rausholten. Doch diese Art von Rettung war Arbeitern aus dem Viertel der Roten Türen nicht vergönnt.

~

Ich sah in den Spiegel, wo das Mädchen stand, das mich beschämte. Ryanne, der gefallene Schmetterling. Bloß eine gewöhnliche Hure.

Ich war wirklich dankbar über die weiße Paste im Gesicht und den Fächer aus Papier, hinter dem ich mich verstecken konnte. Unser Make-up hatte zweierlei Funktionen. Es verkörperte die Traditionen des Clans, sorgte aber auch für eine gewisse Anonymität. Ich griff nach der azurblauen Farbe und teilte meine Unterlippe und das Kinn mit einem Strich. Zwei Punkte kamen auf die Wange.

»Ist die Prinzessin so weit?«, spöttelte eine der Frauen. Ihr Name war Ruby, passend zu ihren roten Haaren.

»Was soll so besonders an dem blauen Fummel sein?«, klagte eine andere, während sie mich betrachtete. Auch wenn sie sich von der Feier viel Kundschaft und Trinkgeld versprachen, beneideten sie mich um all die Aufmerksamkeit.

»Aufmerksamkeit kann Macht und Untergang bedeuten«, hatte Großmutter gesagt. In meinem Fall war es wohl Letzteres.

»Es ist nicht das Kleid, sondern die Legende dahinter«, antwortete ich ihnen. »Ich wette, euch würde es viel besser stehen als mir.«

Das Lächeln, das ich ihnen schenkte, war herzallerliebst. Und es wirkte. Das Kompliment stimmte sie etwas versöhnlicher.

»Ist es wahr, dass kein Mann einen Schmetterling ohne dessen Einverständnis berühren darf?«, fragte Ruby neugierig.

Ich nickte.

Sie senkte die Stimme und rückte vertraulich näher. »Ich hatte mal einen Kunden, der hat gesagt, Sex mit einem Schmetterling vergisst keiner so schnell. Kannst du uns … du weißt schon … Tricks verraten?«

»Nun, es geht nicht um Sex. Wir sind Künstler.« Als ich ihren enttäuschten Blick bemerkte, ergänzte ich: »Der Trick ist herauszufinden, was das Gegenüber gerade braucht. Die meisten brauchen einen wertschätzenden Zuhörer, der ihnen das Gefühl gibt, wichtig zu sein.«

»Und dafür zahlen Leute Geld? Fürs Zuhören?« Ruby war nicht überzeugt.

»Und für das Prestige. Es ist eine Ehre, mit einem Schmetterling gesehen zu werden. Zum Beispiel bei einer Tee-Zeremonie oder einem musikalischen Abend«, erklärte ich.

»Klingt gar nicht so schwer.« Sie zog sich goldene Reifen über die Arme, die bei jeder Bewegung klimperten.

»Bewerbt euch doch im Tempel. Meine Stelle ist gerade frei geworden.« Ich brachte sie zum Lachen. Das konnte ich gut.

»Das sollte ich vielleicht wirklich.« Ruby schien darüber nachzudenken. »Glaubst du, ich hätte eine Chance?«

»Sicher.« Das war einer Lüge.

»Vergiss die Lotustempel. Heute werden reiche Männer und Frauen kommen. Wenn du es schaffst, einem von ihnen den Kopf zu verdrehen, wird er vielleicht dein Sponsor«, sagte die andere Prostituierte. Sie hatte wunderschönes schwarzes Haar und dunkle Haut.

»Sponsor?«, fragte ich.

»Das ist jemand, der viel Geld zahlt, dass er dich nicht teilen muss«, erklärte Ruby mit leuchtenden Augen. »Ich werde den Abend nutzen, um mir einen zu suchen. Dann muss ich mich nicht mehr mit dem schwitzenden Stiggy herumärgern.«

Sie drehte sich vor dem Spiegel und spielte mit ihren Goldketten. Es war kein echtes Gold, aber es glänzte und erfüllte somit seinen Zweck.

»Jeder Sponsor wird sich um euch reißen«, verkündete ich und griff nach einem goldenen Lippenstift, den ich Ruby auftrug. »Passt perfekt.«

»Danke. Du bist gar nicht so übel, wie ich dachte.« Sie musterte ein letztes Mal ihr Spiegelbild, bevor sie zur Tür tänzelte, um die Gäste zu begrüßen. Die dunkelhäutige Prostituierte folgte ihr. »Wir sehen uns unten, Schmetterling.«

Ich mochte vielleicht wie einer aussehen, doch ich war keiner. Der blaue Seidenkimono allein reichte nicht. Es gehörte wesentlich mehr dazu, sich diesen Namen zu verdienen. Schmetterlinge konnte man nicht kaufen. Sie waren frei und gehorchten nur ihrer Herrin, der Geisha. Sie waren ihre Flügel und Klingen. Nicht nur schön anzusehen, sondern auch tödlich, wenn es sein musste.

Ich war kein Schmetterling.

Bloß Ryanne.

Ein Mädchen in einem blauen Kleid. Die blutrote Lotusblüte auf meinem Handgelenk verriet meinen wahren Herrn.

Meine Mutter kam ins Ankleidezimmer.

»Guck nicht so unglücklich, Ryanne. Unsere Gäste zahlen viel Geld dafür, einen Blick auf dich zu werfen.« Sie strich mir übers Haar, aber es fühlte sich nicht wie die liebende Geste einer Mutter an.

»Es ist eine Lüge. Eine Lüge, die uns alle ins Verderben führen könnte«, sagte ich und drehte mich zu ihr um.

»Stell dich nicht so an. Am Ende ist es bloß ein Job. Du wurdest mit unglaublicher Schönheit gesegnet. Und sie ist der Schlüssel zu einer Menge Geld in unserem Geschäft.« Sie half mir dabei, den Kopfschmuck aufzusetzen. Goldene Blüten fielen über die Stirn und klimperten leise bei jeder Bewegung. Das hochgesteckte Haar betonte meinen Nacken, in dem ein Schmetterling seine Flügel spannte. Sein goldener Körper teilte meinen Hals in zwei Partien. Seine Flügel waren mit Glitzerstaub bedeckt und kleine Kristalle waren auf die Haut geklebt worden. Er sah verdammt echt aus. »Sei dankbar.«

»Dankbar?« Meine Ausbildung gebot mir, meine wahren Gedanken zu verbergen, zu lächeln, ihr recht zu geben und die Person zu sein, die sie brauchte. Eine dankbare Tochter. Aber sie war meine Mutter und in ihrer Nähe war es so viel schwerer, an dem festzuhalten, was mich Großmutter gelehrt hatte. In ihrer Nähe war ich wieder das Kind, das sie vor dem Waisenhaus hatte stehen lassen. Trotzig schüttelte ich den Kopf. »Wofür soll ich dankbar sein? Ihr wollt mich verkaufen!«

Ungeduldig verdrehte sie die Augen, bevor sie mich gröber als erwartet am Arm packte und mir die rote Lotusblüte zeigte, die dort prangte. »Du hattest die Chance, ein anderes Leben zu führen. Was glaubst du, warum ich dich verlassen hab? Ich wollte, dass du deinen eigenen Weg findest, aber du hast versagt. Ich kann verstehen, dass du enttäuscht bist. Es ist niemals einfach zu versagen, aber das hier ist nun deine Aufgabe. Deine Arbeit. Du hast keine Wahl, verstanden?«

Ihre Worte trafen mich wie Fausthiebe. Direkt in dic Magengrube und mir wurde übel.

»Versuch, die positiven Seiten zu sehen. Du hast ein Dach über dem Kopf und genug zu essen. Onkel Joes Männer beschützen dich und irgendwann verdienst du vielleicht genug, um ein eigenes Zimmer zu bekommen. Aber Sicherheit hat nun mal seinen Preis.« Meine Mutter nahm meine Hand und führte mich aus dem Zimmer. Stimmengewirr und Gelächter drangen von unten zu uns empor und ich erstarrte am

Treppenabsatz. »Und jetzt zerbrich dir nicht weiter deinen hübschen Kopf und tu, was von dir erwartet wird. Mach deinen Clan und dein Haus stolz, Ryanne.«

»Was ist mit dir, Mutter? Bist du stolz?«

Für einen kurzen Moment hielt sie inne und sah mich überrascht an. Sie musste es in meinen Augen sehen. Das stumme Flehen. Aber sie schüttelte nur den Kopf. Das Gesicht zu einer harten Maske verzogen.

»Das kommt darauf an, wie du dich heute schlägst«, sagte sie. »Bisher hast du in deinem Leben schließlich noch nicht viel geleistet. Oder hab ich was verpasst?«

Ich hatte mir so oft gewünscht, dass meine Mutter stolz auf mich war. Dass sie mich liebte, wie andere Mütter ihre Töchter lieben. Aber in dem Moment, als sie mich die Treppe hinunterführte, wusste ich, dass sie mir all das nicht geben konnte. Dass sie nie die Person sein würde, nach der ich mich sehnte. Und dass wir beide nie eine richtige Familie sein würden.

Denn eine Familie, die passt immer auf dich auf. Das hatte Erin gesagt.

19

Erin Rider

Ich blühe im Schatten.

In der Nacht kamen sie.

Es waren schwarz gekleidete Kämpfer, deren Rüstung die Struktur von Federn hatte. Ihre Gesichter waren verhüllt, sodass man nur ihre Augen sehen konnten, und sie trugen Masken, die an Vogelgesichter erinnerten. Federassassinen.

Wenn sie uns hätten töten wollen, hätten sie es bereits getan. Nein. Sie wollten uns lebend. Die Frage war nur, weshalb.

Mikko schob sich schützend vor mich, aber ich griff seine Hand und zog ihn zurück. Wir ließen einander nicht los, sondern drückten uns an die Wand unseres Schlafzimmers, während die Assassinen den einzigen Fluchtweg versperrten. Ich sollte Angst haben, Todespanik, doch ich wusste, wir waren nicht allein. Die Dunkelheit umgab uns wie ein Schild, bereit, die Eindringlinge zu verschlingen.

»Was wollt ihr?«, fragte Mikko. Ich hörte das Zittern in seiner Stimme. »Wir haben nichts verbrochen.«

»Wir werden euch mitnehmen«, verkündete der Anführer. Er trat vor und packte mich am Nacken. Grob zog er mich aus dem Bett und Mikko, der mich nicht loslassen wollte, gleich mit. Der Druck seiner Hand gab mir Kraft. Und erinnerte mich. Erinnerte mich an den kleinen Jungen mit den blauen Augen, der mir im Waisenhaus die Hand entgegenstreckt und gesagt hatte: »Keine Angst. Ich pass auf dich auf.«

Ich hatte sie ergriffen und seitdem nicht losgelassen.

»Jaja. Du liebst ihn. Ich habe es begriffen.« Der Dämon seufzte. *»Kannst du dich jetzt bitte auf das Wesentliche konzentrieren?«*

Er ist das Wesentliche. Er ist alles, was zählt. Klar? Wir werden ihn beschützen. Du wirst ihn beschützen. Um jeden Preis.

»Du kannst mir keine Befehle erteilen, Kind. Ich bin der Herr der tanzenden Schatten. Der Gebieter der Dunkelheit und der Dornen. Der …«

Ich weiß. Ich weiß.

»Wohin bringt ihr uns?«, fragte ich und reckte mein Kinn. Ich wusste, dass es darauf keine Antwort geben würde. Stattdessen spürte ich die drohende Spitze einer Klinge zwischen den Schultern.

Vielleicht wissen sie von dir!

»Nein. Dann hätten sie mehr geschickt«, säuselte der Distelkönig.

»Wir kommen mit«, sagte Mikko ergeben. »Dürfen wir uns wenigstens etwas anziehen?«

Nein. Das durften wir nicht.

Sie drückten uns, barfuß und nur mit einem Nachthemd bekleidet, zu Boden. Ich suchte Mikkos Blick und sah die Sorge darin. Es waren die Soldaten seines Fürsten, die uns aus dem Bett gerissen hatten. Die Frage war, weshalb?

Die Assassinen durchsuchten unsere Wohnung, rissen jede Schublade auf und verteilten den Inhalt über den Boden. Um sie herum tanzten mordlustige Schatten an den Wänden, aber niemand schien sie zu bemerken.

»Ihr könntet auch einfach sagen, was ihr sucht. Das wäre für alle Beteiligten das Leichteste«, meldete sich Mikko höflich zu Wort. Die Feder, die auf ihm kniete, verpasste ihm zur Antwort einen Schlag zwischen die Schulterblätter. Ich fuhr zu seinem Angreifer herum, bereit, ihm eine Lektion zu erteilen. Augenblicklich spürte ich, wie sich Klingen in meinen Rücken bohrten.

»Moji«, keuchte Mikko. »Wir sind nicht mehr im Waisenhaus.«

Ich wusste, was er mir damit sagen wollte. Ungehorsam könnte uns beiden den Tod bringen. Widerwillig entspannte ich mich und senkte den Kopf.

~

Als sie fertig waren, unsere Wohnung zu durchwühlen, verbanden sie uns die Augen und führten uns zu einem Transporter.

»Ich weiß, dass du sie töten willst«, gurrte der Distelkönig.

Die Federassassinen waren Krieger, gesandt vom Fürsten selbst. Es würde nichts bringen, sie zu töten, dann würden nur noch mehr kommen. Wir mussten den Grund erfahren, warum der Rabe Jagd auf uns machte.

Wir können keinen ganzen Clan auslöschen.

»Können wir schon …«

Nein. Wir müssen erfahren, warum es die Federn auf uns abgesehen haben.

»Um dann den wahren Verantwortlichen zu töten?«

Um das alles zu klären.

»Mord kann auch sehr klärend sein.«

»Wir schaffen das schon«, flüsterte Mikko, wenig überzeugt. Seine Hand war ebenso kalt wie meine.

»Wir schaffen das«, versprach ich ihm.

Nach einer gefühlten Ewigkeit hielt der Wagen an und wir wurden zu Fuß weitergeführt. Es ging Stufen hinunter. So viele, dass ich aufhörte zu zählen. Es wurde immer kühler und der Geruch von Blut und Schimmel stieg mir in die Nase.

Wo sind wir?, fragte ich den Distelkönig.

»*Sieht aus wie ein Folterkeller.*«

Was?

Sicher bemerkte der Schatten mit Genugtuung meine Angst. Schweiß rann mir trotz der kühlen Temperaturen über den Rücken und mein Hemd klebte wie eine zweite Haut an mir. Endlich nahm man uns die Augenbinden ab und zu meinem Entsetzen musste ich feststellen, dass der Distelkönig recht gehabt hatte.

Es sah wirklich wie ein Folterkeller aus.

Die Assassinen brachten uns zu einem Mann, der ihr Anführer zu sein schien. Federn verzichteten auf Symbole, die ihren Rang zu erkennen gaben, aber seine Haltung verriet ihn. Gestraffte Schultern. Erhobenes Kinn. Ein Blick, als würde ihm unser Leben gehören. Nun, Letzteres stimmte sogar.

Er trug im Gegensatz zu den anderen keine Vogelmaske, sodass man sein Gesicht sehen konnte. Aber es zeigte keine Regung, keinen Hinweis auf unser mögliches Schicksal.

»Mikko Bridger und Erin Schneider«, verkündete der Assassine, der uns gefangen genommen hatte.

»Tegusa.« Mikko erkannte ihn offenbar. »Verzeihung, Herr, aber was hat das alles zu bedeuten?«

»*Guck dir diesen perfekt gestutzten Bart an. Jedes Haar ist genau da, wo es hingehört*«, wisperte der Distelkönig und deutete auf den Anführer. »*Solche Bärte tragen nur Psychopathen.*«

»Wir haben den Hinweis erhalten, dass unserem Herrn, dem edlen Raben, wertvolle Ware gestohlen wurde«, begann besagter Psychopath.

»Ich habe nichts gestohlen«, beteuerte Mikko. »Ich wollte die Schriftrolle zurückbringen.«

»Die Schriftrolle?« Tegusa hob eine Augenbraue. »Welche Schriftrolle?«

»Äh …« Mikko hielt verwirrt inne. Auf ein Zeichen hin wurde er von zwei Federn gepackt und nach vorne geschleift. Ich wollte ihn verteidigen, aber meine Wachen stießen mich gewaltsam auf die Knie und kreuzten ihre Schwerter vor mir.

»Lasst ihn«, knurrte ich, aber Mikko sah mir in die Augen. Das tiefe Blau schaffte es wie immer, mich zu beruhigen.

Alles wird gut.

»Das glaube ich nicht«, widersprach der Distelkönig. *»Schreie von unglücklichen Seelen durchdringen die Steine. Ich schmecke Blut. Es tränkt den Boden. Und dieser Schmerz, der durch die Wände tropft … Selten zuvor habe ich so einen wunderbaren Ort besichtigt.«*

»Ich bitte um Verzeihung, Herr. Es lag nie in meiner Absicht, den Raben zu bestehlen.« Mikkos Stimme zitterte. »Ich habe mir die Schriftrolle wie gesagt nur ausgeliehen, um sie zu lesen. Auf der Arbeit habe ich dafür nicht genug Zeit.«

»Es geht nicht um die Schriftrolle«, unterbrach ihn Tegusa kalt.

Ich wagte nicht zu blinzeln. Meine Augen waren starr nach vorne gerichtet. Auf Mikko. Meinen Mikko.

Tegusa sah beinahe gelangweilt auf ihn herab, bevor er seine Aufmerksamkeit auf mich richtete.

»Wer ist das Mädchen?«, fragte er, während er mich musterte.

Einer der Federassassinen antwortete. »Ist seine Freundin. Eine Clanlose. Erin Schneider.«

»Rider«, korrigierte ich, bevor ich Mikkos warnenden Blick bemerkte und hastig den Kopf senkte.

Sei ein braves Mädchen, Erin. Provoziere ihn nicht. Es geht um Mikko.

»Du bist vieles, aber sicher nicht brav.«

»Eine Clanlose?« Tegusa kam näher. »Stimmt das, Mädchen?«

»Ja, Herr.« Ich sprach mit leiser Stimme, die Unterwürfigkeit demonstrierte. »Aber nicht mehr lang, hoffe ich. Ich suche Arbeit.«

»Zum Beispiel im Amphibienclan?«

Ich erstarrte.

Was hatte er da gerade gesagt?

»Jetzt wird es interessant«, säuselte der Distelkönig.

Als ich nicht antwortete, fügte er hinzu: »Du hast dich in einer Färberei beworben, oder nicht?«

»Ja, Herr. Hab die Stelle nicht bekommen«, entgegnete ich, den Blick weiterhin zu Boden gerichtet. Plötzlich wurde ich auf die Beine gezerrt. Die Klingen der Schwerter schnitten mir drohend in die Haut.

Tegusa packte mein Kinn und hob meinen Kopf. »Das hier ist ernst, Mädchen.«

Ich schwieg, während ich versuchte, meine Gedanken zu ordnen. Ich war nicht so clever wie Mikko, der Puzzleteile in Sekundenschnelle zusammenlegen konnte. Woher wusste Tegusa das von dem Amphibienclan? Was wollte er von uns?

Tegusa gab ein Zeichen und etwas wurde in den Raum geschleift. Nicht etwas. Jemand. Der Distelkönig erkannte ihn zuerst.

»Ich wusste, dass der uns Ärger macht! Wir hätten ihn töten sollen!«

Er war es. Der Mann, den ich vor den Organhändlern gerettet hatte. Und er sah schrecklich aus. Seine Augen waren zugeschwollen, seine Lippen zerrissen und blutig.

»Er hat überall herumposaunt, dass die Clanlosen einen neuen Beschützer hätten, der es sogar mit Organhändlern aufnehmen würde«, erklärte Tegusa. »Mit *unseren* Organhändlern. Das Ganze ist ein gutes und sehr lukratives Geschäft. Dementsprechend neugierig waren wir natürlich, wer unsere Ware stiehlt.«

Ich konnte meinen Blick nicht von dem gefolterten Mann reißen.

Panik, Ekel, Hass. All diese Gefühle löste die zusammengekrümmte Gestalt in mir aus. Panik vor dem, was er erzählt haben könnte. Ekel vor dem, zu was die Federn imstande waren. Und Hass auf alle, die Mikko und mich bedrohten. Meine Hände begannen zu zittern.

»Er hat nicht lang durchgehalten«, verkündete Tegusa. Ich riss den Blick von der Gestalt und sah zu Mikko, der ebenso bleich war wie ich. »Hat uns den Namen desjenigen verraten, der so dumm war, unserem Fürsten in die Quere zu kommen. Ein gewisser One-Strike.«

Ich sah ihm in die Augen.

»Kennt ihr zufällig jemanden, der so heißt?« Er drehte sich um und ging zu Mikko zurück, doch ich würde nicht zulassen, dass er ihm wehtat. Bevor er ihn erreichte, rief ich: »Ihr kennt die Antwort doch schon.«

Ein kaltes Lächeln umspielte seine Lippen. Er streckte seine Hand aus und strich Mikko über den Kopf, so als wäre er ein Hund. »Warst du schon mal in der Grube, Junge?«

Mikko schüttelte den Kopf.

»Was in der Grube passiert, bleibt in der Grube. So sagt man dort. Die Menschen glauben, ihre Geheimnisse sind dort sicher. Nur weil sie sich verkleiden und sich neue Namen geben, glauben sie, frei zu sein. Aber die Federn wissen alles. Vor allem, wie man an Informationen kommt. Das weißt du doch, Junge. Wir sind die Hüter des Wissens.« Seine Finger schlossen sich zu einer Faust und er riss Mikkos Kopf in den Nacken.

»Ich bin One-Strike«, hörte ich mich rufen. »Ich bin diejenige, die Ihr sucht. Lasst ihn in Ruhe!«

Er ließ von Mikko ab. Für den Moment.

»Sagt dem Fürsten Bescheid. Wir haben unseren Dieb.«

20

Ryanne Cimon

Schönheit ist Macht.

Im Innenhof erwarteten uns bereits die Gäste, Männer und Frauen, die sich zu mir umdrehten. Ihre Augen weiteten sich, als sie mich sahen. Es wurde augenblicklich still, selbst die Musik verstummte. Schritt für Schritt kam ich die Treppe hinunter, den Fächer vor dem Gesicht, wie ich es gelernt hatte. Dann auf der letzten Stufe faltete ich ihn zusammen und hob den Blick.

»Da ist sie ja. Unser Ehrengast«, rief Onkel Joe, während er mich wie eine Trophäe in die Mitte des Hofes geleitete. Es war still, so still, als hätten alle die Luft angehalten. Ich glitt an ihnen vorbei auf ein kleines Podest mit einer Laute zu.

Kaum hatte ich das Instrument ergriffen, fuhr eine Wand aus dem Boden, geformt wie eine Papierblüte, die mich für einen Moment umschloss. Ich war wie erstarrt, als sich geübte Finger von hinten an mir zu schaffen machten. Ich warf einen kurzen Blick über die Schulter und er kannte Tigereye, die kurz darauf in einer Luke im Boden verschwand.

Als sich die Papierblüten zusammenfalteten, enthüllten sie mich auf dem Podest. Doch ich hatte mich verwandelt. Zu einem Schmetterling.

Blaue, leuchtende Flügel ragten aus meinem Rücken und bewegten sich auf und ab. Die Menge hielt den Atem an, als sie mich sahen.

Flügel. Nur die Geisha durfte einem Schmetterling Flügel schenken. Indem ich sie trug, beging ich Hochverrat. Trotzdem brach die Menge in tobenden Applaus aus.

Als sie sich beruhigt hatte, setzte ich mich und begann, die Saiten der Laute zu zupfen, woraufhin helle, klare Töne erklangen und die Luft zum Schwingen brachten. Die Flügel bewegten sich im Takt der Klänge. Ich wünschte mir, sie wären echt. Ich wünschte mir, ich könnte mit ihnen davonfliegen.

Die Gäste waren durch meinen Auftritt wie verzaubert. Mit großen Augen starrten sie mich an, als wäre ich wirklich ein Schmetterling der Geisha, der sich zu ihnen herabgelassen hatte. In das Viertel der Roten Türen.

Sie mussten ahnen, dass ich nicht echt war. Und trotzdem gingen sie um mich herum, betrachteten mich von allen Seiten und staunten. Ja, einige wagten sogar auf Onkel Joes Einladung, mich anzufassen, was im Freudentempel nie passiert wäre. Sie ließen ihre Finger über den Stoff meines Gewands gleiten und strichen über die Flügel, die daraufhin ihre Farbe änderten. Von Blau zu Grün. Von Grün zu Pink. Und schließlich wieder zu Blau.

Diese ganze Veranstaltung zog den Ruf der Schmetterlinge in den Schmutz. Und wenn Onkel Joe mich nicht töten würde, würde es meine alte Herrin gewiss tun.

Du sitzt in der Falle, Ryanne. Egal was du tust. Es gibt keinen Ausweg.

Nachdem ich fertig gespielt hatte, trat einer nach dem anderen vor, um sich vorzustellen. Die Mehrheit steckte mir Geschenke zu, die meine Mutter mir großzügig abnahm. Zettel, Blumen, aber auch verzierte Kästchen mit Schmuck darin. Offenbar wollten die Gäste meine Gunst erlangen, mir schmeicheln, doch ich fühlte mich mit jeder Gabe schlechter. Schuldiger.

Einige von ihnen, die Höflichen, wagten es nicht, mit mir zu sprechen, und starrten mich nur von Weitem an. Eine Attraktion, die sie so schnell nicht vergessen würden. Und dann gab es da noch diejenigen, die mich mit lüsternem Blick beäugten und um mich und Onkel Joe schwärmten wie Fliegen um einen faulen Apfel. Ihnen standen sicher andere Arrangements im Sinn.

»Ryanne«, sagte eine junge Frau und drückte mir einen weiteren Zettel in die Hand. Ich war überrascht, dass sie meinen Namen kannte, aber bevor ich sie fragen konnte, war sie bereits in der Menge verschwunden. Ich starrte auf das gelbe Stück Papier in meiner Hand und fuhr zusammen.

Du bist etwas Besonderes.

Es war vermutlich nichts weiter. Bloß nett gemeinte Worte, aber die Gedanken in meinem Kopf überschlugen sich. Großmutter hatte mir genau diesen Satz nur allzu oft gesagt. Was, wenn dieser Zettel eine Drohung war? Oder eine Warnung, dass die Geisha Bescheid wusste?

Mein Blick schnellte empor, doch alles, was ich sah, waren die Gäste, die mich umringten. Sie sahen zu mir herauf, mit lächelnden, erwartungsvollen Gesichtern. Ich hatte das Gefühl, keine Luft mehr zu bekommen. Mir wurde abwechselnd heiß und kalt. Ich wollte fliehen, doch Onkel Joe drückte mich auf meinen Platz zurück.

»Spiel, kleiner Schmetterling«, raunte er mir zu und ich gehorchte.

Du bist tot, Ryanne! TOT!, schrie die Panik in meinem Inneren.

Und in dem dichten Gedränge um mich herum sah ich es plötzlich. Im grünen Schein meiner Flügel schaute ein vertrautes faltiges Gesicht zu mir hoch. Wache Augen. Und Lippen, die mich oft angelächelt hatten. Mein Herzschlag setzte aus. Ich blinzelte und wagte einen weiteren Blick, um sicherzugehen, doch Großmutter war bereits verschwunden.

Großmutter. Sie wusste es.

Bei den Spirits! Das wird kein gutes Ende für mich nehmen.

Erst nach drei weiteren Liedern schloss sich die Papierblume um mich und Tigereye erschien, um mir die Flügel abzunehmen. Danach gönnte man mir eine Pause und ich wurde in die Küche geleitet.

Dort sank ich zusammen.

»Alles in Ordnung, meine Hübsche?« Meine Mutter war mir gefolgt. Sie nahm mir den Zettel von Großmutter ab und las ihn mit gerunzelter Stirn. »Ach, wie nett. Ich lege ihn zu den anderen. Okay?«

Ich nickte automatisch.

»Alles in Ordnung?«, wiederholte sie. Sie machte sich Sorgen. Sorgen, dass ich sie enttäuschen würde. Schon wieder.

»Alles bestens«, log ich und lächelte beruhigend. »Ich muss nur etwas trinken.«

»Ich wusste, dass sie dich lieben«, sagte meine Mutter. »Nach diesem Abend wird unser Haus in aller Munde sein.«

»Mutter. Was wir hier tun, wird die Geisha nicht dulden«, sagte ich.

»Ach, die interessiert sich doch gar nicht für dieses kleine Etablissement.« Meine Mutter winkte ab. All ihre Aufmerksamkeit war auf die Pakete gerichtet, die Tigereye herantrug.

»Noch mehr Geschenke«, berichtete das Mädchen strahlend. Sie öffnete eine Box und schnappte nach Luft, als sie die Kette darin sah.

»Sie würde dir sehr gut stehen.« Meine Mutter nahm die Kette aus Jade und reichte sie Tigereye. »Behalte sie ruhig.«

»Wirklich?« Tigereye strahlte. »Du bist zu gütig.« Sie fuhr immer wieder über die kleinen grünen Steine.

Was soll ich machen? Weglaufen?

Vor dem Haupteingang waren Wächter postiert und versperrten den Fluchtweg. Doch selbst wenn ich es schaffen sollte zu entkommen – was angesichts meines auffälligen Äußeren im Moment ziemlich unmöglich war –, wo sollte ich hinlaufen? Sie würden mich finden! Und jeder wusste, was mit entlaufenen Huren aus dem Viertel der Roten Türen passierte. Oder mit falschen Schmetterlingen.

Es gibt nur eine Sache, die du tun kannst, um deine Ehre zu bewahren. Das weißt du.

Ich wusste es.

Meine Finger suchten im raschelnden Stoff des Kleides nach dem Armband und ich holte tief Luft. Ich wusste nicht, was genau ich erwartet hatte, als ich dem Phari die Nachricht für Erin gegeben hatte. Ein Teil von mir hatte gehofft, dass sie wirklich die Tür eintreten würde, um mich herauszuboxen. So wie sie es immer getan hatte. Aber das war ein naiver Wunsch. Ich sollte froh sein, dass sie nicht gekommen war, denn das Viertel hier war viel zu gefährlich. Selbst für das stärkste Mädchen, das ich kannte.

»Fertig, Tochter?« Meine Mutter legte einen Arm um mich und wollte mich zu der Gesellschaft zurückführen. »Wir sollten nicht zu lange wegbleiben. Gleich beginnt die Auktion.«

»Auktion?«

»Das ist der Höhepunkt unseres Festes«, sagte sie wie selbstverständlich.

Ich sollte verkauft werden. Wie ich vermutet hatte.

»Mutter. Ich will das nicht.« Ich suchte ihren Blick. »Ich habe Angst.«

»Jetzt werde nicht hysterisch.« Meine Mutter legte die Geschenke beiseite und stemmte die Arme in die Hüften. »Du kommst angekrochen und erwartest meine Hilfe, aber in Wirklichkeit willst du nichts mit unserem Beruf zu tun haben, weil du dich für etwas Besseres hältst.«

»Nein. Mutter, ich wollte nur …« Ich wollte mich nicht streiten. Mir wurde schwindelig und der Kimono erschien plötzlich entsetzlich beengend.

»Tigereye, bleib bei ihr, bis sie sich beruhigt hat.«

»Ja.« Tigereye nickte, während ihre Hand weiterhin auf der geschenkten Kette lag. Als ich mir ein weiteres Glas Wasser einschenkte, sagte sie: »Du solltest nicht so mit deiner Mutter reden. Sie ist eine tolle Frau!«

Ich glaubte, mich verhört zu haben, und drehte mich um. »Eine tolle Frau? Sie verkauft mich …«

»Immerhin hast du eine Mutter, die sich um dich sorgt.« Tigereyes Augen waren feucht. »Mädchen wie wir sollten dankbar sein.«

»Mädchen wie wir?«, echote ich erstaunt.

»Mädchen, die es nirgendwo anders schaffen würden. Mädchen, die keiner haben will. Ohne Onkel Joe und deine Mutter wärst du jetzt clanlos. Vielleicht sogar tot.«

Sie schaffte es tatsächlich, dass ich mich für einen Moment undankbar fühlte. Übertrieb ich? Hielt ich mich wirklich für zu gut, um hier zu arbeiten?

Doch dann dachte ich an Erin und alle Zweifel stoben davon wie ein Blatt im Sturm. Die Antwort war Ja. Ja! Ich hielt mich für zu gut und das war mein Recht. Ich wollte meine eigenen Entscheidungen treffen und meinen Weg selbst wählen. Ich war vielleicht nicht gut genug, ein Schmetterling zu sein. Trotzdem durfte niemand, erst recht nicht die Onkel Joes dieser Welt, je wieder über mich bestimmen.

»Sei nicht lieb und brav. Sei wild!«, sagte Erin in meinem Kopf.

»Ein Schmetterling behält immer die Kontrolle«, erinnerte mich

Großmutter. »Sie mögen zart wirken, zerbrechlich. Aber vor allem sind sie frei.«

Ich holte tief Luft und das Chaos in meinem Kopf legte sich. Mein Körper hörte auf zu zittern und ich erhob mich. Mit einem Mal war alles ganz klar.

Wenn ich beweisen wollte, dass ich ein Schmetterling war, musste ich wie ein solcher handeln.

Ein letztes Mal.

~

»Da bist du ja, Schätzchen.« Onkel Joe legte seinen Arm um mich. »Ich hatte schon Angst, dass du die Auktion verpasst.«

Er erklärte mir, dass die Gäste für eine Privataudienz mit mir boten, aber es wussten wohl alle, worum es wirklich gehen sollte.

»Du hast sie überzeugt. Sie werden sich gegenseitig überbieten.« Er kam aus dem Strahlen nicht mehr raus. »Vielleicht sollten wir mehreren die Chance geben, dich kennenzulernen.«

Meine linke Hand ballte sich. Ich war ein Schmetterling, ein Flügel der Geisha selbst, und als solcher würde ich sterben.

Frei und ungebrochen.

Mit kleinen Schritten nahm ich erneut auf dem Podest Platz. Alle Gäste sahen plötzlich gleich aus. Eine Masse aus aufgeregten, geröteten Gesichtern und wedelnden Armen. Nur einige wenige Details stachen hervor. Zum Beispiel, wie gut gelaunt Onkel Joe war. Er hörte angesichts der Zahlen, die ihm zugerufen wurden, gar nicht mehr auf zu strahlen, ebenso wie meine Mutter. Mein Blick wanderte zu den Lampions empor, die den Innenhof überspannten. Hinauf zum Himmel, wo ich auf einen Methanwal hoffte.

»Beweise, dass du es wert bist, eine von uns zu sein«, sagte Großmutter in meinem Kopf.

Meine Finger wanderten unter den weiten Ärmel und fanden den Armreif. Sie suchten weiter und berührten die kleine Schlaufe der Klinge. Ich zog sie heraus und ließ sie in meiner rechten Hand verschwinden. Die Kälte drückte gegen meine Haut und beruhigte mich.

Es gab zwei Arten, den Keikei zu vollführen. Einen Stich unter die linke Brust, direkt ins Herz. Oder in die Halsschlagader. In beiden Fällen würde ich innerhalb kurzer Zeit verbluten.

Ich wollte nicht wissen, wer der glückliche Gewinner war. Was würde er wohl sagen, wenn er erfuhr, dass er ein totes Mädchen erstanden hatte? Ich wandte mich ab. Von der Mutter, die mich nicht beschützen konnte, und Onkel Joe, der zu den Monstern dieser Welt gehörte. Und all den Männern und Frauen, die gewillt waren, Geld für mich zu bezahlen. Sie sollten nicht das Letzte sein, das ich sah. Also schloss ich die Augen, um mir meine Freunde vorzustellen.

»Wenn ich sterbe, dann sterbe ich aufrecht und frei«, sagte die imaginäre Erin.

»Es ist wahrscheinlicher, dass du an deinem Essen erstickst. Du schlingst es schneller herunter als ein Moji«, widersprach Mikko.

Ich hörte Erins Lachen. Etwas zu rau und zu laut für ein Mädchen, aber das hatte sie nie gestört. Sie wäre stolz auf mich. Immerhin hatte ich keine Träne vergossen, obwohl ich nie mehr Angst empfunden hatte.

»Glaubt ihr, dass es ein Leben nach dem Tod gibt?«, hatte ich mal gefragt. Und ich wusste noch genau, was Mikko geantwortet hatte.

»Ja. Ein Land, in dem wir niemals hungern müssen. Ein Land, in dem wir frei sind und auf Methanwalen reiten. Da treffen wir uns dann.«

»Ich geh schon mal vor, ihr beiden«, flüsterte ich nun, aber tief in mir hoffte ich, dass es nicht so sein würde.

Ich wollte nicht sterben.

Ich wollte leben.

Verdammt! Vor Wut quollen mir die Tränen in die Augen.

»Solange wir uns haben, müssen wir uns vor nichts fürchten«, sagte Mikko und griff meine Hand.

»Solange ihr mich habt, müsst ihr euch vor nichts fürchten«, korrigierte Erin grinsend.

Ein Glockenschlag verkündete das Ende der Auktion.

Das war mein Zeichen.

Jetzt oder nie!

Ich durfte nicht länger warten.

»Ich liebe euch«, flüsterte ich meinen Freunden zu, bevor ich die Klinge zog. Ich hörte, wie einige Gäste entsetzt aufschrien, als sie die Waffe in meinen Händen sahen. Onkel Joe rief etwas, aber niemand würde mich aufhalten können.

Hals oder Herz? Was soll es sein, Ryanne?

Ich entschied mich für das Herz.

21

Kiran Seaborn

Es werde Licht.

Castle Vitae, der Wohnsitz der ehemaligen Hand, war auf einer Plattform gebaut, die sich wie ein Dach über den Hochhäusern spannte. Der einzige Zugang vom Boden aus war ein Aufzug.

Wie alle Hände hatte auch die Fürstin keine eigenen Soldaten oder Krieger, die sie beschützten. Sie wohnte dort oben mit ihren engsten Vertrauten und empfing private Patienten. Die hingegen hatten ein großes Interesse daran, dass ihre Ärztin keinen Schaden nahm, und so fand man hier Krieger aus allen Clans, die das Anwesen schützten.

Bunte Amphibiensoldaten mit ihren Gift-Blasrohren hatten auf den Stützpfeilern Stellung bezogen. Vor dem Fahrstuhl lungerte eine Gruppe Affenkrieger, sofort zu erkennen an ihrer wilden Erscheinung und den brachial wirkenden Waffen. Nicht zu sehen, aber garantiert ebenfalls vor Ort waren Federassassinen.

»Man muss verrückt sein, ein Attentat auf die ehemalige Handfürstin zu verüben«, bemerkte Clea, als wir in den Fahrstuhl traten.

Eine schiere Ewigkeit fuhren wir in der Kabine nach oben. Dabei klang das Rattern des Motors nicht gerade vertrauenerweckend.

»Ich hoffe, der wird regelmäßig überprüft«, brummte ich. Mir war das Ding nicht geheuer.

»Keine Sorge, wir werden hier nicht sterben«, verkündete Clea zuversichtlich.

Als wir die Plattform erreichten und ausstiegen, begrüßte uns ein Mitglied des Lotusclans. Sie trug einen azurblauen Kimono, der am Nacken weit genug ausgeschnitten war, dass man die Schmetterlingsabbildung erkennen konnte. Ich hatte noch nie einen Schmetterling aus solcher Nähe gesehen. Sie waren schön anzusehen und gefragte Künstler, begabt in Tanz und Musik, aber sie waren auch tödlicher als die Giftpfeile der Amphibien. Die Geisha nannte sie nicht ohne Grund »meine Flügel und Klingen«.

Der junge Schmetterling geleitete uns mit schnellen Schritten durch Castle Vitae, ein riesiges Anwesen voller Luxus. Die ehemalige Handfürstin galt nicht gerade als bescheiden und sie liebte es, seltene Gegenstände und Kunst zu sammeln.

Auf dem Weg wimmelte es von Wachen, sodass es absurd erschien, dass ein Attentäter bis zur ihr vorgedrungen sein sollte.

Meister Konoha erwartete uns bereits in einem Ankleidezimmer. Dem größten Ankleidezimmer, das ich je gesehen hatte. Unser Haus in Alvane war kleiner als dieser Raum.

Zu seinen Füßen lag eine Leiche auf den edlen Fliesen, die gerade von zwei Händen untersucht wurde. Es war eine Frau im azurblauen Kimono.

»Meister!«, rief Clea aufgeregt. »Was ist passiert?«

»Die Fürstin wurde angegriffen. Ich konnte in letzter Sekunde verhindern, dass sie getötet wird«, berichtete Konoha.

»Von einem Schmetterling?«, fragte ich fassungslos.

»Von einem falschen Schmetterling«, korrigierte die Frau, die uns hergeführt hatte, mit ruhiger Stimme. »Diese Person haben wir noch nie gesehen.«

Meister Konoha nickte zustimmend. »Leider hat sie sich das Leben genommen, bevor wir eine Chance hatten, sie zu verhören.«

Clea warf der Toten einen Blick zu. »Gift?«

»Eine Zyankali-Kapsel«, bestätigte Meister Konoha.

Clea nickte wissend. »Hellrote Haut und der Geruch nach Bittermandel.«

Woher wusste sie solche Dinge?

»Was fällt euch noch auf?«, fragte Meister Konoha.

Ich musste meinen Spirit gar nicht erst ansehen, um sicher zu sein, dass er mir nicht helfen würde. Stattdessen hatte er es sich in einer überdimensionalen muschelförmigen Badewanne gemütlich gemacht und spielte mit einem Schwamm.

Clea kniete bereits neben der Attentäterin und untersuchte sie. Ihre Pharikräfte luden die Luft wie elektrische Impulse auf, während sie das Licht um uns herum ansaugte, um ihre Sinne zu schärfen. »Sie hat kein Tattoo. Nur Narben. Sie überziehen den ganzen Arm.«

Ich horchte auf. Die Frauen im Viertel der Roten Türen hatten von einer Art Sekte mit solchen Verletzungen erzählt.

»Sie hat eine Augenprothese«, verkündete Clea. Mit einem Handgriff entnahm sie der Leiche das Auge und warf es mir zu. Ich zuckte bei dem schmatzenden Geräusch zusammen. Die Kugel war glatt, feucht und kalt. Und ich wollte sie definitiv nicht in der Hand halten.

»Da ist ein Tigersymbol drauf«, stellte ich fest und beeilte mich, ihr das Beweisstück zurückzugeben.

»Es stammt wohl aus der Zeit des Tigerclans«, überlegte Clea.

»Sie könnte es gekauft haben. Es sind noch einige Prothesen im Umlauf.« Ich dachte an den Grubenarzt.

»Oder sie ist selbst ein Tiger …«, sagte Clea mit gerunzelter Stirn. »Die Brandnarben könnten darauf hindeuten. Viele Tiger haben sich die Clansymbole selbst weggebrannt oder herausgeschnitten, um nicht identifiziert werden zu können. Und ein Motiv hätten sie wohl auch. Immerhin hat die Handfürstin ihren König umgebracht. Oh! Verdammt!« Sie sprang auf und starrte mich entsetzt an.

»Was?«

»Ich wusste, dass mit diesem Jack Harper etwas nicht stimmt.« Als sie meinen verwirrten Gesichtsausdruck sah, verdrehte sie die Augen. »Er hatte dieselben Verletzungen. Darum hatte er sein Handsymbol am anderen Arm.«

»Oh … Er könnte ein Tiger sein?«

»Wir sollten ihm zumindest noch mal einen Besuch abstatten.«

Die Augen unseres Meisters wurden groß. »Wer ist Jack Harper?«

»Ähm …« Ich kratzte mich am Kopf, aber Clea stemmte ihre Hände in die Hüften.

»Viel wichtiger ist doch, warum *du* beim Angriff hier warst, Meister? Im Ankleidezimmer der Handfürstin!«

Das war in der Tat eine gute Frage!

»Nun …« Meister Konoha räusperte sich. »Es ist so …«

»Wir hören.«

Ich konnte spüren, wie sehr Clea ihre Rolle genoss. Auch wenn sie versuchte, ernst zu gucken, zuckte ihr Mundwinkel.

»Die ehemalige Fürstin … Sie ist unsere Auftraggeberin«, gestand Konoha.

»Okay.« Clea warf mir einen vielsagenden Blick zu. »Das erklärt natürlich, warum du in ihrem Ankleidezimmer warst. Zur intensiven Lagebesprechung.«

Ich war mir sicher, dass der Meister errötete, auch wenn man das bei seiner dunklen Haut nie so genau sagen konnte. »Wir haben uns nicht hier getroffen, Novizin. Ich habe auf die Fürstin im Empfangsraum gewartet und gespürt, dass etwas nicht stimmt. Als ich hier ankam, habe ich den falschen Schmetterling gesehen und konnte in letzter Sekunde verhindern, dass sie die Fürstin tötet.«

»Ist klar.« Clea glaubte ihm kein Wort und sie musste es ja wissen.

»Genug. Widmen wir uns wieder dem Fall.«

»Wie du wünschst, Meister.« In ihren Augen blitzte die Belustigung.

Meister Konoha führte uns zurück in den Flur, wo zwei Frauen miteinander diskutierten. Eine von beiden war die Fürstin. Sie war eine kleine, schmale Frau und doch schien ihre Präsenz den ganzen Raum einzunehmen. Auch wenn ich sie noch nie zuvor getroffen hatte, erkannte ich sie sofort. Sie trug wie alle Hände traditionell weiße Kleidung. Allerdings bevorzugte sie einen extravaganten, teuren Stil. Über einem feinen Seidenkleid trug sie einen Umhang mit weißem Fellkragen. Ihre grauen Haare waren zu einer aufwendigen Frisur hochgesteckt.

Die andere Frau war vom Lotusclan. Sie trug die Kleidung der Schmetterlinge. Auch wenn das Alter die Haut gezeichnet hatte, konnte man sehen, dass sie einmal sehr hübsch gewesen sein musste. Die zarten Linien einer Narbe zogen sich über ihren Hals, doch sie wirkten keineswegs entstellend, eher als würden sie genau dort hingehören.

»Es ist eine Schande, dass diese Attentäterin so weit gekommen ist. Und dann auch noch angezogen wie ein Schmetterling«, sagte die Frau vom Lotusclan. Ärger schwang in ihrer Stimme mit.

»Die Großmutter persönlich …«, flüsterte Clea. Offenbar kannte sie den alten Schmetterling. Ich warf ihr einen fragenden Blick zu, woraufhin sie die Augen verdrehte.

»Das ist Yubaba«, erklärte sie mir. »Die rechte Hand der Geisha und Ausbilderin der Schmetterlinge. Mensch, Kiran. Du brauchst echt mehr Allgemeinbildung.«

»Das wusste ich«, verteidigte ich mich.

»Du lügst.«

Sie hatte recht.

»Die Geisha nimmt solche Verstöße sehr ernst. Ich werde mich persönlich um den Fall kümmern«, versprach die Großmutter.

»Danke.« Die ehemalige Handfürstin nickte.

Yubaba winkte den Schmetterling zu sich, der Clea und mich hergeführt hatte, und flüsterte ihr Instruktionen ins Ohr. Die Frau nickte und eilte davon.

»Wegen der anderen Sache …«, begann Yubaba.

»Wir kümmern uns um sie«, versprach die Handfürstin. »Ich weiß, wie wichtig sie dir ist.«

»Danke, Raya.« Yubaba senkte ihre Stimme und beugte sich vor. Ich griff nach meinen Fähigkeiten. Der Flur glänzte hell und es war ein Leichtes, die Sinne auszustrecken. Sie tanzten über die Lichtstrahlen auf die beiden Frauen zu und ermöglichten mir, die Worte zu hören, die Yubaba der Fürstin ins Ohr wisperte.

»Ist *er* in Sicherheit?«

Die Handfürstin nickte.

»Hast du ihn bei dir?«

»Je weniger du weißt, desto besser«, flüsterte die Handfürstin.

»Du bist hier nicht sicher. Und er auch nicht. Das weißt du. Irgendjemand hier hilft den Tigern, sonst wären sie nicht so weit gekommen.«

Ich konnte mir keinen Reim darauf machen. Außer, dass es um mehr zu gehen schien als um Rache. Clea war genauso ahnungslos. Wir wandten uns an Meister Konoha, der sich auf seinen Stab gestützt hatte und die Stirn in Falten zog.

»Ich erkläre euch später mehr«, versprach er.

»Das will ich hoffen«, zischte Clea.

»Bis dahin! Haltet euch im Hintergrund, Novizen.«

»Aber …« Im Hintergrund halten war nicht wirklich Cleas

Ding. Ein Zucken von Konohas Augenbraue brachte sie jedoch zum Schweigen.

Vorerst.

~

Als Yubaba gegangen war, wandte sich die Fürstin uns zu. Ich war mir nicht sicher, welche Begrüßung ihr gegenüber angebracht war. Als Clea sich verbeugte, tat ich es ihr nach.

Die Fürstin ging direkt auf Konoha zu.

»Danke«, hauchte sie und schloss unseren Meister in die Arme. »Wenn du nicht gewesen wärst, wäre das alles anders ausgegangen.«

»Keine Ursache, Hiraya.«

Sie sahen sich so vertraut an, dass es mich gruselte. Clea schien ähnlich zu empfinden, denn sie machte mit einem unmissverständlichen Räuspern auf unsere Anwesenheit aufmerksam.

Endlich lösten sich die beiden voneinander.

»Meister! Machen wir etwa eine Mordermittlung, um deinen heimlichen Schwarm zu beeindrucken?«, fragte Clea, direkt wie immer.

»Natürlich nicht, Cleandra! Zweifelst du an meiner Professionalität?«, tadelte Konoha.

»Im Augenblick schon«, entgegnete sie. Ich wollte sie mit einem Seitenhieb zum Schweigen bringen, aber sie kam mir zuvor. »Kiran auch. Das kann ich spüren.«

Die ehemalige Handfürstin legte den Kopf in den Nacken und lachte. »Sind das deine neuen Novizen?«, fragte sie. »Sie gefallen mir.«

Dann kam sie auf uns zu. »Cleandra Casapaia. Wer kennt sie nicht? Die legendäre Seherfamilie der Phari.«

Ja, wer kannte sie nicht?

»Und Kiran Seaborn. Der Triadenjunge aus Alvane, den du damals selbst in den Tempel gebracht hast. Warum hast du sie mir nie vorgestellt?«

»Du weißt, warum«, murmelte Meister Konoha. »Du bist eine Fürstin und ich ein Phari.«

»Das hat uns damals auch nicht gestört«, flirtete sie. »Wir waren ein wirklich gutes Team.«

»Wir waren jung.« Meister Konoha kratzte sich den Kopf.

»Du hast dich nicht verändert. Charmeur und Griesgram zugleich.«

Meister Konoha und ein Charmeur? Im Ernst?

»Verzeihung, Lady.« Clea hatte als Erste ihre Sprache wiedererlangt. »Aber wir ermitteln in mehreren äußerst unblutigen Mordfällen. Und wir wüssten schon ganz gerne, was das alles mit Euch zu tun hat.«

Die Fürstin strich sich den Mantel glatt. »Ich helfe euch, vorausgesetzt, du, liebes Kind, siehst für mich in die Zukunft.«

Cleas Gesicht färbte sich rot. »Ich glaube nicht, dass Ihr in der Position seid, Forderungen zu stellen. Oder, Meister?«

Sie wandte sich an Konoha, der so aussah, als würde er sich am liebsten in Luft auflösen. »Na ja. Ich gebe meiner Novizin schon recht …«

Die Fürstin nahm seine Hand und ich konnte sehen, wie er dahinschmolz. »Bitte! Es ist wichtig, Kir. Ich muss wissen, wie das alles für mich ausgeht.«

Cleas Gesicht war wie versteinert. »Bedauere, ich habe die Sehergabe meines Vaters nicht.«

»Ach nein?« Die Fürstin runzelte ihre Stirn.

»Aber sie kann wunderschön dichten«, ergänzte ich, woraufhin sich Cleas Ellbogen schmerzhaft in meine Magengrube bohrte.

»Wir können dich nur beschützen, wenn du uns die Wahrheit sagst, Hiraya«, gab Meister Konoha zu bedenken. »Die ganze Wahrheit.«

»Ich habe den Preis für meine Antworten bereits genannt.« Sie lächelte freudlos.

»Und ich sagte bereits, dass ich die Gabe meines Vaters nicht habe.«

»Wir werden sehen.« Die Fürstin ging auf eine Tür zu. Dort drehte sie sich erwartungsvoll zu Clea um. Offenbar war sie ein »Nein« als Antwort nicht gewohnt.

»Hiraya«, mischte sich Meister Konoha ein, der wohl gerade sein Rückgrat wiedergefunden hatte. »Man kann Prophezeiungen nicht trauen. Sie schaffen mehr Verwirrung als Klarheit.« Schützend stellte er sich vor Clea, doch die überlegte es sich anders.

»In Ordnung. Ich versuche es. Aber dann genug mit den Halbwahrheiten«, murmelte sie und folgte der ehemaligen Fürstin in den Nebenraum.

»Clea. Warte.« Ich wollte sie aufhalten, doch sie schüttelte nur den Kopf.

»Ich schaff das schon, Fischerjunge. Keine Sorge. Und danach bekommen wir unsere Antworten.«

»Meister!« Es gefiel mir nicht, wie die Fürstin sie gemustert hatte. »Sollten wir nicht mitgehen?«

»Clea kann schon auf sich achtgeben.« Meister Konoha ließ sich seufzend auf einen Stuhl nieder und hielt sich an seinem Stab fest.

»Aber …« Eine innere Unruhe breitete sich in mir aus, wie ein Unwetter, dessen Sturm an meinem Herzen zerrte.

»Ich finde es rührend, wie sehr ihr euch ins Herz geschlossen habt.«

»Das ist es nicht.« Genervt verdrehte ich die Augen.

»Du machst dir Sorgen, Kiran. Es ist normal, sich um Menschen zu sorgen, die man mag.«

»Du hast recht, Meister. Casapaia kommt schon klar.« Ich setzte mich zu ihm, doch egal wie sehr ich es versuchte, mir einzureden, der Sturm in meinem Inneren legte sich nicht. Also sprang ich gleich wieder auf. »Aber ich vertraue der Fürstin nicht. Irgendwas ist seltsam an ihr.«

»Ja.« Mein Meister starrte mit gerunzelter Stirn auf die Tür. »Ich weiß.«

»Vielleicht ist sie für die Blutlosen verantwortlich?«

»Nein.«

»Bist du sicher, Meister? Oder verschleiert dir deine rosarote Brille den Blick?«

»Ich bin mir sicher«, entgegnete Konoha, aber er schaffte es nicht, mich zu beruhigen. Was verschwieg er mir? Was spürte er?

Ich warf meinem Spirit einen Blick zu. Der schwebte vor der Tür, durch die die Fürstin verschwunden war, und pochte unglücklich mit seinem Kopf dagegen. Teilte er etwa meine Sorgen?

»Und wenn sie ein Umbra ist?«

»Sei nicht lächerlich, Kiran. Ich bin ein Sucher. Ich würde einen Umbra sofort erkennen, wenn er vor mir steht.«

»Sicher?«

»Natürlich.« Meister Konoha nickte zuversichtlich. Ich marschierte von einer Seite des Raums zur anderen, bis es mir zu viel wurde.

»Sie sind schon eine Ewigkeit da drin, Meister.«

»Nicht einmal fünfzehn Minuten«, korrigierte der.

»Das reicht.« Ich ging auf die Tür zu, riss sie auf und blieb wie erstarrt stehen.

22

Ryanne Cimon

Schönheit ist Macht.

Schmerz weckte mich.

Schmerz …

Ich lebte also.

Den Spirits sei Dank! Wenn es denn ihr Verdienst war …

Ich versuchte, mich zu bewegen, aber der Schmerz war wie ein Feuer, das von meinem Herzen in alle Richtungen zog. Das Atmen fiel mir schwer und jeder Zug setzte meinen Brustkorb in Flammen.

Ich blinzelte und öffnete die Augen.

Eine weiße Decke.

Piepende Maschinen.

Kabel, die mich mit ihnen verbanden.

Ich war in einem Hospital. Nach und nach kamen die Erinnerungen zurück. Ich hatte mir das Messer ins Herz gerammt, nun ja … Nicht ganz. Ich hatte es verfehlt, aber nicht, weil meine Hände so zittrig gewesen waren, sondern mit Absicht.

»Sie ist wach«, hörte ich eine gedämpfte Stimme. Sie klang weit entfernt, auch wenn sich der Sprecher in diesem Moment über mich beugte. Er trug eine weiße Haube, die seine Haare bedeckte, und einen weißen Kittel. Eine Hand.

»Was …?« Meine Stimme versagte.

»Keine Angst, Herrin. Wir kümmern uns um dich.«

Herrin? Ich war bloß ein Mädchen aus dem Viertel der Roten Türen. Wertlos.

Nach dem Vorfall bei der Auktion wird Onkel Joe vor Wut schäumen.

Onkel Joe …

Panik wallte in mir auf und schnürte mir die Kehle zu. War ich ihm entkommen? Oder wartete er nur darauf, dass sie mich zusammenflickten, damit er sich an mir rächen konnte.

Ich stöhnte auf, versuchte mich umzusehen, doch die Hand hielt mich fest.

»Ganz ruhig. Du hast wirklich Glück gehabt«, fuhr er fort. »Deinem Gönner ist offenbar viel an dir gelegen.«

Gönner? Meinte er Onkel Joe? Wer sonst könnte sich für mich interessieren?

An seinen Kollegen gewandt fuhr er fort: »Gib ihr etwas zur Beruhigung. Sie muss starke Schmerzen haben.«

Nein. Nein. Nein.

Doch ich konnte mich nicht wehren und wenige Sekunden später wurde meine Angst von verschlingendem Nebel davongespült.

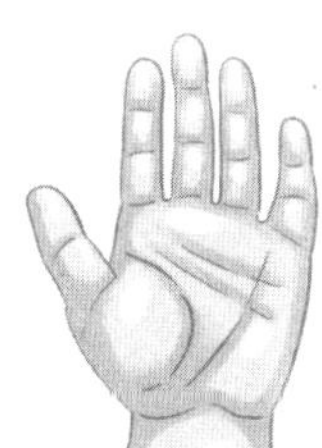

23

Kiran Seaborn

Es werde Licht.

Clea saß zusammengesunken in einem Sessel, der alten Fürstin gegenüber.

»Was geht hier vor?«, verlangte ich zu wissen.

»Du musst dich nicht sorgen, Triadenjunge. Ich habe meine Antworten, wie es scheint.« Die Fürstin erhob sich und strich sich die weiße Kleidung glatt. »Danke für deine Augen, Seherin.«

Sie verließ das Zimmer und ließ uns allein.

»Was hat sie gemacht?«, raunte ich Clea zu, während ich mich an ihrer Seite niederließ. Es fiel ihr schwer, die Augen offen zu halten.

»Ich sollte so eine Tinktur trinken … Angeblich begünstigt sie Visionen …«, erklärte sie mit schwacher Stimme.

»Was?« Wut stieg in mir empor. Hatte diese verrückte Fürstin Clea unter Drogen gesetzt?

Clea legte beruhigend ihre Hand auf die meine. »Es ist okay«, flüsterte sie. »Nun … wird sie uns alles sagen.« Ihr Kopf fiel immer wieder auf meine Schulter. Mit einem Mal wirkte sie so erschreckend verletzlich und in mir wuchs der Wunsch, sie von hier wegzubringen.

»Du magst es, den Beschützer zu spielen«, murmelte sie, als ich sie sanft auf die Kissen hinabdrückte.

»Unsinn …«

Sie lächelte spöttisch, die Augen weiterhin geschlossen.

Ich stellte sicher, dass niemand in Hörweite war, dann beugte ich mich zu ihr herunter. »Was hast du ihr gesagt?«, flüsterte ich. »Hast du etwas gesehen?«

»Ja …« Sie runzelte die Stirn. Ich glaubte nicht, dass sie mir freiwillig mehr verraten würde, doch aus irgendeinem Grund beschloss sie, mir zu vertrauen. »Ein Herz aus Stein. Tot wird sie sein. Hundert opfere ich dir. Doch sterbe ich allein.«

»Was bedeutet das?«

Clea ergriff meine Hand, bevor sie die Augen öffnete und mich direkt ansah. »Sie wird sterben, Kiran. Sie will ihrem Schicksal entrinnen, doch rennt sie hinein. Genau wie wir alle …«

Plötzlich hörte sie auf zu reden.

»Clea?« Ich wollte nach ihrer Hand greifen, als ich sah, dass ihr Blick erneut glasig wurde. Irgendwie wirkte sie entrückt, abwesend. »Clea!«

Panisch sprang ich auf, um Hilfe zu holen.

»Ein Stich ins Herz. So sterbe ich. Sehe auf und sehe dich.« Eine Träne quoll aus ihren Augen und lief die Wange hinab. »Wenn du der Geist bist, bist du dann tot? Oder ich?«

Instinktiv packte ich ihren Daumen und drückte, bis sie vor Schmerz aufschrie. Mit einem Schlag war sie wieder klar und starrte mich an.

»Clea? Ist alles in Ordnung?«

Sie sah so verängstigt aus, dass ich mir nicht anders zu helfen wusste, als sie in den Arm zu nehmen. »Was hat diese Frau dir angetan …«

»Es ist gut, Fischerjunge«, sagte sie nach einer Weile und drückte mich von sich. »Ich werde mich noch ein wenig ausruhen.«

»Ich bleibe hier.« Ich strich ihr beruhigend über das Haar. *Wie weich es war!* Und warum dachte ich plötzlich über die Beschaffenheit ihrer Haare nach?

»Nein, du musst zu Meister Konoha. Lass ihn nicht allein.« Sie sank in die Kissen zurück. »Er braucht uns.«

Offensichtlich brauchte er uns. Wenn ihm jemand wie die Handfürstin den Kopf verdrehen konnte.

»Sicher?«

»Sicher.«

Mit Wut im Bauch stapfte ich zurück. Die ehemalige Fürstin und Meister Konoha saßen zusammen und unterhielten sich gedämpft.

»Also. Warum sollten wir die Blutlosen untersuchen? Und warum liegt eine tote Tigerin in Eurem Ankleideraum?«, wollte ich wissen und baute mich vor den beiden auf, so wie es Clea tun würde. Mein Schweinswal war mir neugierig gefolgt. Mit großen Augen kreiste er um uns.

Die Fürstin faltete ihre Hände im Schoß. »Ich war die Letzte, die den Verrückten König gesehen hat, denn ich war diejenige, die ihn tötete.«

»So weit kenne ich die Geschichte.«

»Die anderen Fürsten wollten ihn stürzen, aber niemand wagte, den ersten Schritt zu machen. Zu sehr fürchteten sie sich vor seinen Soldaten und seiner Krone, die angeblich übernatürliche Kräfte verlieh.«

»Die Krone der Macht.« Ich nickte. Die Märchen, die sich um die Krone rankten, waren über die Jahre immer abstruser geworden. Es gab viele Träumer, die sich nach dem Tod des Verrückten Königs auf die Suche nach ihr gemacht hatten, in der Hoffnung, durch sie an Macht zu gelangen.

Die Handfürstin knetete ihre Finger, als die Erinnerungen in ihr emporquollen.

»Jeder Clan litt unter den Tigern. Aber der Lotusclan am meisten. Die Tiger machten es zu einem Wettkampf, die schönsten Schmetterlinge zu verschleppen. Und der schönste aller Schmetterlinge, der Liebling der Geisha, wurde vom Verrückten König selbst entführt. Meine Schwester.«

Auch den Teil kannte ich bereits. Ich wollte sie ungeduldig unterbrechen, aber Meister Konohas zuckende Augenbraue brachte mich zum Schweigen.

»Der Verrückte König tat ihr grausame Dinge an. Als sie erfuhr, dass sie von ihm schwanger war, nahm sie sich das Leben oder versuchte es zumindest. Der Keikei ging schief und der König zwang mich, sie und sein Kind um jeden Preis am Leben zu halten. Ich tat es und rettete sie.«

»Ich dachte, sie wäre tot«, hakte ich nach.

»Für die Welt ist sie das auch«, bestätigte die Handfürstin. »Ebenso wie das Kind des Verrückten Königs.«

So langsam dämmerte mir die Tragweite ihrer Geschichte. Der Fürst hatte einen Nachfahren? Einen Erben?

»Nach dem Tod des Tyrannen brach in Tokito ein Krieg aus. Endlich wagten die anderen Clans, aktiv zu werden, und ihre Wut richtete sich gegen die Tiger. Sie wollten Rache für die Unterdrückung und es kam zum Clanozid, den nur sehr wenige überlebten.«

»Glaubt ihr, diese Überlebenden wollen nun Euren Tod?«, fragte ich.

»Ich glaube, sie wollen die Krone der Macht«, entgegnete die Handfürstin.

»Aber warum jetzt erst?«

»Das weiß ich nicht.« Die Handfürstin zupfte an dem Fell ihres

Mantels. »Yubaba erzählte mir von den blutlosen Morden, die die unteren Schichten erschütterten. Zuerst schenkte ich dem keine große Beachtung. Tokito ist schließlich voller Verrückter. Bis plötzlich jemand ins Castle Vitae einbrach und mein Schlafzimmer durchsuchte. Jemand, der genau wusste, wo sich die Wachen befanden. Von diesem Zeitpunkt an gab es für mich keinen Zweifel mehr, dass diese Toten etwas mit der Krone zu tun hatten, und ich wandte mich an Kir.«

Ich verstand den Zusammenhang nicht, aber bevor ich fragen konnte, meldete sich Meister Konoha zu Wort.

»Du hättest sie vernichten sollen, Hiraya. So wie wir es besprochen haben.«

Sie sah ihm tief in die Augen. »Du kennst mich doch, Kir.«

»Ja.« Er nickte langsam. »Ich kenne dich.«

»Dann kennst du die Wahrheit.«

»Ja.« Er seufzte.

»Du glaubst ihr, dass sie die Krone vernichtet hat?«, fragte ich ungläubig.

»Bei den Spirits. Nie im Leben.« Meister Konoha schüttelte den Kopf. »Sie ist hoffnungslos raffgierig und habsüchtig. Etwas zu haben, was kein anderer hat, ist genau das, worauf sie steht.«

»Oh, Kir.« Die Handfürstin schob die Unterlippe vor. »Aber ich würde dich nie anlügen. Was ich dir damals sagte, war wahr. Ich habe die Krone vernichtet. Nur … na ja … einer der Edelsteine darauf … der ist möglicherweise nicht im Schmelzofen gelandet. Es war bloß ein kleines Souvenir.«

»Es war der Blutkristall. Du weißt so gut wie ich, dass die Krone keinerlei Mächte hatte. Der Kristall hingegen …« Meister Konoha hob missbilligend die Augenbraue. »Ich kann seine Dunkelheit spüren. Sie klebt an dir wie Sirup. Was hast du mit dem Kristall gemacht, Hiraya?«

»Nichts«, sagte sie unschuldig, woraufhin Meister Konoha seine legendäre Augenbraue hob.

»Ehrlich«, beteuerte sie. »Ich bin mir nicht einmal sicher, ob der Kristall wirklich so schlimm ist, wie du denkst. Ich jedenfalls habe keine seltsame Wirkung gespürt.«

»Interessant. Vielleicht kannst du ihm und seiner Verlockung widerstehen?«

»Ich?« Hiraya lachte. »Wenn er mir Macht versprochen hätte, hätte ich sie angenommen. Nein. Es ist wahrscheinlicher, dass er bloß ein nutzloser Klunker ist.«

»Vielleicht. Vielleicht auch nicht.« Meister Konoha rieb sich das Kinn. »Oder hinter der Fassade steckt doch ein edelmütiges Wesen.«

»Sprichst du über mich?« Hiraya winkte ab. »Vor ein paar Sekunden hast du mich noch raffgierig genannt.«

»Aber böse, das bist du nicht ...«

»Ach, du Charmeur.«

Clea erschien keuchend im Türrahmen. Ich eilte zu ihr, um sie zu stützen, aber sie wehrte meine Hilfe ab.

»Wir sollten die Fürstin zum Tempel bringen«, sagte Konoha. »Hier ist sie nicht mehr sicher.«

24

Erin Rider

Ich blühe im Schatten.

Der Rabe.

Clanführer der Federn.

Ich hatte noch nie zuvor einen Fürsten gesehen und nun stand ich direkt vor einem. Er trug einen Federmantel, der auf den ersten Blick so aussah, als würden Flügel aus seinem Rücken sprießen. Seine Haare waren ebenso schwarz wie das Federkleid des Vogels auf seiner Schulter. Seine Augenlider hatte er dunkel geschminkt, was die stechenden grauen Augen hervorhob.

»*Was für ein Auftritt. So dramatisch.*« Der Schatten kicherte. »*Ob er sich nur für uns so zurechtgemacht hat oder sieht der immer so aufgebrezelt aus?*«

Der Rabe auf seiner Schulter stieß einen schrillen Schrei aus, als der Fürst die Kellerräume betrat.

»*Ist bloß eine Krähe*«, korrigierte der Distelkönig. »*Viel kleiner und dümmer als ein Rabe. Und weniger schmackhaft.*«

»Mikko Bridger und Erin Schneider«, verkündete Tegusa. »Die

Organdiebe. Wir haben einen Zeugen befragt, der bei dem Überfall auf den Transporter dabei war.« Er zeigte auf den am Boden liegenden Körper, der alarmierend ungleichmäßig atmete. »Wir gehen davon aus, dass die beiden auch Miss Scissors und ihre Mannschaft getötet haben.«

Wer ist Miss Scissors?

»Die Organhändlerin, die dich aufschneiden wollte.«

Woher weißt du das?

»Stand auf ihrem Plastikoverall. Hast du das Schild nicht gelesen?«

Hab ich nicht. Ich war zu der Zeit wohl etwas abgelenkt ... von ihrem Skalpell!

»Kind, man muss doch wissen, wer einen töten will.«

Der Rabe trat auf uns zu. Sein Federumhang raschelte und bauschte sich auf. Mit jedem Schritt, der ihn näher zu uns herantrug, sah der Fürst größer und bedrohlicher aus. Zumindest, wenn man wie wir auf dem Boden kauerte.

Er blieb vor Mikko stehen. Eine gefühlte Ewigkeit verging, ohne dass er etwas sagte. Dann formte er mit seinen Händen seltsame Zeichen.

Wieso sagt er nichts?

Als er fertig herumgefuchtelt hatte, sprach Tegusa, beinahe so, als würde er die eigenartigen Handzeichen übersetzen.

»Ist das wahr, Junge?«

»Herr ...« Mikko schien nicht überrascht, dass der Rabe mit seinen Händen gesprochen hatte.

»Ich war das«, unterbrach ich ihn. »Sie wollte mich aufschneiden. Ich habe sie getötet. Das war's. Mikko hat damit nichts zu tun.«

Der Kopf des Raben drehte sich langsam in meine Richtung. Dann sah er mich an, als hätte er mich bisher gar nicht wahrgenommen.

»Die Clanlose. Erin Schneider«, erklärte Tegusa, der nun ebenfalls mit seinen Händen herumfuchtelte. Für den Raben schienen die Zeichen Sinn zu machen, denn er nickte. Als Tegusa fertig war, antwortete der Fürst auf dieselbe Weise. Dieses Mal in meine Richtung, als ob er mir damit etwas sagen wollte.

»Das tut er. Du bist manchmal wirklich nicht sonderlich helle, oder? Er spricht Gebärdensprache.«

Was tut er?

»Das ist eine Sprache, die Gehörlose verwenden, dummes Kind. Der Kerl da kann vermutlich weder hören noch sprechen.«

»Du bist der Organdieb?«, übersetzte Tegusa.

»Nun. Es waren *meine* Organe«, antwortete ich. Es wäre klüger gewesen, zu schweigen und das brave Mädchen zu spielen, aber das war nicht ich. »So wie ich das sehe, wollten die Organhändler sie mir zuerst stehlen …«

Ein Fausthieb ließ mich verstummen. Er kam von einem der Federassassinen, die mich zu Boden drückten.

Aua! Kann er mich überhaupt verstehen, wenn ich nicht gebäre … gebärde … handspreche?

»Er kann vermutlich Lippenlesen. Das heißt, dass er anhand deiner Lippenbewegungen weiß, was du sagst.«

Unsinn. Das geht doch nicht.

Ging so etwas?

»Ich werde mir nicht die Mühe machen, darüber zu diskutieren.«

»One-Strike!«, nuschelte der Gefolterte, der plötzlich seinen Kopf hob. Er schaffte es irgendwie, seinen kaputten Körper aufzurichten und seine Faust zu heben, um mir Tribut zu zollen. »Es lebe One-Strike!«

Das Messer eines Assassinen brachte ihn zum Schweigen. Für immer.

»Warum nennt man dich One-Strike?«, fragte der Fürst in Zeichensprache, was Tegusa übersetzte.

»Weil ich bei meinem ersten Grubenkampf nach einem Schlag k. o. gegangen bin«, antwortete ich wahrheitsgemäß und gab mir Mühe, meine Lippen so deutlich wie möglich zu bewegen.

»Jetzt wird er richtig Angst vor dir haben.«

»Und du willst die neue Beschützerin der Clanlosen sein?«, fragte der Rabe weiter.

»Nein. Ich mag es bloß nicht, wenn mich Leute aufschneiden wollen.« Ich hielt seinem Blick stand. Auf ein Zeichen hin zogen mich die Wachen hoch.

»Erin!« Mikko versuchte, mir zu Hilfe zu kommen, wurde aber von zwei Federn zu Boden gedrückt. »Nein! Lasst sie!«

Der Fürst zog ein Messer, mit dem er nun über meinen Bauch fuhr, als würde er überlegen, sich seine Ware doch noch zu holen. Sie einfach aus mir herauszuschneiden.

»Versuche es, verwegen und übertrieben gut aussehender Bösewicht«, knurrte der Distelkönig.

»Organhandel ist ein sehr lukratives Geschäft. Durch dich habe ich große Verluste erlitten«, erklärte der Rabe durch Tegusa. Seine Klinge zog um meinen Bauchnabel Kreise, bevor er weiter gestikulierte. »Ich kann nicht zulassen, dass Diebe einfach so davonkommen.«

»Was soll ich sagen?«, entgegnete ich. »Ich brauche meine Organe noch. Für mich sind sie quasi … unbezahlbar.«

Er lachte leise und machte ein Zeichen, woraufhin die Assassinen Mikko zu einem Tisch schleiften. Was hatten sie vor? *Oh nein!* Ich war zu weit gegangen.

Reiß dich zusammen, Erin! Es geht um Mikko.

»Aber … aber ich bin stark«, ergänzte ich schnell. »Ich kann meine Schulden abarbeiten. Ich könnte für Euch arbeiten.«

»Die Kleine ist unberechenbar«, widersprach Tegusa, der Mikkos Arm gewaltsam auf die Tischplatte drückte und sein Messer zog. »Besser wäre es, wenn wir sie einfach töten und ihre Organe herausschneiden. Und die ihres Lovers hier gleich mit.«

»Ihr braucht Kämpfer, oder nicht?«, versuchte ich es erneut, als der Rabe mich ansah.

»Richtig. Wir brauchen Kämpfer, keine wilden Clanlosen, die sich auf dem dreckigen Sand der Grube prügeln. Ich erwähle nur die Besten der Besten zu meinen Federn.« Im Blick des Raben lag reine Abneigung. Dann machte er ein Zeichen, das ich verstand, bevor Tegusa es aussprach. »Tötet sie!«

»Was ist mit dem Jungen?«, fragte Tegusa an seinen Herrn gewandt. Gleichzeitig übersetzte er, was der Fürst antwortete.

»Ich glaube dem Mädchen, dass er damit nichts zu tun hatte. Es wäre eine Schande, so einen klugen Kopf zu verlieren.«

Ich atmete erleichtert auf.

»Erleichtert? Er will uns töten«, erinnerte der Distelkönig.

»Trotzdem hat er die Schriftrolle mitgenommen«, sagte Tegusa.

Der Rabe überlegte, bevor er erneut ein Zeichen machte, das nicht vielversprechend aussah. »Schneidet ihm die Hand ab.«

Mit diesen Worten drehte er sich um, um uns unserem Schicksal zu überlassen.

Mikko!

Wie immer erwachte mein Instinkt, ihn zu beschützen. Er war so stark, so verschlingend, dass mir alles andere egal wurde, selbst meine eigene Angst.

Als Mikko im Waisenhaus bestraft werden sollte, weil er vergessen hatte, zum Küchendienst zu erscheinen, war ich ausgerastet. Wortwörtlich. Allein die Vorstellung, dass man ihn mit dem Gürtel auspeitschen wollte, war für mich unerträglich gewesen. Also zerlegte ich mein Zimmer. Das Bett, den Stuhl, den Tisch. Es brauchte sechs Erwachsene, um mich zu bändigen. Als sie es endlich geschafft hatten, mich in den Keller zu schleifen und einzusperren, hatte man Mikko und seine Bestrafung vergessen.

Das war es, was ich auch jetzt tat.

Ausrasten.

»Ich werde dir bei deinem Vorhaben nicht helfen. Du hast nicht mal einen Plan …«, verkündete der Distelkönig.

Ich griff nach dem Schwert, das mir in den Hals gedrückt wurde, und schob die Klinge von mir weg. Es war so scharfkantig, dass es meine Haut sofort zerschnitt und sich tief in die Muskeln darunter bohrte, aber ich spürte keinen Schmerz. Der Ellbogen meines anderen Arms schnellte nach hinten und traf den überraschten Assassinen in seine Weichteile.

Der Griff des Mannes lockerte sich, als er sich krümmte. Ich ließ mich fallen und rollte zur Seite, aber der andere Assassine setzte mir nach.

Distel!

Weit würde ich nicht kommen, wenn der Schatten mich alleine ließ. Tat er aber nicht, denn mein Leben war mit seinem verwoben. *Ein Bund der Dunkelheit, den man nicht lösen kann. Ein Bund der Ewigkeit.* Das waren seine Worte gewesen.

Distel!

»Ich hasse dich …«, antwortete er.

Ich spürte, wie mich seine Macht durchfloss. Die Schatten kamen aus den Ecken des Kellergewölbes gekrochen, um uns beizustehen. Sie flüsterten aufgeregt. Wisperten in mein Ohr.

»Du hast Glück, dass Folterkeller immer so schön düster sind«, kicherte der Distelkönig.

Die Nacht war unser Revier. Die Dunkelheit unser Schild.

Ich war nicht allein, nein, an meiner Seite waren Kreaturen, die über den Stein flitzten, sich aus den Ecken schälten, aus dem Boden quollen und das flackernde, vergilbte Licht der Lampen gierig verschlangen.

Ich wich der Schneide des zweiten Assassinen aus, rappelte mich auf, während er in Zeitlupe an mir vorbeistolperte. Meine rechte Hand war unbrauchbar, da die Hauptmuskeln durchtrennt waren, aber ich spürte bereits, wie die Schatten die Fasern wieder miteinander verknüpften. Mit der linken Hand entriss ich dem Assassinen ein Messer und wirbelte herum. Es flog wie ein Pfeil durch den Raum, gerade und zielsicher, und blieb im Hals der Feder stecken, die Mikko hielt.

Er war der Erste, der starb.

Als Nächstes kümmerte ich mich um den Mann, dessen Klinge meine Hand verstümmelt hatte. Er wollte seine geraubte Ehre wiederherstellen und schickte einen Wurfstern in meine Richtung. Die Schatten sahen ihn kommen, bevor sein Besitzer ihn in meine Richtung schleuderte. Sie flüsterten mir eine Warnung ins Ohr und ich wich aus. Ich tanzte über den Boden. Leichtfüßig. Ein Schritt. Noch ein Schritt. Die Schatten tanzten mit mir, während ich mich ihm näherte. Es war so einfach wie ein Spiel. Nur dass meine Mitspieler tödliche Klingen waren. Dann hatte ich ihn erreicht und meine Faust zerschmetterte sein Jochbein.

»Stopp!«

Ich drehte mich um, wusste es aber bereits, bevor ich es sah. Die Schatten hatten es mir verraten.

Die Gefahr!

Die Wendung!

Tegusa hatte Mikko vor sich geschoben und hielt ihm seine Klinge an den Hals, so fest, dass ein Rinnsal Blut über seine Haut lief.

Sie dürfen ihm nichts tun! Die Gedanken in meinem Kopf überschlugen sich. Ich wollte sie töten. Sie alle. Der Wunsch drohte mich zu verschlingen wie ein niemals satt werdendes Ungeheuer. Ich steckte schon tief in seinem Schlund. Nur mit aller Kraft gelang es mir, mich aus dem Maul der Finsternis zu befreien.

Stopp!

Die Schatten verharrten, angespannt, lauernd.

»Tu das nicht, Erin.« Mikko versuchte, mich zu beruhigen.

»*Wir könnten sie töten. Sie alle.*« Die Schatten lechzten nach Blut. Sie zogen ihre Kreise um Tegusa und den Raben enger.

NEIN! Dann stirbt Mikko auch.

»*Ja. Aber unsere Rache wird alle verschlingen.*«

Nein! Mikko ist alles, was zählt.

»*Zu lang gewartet*«, säuselte der Distelkönig. »*Die Verstärkung ist da.*«

Der Lärm hatte weitere Federn angelockt, die sich nun in den Raum drängten und mich umstellten. Die Spitzen ihrer Klingen und Pfeile waren auf mich gerichtet. Die Schatten mussten mir die Ausweglosigkeit meiner Lage nicht erst ins Ohr wispern. Ich sah sie vor mir.

Die Leichen, die sich auf dem Boden stapelten, und mich, wie ich durch einen See aus Blut zu meinem Thron schritt. Die Rote Königin. Ich würde meine Rache haben, aber Mikko, den würde ich nicht retten können. Und dann wäre ich allein. Herrscherin über Asche und Knochen.

»*Aber sie wären tot. Sie alle. Wäre es nicht wunderbar, ihnen die Kehlen aus den Hälsen zu reißen? Ihnen zu zeigen, wie mächtig du bist?*«

Nein!

»*Nimm dir ihre Leben und dann nimm dir seine Krone. Du kannst die nächste Fürstin sein, wenn du es willst. Rache oder Liebe? Was willst du mehr, mein Kind?*«

Liebe! LIEBE! Egal wie verführerisch die Aussicht auf Rache war, egal wie berauschend sich die Macht anfühlte, ich wollte nur eines.

Mikko.

Also schüttelte ich die Schatten ab und ging vor dem Raben in die Knie. Es widerstrebte mir zutiefst, aber für Mikko würde ich alles tun. Auch zum braven, gehorsamen Mädchen werden.

»Das Angebot steht noch, mein Herr«, hörte ich mich sagen. »Ich kann kämpfen. Wie Ihr gesehen habt. Und bei Euch sind gerade …

ähm … Stellen frei geworden. Ich werde Euch dienen und unsere Schulden abarbeiten.«

»Du bist eine Närrin, Kind!«, zeterte der Distelkönig.

Der Rabe sah mich an, aber seine Miene verriet nicht, was er dachte. Er wusste, er konnte uns töten lassen. Uns beide. Ein Zeichen von ihm und unsere Leben wären beendet.

Dann begannen seine Hände zu sprechen. Ich sah zu Tegusa und wartete mit klopfendem Herzen auf die Übersetzung.

»Nun gut, Schneider. Vielleicht kannst du mir doch nützlich sein. Folge mir.«

»Nicht ohne Mikko.«

»Er bleibt hier. Bis du mir deinen Wert bewiesen hast.«

Mein Herz sank und ich suchte Mikkos Blick. Er sah mich fest an, so als wollte er mir sagen, dass alles gut werden würde. Seine Lippen formten wortlos: »Ich liebe dich, Moji.« Worte, die mir die Tränen in die Augen trieben und die Sicht verschleierten.

»Bringt ihn weg«, befahl der Rabe.

Mikko hatte ergeben seine Hände gehoben und ließ sich von Tegusa wegbringen. Plötzlich bewegten sich die Hände des Raben erneut und ich hörte Tegusa lachen.

Was hat er gesagt?

»Was lässt dich denken, dass ich Gebärdensprache spreche?«, fragte der Schatten.

Tust du es?

»Nicht sonderlich gut. Es gibt nicht viel, was ich nicht beherrsche, aber bisher gab es keine Notwendigkeit, Gebärdensprache zu erlernen.«

DISTEL!

»Jaja … Es ging um einen Denkzettel oder so.«

Ich verstand die Bedeutung der Worte erst, als ich Mikkos entsetzten Schrei vernahm. Die Schatten gerieten in Aufruhr und ich wirbelte herum. Ich konnte Mikko nicht sehen, doch die Angst in seiner Stimme war nur zu deutlich.

Hilf ihm. Bitte! HILF IHM!

Doch der Distelkönig schwieg.

Kein Schatten rührte sich, als die Klinge niedersauste.

Ich stand unter Schock und nahm meine Umgebung nur gedämpft wahr. Tegusa kam auf mich zu. Seine Hände waren rot und klebrig vor Blut.

Mikkos Blut.

Ich glaubte, ohnmächtig zu werden. Stattdessen setzte sich mein Körper in Bewegung, um dem verhassten, stummen Fürsten die Kehle zu zerschmettern. Mit einem Schlag. Doch bevor ich auch nur einen Schritt getan hatte, packte mich Tegusa am Kragen und drückte mich an die Wand.

»Ganz ruhig, Kleine«, knurrte er, während er mir seinen Arm auf den Hals drückte. Ich bekam kaum Luft zum Atmen, geschweige denn zum Kämpfen.

»Wage es nie wieder, mir zu drohen«, sagte der Rabe durch Tegusa. Dann reichte er mir einen blutigen Finger.

Mikkos Finger.

»Du bist jetzt eine von uns. Eine Feder. Und ich bin dein Fürst. Du hast mir zu gehorchen. Vergiss das nicht.«

»Nein, Herr«, hörte ich mich keuchen. »Ich werde es nicht vergessen.«

Ich werde es *niemals* vergessen.

Dafür. Werde. Ich. Euch. Töten.

Das war keine Drohung.

Es war ein Versprechen.

25

Ryanne Cimon

Schönheit ist Macht.

Sanfte Lippen auf meinen.

Der Geschmack von Honig auf meiner Zunge.

Der Geruch von Kirschblüten.

Mirella.

Ich fuhr über ihre goldenen Locken und vergrub meine Finger in ihnen.

Ich wollte den süßen Traum nicht ziehen lassen, doch er entglitt mir. Verflüchtigte sich und flog davon. Schon schmeckte ich den bitteren Geschmack der Wahrheit auf meiner Zunge. Sie jagte mir einen Stich durchs Herz.

Mirella hatte mich verraten.

»Sie nicht«, flüsterte jemand. Eine fremde Stimme, die ich nicht kannte. Mit einem Schlag war ich wach und erinnerte mich jäh, wo ich war.

»Warum nicht? Sie ist bloß eine Hure. Niemand wird sie vermissen, und wenn doch, ist es auch egal. Wir sind fast am Ziel. Nur noch zwei …«

»Kein Grund, leichtsinnig zu werden«, warnte der Erste. Ich versteifte mich und versuchte, meine Augen zu öffnen, doch die Lider gehorchten mir nicht.

Was meinten sie? Was geschah hier? Mein Puls raste.

»Und wer sollte nach ihr suchen?«, fragte der andere.

»Sie hat mächtige Beschützer.«

Gönner? Beschützer? Ich war doch ein Niemand. Wieso sollte sich jemand um mich kümmern?

»Ich sehe niemanden«, brummte der Zweite. Er war jetzt ganz nahe. Ich spürte, wie sich mein Bett in Bewegung setzte. Die Tür öffnete sich und ich wurde in den Gang geschoben.

Was hatten sie mit mir vor?

Ich wollte aufspringen, um Hilfe schreien, aber mein Körper zuckte nicht einmal. Ich war ihnen vollkommen ausgeliefert.

Plötzlich kam mein Bett zum Stehen.

»Wo wollt ihr mit ihr hin?«, fragte jemand Neues. Die Stimme klang vertraut, auch wenn ich nicht wusste, woher. Der Fetzen einer Erinnerung huschte vorüber, zu schnell, als dass ich sie greifen konnte.

»Sie wird verlegt«, sagte der Zweite mit kühler Stimme und machte Anstalten, mich weiterzuschieben, doch das Bett kam jäh zum Stehen, so als ob sich jemand in den Weg gestellt hatte.

»Nein. Wird sie nicht.« Die neue Stimme war ruhig und bestimmt.

»Aus dem Weg«, forderte der Zweite.

»Bringt sie zurück und verschwindet. Dann überlebt ihr vielleicht.«

Ich konnte Schritte hören, noch mehr Menschen. Der Neue war nicht allein.

»Für wen haltet ihr euch?« Die Stimme des Zweiten war schrill.

»Komm. Bringen wir sie zurück«, flüsterte der Erste, doch sein Begleiter war nicht bereit aufzugeben.

»Das ist bloß ein Mädchen … Was ist euer Problem?«, verlangte er zu wissen.

»Wenn ihr sie nicht augenblicklich ins Zimmer zurückbringt, zeigen wir euch das Problem«, knurrte mein unbekannter Beschützer.

Waren das Onkel Joes Leute?

Etwas passierte.

Etwas, das meinen Entführer umstimmte.

War das das Geräusch von Klingen, die aus den Scheiden gezogen wurden?

»Du hast Glück gehabt, Hure.« Ich konnte hören, wie der Zweite näher kam und sich über mich beugte. Ich konnte seinen Atem in meinem Gesicht spüren. »Wie es scheint, hast du wirklich Beschützer. Du bleibst also am Leben.«

Am Leben.

Den Spirits sei Dank!

Kurze Zeit später versank ich wieder in einer Wolke aus Schmerz- und Beruhigungsmitteln.

Vielleicht war das Gespräch doch bloß ein verrückter Traum gewesen?

26

Kiran Seaborn

Es werde Licht.

Der Meister forderte ein Luftschiff aus dem Tempel an, um uns und die Fürstin abzuholen.

»Habe ich das richtig verstanden?«, hakte ich nach. »Da draußen sind ein paar mordlustige Tiger, die Menschen aussaugen und nun die Handfürstin wollen, weil die vor Jahren einen Stein aus der Krone des Verrückten Königs geklaut hat?«

»Den Blutkristall«, bestätigte Meister Konoha, als würde das alles Sinn ergeben. Er lehnte sich auf seinen Stab, als würde er befürchten, seine eigenen Beine könnten jeden Moment nachgeben. Sein Blick huschte aufmerksam über die Plattform, auf der Castle Vitae stand.

»Mutter.« Der Fürst eilte über die Landebahn der Luftschiffe auf uns zu. »Ich bin so schnell gekommen, wie ich konnte. Geht es dir gut?«

Die Farbe seines Gesichts passte zur Farbe seines Kittels. Die ehemalige Fürstin zog ihren Sohn ein paar Schritte zur Seite.

Ich griff nach meinen Kräften, um ihr Gespräch zu verfolgen. Glühende Fühler tanzten auf den Strahlen der untergehenden Sonne und brachten die Luft zum Flimmern. Ich spürte, wie Clea dasselbe tat.

»Ich begleite dich«, sagte der Fürst.

»Nein. Du musst unseren Clan weiter führen, wenn mir etwas passieren sollte.«

»Ich bin noch nicht bereit, das alleine zu machen.« Plötzlich sah er sehr verloren aus. »Dafür brauche ich dich.«

»Jeder Clan braucht einen Fürsten«, flüsterte seine Mutter. »Wenn die Hände uns beide verlieren, schwächt das unseren Clan.«

Ihr Sohn ließ sich nicht abwimmeln. »Ich muss dich noch in einigen Angelegenheiten um Rat bitten. Also kann ich dich ebenso gut zum Tempel begleiten und dann, wenn du in Sicherheit bist, zu den Clangeschäften zurückkehren.«

Was für ein Muttersöhnchen ...

»Du warst immer schon zu emotional«, flüsterte seine Mutter und strich ihm über die Wange.

»Das habe ich dann wohl von meinem Vater«, sagte er. Für einen Moment meinte ich zu spüren, wie sie zusammenzuckte. Sie wollte etwas erwidern, wurde aber in diesem Moment von Konoha unterbrochen.

»Wir müssen los!« Er zeigte auf das Luftschiff, das gerade gelandet war.

~

Clea und ich hatten die Aufgabe, das Schiff zu überprüfen, während der Meister bei den beiden Handfürsten blieb. Wir tasteten jeden Winkel mithilfe unserer Kräfte ab.

»Du schuldest mir eine Erklärung«, versuchte ich es, während wir die leeren Kabinen durchsuchten. »Du hast Visionen, oder?«

»Quatsch!« Sie wollte sich wegdrehen, aber ich packte sie am Arm und zwang sie, mich anzusehen.

»Dein Vater …«

»Ich weiß, was über ihn gesagt wird, aber er ist einfach nur ein verdammt talentierter Seher. So talentiert, dass er Entscheidungen und die wahrscheinlichsten Aktionen der Menschen vorhersehen kann. Es geht um Wahrscheinlichkeiten …«

»Und du?«

Sie schwieg und kaute auf ihrer Lippe.

»Was hast du dort im Viertel der Roten Türen gesehen? Das klang nicht nach Wahrscheinlichkeiten. Und gerade? Du hast gesagt, dass die ehemalige Fürstin sterben wird.«

»Du wirst mir nicht glauben …«

»Versuche es«, forderte ich sie auf.

»Ich sehe den Tod …« Sie schaute mich an. »Bloß den Tod.«

»Den Tod?«

»Der Meister hat recht. Diese Art der Prophezeiungen ist nicht verlässlich. Es sind garstige kleine Biester. Auch wenn man denkt, dass man sie durchschaut, ist am Ende alles anders … Man darf ihnen nicht vertrauen.«

»Du siehst den Tod? Den TOD?« Ich wusste gar nicht, was ich sagen sollte.

Clea knetete ihre Hände, als würde sie sich schämen. »Ich habe gesehen, dass die ehemalige Fürstin stirbt. Da war ein Meer aus Blut. Es waren … nur Bilder.«

»Vielleicht können wir es abwenden«, überlegte ich. *Hoffte* ich. »Wir sollten es dem Meister sagen.«

»Nein.« Sie schüttelte vehement den Kopf. »Hast du nicht zugehört? Diese Art von Prophezeiungen sollte man einfach ignorieren. Auf Wahrscheinlichkeiten kann man sich verlassen, aber das, was ich sehe, das ist bloß Wahnsinn.«

»Nein. Das ist … *richtig cool!*« Wie konnte man sich für eine derartig mächtige Kraft schämen? »Casapaia, die Totenseherin. Du bist noch viel krasser, als ich immer dachte.«

»Hör auf mit dem Blödsinn, Fischerjunge.« Sie wurde wütend. Typisch Clea, die nicht schätzen konnte, was für ein Glück sie mit ihren Kräften hatte. Während ich nur einen stummen, glühenden Schweinswal hatte, der sich gerade in dem Bett der Kabine wälzte, hatte sie *das*.

»Was ist dein Problem?«

»Diese Prophezeiungen machen, was sie wollen, auch oder gerade, wenn man versucht, sie abzuwenden. Darum sind sie in meiner Familie auch so verpönt. Alle Seher, die diese Gabe hatten, wurden am Ende verrückt.«

»Verrückt?«, lachte ich. »Das erklärt einiges.«

Ihre Finger zitterten. Was absolut nicht zu Clea passte. Ihr Blick huschte unruhig hin und her.

»Casapaia?«, rief ich mich in Erinnerung. »Du hast noch etwas gesehen ...« Ich erinnerte mich, erinnerte mich an die Furcht in ihrem Blick.

»Ja ...«

»Was war das?«

Sie schluckte. »Meinen Tod ...«

»Deinen Tod?« Es verschlug mir die Sprache. »Du meinst, du hast gesehen, wie du stirbst?«

Sie nickte.

»Wann?«

»Bald ...«, flüsterte sie. »Sehr bald. Ich spürte es. Es war so real. Die Klinge in meinem Herzen. So kalt und starr. Und dann hob ich den Blick und sah meinen Mörder.«

»Du wirst nicht sterben«, sagte ich lauter als beabsichtigt. »Ich bin der Einzige, der dich erwürgen darf, wenn du mir mal wieder zu sehr auf den Geist gehst.«

Als sie mich erschrocken mit offenem Mund anstarrte, wusste ich, dass der Scherz missglückt war.

»Dich …«, ergänzte sie. »Ich habe dich gesehen.«

So was von missglückt!

»Ich würde dich nie umbringen. Nicht so richtig jedenfalls«, beteuerte ich. »Das weißt du hoffentlich, Casapaia!«

»Ich weiß«, sagte sie, aber wirklich überzeugt klang sie nicht.

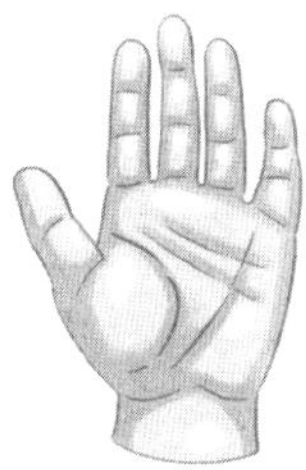

27

Erin Rider

Ich blühe im Schatten.

Mikko. Er streckte seine Hand nach mir aus und ich schmiegte mein Gesicht hinein. Seine Berührungen waren so stark und so sanft zugleich. Ich schaute in die vertrauten Augen. Mikko.

»Schneider!«

Ich schrak empor und stieß meinen Kopf. Erst kam der Schmerz, dann die Erkenntnis, dass Mikko fort war, und das war viel schmerzhafter als jede Beule. Ich spürte eine quälende, alles verschlingende Leere, die sich in mir ausbreitete. Rache schien das Einzige zu sein, das diese Leere füllen konnte. Ja, wenn ich die Kehle dieses verdammten Raben zerdrücken könnte, würde ich mich sicher besser fühlen.

»Das sage ich doch. Rache ist die einzige Gerechtigkeit auf dieser Welt.«

Vor mir stand Tegusa. Er packte mich am Kragen und zog mich auf die Füße. Meine Muskeln hatten sich instinktiv angespannt, bereit zu kämpfen, aber er verpasste mir eine schallende Ohrfeige. Ich befahl meinem Körper, untätig zu bleiben, und senkte den Blick, doch Tegusa war noch nicht fertig mit mir. Er drückte mich an die Wand, bevor er nach meiner rechten Hand griff und deren Innenfläche untersuchte.

Die Muskeln waren geheilt, gerade genug, um sie wieder benutzen zu können, aber der Schnitt war noch zu sehen, damit niemand Verdacht schöpfte.

»Da hattest du aber verdammt großes Glück, Schneider«, sagte Tegusa. Er packte mich am Nacken und führte mich in einen Behandlungsraum. Der war zwar nicht mit den Medizinräumen der Hand zu vergleichen, aber er enthielt Naht- und Verbandsmaterial, ebenso wie Desinfektionsmittel, um Wunden zu versorgen.

»Unser Fürst ist ein guter Mann. Er beschützt die seinen und kümmert sich gut um seinen Clan. Ich hoffe, du verstehst, was für eine Chance du hier bekommen hast. Deine Kampfkünste haben den Raben beeindruckt. Wenn du dich als wertvoll erweist, kannst du es weit bringen. Aber wenn nicht, schneide ich dir persönlich deine Organe heraus.«

Wie um seine Worte zu bestärken, schubste er mich und ich landete auf allen vieren auf den Fliesen.

Ganz ruhig, Erin! Er will dich bloß provozieren.

»Verstanden«, murmelte ich und rappelte mich auf. Dabei achtete ich darauf, den Blick gesenkt zu halten. Das stellte ihn offenbar zufrieden.

Als meine Wunde gereinigt und verbunden war, schob er mich weiter, in einen Raum voller schwarzer Uniformen, in dem uns eine Frau erwartete. Sie verbeugte sich vor ihm, führte mich zu einem Spiegel und nahm meine Maße. Die ganze Zeit über ließ Tegusa mich nicht aus den Augen. Seine Hand ruhte ständig auf dem Griff seines Schwertes.

Offenbar hatte ich Eindruck gemacht.

»*Wenn hier jemand Eindruck gemacht hat, dann war ich das*«, säuselte der Schatten.

»Ab sofort bin ich dein Vorgesetzter und werde deine Ausbildung streng überwachen«, verkündete Tegusa.

Na großartig!

»Unser Start war vielleicht nicht der beste.«

Das ist milde ausgedrückt.

»Ich habe dir einen Gefallen getan und dem Jungen bloß den kleinen Finger genommen«, erklärte er, als wolle er sich entschuldigen. »Es war nicht vermeidbar. Ungehorsam wird in unserem Clan streng bestraft. Und dein Freund hat ohne das Wissen seines Herrn etwas mitgehen lassen.«

»Er hat nichts gestohlen«, knurrte ich. »Mikko ist kein Dieb.«

Schnell verschwand ich hinter einer Trennwand, damit Tegusa meine Tränen nicht sah. Wenn ich im Waisenhaus etwas gelernt hatte, dann war es, dass man vor anderen keine Schwäche zeigen durfte. Mikko und Ryanne waren die einzigen Menschen, die mich weinen sehen durften.

»Du hast den Raben mit deiner Aktion viel Geld gekostet. Aber der Fürst hält sein Wort. Begleiche die Schulden und ihr seid beide wieder frei.«

Ich schwieg. Small Talk war nicht mein Ding, erst recht nicht mit jemandem, den ich verabscheute.

Die Frau reichte mir die Kleidung über die Trennwand und ich nahm sie wortlos entgegen. Die Uniform passte perfekt. Die schwarze Brustpanzerung war überraschend leicht und schmiegte sich wie eine zweite Haut an den Körper. Als ich fertig war, trat ich hinter der Trennwand hervor.

Tegusa verstummte, als er mich sah. Er ging um mich herum, um den Sitz der Uniform noch einmal selbst zu überprüfen.

»Eine Feder-Rüstung muss gut sitzen. Es ist wichtig, damit du dich frei in ihr bewegen kannst. Mach ein paar Kniebeugen und streck die Arme.«

Ich gehorchte.

»Sie passt besser als erwartet«, sagte er schließlich zufrieden. »Ich werde dir nun den Rest des Teams vorstellen.«

»Team?«

»Du wirst uns auf unsere nächste Mission begleiten.« Er griff mich erneut im Nacken und drückte mich mit dem Gesicht an die Wand. »Wenn du aus der Reihe tanzt oder irgendetwas machst, um sie zu gefährden …«

»Dann schneidest du mir persönlich die Organe raus. Ich weiß«, brummte ich.

Aber nur, wenn ich dir nicht zuvorkomme.

»Es ist schön zu sehen, wie du immer neue Freunde findest«, bemerkte der Distelkönig zynisch.

Ich hob versöhnlich meine Hände, bis mich Tegusa losließ und mir eine Maske reichte. Die Maske, die ich von nun an im Auftrag meines neuen Fürsten tragen sollte.

»Du warst sehr mutig da unten. Und loyal. Beides Eigenschaften, die ich bewundere. Jetzt ist es an der Zeit, uns deine Loyalität zu beweisen.« Er zwang mich, in seine Augen zu sehen, als ob er so meine Gedanken lesen konnte. Nein, die waren gut verschlossen in meinem Herzen und gehörten mir allein.

»Und mir«, erinnerte der Distelkönig.

»Kommen wir zur Sache. Was soll ich tun?«, fragte ich ungeduldig. Ich wollte so schnell wie möglich Mikko da rausholen.

»Gedulde dich, Schneider. Das wirst du früh genug erfahren.«

»Krieg ich eine Waffe?«

Als er misstrauisch seine Stirn kräuselte, zuckte ich die Schultern. »Bloß zur Verteidigung.«

Er gab mir zu meiner Überraschung zwei Schlagringe, die ich in meinen Armschienen verstauen konnte.

»Das reicht«, sagte er.

Für Vertrauen war es wohl noch zu früh. Zu Recht.

»Und mein Tattoo?«

»Kriegst du nach der Mission.«

»Was passiert mit Mikko, solange ich weg bin?«

»Er wird verarztet und gut behandelt.«

»Wenn ihm etwas passiert, töte ich jeden, den ich für verantwortlich halte«, stellte ich klar.

Tegusa lachte. »So blutdürstig, wie du bist, könnte man meinen, du bist eine Tigerin ... Wenn es die noch geben würde.«

Nein. Ich bin ein Monster.

28

Kiran Seaborn

Es werde Licht.

Mein Meister saß mit geschlossenen Augen vor seiner dampfenden Tasse Matchatee und tat so, als hätte er etwas unglaublich Wichtiges mit seinem Spirit zu besprechen.

Clea schien damit beschäftigt, meinen Blick zu meiden und ihren Mantel zurechtzuzupfen. Warum hatte sie mich bei ihrem Tod gesehen? Wie war das möglich? Es war beängstigend und beruhigend zugleich. Beruhigend deshalb, weil es bedeutete, dass sie doch nicht die Zukunft sehen konnte. Ich würde ihr niemals etwas antun. Da war ich mir sicher!

Gut. In meiner Vorstellung hatte ich sie das ein oder andere Mal an eine imaginäre Wand geklatscht, aber das würde ich nie wahr werden lassen. Niemals.

»Das Schiff ist gesichert«, verkündete ich, als ich die unangenehme Stille nicht mehr aushielt. »Bis auf die Besatzung ist niemand an Bord.«

Der Meister antwortete nicht.

»Also. Was ist mit diesem Blutkristall?«, hakte ich nach. »Und was hat er mit den Blutlosen zu tun?«

»Es geht um die Legende der Roten Königin, oder?«, mutmaßte Clea.

Ein schwaches Glöckchen läutete in meiner Erinnerung. Clea hingegen schien wie immer jede Information schnellstens abrufbar zu haben. Ihr Gehirn war wie eine Maschine, während meines eher eine vollgestopfte, unordentliche Kiste war, in der ich nie zu finden schien, was ich gerade brauchte.

»Die Königin der Toten«, erzählte sie. »Sie gilt als eine der mächtigsten Umbra überhaupt. Als ihr Reich eingenommen worden war, lebte sie in Gefangenschaft und musste jahrelang Misshandlungen und Schmerz über sich ergehen lassen. Ihre Wut lockte einen dunklen Geist an, der ihr einen Deal anbot. Als sie starb, rief sie den Dämon herbei und opferte ihm ihre Seele. Er verschlang sie und erfüllte seinen Teil der Abmachung, indem er alle tötete, die ihr Leid zugefügt hatten.«

»Sehr gut, Clea.« Mein Meister hatte die Augen aufgeschlagen. Offenbar hatte er beschlossen, dem Gespräch beizuwohnen. Jetzt, wo er sich sicher war, dass wir ihn nicht zu seinem Verhältnis zur Handfürstin ausquetschten.

»Ihrer Herrschaft fielen so viele Menschen zum Opfer, dass sie auch die Herrscherin über Asche und Knochen genannt wurde«, beendete Clea ihren Bericht.

»Ganz genau«, bestätigte Konoha.

Wie immer, wenn mein Meister sie lobte, erwartete ich den bitteren Geschmack von Neid auf meiner Zunge, doch diesmal blieb er aus. Stattdessen breitete sich etwas Angenehmeres aus, ein Gefühl wie süßer Tee, der einen von innen heraus wärmt. Bewunderung.

»Die Krone der Macht enthielt einen Stein, den Blutkristall«, sagte Konoha. »Der Legende nach wurde der Geist der Roten Königin in diesen Stein gebannt. Der Verrückte König wollte sie und ihre Kräfte entfesseln, um sie für sich zu nutzen. Angeblich sprach der Stein zu ihm und verlangte das Blut von hundert Leben. Keinen Tropfen weniger. Im Austausch würde er ihm Unsterblichkeit gewähren.«

»Der Verrückte König wollte hundert Menschen opfern, weil ein Stein zu ihm gesprochen hat?« Clea schnappte nach Luft und wie immer verknüpften sich die Informationen blitzschnell in ihrem Kopf. »Die Blutlosen?«

Meister Konoha nickte. »Viele Menschen waren überzeugt, dass der König den Verstand verloren hatte, aber einige glaubten an die Macht des Steins. Es wäre also denkbar, dass das Ritual durchgeführt werden soll, um den Kristall zu brechen und den Geist der Roten Königin zu befreien.«

»Tut mir leid, Meister, aber wo ist der Blutkristall?«, mischte ich mich ein.

»Hiraya hat ihn.« Meister Konoha senkte die Stimme. »Darum müssen wir so schnell wie möglich zum Tempel.«

»Wenn sie den Stein hat, sollten wir ihn ihr abnehmen«, schlug ich vor und konnte nicht glauben, dass der Meister es bisher nicht getan hatte.

»Das geht nicht.« Er schüttelte den Kopf. »Zumindest nicht hier.«

»Warum nicht?«

»Es würde sie töten.«

»Großartig, Meister«, stöhnte Clea. »Gibt es vielleicht noch irgendwelche Dinge, die du uns verschwiegen hast?«

»Du kennst den besten Teil der Geschichte noch nicht«, informierte ich sie und sie drehte sich langsam zu mir. »Der Verrückte König hatte ein Kind mit Hirayas Schwester.«

Das verschlug Clea die Sprache. »Was? Ein Kind? Wo ist es?«

»Das weiß ich nicht«, murmelte Meister Konoha kleinlaut. »Nach all dem, was passiert ist, will Hiraya die beiden beschützen, damit sie in Ruhe leben können. Unberührt von dem, was ihnen einst widerfahren ist.«

»Und ich hatte ein schlechtes Gewissen, dass wir heimlich Jack Harper befragt haben.« Clea wandte sich an mich. »Das nächste Mal, Fischerjunge, habe ich kein Problem mehr damit, die Regeln zu brechen.«

»Ich werde dich daran erinnern, Casapaia«, grinste ich.

29

Erin Rider

Ich blühe im Schatten.

Wir waren eine Gruppe von fünf Federn, die geduckt über das Dach des Hochhauses eilten. Alle trugen Masken, sodass es schwer war, sie auseinanderzuhalten. Tegusa erkannte ich vor allem daran, dass er mir nicht von der Seite wich.

»Nimm das Tau, Schneider«, befahl er und drückte mir ein Seil in die Hand, das die anderen bereits hielten. Ich machte mir nicht mehr die Mühe, ihn bezüglich meines Namens zu korrigieren. Da er nicht vollkommen dämlich war, wollte er mich offenbar ärgern.

Ein Ruck lief durch das Seil und holte mich beinahe von den Füßen. Jemand oder etwas zog uns zum Rand des Hochhausdaches.

»Nicht loslassen«, befahl Tegusa.

»Was …«

Plötzlich wurden die Federn vor mir in die Luft gehoben.

»Bereit zu fliegen?« Tegusa lachte, kurz bevor auch er in die Höhe gezogen wurde. »Halt dich fest.«

Mir wurden die Füße vom Boden weggerissen. Der Wind zog und zerrte an mir, als würde ihn der Fremdkörper in seinem Revier stören. Das Dach, auf dem wir eben noch gestanden hatten, drehte sich unter mir, wurde kleiner und verschwand schließlich in einem Meer aus Lichtern.

Ich legte den Kopf in den Nacken und sah hinauf, konnte aber nichts erkennen. Da war nur Dunkelheit. Das Tau führte direkt in den Himmel, ins Nichts. Was auch immer uns emporzog, gewann rasend schnell an Höhe.

»Gasballons«, erklärte der Distelkönig. *»Sie sind schwarz, damit man sie in der Nacht nicht sieht.«*

Ich kniff die Augen zusammen und tatsächlich meinte ich, dort im Licht des Mondes einen runden Schatten über unseren Köpfen zu sehen. Und nicht nur über unseren. In einiger Entfernung konnte ich zwei weitere Ballons entdecken.

»Na los! Klettern, Schneider!«, befahl Tegusa. Meine Arme und Beine brannten vor Anstrengung, aber die Angst trieb mich voran. Ein Fall aus dieser Höhe war ziemlich sicher tödlich. Auch für eine Besessene.

»Ja, dein Körper würde wie ein Ei zerplatzen und in alle Richtungen fliegen«, bestätigte der Distelkönig.

Was passiert, wenn ich sterbe?

»Dann bist du tot.«

Und was passiert mit dir?

»Ich sterbe nie.«

Sterben war keine Option. Nicht solange Mikko in den Händen dieses Verrückten war. Also biss ich die Zähne zusammen und kletterte weiter. Eine Hand über die andere, während ich meine Oberschenkel zusammenpresste und mit den Füßen ungeschickt versuchte, Halt zu finden.

Was tun wir hier?

»Ich habe keine Ahnung, was du hier tust. Ich schließe gerade Wetten ab, wer zuerst stirbt.«

Mit wem?

»Mit mir selbst.«

Ich reckte den Kopf. Nicht weit über mir war etwas an unserem Tau befestigt und verschwand in der Dunkelheit. Als ich näher kam, erkannte ich, dass es sich um eine Art Netz handelte. Die Ballons waren miteinander verbunden.

Wollen sie Methanwale fischen?

»Nein, dummes Kind. Ein Luftschiff.«

In diesem Moment sah ich es. Ein riesiger länglicher Ballon schob sich durch die schwarze Nacht. Auf seinem wulstigen, an einen Wal erinnernden Körper leuchteten Lichter, da wo das Deck begann. Unter der Gaskapsel befanden sich die Segel, die senkrecht nach unten verliefen.

Ich liebte Luftschiffe. Früher hatte ich immer davon geträumt, Kapitänin zu werden und die Wolkenmeere zu bereisen. Dass ich mal eines entern würde, damit hätte ich nicht gerechnet.

Das Schiff kam schnell näher, flog direkt auf das Netz in unserer Mitte zu und streifte es. Plötzlich wurden wir nach oben gerissen und dann in Fahrtrichtung des Luftschiffs mitgezogen.

Ich klammerte mich mit aller Kraft an dem Tau fest und versuchte, nicht nach unten zu sehen. In die tödliche Tiefe unter mir.

»Du wirst wie ein Ei zerplatzen ... zerplaaaaaatzen ... zerplaaatzen«, sang der Distelkönig in meinem Kopf.

Tegusa lachte bloß, als würde er solche Aktionen tagtäglich zum Spaß machen.

»Das Treibgut wurde aufgelesen«, verkündete er und kletterte mit routinierten Bewegungen weiter. Meine Hände brannten trotz der

Handschuhe, doch mir blieb nichts anderes übrig, als den Federn zu folgen. Es gab nur einen Weg und der führte nach oben.

Auf das Luftschiff.

~

»Du lebst ja noch«, bemerkte Tegusa, als ich mich zitternd auf die Oberseite des Ballons zog. Er klang überrascht, aber auch anerkennend. »Das freut mich.«

»Mich auch ...« Auf allen vieren kroch ich weiter in Richtung des Decks, das auf die Gaskammern geschnallt war. Hier hatten sich auch die anderen Gruppen versammelt, die sich jetzt auf Tegusas Kommando am Schiff emporzogen. Sie verschmolzen mit der Dunkelheit, als sie sich flink die Seiten emporhangelten und über die Reling sprangen.

»Ab jetzt müssen wir leise sein. Das sollte dir nicht schwerfallen, du Plaudertasche. Achte auf deine Bewegungen und halte dich im Schatten«, befahl Tegusa, bevor er mir sein Enterseil in die Hand drückte.

Im Schatten halten sollte kein Problem sein.

Und trotzdem kam ich mir im Vergleich zu den Federn plump und ungelenk vor wie ein nasser Sack Reis. Ich brauchte mehr als doppelt so lang, mich zur Reling emporzuziehen. Meine Lungen brannten, und obwohl ich mich bemühte, leise zu atmen, hörte ich mich an wie »ein Mops mit Asthma«. Zumindest sagte das der Distelkönig.

Als ich endlich das Deck erreicht hatte, stolperte ich über einen Körper, der am Boden lag. Erschrocken stellte ich fest, dass er noch warm war. Es war kein Krieger, zumindest waren keine Waffen zu sehen. Seiner Uniform nach zu urteilen, war er ein Mitglied der Luftschiff-Crew. Und nicht nur das. Er arbeitete für die Phari, wie ein senfgelbes Banner verriet.

Verdammt!

Ich hatte schon so viele Tote gesehen und doch konnte ich mich nicht an den Anblick gewöhnen. Es war schwer vorstellbar, dass dieser warme Körper, der aussah, als würde er schlafen, nie wieder aufstehen würde, dass seine Seele fort war. Alles, was ihn ausmachte, ausgelöscht.

Tegusa zog mich hoch und drückte mich in den Schatten, während zwei seiner Federn den Körper griffen und über Bord warfen. Er landete auf dem Ballon, rutschte über dessen Oberfläche und verschwand in der Nacht.

»Schneider«, flüsterte Tegusa warnend, als mein Blick immer noch an der Stelle klebte, wo zuvor der Tote verschwunden war. »Reiß dich zusammen.«

Denk an Mikko, Erin!

Mikko.

Er war alles, was zählte.

»Komm jetzt.«

»Was sollen wir hier?«, wollte ich wissen, auch wenn ich mir nicht sicher war, ob ich die Antwort wirklich hören wollte. War das ein Attentats-Kommando?

»Wir stehlen etwas.« Tegusa packte mich am Arm. Seine Finger bohrten sich wie Schraubstöcke in mein Fleisch, sodass mir nichts anderen übrig blieb, als zu folgen.

Das Deck war nur spärlich beleuchtet, aber ich konnte nirgends Wachleute sehen.

Was auch immer wir hier stehlen sollten, musste wertvoll sein, sonst würde der Rabe es nicht wagen, mit diesem Überfall auf die Phari einen Krieg zu riskieren.

Dämon? Du bist so ruhig.

Nicht, dass es mich stören würde, aber sein Schweigen war alarmierend. Kein bissiger Kommentar, nichts. Ich versuchte, nicht zu blinzeln, und richtete meinen Blick auf die Dunkelheit um mich, doch ich konnte den Dämon nicht sehen. Für einen Moment überkam mich Panik. Hatte er sich etwa genau jetzt, wo ich ihn brauchte, verabschiedet und mich im Stich gelassen?

Distel!

Doch die Schatten waren erstarrt.

30

Kiran Seaborn

Es werde Licht.

»Eindringlinge.« Meister Konoha öffnete die Augen. Schneller, als ich es für möglich gehalten hätte, war er im Gang und eilte zu der nächsten Tür, die zum Schiffsdeck führte. Clea und ich folgten ihm auf den Fersen.

»Fiat lux!«, rief der Meister, heilige Worte, die die Spiritkräfte bündelten. Er schlug mit seinem Stab auf den Boden und der Stein darauf erstrahlte. So hell, als wäre mit einem Schlag die Sonne aufgegangen.

Wenn der Meister den Lichtkristall aktivierte, musste die Lage ernst sein!

Ich war geblendet, dann konnte ich sie sehen. Vermummte Krieger. Federassassinen.

»Ein Angriff auf dieses Schiff ist ein kriegerischer Akt«, verkündete mein Meister mit fester Stimme. »Ist euer Fürst wirklich gewillt, das zu riskieren?«

Die Federn antworteten nicht. Einer von ihnen zog sein Schwert und die anderen taten es ihm gleich. Offenbar wussten sie ganz genau, wen oder was wir transportierten. Und sie kannten auch seinen Wert, sonst würden sie den Frieden in Tokito nicht aufs Spiel setzen.

»Seid vernünftig«, versuchte es mein Meister erneut auf die diplomatische Weise. »Wir haben fast den Tempel erreicht …«

Er hielt inne. Sein Blick glitt über die Angreifer und blieb an einer Gestalt im Hintergrund hängen. Er schien dort mehr zu sehen als einen verschreckten Assassinen im Schatten. Für einen kurzen Moment glaubte auch ich, dass die Finsternis um diese Person herum noch dunkler aussah. Wie ein Schleier, der alles Licht verschlang.

»Das ist … unmöglich.« Als Meister Konoha seinen leuchtenden Stab auf die Gestalt richtete, schrie sie entsetzt auf, als würde er sie durch das heilige Licht verbrennen. »Novizen. Ein dunkler Geist!«

Ein dunkler Geist? Ein Umbra? Mein Körper reagierte schneller als der Verstand. Wie in Trance hob ich das Schwert. Neben mir zog auch Clea ihre Klingen. Ich spürte, wie sie das Licht des Kristalls in sich aufsog. Er gab uns trotz der aufgezogenen Nacht die Möglichkeit, unsere Kräfte in vollem Umfang einzusetzen. Die Luft vibrierte und knisterte vor Anspannung.

Im Kampf fiel es mir viel leichter, auf meine Spiritkräfte zurückzugreifen. Es war wie ein Instinkt, ein tief verankerter Überlebenswillen, der mich antrieb. Ich wirbelte herum, blockierte den Angriff eines Assassinen und nutzte meine Kräfte, um einige Meter in die Luft zu springen. Das Licht meines Meisters trug mich empor und gab mir die Gelegenheit, von oben anzugreifen, wie ein Falke, der sich auf seine Beute stürzt. Clea wirbelte wie ein Feuersturm durch die Reihen der Federn, in ihren Händen die Langdolche.

»Sucht die Ware«, rief eine der Federn und zwei Gestalten lösten sich von der Gruppe, um in das Innere des Schiffes vorzudringen.

Welche Ware, dachte ich. Doch dann verstand ich, dass die Federn keine Sache meinten, sondern eine Person. Clea hatte es ebenfalls begriffen.

»Sieh nach der Fürstin«, rief sie. »Ich gebe dem Meister Deckung.«

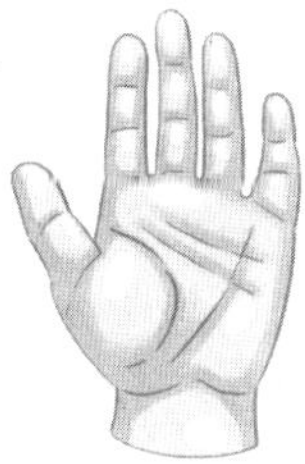

31

Erin Rider

Ich blühe im Schatten.

Das Licht des Phari brannte wie Feuer auf meiner Haut und drückte mich zu Boden. Der Distelkönig und seine Schatten hatten sich in meinen Körper zurückgezogen, immer weiter, so als könnte ich ihn vor der Helligkeit bewahren. Tief in mir glaubte ich, ihn wimmern zu hören. War es das, was er gespürt hatte?

Distel! Was ist das?

Alle Kraft floss aus meinem Körper und wurde mit dem Licht des seltsamen Kristalls davongerissen. Auf allen vieren klebte ich am Boden, unfähig, mich zu bewegen, während der Phari näher und näher kam.

»Du bist besiegt, Umbra.« Er zog eine Klinge aus seiner Kutte.

»Warte!«, keuchte ich und hob die Arme, doch der Mann kam immer weiter auf mich zu. Sein dunkles Gesicht war eine festgefrorene Maske der Entschlossenheit. Und so wie er aussah, wollte er mich nicht festnehmen. Er wollte mich töten!

Verdammt!

»Du bist wegen des Steins hier«, sagte er, während mich das Licht seines Stabs festhielt. »Aber du bekommst ihn nicht, Dämon. Das werde ich nicht zulassen.«

Ich hatte keine Ahnung, wovon er da sprach. Sein Blick galt allein mir. Er war so auf mich fokussiert, dass er nicht bemerkte, wie eine Feder von der Seite kam.

Tegusa.

Das Licht brannte wie Säure auf meiner Haut. Ich stöhnte.

»Vergehe, Schatten«, murmelte der Phari.

In dem Moment schlug Tegusa zu. Er verpasste dem Phari einen Schlag auf den Hinterkopf und setzte ihn außer Gefecht. Der grausame Stab erlosch, noch bevor er neben seinem Herrn auf dem Boden aufschlug.

»Steh auf, Schneider«, befahl Tegusa und zog mich empor. »Wir müssen hier weg.«

Ich spürte, wie die Dunkelheit wieder aus meinem Körper quoll und mit der Nacht verschmolz. Auch wenn ich es hasste, es zuzugeben. Dieser Tegusa hatte mich gerettet. Warum auch immer.

»Wir müssen die alte Handfürstin suchen.« Er deutete auf meine Schlagringe, die noch achtlos im Ärmel steckten. »Die sind übrigens dazu da, dass du sie benutzt. Erledige den Phari und dann komm.«

»*Ja. Erledige den Phari. Töte ihn*«, befahl der Distelkönig, der sich erleichtert in der Dunkelheit streckte.

Wo warst du?

»*Ich habe etwas entdeckt. Etwas weitaus Schlimmeres als diese Phari.*« Panik brachte seine Stimme zum Vibrieren.

Wovor fürchtete er sich so?

»*Wir sollten verschwinden. Also töte ihn und dann nichts wie weg hier.*«

Zögernd trat ich auf den Mann zu, der stöhnend auf dem Boden lag.

Eine Blutlache hatte sich um seinen Kopf gebildet und tränkte die Kutte. Er sah mich an. In seinen klaren Augen sah ich weder Angst noch Flehen. Nur Stärke und Entschlossenheit.

»Töte ihn. Schnell!«, rief der Distelkönig.

Nein.

»Sonst tötet er uns.«

Ich zögerte eine Sekunde zu lang. Der Phari streckte seine Hand und der Stab bewegte sich. Von einer unsichtbaren Kraft getragen, kehrte er zu seinem Herrn zurück und begann erneut zu glühen. Der Distelkönig schrie auf, als das gleißende Licht uns blendete.

Ich wich zurück und prallte gegen die Reling. Im selben Moment hörte ich einen Knall. Flammen schossen hinter mir aus dem Ballon hervor. Und mit dem Feuer kam das Chaos.

32

Kiran Seaborn

Es werde Licht.

Zur Abwechslung hörte ich auf Clea und rannte zu unseren Kabinen zurück, um die Handfürstin zu beschützen. Die Wärme meines Spirits, der mir folgte, kitzelte mich im Nacken. Wenn wir unter Druck standen, funktionierten wir gemeinsam so viel besser. Auf einmal empfand ich ihn nicht mehr als störenden, glühenden Fettfleck in meinem Sichtfeld. Er war vielmehr eine Art Rückendeckung. Ich spürte seine Präsenz. Seine Sorge. Seine Alarmbereitschaft. Seine Angst. Oder waren das bloß meine eigenen Gefühle?

»Fürstin?« Ich erreichte die Schiebetür, die zu meinem Entsetzen bereits geöffnet war. Im Inneren hörte ich Wimmern, Stöhnen.

»Sag uns, wo der Stein ist, oder wir töten deinen Sohn«, knurrte eine Stimme.

»Ich kann nicht«, wimmerte die Fürstin.

»Bist du wirklich gewillt, deinen Sohn zu opfern?«

»Ich …«

Mit der freien Hand schnappte ich mir eine Lampe, bevor ich den Raum betrat. Mein Spirit klammerte sich mit den Flossen an die Glühbirne, die aufleuchtete und das Zimmer mit einem Schlag erhellte.

Vor mir sah ich die ehemalige Fürstin, die Augen vor Furcht weit aufgerissen. Der Grund dafür war ein Mann, der hinter ihr stand. Sein Gesicht war verborgen. Von einem metallen schimmernden Tigerhelm. Ich schnappte ungläubig nach Luft.

In der anderen Ecke war ein weiterer Attentäter, der den Handfürsten im Schwitzkasten hatte.

~

»Bleib, wo du bist, Phari«, knurrte der erste Tiger. Mit der einen Hand hielt er ein Messer, das er in den Hals seiner Geisel drückte. Mit der anderen zeigte er mir einen Knopf, der wie ein Fernzünder aussah. Bedeutungsvoll nickte er zu einer Vorrichtung, die an eine Art mechanischen Käfer erinnerte, nur dass der Körper die Form eines Tigerkopfes aufwies. Aus ihm sprossen Beine, die um den Brustkorb der Fürstin geschlungen waren. Die Vorrichtung leuchtete regelmäßig rot auf. Wie ein Countdown. »Eine Bombe. Wenn du versuchst, uns aufzuhalten, werden wir sie und das ganze Schiff hier sprengen.«

»Dann sterbt ihr mit uns«, bemerkte ich.

»Man kann uns nicht töten. Wir sind bereits tot.«

»Du siehst ziemlich lebendig aus, Tiger«, murmelte ich.

»Wir sind bloß Geister. Auferstanden, um für Gerechtigkeit zu sorgen. Also gib mir dein Schwert!«

»Es ist eine Falle«, rief die Fürstin. »Sag Kir …«

Der Tiger presste ihr die Hand vor den Mund.

»Gib mir endlich das Schwert.« Er deutete auf die Bombe und ich hatte keine andere Wahl, als zu gehorchen. Doch der Tiger war noch nicht fertig.

»Auf die Knie. Arme hinter den Kopf«, befahl er mir. Als ich zögerte, deutete er erneut auf den blinkenden Tigerkäfer. »Oder ich sprenge uns alle in die Luft.«

Ich folgte seinen Anweisungen. Ein Fischer von Alvane. Auf den Knien. Wenn meine Eltern mich so sehen würden, würden sie mich gleich ein zweites Mal ertränken.

»Tut mir leid, Kleiner«, sagte er, bevor er mit dem Schwert ausholte. Meine Augen weiteten sich. Ich hörte den Aufschrei meines Spirits, kurz bevor ich selber schrie. Doch es war bereits zu spät. Die Klinge bohrte sich in meinen Brustkorb.

~

Die Langsamen erkennen die Wahrheit erst auf dem Sterbebett. So heißt es doch.

Wir müssen die anderen warnen und den Handfürsten helfen!, dachte ich und mein Spirit nickte.

Es war zu spät aufzustehen, denn die Luft meines rechten Lungenflügels entwich durch das Loch, das das Schwert hinterlassen hatte. Mein eigenes Schwert.

Vor mir lag die Lampe, die mir der Tiger nicht abgenommen hatte. Und während ihr Licht vor meinen Augen verschwamm, erkannte ich endlich die Wahrheit. Die Wahrheit der Phari.

Nicht das Schwert war meine Waffe gewesen. Das Licht war es.

Licht war schneller als jeder Mensch. Also griff ich nach den Strahlen, als wären sie der Anker, der mich auf dieser Welt hielt. Während mein Körper immer mehr in die Dunkelheit driftete, blieb mein Geist hier, zog sich aus dem verwundeten Gefäß heraus ins Licht. Ich handelte instinktiv, als wüsste ich genau, was zu tun war. Meine Hände griffen nach dem Spirit und ich setzte mich auf seinen glühenden Körper. Plötzlich war ich leicht, leicht wie ein Blatt im Wind.

Dieses Mal gab es keine Erinnerungen an das dunkle Meer, das mich in seine Tiefen zog. Ich wollte leben. Damals wie heute. Und mein Spirit würde mich retten. Wieder. Er war der Lichtstrahl, der mich leitete. Er war mein Retter, der mich nie verließ. Sein Blick war nicht länger stumpf und leer. Seine Augen glänzten silbern wie zwei runde Monde, und wenn ich in sie hineinsah, dann sah ich mich. Wir waren eins.

Ich flog durch die Kabinen und Gänge, nach oben ans Deck. Dort regierte das Chaos.

Teile des Schiffes standen in Flammen. Rotes Feuer zuckte über das Deck und erleuchtete die Kämpfenden. Clea hatte ihren Mantel abgeworfen und kämpfte mit verbissenem Gesicht gegen drei Federn gleichzeitig. Niemand schien die Tiger zu bemerken, die die Situation nutzten, um zu verschwinden.

Cleas Körper wirbelte umher, leicht und präzise, jeder Schlag wohlplatziert. Ich sah die Schweißperlen, die ihr Stirn und Nacken herunterrannen. Ihre Bewegungen wurden mit jedem Schlag schwächer, nur unwesentlich, aber doch sichtbar. Sie war erschöpft. Der Kampf forderte ihr alles ab, aber sie war nicht allein. Etwas war bei ihr. Eine leuchtende Gestalt, die ich zuvor noch nie wahrgenommen hatte. Sie war fest mit ihrem Körper verwachsen. Nur hin und wieder konnte man einen flüchtigen Blick auf sie werfen. Scharfe Klauen, die aus Cleas Fingern fuhren. Luchsohren, die aus ihrem Kopf sprossen, und ein glühender Schweif, der um ihren Körper herumwirbelte. Ihr Spirit. Anmutig, wild und wunderschön. Viel zu perfekt. Genau wie sie.

»Clea, die Federn sind eine Ablenkung. Die Tiger sind hier. Sie haben eine Bombe und die Handfürsten!«, rief ich, doch sie reagierte nicht. Konnte sie mich überhaupt hören? Ich war schließlich nicht wirklich hier, sondern lag verwundet unten in den Kabinen. »Clea!«

Sie schrie auf, als sie von einem Angreifer am Arm getroffen wurde.

Verzweifelt wandte ich mich unserem Meister zu, doch mein Blick blieb an einer anderen Gestalt hängen, nicht weit von ihm entfernt. Sie kam mir fremd vor und doch seltsam vertraut. Eine hagere Kreatur, menschlich und zugleich animalisch. Der Kopf sah aus wie eine Art Widderschädel mit geschwungenen Hörnern. Und im Zentrum dieses finsteren Dämons stand ein Mädchen mit kurzen Haaren, das mir nur allzu bekannt vorkam. One-Strike. Ich spürte ihre Kraft, ihre Stärke, und es war nicht die des Dämons. Es war ihre eigene. Aber wie war das möglich? Sollte ihre Seele nicht verschlungen sein? Und doch sah ich sie. Ihr eigenes von innen glühendes Selbst.

Meister Konoha trat auf den Umbra zu, seinen Stab erhoben. Zusammen mit seinem Spirit, der fest mit dem Körper verwachsen war. Ein glühender buschiger Schweif, der aus dem Rücken meines Meisters wuchs. Und aus seinem Gesicht kam eine röhrenförmige Schnauze. Klauen schossen aus seinen Fingern und umrahmten seinen Stab. So ein seltsames Wesen hatte ich noch nie gesehen. Clea wüsste bestimmt, welche Form dieser Spirit gewählt hatte.

»Meister!«, rief ich, während ich mich ihm näherte. »Die Tiger haben die Fürsten. Meister!«

Doch auch er hörte mich nicht und ich spürte Verzweiflung in mir aufsteigen. »Meister! Clea! Wir sind in Gefahr … Ich bin in Gefahr …«

Plötzlich spürte ich ein unangenehmes Kribbeln im Nacken, wie kalter Regen, der einem den Kragen hinunterrinnt. Als ich mich umdrehte, sah ich, dass sich der gehörnte Schatten mir zugewandt hatte. Er starrte mich an mit seinen tiefschwarzen, alles verschlingenden Augen.

»Wie interessant«, hörte ich seine klirrend kalte Stimme. »Ein Shinigami. Du hast hier nichts zu suchen, Kleiner.«

Er bäumte sich vor mir auf. Finsternis, der niemand etwas entgegensetzen konnte. Seine Schattenklauen fuhren auf mich nieder und ich spürte die Kälte, die sich wie eine erdrückende Faust um uns schloss.

Mein Spirit jagte nach vorne und ich streckte meine Hand aus. Meine Finger fanden Meister Konohas Kristall, eine rettende Insel des Lichts, und seine Wärme durchflutete mich.

»Meister!«, rief ich erneut und für einen kurzen Moment glaubte ich zu sehen, wie er die Stirn runzelte. Er wandte sich mir zu, doch bevor ich weitersprechen konnte, packte mich der Schatten von hinten.

»Verschwinde, kleiner Shinigami.«

Mit einem Schlag erwachte ich in meinem Körper. Das Blut rann immer noch aus der Wunde, langsam, aber stetig, und ich spürte die Kraft aus meinem Körper weichen. Ich würde sterben.

Na, immerhin werde ich nicht derjenige sein, der Clea umbringt.

33

Erin Rider

Ich blühe im Schatten.

Explosionen brachten das Schiff zum Beben. Die Haut, die die Gaskammer zusammenhielt, riss mit einem lauten Knall und fiel in sich zusammen. Ruckartig senkte sich das Schiff immer weiter auf die Stadt hinunter.

»Wir stürzen ab«, rief ich, während ich in Deckung ging.

»Zwei Schiffe haben uns fast erreicht. Eines gehört den Phari. Ein kleineres einer dritten Partei, die hier offenbar mitmischt. Ich fürchte, dass wir auf keinem von beiden erwünscht wären.«

Was haben die Federn hier gesucht, Distel?

»Ihren Untergang. Los! Lass uns verschwinden.«

Teile des Schiffes standen bereits in Flammen. Das Gas, das aus dem Ballon strömte, fing Feuer und sorgte dafür, dass die Nacht hell erstrahlte. Ein Feuerball über dem Himmel von Tokito, gut sichtbar für alle.

Ich lugte um die Ecke, um zu sehen, wie der Phari-Meister mit dem grausamen Leuchtstab zu seiner Novizin eilte. Sie schien verletzt zu sein. Jedenfalls baumelte ihr linker Arm nutzlos herunter. Er stützte sie und brachte sie zum Bug des Luftschiffes, wo ein weiteres aus der Nacht kam.

»Die Phari-Verstärkung.«

Zweifellos wollten sie fliehen, bevor von unserem Schiff nicht mehr übrig war als ein leuchtender Gasball über den Dächern der Stadt.

»Festhalten!«, rief der Distelkönig.

Seine Warnung kam zu spät. Ein Ruck ergriff mich und schleuderte mich nach vorne. Mein Fall wurde unsanft gebremst, als ich mit dem Kopf gegen die Reling stieß.

»Wir hängen unten an einem Tower fest«, informierte mich der Dämon, während ich mir die blutige Nase rieb. *»Da ist einer der Feder-Ballons zu unserer Linken. Das ist unsere Chance.«*

Gerade wollte ich über die Reling klettern, um der Feuerfalle zu entkommen, da hörte ich ein Flüstern der Schatten, nur ganz leise, so leise, dass ich erst glaubte, es mir eingebildet zu haben.

»Hier ist noch jemand an Bord«, sagte ich.

»Nur der begriffsstutzige Phari-Junge. Der kann gerne hierbleiben.« Der Dämon kicherte. *»Er ist ein Shinigami, wie es scheint. Schien darüber allerdings überraschter als ich selbst.«*

Ich hatte keine Zeit, mich zu fragen, was ein Shinigami sein sollte. Meine Beine setzten sich in Bewegung und eilten zu einer Tür, dic in das Innere des Schiffs führte.

»Was tust du da?«, schrie der Distelkönig alarmiert.

Hitze schlug mir entgegen und versengte mir die Haut, als ich die Tür aufriss.

»Wir retten auf gar keinen Fall einen Phari!«

»Er war freundlich«, erinnerte ich ihn. Er hatte in der Grube mein Knie verarztet.

»Nur, weil er nicht wusste, was wir sind.«

»Ich werde ihm helfen.« Das schuldete ich ihm und vor allem mir selbst. Ich wollte nicht nur Leben nehmen. Das war nicht ich. Nicht die Erin, die ich sein wollte. Nicht die Erin, in die Mikko sich verliebt hatte.

»Wenn du das tust, trenne ich mich von dir. Endgültig!«

Ich ignorierte seine Drohungen und eilte den Gang entlang zu den Quartieren.

»Hallo?«, rief ich. »Hallo!«

Doch er antwortete nicht. Kein gutes Zeichen. War ich zu spät? Ich riss eine Schiebetür auf und wurde von einer Rauchwolke empfangen, die es mir beinahe unmöglich machte zu atmen. Auf dem Boden lag, neben einer umgeworfenen Lampe, eine vertraute Gestalt. Ich schüttelte ihn grob, doch er kam nicht zu sich.

»Lass ihn liegen. Er ist tot. Siehst du nicht das viele Blut?«

»Er atmet noch.«

»So gut wie tot. Das ist das Gleiche.«

Er war schwerer, als ich dachte, ein richtiger Muskelberg. Nur mit größter Mühe schaffte ich es, ihn über meine Schultern zu hieven und aufzustehen.

Hilf mir, Distel! Oder wir verbrennen zusammen!

»Ich hasse es, wenn du mich erpresst«, fluchte der Schatten, doch ich spürte bereits seine Stärke durch meinen Körper fahren.

Offenbar mochte er die Vorstellung, hier zu sterben, ebenso wenig wie ich. Die Flammenzungen wichen zurück, erstarrten. Ihr wilder Tanz war nun nicht mehr als die seichte Bewegung zu einem Wiegenlied. Meine Beine hingegen flogen über den rußverschmierten Boden, ohne dass die Füße ihn richtig berührten. Die Dunkelheit wies mir den Weg, während der Verletzte auf meinem Rücken kaum mehr zu wiegen schien als ein Rucksack, gefüllt mit Mikkos Schriftrollen. Die Tür vor mir öffnete sich und frische Luft schlug mir ins Gesicht, als ich auf das

Deck sprang, das mehr und mehr in sich zusammenfiel. Holzplatten zerbarsten vor Hitze. Andere fielen in die einstürzende Gaskammer unter uns.

»Zum Ballon! Schnell!«, rief der Schatten. Ich hatte den Blick auf das Ziel gerichtet, von dem unser Leben abhing. Meine Füße landeten auf der Reling und ich ließ den Körper von meinen Schultern gleiten. Mein linker Arm klammerte sich um den Brustkorb des Phari, während ich sprang. Ins Nichts.

Meine rechte Hand griff nach dem Seil, das von dem Ballon in die Tiefe führte. Ich bekam es zu fassen, doch wir schlidderten unkontrolliert daran hinab. Trotz des Handschuhs spürte ich die Reibung, die erst das Leder und dann meine Haut zerfetzte. Ich schrie vor Schmerz, während ich meine Beine um das Seil schlang. Mit letzter Kraft stoppten wir, gerade rechtzeitig, denn ich spürte, wie mich die Kraft der Schatten verließ.

Plötzlich zuckte der Körper des Phari und er erwachte stöhnend zum Leben. Seine Hände griffen nach dem Seil.

»Du?« Der Novize sah mich mit einer Mischung aus Verwunderung und Erschrecken an. Überwiegend Verwunderung.

»Ja. Wir müssen hier runter. Das Schiff brennt«, erinnerte ich ihn. Ein Blick nach oben zeigte die Dringlichkeit, denn das Feuer kam unserem Ballon gefährlich nahe. Da unser Leben wortwörtlich am seidenen Faden hing, entschloss sich der Novize, mit mir zusammenzuarbeiten. Halb kletterten wir, halb fielen wir.

»Das Seil brennt«, verkündete der Distelkönig schließlich. Ihm behagte die Höhe ganz und gar nicht, trotz der Dunkelheit, die uns umgab. *»Es wird gleich reißen!«*

Wir baumelten zwischen einigen Hochhäusern des Amphibienclans, eindeutig zu erkennen an den leuchtenden Farben der Reklametafeln.

»*Da!*« Der Schatten richtete meine Aufmerksamkeit nach unten. Wir näherten uns einer der Flussstraßen, die der Amphibienclan zum Handeln benutzte.

»Spring!«, rief ich dem Phari zu. Er fiel mehr, als dass er sprang.

Mein Körper klatschte ins Wasser, das viel härter war als erhofft. Der Phari-Novize landete neben mir und ging unter wie ein Stein. Er versuchte nicht einmal, sich dagegen zu wehren. Sein Körper war erschlafft, seine Augen waren geschlossen, während er immer weiter in die Tiefe sank. Dunkelrote Wolken stoben aus seinem Brustkorb und verfärbten das Wasser um ihn. War er etwa tot?

»*Leider nicht.*«

Ich tauchte ihm nach. Meine Finger krallten sich in den Stoff seines Hemdes, dann strampelte ich so fest ich konnte mit den Beinen, um uns nach oben zu bringen. Der Muskelprotz war schon an sich schwer genug. Der Muskelprotz mit vollgesogener Kleidung war noch schwerer.

Ich hielt ihn fest, während erst ich aus dem Kanal kletterte und dann meine letzten Kräfte bündelte, um ihn heraufzuziehen.

Er blieb regungslos liegen, aber er hatte noch Puls. Ganz schwach.

»*Warum hast du ihn gerettet?*«

»Weil es das Richtige war.«

»*Die Phari sind nicht die Guten in dieser Geschichte. Sie tun nur so, weil sie Heuchler sind. Sie verdienen es zu sterben.*«

Wenn du ein Monster wirst, um Monster zu töten, bist du trotzdem ein Monster. Das hatte Mikko immer gesagt.

Der Phari stöhnte und sein Körper regte sich, als er zu sich kam. Eigentlich hatte ich vor zu verschwinden, bevor er ganz wach wurde, aber gerade, als ich mich umdrehen wollte, fiel mein Blick auf etwas Kleines, das aus seiner Tasche gefallen war. Etwas Rotes. Und mein Herzschlag setzte für einen Moment aus. Es war eine Trillerpfeife.

Ryannes Trillerpfeife.

Bei den Spirits!

Mit einem Sprung war ich bei ihm, hob das vertraute Stück auf und presste es an mich. »Woher hast du die?«

»Du …« Der Phari war noch nicht ganz bei sich. »Warum hast du mich gerettet? Warum …«

»Woher hast du die?«, wiederholte ich.

»Warum willst du das wissen?« Er beäugte mich misstrauisch. »Willst du ihr etwas tun?«

»Etwas tun? Nein. Diese Pfeife gehört einer Freundin. Bitte. Ich muss wissen, ob sie in Schwierigkeiten ist.«

»Einer Freundin?«, fragte er, als könnte er das nicht recht glauben.

Ich nickte. »Ryanne.«

»Ryanne«, echote er schließlich. »Sie bat mich, nach einer Erin Rider zu suchen.«

Und warum hast du Idiot das nicht sofort gemacht?

Wütend packte ich ihn am Kragen. »Wo ist sie?«

»Viertel der Roten Türen«, stöhnte er.

Viertel der Roten Türen? Nicht im Freudentempel der Schmetterlinge?

Oh nein.

Weiter kamen wir nicht, denn die Schatten wurden nervös. Ihre Finger zogen an mir. Voller Sorge deuteten sie nach oben. Ein Luftschiff schwebte über uns, zwischen den orangefarbenen und grünen Lichterketten des Amphibienclans. Scheinwerfer suchten den Boden ab, kreisten uns ein. Gleich würden sie uns finden.

»Da kommt seine Rettung. Verschwinde.«

Dieses Mal gehorchte ich.

34

Kiran Seaborn

Es werde Licht.

Ich hatte viel Blut verloren und befand mich in einem Zustand, der sich beinahe wie ein Traum anfühlte. Mein Körper lag regungslos auf dem kalten Asphalt, aber obwohl meine Augen geschlossen waren, konnte ich die Umgebung klar und deutlich wahrnehmen. Ich lag dort in meinem Körper und gleichzeitig stand ich neben meinem Spirit.

Es machte einfach keinen Sinn. Ein Umbra, der einen Phari rettete? Die grausige Kreatur, die in ihrem Schatten lauerte, jagte mir eine Gänsehaut über den Rücken. Aber One-Strike hatte mich retten wollen. Sie hatte sich gegen den Dämon aufgelehnt.

Und dann fand mich mein Meister und das seltsame Duo verschwand in der Nacht. Der Lichtkegel des Phari-Luftschiffes blieb auf meinen Körper gerichtet, während das Rettungsteam abstieg. Clea erreichte mich zuerst. Sie fiel neben mir auf die Knie.

»Fischerjunge?«, raunte sie mir zu, doch dieses Mal war kein Spott in ihrer Stimme zu hören, nur Sorge. »Wach auf!«

Sie streckte ihre Hand aus und strich mir über die Wange, ganz sanft. Und plötzlich war ich, geführt durch ihre Berührung, wieder in meinem Körper, öffnete die schweren Lider und sah in ihre Augen. Warm wie flüssiger, dunkler Honig. Ein Lächeln schlich sich auf ihre Lippen und meine Lippen erwiderten es.

»Eine tolle Seherin bist du«, flüsterte ich. »Hättest du mich nicht warnen können?«

Für einen wunderbaren, kurzen Moment glaubte ich, dass ich gerettet wäre. Dann spürte ich es. Mein Herzschlag, der viel zu schwach für diesen Körper war. Ich wollte noch etwas sagen, doch meine Stimme brach. Clea schrie mich an, aber ihre Worte erreichten mich nicht. Ebenso wenig wie die von Meister Konoha oder der Heilerin Gaiana, die nun ebenfalls über mir erschienen.

Mein Spirit tauchte neben Clea auf und streckte mir seine Flosse entgegen. Sein Glühen, sein Licht führten mich erneut hinaus und ich wusste, dass es Zeit war. Zeit, ihm endgültig zu vertrauen.

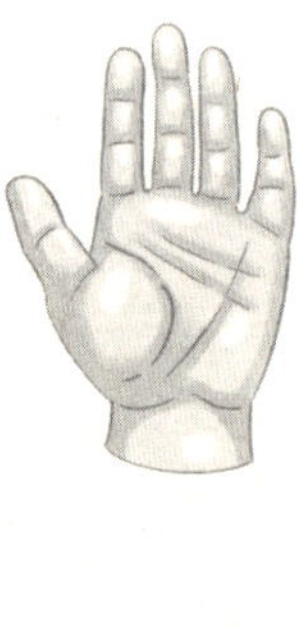

35

ERIN RIDER

Ich blühe im Schatten.

Ich saß zusammengekauert auf einer Mülltonne in einer dunklen Gasse und sah in den Himmel auf der Suche nach der Silhouette eines Methanwals, aber es war keiner zu sehen. Sie fürchteten das Feuer, genauso wie den Regen, der ihre Gaskammern auflöste. Es war ein Mysterium, wohin die Wale bei Regen oder Sturm verschwanden, ebenso wie es ein Mysterium war, wie diese gigantischen Kreaturen überhaupt existieren konnten. Mikko nannte sie »die unmöglichen Bewohner des Himmels«. Es war vermutlich genau das, was mich immer wieder zu ihnen hinzog. Die Hoffnung, dass das Unmögliche möglich war.

Doch statt Methanwalen sah ich nur blinkende Lichterketten, die zwischen den erdrückenden Hausreihen gespannt waren.

Meine Finger fuhren um die rote Trillerpfeife. Ryanne hätte sie dem Phari niemals ohne Grund gegeben. Sie musste in Gefahr sein. Und Mikko und ich waren so mit unseren eigenen Problemen beschäftigt gewesen, dass wir es nicht bemerkt hatten.

Ich bettete meine Stirn auf die Knie, während mich die Verzweiflung überrollte.

»Und was hast du jetzt vor, Kind?«, wisperte die Dunkelheit.

Meine Faust schloss sich fester und fester, bis die Pfeife schmerzhaft in meine Haut schnitt. Und weiter, bis ich schließlich gar nichts mehr spürte.

»Wir werden sie retten«, verkündete ich und richtete mich auf. »Erst Mikko. Dann Ryanne.«

Der Distelkönig brach in schallendes Gelächter aus.

»Und wie sollen wir das anstellen? Mikko sitzt in einer Zelle, umringt von Federsoldaten, und wir haben keine Ahnung, wo das Mädchen ist. Du hast mich bisher nicht gerade durch meisterhaft durchdachte Geniestreiche beeindruckt, also fürchte ich, du kannst die beiden vergessen.«

»Ich werde mir etwas einfallen lassen. Tegusa hat uns einen Treffpunkt genannt. Erst einmal müssen wir dahin zurück. Aber wenn diese verfluchte Mission abgeschlossen ist, kümmern wir uns um Ryanne.«

»Vergiss es, Kind.« Der Distelkönig tobte. *»Du musst endlich anfangen, in größeren Dimensionen zu denken. Du bist ein Krieger der Nacht. Eine Tänzerin der Schatten. Eine Faust der Rache.«*

»Nein. Ich bin Erin. Erin Rider.«

»Was bist du schon ohne mich? Bloß ein aufmüpfiges Waisenkind.«

»Was bist du ohne mich?«, fragte ich die Nacht, die mich umgab. »Bloß eine aufmüpfige Tonscheibe.«

Ein Punkt an das Waisenkind.

~

»Das ist gründlich schiefgegangen«, sagte Tegusa, als ich an unserem Treffpunkt angekommen war.

»Offenbar waren wir doch nicht die Einzigen, die von der Sache wussten«, gab einer der Federn zu bedenken.

»Hat jemand gesehen, welcher Clan noch da war?«, fragte Tegusa, aber alle schüttelten den Kopf.

»Wenn es die Affen gewesen wären, hätten sie sich zu erkennen gegeben. Und da keiner von uns einen Giftpfeil im Nacken hat, würde ich eher auf die Streuner tippen.«

»Oder der Lotusclan«, murmelte einer.

»Nein, die hätten gewartet, bis wir erfolgreich waren, uns dann auf einen Tee eingeladen und die Beute abgenommen, ohne dass wir davon was mitbekommen«, widersprach ein anderer.

»Bei den Geistern! Egal wer es war, der Rabe wird nicht begeistert sein.«

Nur die Hälfte der Assassinen hatte es geschafft, vom Luftschiff zu entkommen, das in diesem Moment von der Feuerwache gelöscht wurde. Die überlebenden Federn kauerten unter einem leuchtenden Reklameschild des Amphibienclans und sahen dabei zu.

»*Tritt uns bei. Gemeinsam sind wir viele!*«, stand auf der Tafel. Darunter hatten sich Sprayer, offensichtlich eines anderen Clans, einen Spaß erlaubt und mit Graffiti geschrieben: »*Wir essen Frösche zum Frühstück.*« Flach, wie dieser Spruch war, gehörten sie wohl zu den Affen.

»*Pech für euch. Wir sind giftig!*«, lautete die Antwort.

»Was wollten wir den Phari überhaupt stehlen?«, fragte ich.

»Das geht dich nichts an. Tatsache ist, wir haben es nicht bekommen.«

»*Und das ist besser so*«, gurrte der Distelkönig. »*Denn das, was diese Narren suchten, war viel zu gefährlich.*«

Was war es?

»*Der Tod …* « Ein Frösteln lief durch die Schatten.

Was denn? Fürchtet sich der Herr der Dunkelheit etwa?, neckte ich ihn und zu meiner Überraschung widersprach er nicht.

»Was wird jetzt aus Mikko?«, fragte ich.

»Du wirst erneut die Gelegenheit bekommen, dich zu beweisen, Schneider. Jetzt müssen wir erst mal dem Raben Bericht erstatten.« Tegusa verteilte orangefarbene Mäntel, die wir uns über die Schultern warfen, um hier im Viertel nicht aufzufallen. Die Vogelmasken setzten wir ab, stattdessen verhüllten wir unsere Gesichter mit bunten Tüchern.

»Er lügt«, flüsterte der Distelkönig. *»Hörst du die Schatten flüstern?«*

Ich hörte sie. Ihr Wispern und Tuscheln bildete ein ständiges Hintergrundgeräusch, das mich bei Nacht begleitete. Ich lauschte. Sie trugen die ersten Gerüchte heran. Gerüchte darüber, dass Federn ein Luftschiff der Phari überfallen und die ehemalige Handfürstin angegriffen hatten. Gerüchte über ein Komplott zwischen den Clans. Eine Verschwörung.

»Das bedeutet Krieg«, erklärte der Distelkönig. *»Ein Krieg, den der Rabe nicht gewinnen kann. Er wird seine Beteiligung an dem Fall leugnen. Das ist seine einzige Chance. Einen Sündenbock zu benennen, der allein und auf eigene Faust handelte. Jemanden wie …«*

Mich, vervollständigte ich seinen Satz. Aber wer sollte glauben, dass ein clanloses Mädchen eine Truppe Federassassinen anführte? Ein Mädchen, dessen Freund der Rabe zufällig in seinem Kerker gefoltert hatte.

»Oh, du armes, naives Ding. Manchmal bist du so dumm, dass ich Mitleid empfinden würde. Wenn ich so etwas wie Mitleid empfinden könnte …«

Wir erreichten eine leer stehende Gaststätte mit dem Namen *»Der Feuer speiende Salamander«*. Die Fenster waren mit Holzplatten verrammelt und die Tür war verriegelt, aber Tegusa hatte einen Schlüssel. Er kannte sich offenbar aus, denn er führte uns über den mit Staub bedeckten Boden gezielt zum Vorratsraum. Zwischen alten Weinfässern befand sich eine versteckte Tür, hinter der sich ein Steintunnel auftat.

»Hast du mir gerade nicht zugehört? Wir sollten verschwinden, Kind.«

Nicht ohne Mikko.

»Du bist so ein Sturkopf. Ein dummer, einfältiger Sturkopf! Das wird dein Untergang sein.«

Unser Untergang.

Ich spürte sie. Die Dunkelheit, die uns begleitete, und die Stärke, die sie mit sich führte. Sie floss durch mich hindurch, umgab mich wie ein Schild. Mehr als das. Wenn ich die Finger streckte, war es beinahe so, als könnte ich sie greifen. Sie fühlen. Als ob sie sich mit mir verbunden hatte, mehr als bloß ein schützender Mantel. Es war wie ein weiteres Sinnesorgan. Trotz der schwachen Beleuchtung war mein Blick klar und ich sah den Weg deutlich vor mir. Wie zuvor in der Grube hörte ich jedes Geräusch überdeutlich. Vom Rascheln der Nagetiere bis zum Herzschlag meiner Begleiter.

Wir erreichten ein ausgefeiltes Schleusensystem, Gittertüren, hinter denen Federn Wache standen. Es waren insgesamt zehn. Gut bewaffnet. In jeder Schleuse zwei.

»Der Rabe erwartet uns«, sagte Tegusa, nachdem er sich zu erkennen gegeben hatte. Wir entledigten uns unserer Umhänge. Dann durften wir das erste Gitter passieren. Ein Schleusenwärter führte uns zum nächsten Gitter, während der andere im Schatten kauerte und mit einer Armbrust auf uns zielte. Das nächste Tor konnte nur vom nächsten Wärter geöffnet werden. Fünf Schleusen. Fünf verschiedene Schlüssel. Hier gewaltsam einzudringen schien beinahe unmöglich.

»Nichts ist unmöglich für die Dunkelheit.«

Als wir alle Tore passiert hatten, gelangten wir in die Kellerräume des Hauptquartiers. Wir stiegen eine Treppe empor zu einem breiten Gang. Von Krahenfüßen gehaltene Lampen erleuchteten Regale, die mit Büchern und Schriftrollen gefüllt waren. Ein schwarzer Teppich führte direkt auf eine schwere Flügeltür zu, die nach oben hin spitz zulief. Beide Seiten waren mit hölzerner Federmaserung verziert.

»Türkunst ist nichts, was dich gerade beschäftigen sollte«, tadelte mich der Distelkönig. Ich spürte, dass er angespannt war. Seine Schatten huschten vor uns über den Teppich. *»Ich habe kein gutes Gefühl …«*

Ich wusste, was er meinte. Irgendetwas beunruhigte mich, sorgte dafür, dass sich meine Nackenhaare aufstellten und sich mein eh schon schneller Herzschlag weiter beschleunigte.

»Ganz ruhig, Schneider.« Tegusa hatte seine Hand auf meine Schulter gelegt. »Sei vernünftig.«

Nun. Vernunft war nie meine Stärke gewesen.

»Da stimmt etwas nicht, dummes Kind.« Der Distelkönig klang regelrecht panisch. *»Lauf weg!«*

WOHIN DENN?

»Das ist eine Falle!«

Ich tastete nach meinen Schlagringen, die auf Entfernung leider nichts ausrichten konnten, und versuchte, mich auf alles vorzubereiten. So gut es eben ging, wenn man von einer Überzahl an schwer bewaffneten Assassinen umringt war.

»Der Auftrag ist schiefgegangen, aber du hast uns deinen Wert unter Beweis gestellt. Ich würde dich gerne in meinem Team behalten. Wenn du Geduld hast, schaffen wir es, deinen Mikko freizukaufen«, flüsterte mir Tegusa zu.

Auch Geduld war nicht wirklich mein Ding.

»Der Rabe wird uns töten. Uns alle«, murmelte ich.

»Wie kommst du denn darauf?«, fragte er, aber klang nicht überrascht. Er hatte also schon darüber nachgedacht.

»Du weißt es«, sagte ich bloß. »Wir haben die Phari angegriffen und wurden erwischt. Wenn er keinen Krieg will, braucht er einen Sündenbock.«

»Der Rabe hat immer einen Plan.«

»Ja«, beharrte ich. »Und sein Plan ist es, uns alle zu töten oder auszuliefern.«

»Was hast du nun vor, Schn ... «

Ich bekam den Rest des Satzes nicht mehr mit, da sich in diesem Moment die Türflügel öffneten. Ein Strahl gleißendes Licht fiel durch den Spalt, auf den dunklen Teppich vor uns.

»Phari! Sie sind hier!«

Die Dunkelheit wich erschrocken zurück und suchte in meinem Körper Schutz, als uns der Lichtkegel traf, schneidend wie die Klinge eines Dolches. Besser gesagt wie Hunderte und Tausende Dolche, die sich in meine Haut rammten. Schützend drehte ich mich weg und zog mir die Federmaske übers Gesicht.

Wie viele Phari sind es?, fragte ich den Distelkönig, während ich mich zusammenkauerte.

»Ich weiß es nicht ... «

Ich wagte einen Blick über die Schulter und sah drei Gestalten, die nun durch die offene Tür auf uns zutraten. Zwei ältere Frauen, gefolgt von einem Jungen. Die Frauen hatten ihre Waffen erhoben, während der Junge einen Kristall in der Hand hielt, der wie eine Laterne geformt war. Aber es war kein normales Licht.

»Bloß zwei Meister und ein Novize?« Der Distelkönig brach in Gelächter aus, allerdings klang es ziemlich gequält.

»Es ist zu spät, Schneider.« Tegusa hatte sich hinter mich gestellt und drängte sich somit zwischen das Licht und mich. Ohne es zu wissen, sorgte er dafür, dass sein Schatten auf mich fiel. Wie eine wohlige, kühle Brise im Nacken, die mich aufatmen ließ.

Oder wusste er es doch?

Seine Klinge bohrte sich in meinen Hals. »Der Fürst weiß, was du bist.«

In diesem Moment begriff ich, dass ich mich verschätzt hatte. Der Rabe hatte nicht vor, ihnen die Geschichte von dem Mädchen aufzutischen, das eigenverantwortlich eine Gruppe Federn zum Verrat angestiftet hatte. Eine Geschichte, die sicher niemand geglaubt hätte. Er lieferte ihnen mehr als das, mehr als einen Sündenbock. Er lieferte ihnen einen Umbra. Mich. Deswegen war ich also dabei gewesen. Ich war sein Notfallplan. Von Anfang an.

»Wir haben dich kämpfen gesehen. Du bist kein normales Mädchen. Nein, du hast gekämpft wie eine Besessene«, fuhr Tegusa fort. »Im wahrsten Sinne des Wortes.«

Ich spürte Angst, Verzweiflung, Wut. Alles auf einmal.

Sie dürfen uns nicht kriegen, Distel, flehte ich. *Was wird dann aus Mikko und Ryanne?*

In Tegusas Schatten wuchs der Dämon heran, nährte sich von meinen Gefühlen, als wären sie ein Festessen. Er legte den Mantel der Dunkelheit über meine Schultern, und als mich die vertraute Kälte umgab, beruhigten sich meine aufgewühlten Gedanken. Auf einmal war alles ganz klar.

»Wenn ihr wirklich wüsstet, wer ich bin, hättet ihr mehr Phari verlangt«, verkündete der Distelkönig aus meinem Mund.

»Eine Kämpferin bis zum Ende, was?«, flüsterte Tegusa in mein Ohr.

»Dein Fürst wird dich verkaufen, ebenso wie mich«, zischte ich, während ich mich langsam umdrehte. Tegusa ließ es geschehen ohne seine Klinge zu senken. »Er wird euch alle töten. Dieses Schicksal stand in dem Moment fest, als wir entdeckt wurden. Immerhin habt ihr einem Umbra geholfen.«

»Wir wurden von dir verhext«, erklärte Tegusa, aber ich hörte den Zweifel in seiner Stimme. Genau in diese Lücke stieß ich meine nächsten Worte wie eine Klinge.

»Und der einzige Weg sicherzustellen, dass ihr nicht mehr verhext seid oder die Wahrheit ausplaudert, ist euer Tod. Oder glaubst du, der Rabe wird Zeugen am Leben lassen?«

»Wenn du das alles wusstest, warum bist du dann mit zurückgekommen?«

»Du weißt, warum.«

Er verstand. »Dein Mikko.« Und irgendwie auch nicht. »Ich wusste nicht, dass Besessene dazu fähig sind. Zu lieben …«

Meine Finger schlossen sich um die Schlagringe. »Ich werde alles geben, wirklich alles, was in meiner Macht steht, um ihn zu befreien.«

Er runzelte die Stirn und sah mich nachdenklich an.

»Am Ende des Ganges. Rechts«, flüsterte er. Seine Klinge, die er bisher an meinen Hals gedrückt hatte, lockerte sich.

»Was?« War das eine Ablenkung oder wollte er mir wirklich helfen?

»Dort gibt es ein Entsorgungsloch. Führt direkt runter in die Katakomben. Ich hoffe, du hast keine Angst vor der Dunkelheit, Rider.«

»Nein«, entgegnete ich entschlossen. »Ich bin die Dunkelheit.«

36

Erin Rider

Ich blühe im Schatten.

Die Glühbirnen zersprangen mit einem lauten Knall, zerquetscht durch die Klauen der Schatten. Ihr Glas flog durch die Luft und regnete auf die Anwesenden. Das war mein Startschuss. Das Zeichen, mich in Bewegung zu setzen. Und ich rannte um mein Leben. Wortwörtlich.

»Sie darf nicht entkommen!«, rief jemand. Die einzige Lichtquelle war der Kristall der Phari, die mir auf den Fersen waren. Warum hatte mir Tegusa geholfen? Mitleid? Sympathie? Oder war ihm sein Leben doch etwas wert und er wollte das Chaos nutzen, um selbst zu entkommen?

»Ahhh!« Ein Wurfstern bohrte sich in meine Schulter. Seine Klingen schnitten tief in mein Fleisch und zerrissen bei jeder Bewegung mehr Gewebe. Sekunden später traf mich ein zweiter am Oberschenkel.

Verdammt!

Ich schleppte mich um die Ecke, jede Bewegung eine Qual. Endlich hatte ich die Klappe in der Wand erreicht und sprang ohne darüber nachzudenken hinein. Ich fiel, doch die Schatten umarmten mich wie einen alten Vertrauten und fingen mich auf.

Ich hörte das Rascheln und Schaben Hunderter Füße neben mir. Körper streiften meine Beine. Schwänze peitschten gegen meine Arme. Die Biester überlegten, ob sie mich fressen sollten. Kleine Zungen fuhren über die Wunden und kosteten von meinem Blut, doch keiner wagte, mich anzugreifen. Ich spürte Schnurrhaare vor Furcht zucken, als sich der Herr der Schatten vor ihnen aufbaute.

»Hallo, meine wunderschönen Kreaturen der Nacht.«

Die Dunkelheit um uns herum lebte. Sie durchdrang mich und ich spürte die Kraft in meinen Körper zurückkehren, als sich meine Wunden schlossen. Die Rattenschakale wichen zurück, als ich mich erhob.

»Kämpft für mich«, forderte der Distelkönig. Er strich mit seinen Krallen über ihr Fell und sie gehorchten. Ihre borstigen Körper hangelten sich die Wände empor. Nach oben zur Klappe. Dicht gedrängt rannten sie auf meine Verfolger zu. Ins Licht.

Ich wartete nicht ab, wie die Begegnung ausgehen würde, sondern kletterte über den Berg an Müll und Überresten, die ich mir lieber nicht näher ansehen wollte. Die Schatten flüsterten mir zu, wirres Wispern.

»Wo ist Mikko?«, schrie ich. »Ich gehe nicht ohne ihn!«

Sie wiesen mir die Richtung und ich folgte. Aus den Abwasserkanälen führten mehrere Gänge nach oben. Seit Langem hatte kein Lichtstrahl seinen Weg hier herunter gefunden, doch ich fühlte mich nicht hilflos. Im Gegenteil. Mein Körper wusste genau, wie er sich hier bewegen musste. Die Kraft, die mich durchflutete, war berauschend. Niemand konnte mich aufhalten. Ich fühlte mich unverwundbar.

»Da lang«, flüsterte der Distelkönig. Hier, in der totalen Finsternis, sah ich seine Gestalt deutlicher neben mir als je zuvor.

Das Loch, auf das er gewiesen hatte, war klein. Mein Körper passte gerade hinein. Es gab kaum Möglichkeiten, sich festzuhalten, die Wände waren glatt und feucht, teilweise schmierig, doch die Dunkelheit selbst schien mich emporzutragen. Und so kletterte ich und kletterte, bis ich meinen Kopf durch eine Öffnung steckte. Nicht irgendeine Öffnung.

Eine Toilette.

Großartig!

Der Distelkönig kicherte schadenfroh, als mir klar wurde, was die stinkende Masse auf meiner Uniform war.

Immerhin befand sich die Toilette im Gefängnistrakt. Ich stellte sicher, dass die Federmaske mein Gesicht verbarg, und eilte weiter.

»Kind, das nimmt dir eh keiner ab. So wie du riechst ... «

Jede Zellentür, die ich passierte, öffnete ich. Und dafür brauchte ich keinen Schlüssel. Ich war wie im Rausch und riss sie einfach aus den Angeln.

»Ihr seid frei!«, verkündete ich den Insassen, die mich verwundert ansahen. Diejenigen, die noch genügend Kraft zum Laufen hatten, humpelten misstrauisch in den Gang. Die anderen blieben einfach liegen.

~

Da war er.

Es war wie in einem wunderbaren Traum, als mich seine blauen Augen fanden. Verwirrt hob er den Kopf und rückte seine Brille zurecht, als könnte er nicht glauben, wer da vor ihm stand. In schwarzer Federrüstung, beschmiert mit Fäkalien und anderen übel riechenden Resten.

»Erin? Bist du das?«

»Du trägst noch die Maske«, erinnerte mich der Distelkönig.

Ich riss sie ab und schleuderte sie in die Ecke. Dann fiel ich Mikko um den Hals. Ich drückte meinen Körper an seinen und wollte ihn nie wieder loslassen. Sein Geruch, vermengt mit Blut und Schweiß, und dennoch so wundervoll vertraut, war das Beste, was es auf der Welt gab.

»Ich rieche nur Scheiße.«

»Was machst du hier?«, fragte er, während er mich sanft von sich schob.

»Ich befreie dich.« Nur widerwillig löste ich mich von ihm und untersuchte mit zittrigen Fingern seinen Körper. Seine Hand war verbunden, immerhin das hatte der Rabe getan, aber die Haut unter dem Verband war heiß und feucht. Kein gutes Zeichen.

»Erin. Das bedeutet Krieg.« Er nahm mein Gesicht in seine Hände. »Der gesamte Federclan wird hinter uns her sein. Und nicht nur der. Man wird uns für vogelfrei erklären und ein Preisgeld auf unsere Köpfe aussetzen. Du weißt, wie die Clans sind. Das werden sie niemals durchgehen lassen. Man wird uns töten.«

»Was hätte ich denn tun sollen, Mikko?« Meine Stimme zitterte. Ebenso wie mein Körper. Ein Beben, das ich einfach nicht kontrollieren konnte. »Ich habe versucht, dich freizukaufen, aber es hat nicht funktioniert. Es ist alles schiefgegangen. Ich hatte solche Angst um dich. Solche Angst.«

»Moji ...« Er drückte mich an sich und ich versank in seinen Armen. Ein Leben ohne ihn konnte ich mir nicht vorstellen. Er war meine Familie. Mein Ein und Alles.

»Weißt du was?« Er lachte ganz leise in mein Ohr. »Ich wusste, dass du kommst. Nur du würdest so etwas Verrücktes wagen.«

Ich löste mich, um ihm einen Kuss auf die Lippen zu drücken.

»Zusammen sind wir unbesiegbar«, flüsterte ich und wünschte, das wäre wahr. Dann müsste ich mir keine Sorgen mehr machen. Mein Finger zog über seine Wange, zeichnete seine Lippen nach, deren Schwung ich in- und auswendig kannte.

»Ich hoffe, dass ihr draufgeht. Ganz ehrlich. Jede Tonscheibe der Welt ist besser, als mir euer Gesülze anzuhören.«

»Wir müssen hier verschwinden, Mikko. Auch für Ryanne. Sie braucht uns.«

»Ryanne?«

»Hey, ihr Turteltauben!« Zuerst dachte ich, der Distelkönig hätte wieder gesprochen, aber es war einer der Gefangenen, die ich auf der Suche nach Mikko befreit hatte. »Wir sollten hier abhauen.«

»Endlich ist mal einer vernünftig.«

Ich nahm Mikkos unverletzte Hand in meine, fest entschlossen, sie nie wieder loszulassen.

»Du bist eine Feder«, bemerkte der Gefangene irritiert. »Warum hast du uns gerettet?«

»Ich bin keine Feder«, entgegnete ich, als ich mich an ihm vorbei in den Gang schob. »Ich bin ein Niemand.«

»Bist du etwa One-Strike? Das Mädchen, das sich gegen die Clans auflehnt?«

»Ja und … nein.« Woher kannte er diesen Namen?

»Dein Freund Zac hat uns von dir erzählt.« Die Augen des Mannes leuchteten. Es sah ein bisschen wahnsinnig aus. »Wir haben ihm seine Geschichten nicht geglaubt, aber jetzt bist du hier.«

»Ich hab keinen Freund namens Zac.«

»Er meint den Typen, den du dummerweise nicht getötet hast und der uns den Schlamassel erst eingebrockt hat, bevor er von den Federn getötet wurde«, informierte mich der Distelkönig.

Oh.

Ich war mir ziemlich sicher, dass der kein Namensschild getragen hatte …

»Nein, er hat sich dir vorgestellt, aber unhöflich, wie du bist, hast du seinen Namen gleich vergessen.«

»ONE-STRIKE!«, rief der Mann, bevor er sich auf die Brust schlug. »ES LEBE ONE-STRIKE!«

Einige der Gefangenen blieben stehen, um es ihm gleichzutun, aber ich unterbrach sie. »Verschwinden wir von hier!«

»Wir haben keine Chance. Die Straßen werden von Federn nur so wimmeln«, sagte eine Frau. Ihr Kopf war von einer Blutkruste überzogen, aus der einzelne Haarbüschel schauten. »Und wir haben nicht genug Waffen, um uns den Weg freizukämpfen.«

»Die Schleusen«, erinnerte ich mich. »Es gibt einen unterirdischen Gang in das Amphibien-Viertel.«

Ich führte sie zu den Tunneln. Zehn Feder-Wachposten, fünf Schleusen. Aber es gab keinen anderen Weg hier raus. Ich wusste, was zu tun war. Es gab nur eine Möglichkeit. Ich musste zu dem Monster werden, vor dem ich mich so fürchtete.

»*Die Dunkelheit wird euch verschlingen*«, lachte der Distelkönig, als sich seine Klauen über die Lampen legten.

Ich drückte Mikkos Hand und betete, dass sie nicht auch mich verschlang.

»Bleib hier«, flüsterte ich ihm zu, bevor ich mich den Schatten anvertraute. Für Mikko. Für mich. Für uns alle.

~

Ich kauerte mit blutverschmierten Händen über der letzten Leiche, während der Distelkönig in mir lachte. Er suhlte sich in dem Leid und dem Blut der Toten, als wäre es die Quelle seiner Kraft. Er pulsierte förmlich vor Stärke, als wäre seine Macht mit jedem Leben, das ich genommen hatte, gewachsen.

»Danke, One-Strike!«

»Ein Hoch auf One-Strike.« Die Gefangenen drängten sich durch die offenen Schleusen an mir vorbei in den Tunnel, doch ich bewegte mich nicht. Ich starrte immer noch auf den Toten, als Mikko seine Hand auf meine Schulter legte.

»Moji? Es ist vorbei …« Er half mir hoch und schlang seine Arme um mich. Ich drückte mein Gesicht gegen seine Brust. Endlich wagte ich es, den Kopf zu heben und Mikko in die Augen zu sehen. Für einen

Moment fürchtete ich mich vor dem, was ich dort finden würde, doch sein Blick hatte sich nicht verändert. Selbst jetzt, als ich Blut im Gesicht und an den Händen hatte. Selbst jetzt, als zehn Menschen tot vor mir lagen, sah er mich an wie immer.

»Deine Augen …« Seine Brauen zogen sich zusammen. »Sie sind viel dunkler. Fast schwarz … wie zwei … Tunnel.« Seine Worte kamen stoßweise, als würde er sich in der Dunkelheit meines Blicks verlieren. »Zwei Tunnel …«

Ich wollte meinen Blick abwenden, aber er nahm mein Kinn in seine Hände und hob meinen Kopf. »Aber am Ende dieses Tunnels sehe ich immer noch dich.«

»Ich bin ein Monster«, flüsterte ich. Tränen stiegen mir in die Augen. Egal wie sehr ich versuchte, mein Handeln vor mir zu rechtfertigen, ich wusste tief in mir, dass der Distelkönig recht hatte. Die Dunkelheit war nicht erst mit ihm gekommen. Sie war schon immer ein Teil von mir gewesen. Ich liebte die Macht, die er mir schenkte. Es war berauschend und ich genoss es, mich wehren zu können. Aber zu welchem Preis? Würde er mich am Ende verschlingen?

»Ich bin ein Monster …«

»Ja«, sagte Mikko. »Aber du bist *mein* Monster.«

Er drückte seine Lippen auf meine. Mit einem Schlag war alle Kälte verschwunden und eine andere Kraft durchfloss mich.

Liebe.

»Egal was passiert, Moji. Wir schaffen das. Zusammen.«

Er wischte das Blut von meinen Händen und es war keine Furcht in seinem Blick. Es mochte keine Gerechtigkeit ohne Rache geben, aber Liebe, die gab es. Bedingungslos.

37

ERIN RIDER

Ich blühe im Schatten.

»Wie konnten wir das nicht wissen?« In Mikkos Blick lag Schuld. »Ich hab gespürt, dass etwas nicht gestimmt hat, als Ryanne das letzte Mal da war. Sie hatte eine Tasche dabei und wollte zu ihrer Mutter.«

Wie immer machte er sich Sorgen um andere, auch wenn seine eigene entzündete Hand furchtbar schmerzen musste.

»Nun, wir hatten eigene Probleme. Eine Menge davon. Ich wurde fast aufgeschnitten. Wir wurden entführt. Du wurdest gefoltert.« Ich legte ihm meine Arme um den Nacken, zog ihn zu mir und drückte meine Stirn auf seine. »Keine Sorge, Mikko. Wir werden sie finden.«

Er nickte. »Und dann verschwinden wir aus dieser verdammten Stadt. Wie wir es längst hätten tun sollen.«

»Wir fangen neu an«, bestätigte ich. »Wir drei.«

»Wir vier …«

Wenn Ryanne bei ihrer Mutter Zuflucht suchte, war sie in Gefahr. Sie wollte es zwar nicht wahrhaben, aber wir wussten es besser. Ryannes

Mutter war nicht zu trauen. Insbesondere nicht, wenn es um Geld ging.

Es war dunkel, als wir das Viertel der Roten Türen erreichten. Die Sonne warf ihre ersten Strahlen über den Horizont, aber noch gehörte die Stunde den Schatten.

Für den Distelkönig war es ein Leichtes, die Tür zu öffnen, und so marschierten wir wenig später in den Hof des Freudenhauses, in dem Ryannes Mutter arbeitete.

»Bleib hinter mir«, wies ich Mikko an, der sich an einen Taserstab klammerte, den ich kurz zuvor einem Wachmann abgenommen hatte. Mit diesen Elektroschockgeräten wurden aufdringliche Freier in Schach gehalten und ungehorsame Huren bestraft. Der Wachmann hatte auch Langdolche bei sich getragen, aber auf die hatte Mikko verzichtet, da er nie mit einer richtigen Klinge gekämpft hatte und es ihm zutiefst widerstrebte, jemanden ernsthaft zu verletzen. Das entsprach einfach nicht seinem Wesen.

~

Musik empfing uns. Der Hof war ausgeleuchtet mit roten Lampions. Es wirkte beinahe friedvoll, wie sie dort zwischen den Kirschblüten hingen und träge im Wind schaukelten. Doch der Distelkönig ließ sich von dem idyllischen Bild nicht ablenken.

»Blut«, flüsterte er. Seine Schatten breiteten sich auf dem Hof aus. Sie scharten sich um ein kleines Podest in der Mitte. Ich konnte spüren, wie sie mit ihren schwarzen Zungen über den Boden leckten. *»Frisches Blut.«*

Ryannes Blut?

In diesem Moment huschte ein Mädchen mit blonden Locken durch eine der Türen und trat mit hochgezogenen Schultern auf uns zu.

»Hey, du!«, rief ich.

»Was kann ich für euch tun?«, fragte sie mit leiser Stimme und verbeugte sich.

Ich kam direkt zur Sache. »Wo ist Ryanne Cimon?«

Das Mädchen wurde blass, was selbst in dem gedämpften Licht zu sehen war. Sie schluckte merklich und ihr Blick zuckte zwischen uns und dem Podest hin und her. Ich packte sie am Kragen.

»Ich hole … am besten … den Onkel«, wimmerte sie.

»Wo. Ist. Sie?« Ich schüttelte die Kleine, um die Dringlichkeit meiner Frage zu unterstreichen. Leider wurden wir unterbrochen, als ein schmieriger Kerl mit violettem Zylinder auf uns zuschritt. Er wurde von einem stämmigen Hünen flankiert, der drohend seinen Taserstab schwang.

Ich ließ das Mädchen nicht los.

»Was ist hier los?« Der Kerl mit dem Zylinder, vermutlich der Onkel des Hauses, baute sich vor uns auf. »Junge, ruf deine bissige Hündin zurück. Sonst …«

Wir würden nie erfahren, was sonst passieren würde, denn in diesem Moment ging Zylinder-Mann von Mikkos Taserstab getroffen zu Boden. Der Wachmann schwang die Arme, um zum Gegenangriff auszuholen.

Hilf Mikko!

»*Ach, der hat die Lage im Griff*«, widersprach der Distelkönig und tatsächlich lag wenig später auch die Wache zuckend auf dem Boden.

»Wow! Wo hast du das denn gelernt?«, fragte ich anerkennend.

»Ich bin halt nicht nur klug und verdammt gut aussehend, sondern auch stark«, witzelte er.

Grinsend wandte ich mich wieder dem Mädchen zu.

»Also, wo waren wir?«, fragte ich, woraufhin sie in Tränen ausbrach.

Erneut wurden wir unterbrochen.

»Was hat das zu bedeuten?« Ryannes Mutter kam aus der Tür geeilt.

Ich hatte sie zwar nur ein Mal gesehen, erkannte sie aber sofort. Sie kam auf uns zu und entriss das weinende Mädchen meinem Griff.

Wütend fletschte ich die Zähne. »Was hast du mit deiner Tochter gemacht?«

Zu meiner Überraschung waren ihre Augen gerötet. Vermutlich hatte sie zu viel Opium geraucht!

»Nein. Sie hat geweint. Typisch Menschen. Erst machen sie etwas kaputt und dann heulen sie rum.«

»Im Hospital«, stotterte sie. »Sie ist im Hospital ... wollte sich umbringen.«

»Was?«, fragten Mikko und ich wie aus einem Mund.

»War immer schon ein labiles Ding. Eine Träumerin ... Hat sich ein Messer ins Herz gestochen!«

Für das »labile Ding« verdiente sie eine Erinnerung von meiner Faust. Direkt auf die Nase.

Ich hätte erwartet, dass Mikko mich zurückhielt. Tat er aber nicht.

38

Ryanne Cimon

Schönheit ist Macht.

Erneut schrak ich aus dem Nebel, der meinen Körper und Geist gefangen hielt.

»Hallo, Niemand«, begrüßte mich eine raue Stimme und ich drehte den Kopf. Neben meinem Bett standen zwei Gestalten in weißen Kitteln und ein fein gekleideter Mann im Anzug. Er hatte dunkle Haare, die zu einem lockeren Zopf zusammengebunden waren. Und Augen, schwarz wie eine Nacht ohne Sterne.

»Kennen wir uns?«, wollte ich fragen, aber die ausgedörrte Zunge lag bewegungslos im Mund und nur ein Stöhnen entwich meiner Kehle.

»Ich habe gehört, du hast mein Leben gerettet.« Er lächelte, aber es war unmöglich zu sagen, ob das Lächeln freundlich oder gestellt war.

Der Tunichtgut!

Ich hätte ihn nicht wiedererkannt. Gewaschen, rasiert und in dieser vornehmen Kleidung hatte er wenig mit dem betrunkenen Streuner gemein, den ich auf der Straße aufgelesen hatte. Was wollte er hier?

»Ich schulde dir etwas und wir Streuner bezahlen immer unsere Schulden.« Er beugte sich zu mir hinunter und zeigte mir eine Kette. Eine Halskette, an der sieben Krallen hingen. Katzenkrallen. Das arme Tier, das für dieses Accessoire sein Leben verloren hatte.

Vielleicht war das alles hier ein Traum? Ein Traum, den ich auf der Schwelle zum Tode träumte. Aber warum war dann ausgerechnet er hier und nicht Erin und Mikko?

»Es ist wertvoll«, flüsterte der Tunichtgut.

Das fiel mir schwer zu glauben.

Bloß eine Lederschnur mit den Krallen einer bemitleidenswerten Katze.

Er half mir, es um meinen Hals zu legen.

»Man sagt, Katzen hätten sieben Leben«, erklärte er, während er den Verschluss befestigte. Sein Atem roch nach Tabak. »Du hast meines gerettet, darum schulden wir dir sieben Gefallen.«

Eine übermächtige Trägheit hatte meinen Körper befallen und ich schaffte es kaum, dagegen anzukämpfen.

»Wir beschützen dich.« Er strich mir flüchtig über das Haar. »Keine Sorge, Niemand. Für diesen Gefallen musst du nichts zahlen. Er wurde schon bezahlt. Von deinem Beschützer und Gönner. Er kann es kaum erwarten, dich wiederzusehen.«

Dies war ein Fiebertraum.

Ganz sicher war es das. Wer würde sich schon für mich einsetzen? Einen gefallenen Schmetterling?

Ich versuchte, meinen Kopf zu heben, aber selbst für diese simple Bewegung fehlte mir die Kraft.

Plötzlich klopfte es an der Tür und alle erstarrten.

»Stellt sicher, dass sie ruhig ist«, murmelte der Streuner. Seine Begleiter griffen zu einer Spritze, die sie mir in die Vene stachen. Ich legte den Kopf zur Seite und sah für den Bruchteil einer Sekunde in der offenen Tür ein vertrautes Gesicht, das freundlichste Gesicht, das ich kannte. Viel zu schnell wurde meine Sicht von einem weißen Kittel verdeckt.

Mikko!

Es war Mikko! Sie hatten mich gefunden. Endlich! Nun würde alles gut werden.

»Kann ich helfen, Junge?«, fragte der Streuner mit falscher Freundlichkeit.

»Ich suche meine Freundin. Ryanne Cimon. Sie soll hier liegen.«

»Sie wurde verlegt. Bedaure. In diesem Zimmer liegt nur meine kleine Schwester, aber das passiert ständig. Frag einfach noch mal an der Information nach.«

Ach, hätte ich dich doch bloß nie gerettet, du verdammter Lügner!

»Vielen Dank. Das werde ich.«

Ich wollte schreien, auf mich aufmerksam machen, doch mein Körper gehorchte nicht. Eine lähmende Müdigkeit überkam mich, gegen die ich mich nicht wehren konnte. Tränen der Verzweiflung rollten aus meinen Augenwinkeln und flossen über die Wangen.

Erin! Mikko!

Ich schrie ihre Namen immer wieder, in der Hoffnung, dass meine Gedanken anschwollen und so laut wurden, dass sie es hören konnten.

Ich bin hier! ICH BIN HIER!

Doch die Worte verließen meinen Kopf nicht und versanken ungehört in einem Schleier aus Dunkelheit.

39

Erin Rider

Ich blühe im Schatten.

Das Problem an Hospitalen war, dass sie so gut besucht waren. Vor allem die Federn machten uns Sorgen, also mussten wir vorsichtig vorgehen und hoffen, dass sich die Neuigkeiten über unsere Flucht noch nicht herumgesprochen hatten. Wir versuchten unser Glück als Mitglieder des Amphibienclans. Orangefarbene Kopftücher und bunte Bemalung im Gesicht würden helfen, für eine Weile unerkannt zu bleiben. Während Mikko nach Ryanne suchte, deckte ich seinen Rücken und behielt den Gang im Auge.

»*Das Licht ist ätzend*«, stöhnte der Distelkönig, der sich eng an meinen Körper gedrückt hielt. Während er vor wenigen Stunden noch vor Kraft gestrotzt hatte, erinnerte er jetzt eher an ein verängstigtes Kind, das sich an die Beine seiner Mutter klammerte. »*Warum sind Hospitale immer so gut ausgeleuchtet?*«

Die Sonne war bereits aufgegangen und mit dem anbrechenden Tag hatten auch die Kräfte der Schatten nachgelassen. Ihr Wispern und

Flüstern war verebbt und ich fühlte mich seltsam allein. Auf mich gestellt.

Als Mikko mir entgegenkam, schüttelte er traurig den Kopf.

»Sie wurde verlegt«, flüsterte er.

»Verlegt?«, echote ich, doch ehe er antworten konnte, blieb ein junger Arzt bei uns stehen.

»Kann ich helfen?« Dem hochgeschlossenen weißen Kittel und den Handschuhen nach zu urteilen, eine Hand.

»Wir suchen unsere Freundin. Ryanne Cimon«, antwortete Mikko, während meine Finger sich schon um den Schlagring legten, mein letztes Andenken an den Federclan. »Sie wurde wohl verlegt.«

Der Arzt hatte ein offenes, ehrliches Lächeln. Viel zu freundlich, um es ernst zu meinen.

»Du hast wirklich ein Vertrauensproblem«, säuselte der Distelkönig.

»Ich kann gerne gucken«, bot der Arzt an, auf dessen Namensschild »Jack Harper« stand.

»Ach, achtet da jetzt jemand auf Namensschilder?«

Halt die Klappe.

»Vielleicht sollte ich mir erst deine Hand ansehen?« Er deutete auf Mikkos Verband und die rot glühende Haut. »Das sieht entzündet aus.«

»Nein. Das ist nicht nötig. Vielen Dank!« Mikko verbeugte sich, aber Jack Harper ließ nicht locker.

»Komm, Junge. Es ist mir egal, ob ihr nicht bezahlen könnt, clanlos seid oder sonstige Probleme habt. Ich behandele ehrenamtlich im Viertel der Roten Türen und bin einiges gewohnt.«

Er führte Mikko und mich in ein Untersuchungszimmer. Dort nahm er den von Eiter und Blut verklebten Verband ab, um die Wunde zu reinigen. »Ich frage lieber nicht, wobei du den kleinen Finger verloren hast. Noch dazu mit so einem geraden, präzisen Schnitt …«

Er schüttelte den Kopf, als würde es ihn wirklich betroffen machen. Die ganze Zeit über ließ ich ihn nicht aus den Augen, bereit, ihm bei dem geringsten Anzeichen des Verrates die Rübe einzuschlagen.

Ich vertraue ihm nicht.

»Ab und an gibt es auch einfach gute Menschen. Abartig, ich weiß ...« Der Distelkönig versank angesichts des Lichts in Selbstmitleid. Er konnte es kaum erwarten, das Hospital wieder zu verlassen.

Mikkos Wunde sah nicht gut aus. Sie war geschwollen und glühte förmlich. So wie er die Lippen aufeinanderpresste, musste sie ihn schmerzen. Ich nahm seine gesunde Hand und er schlang seine Finger um meine. Ich wünschte, er könnte mir etwas von seinen Schmerzen abgeben, damit wir sie gemeinsam aushielten.

»Du brauchst eine Antibiose, sonst breitet sich die Infektion aus«, verkündete Jack Harper. »Ich bereite gleich eine Infusion vor.«

»Ich kann jetzt nicht bleiben. Wir müssen unsere Freundin suchen.«

»Es ist wichtig, wenn du keine Blutvergiftung bekommen willst. Es wird nur ein paar Stunden dauern. Wartet einfach hier.«

Zögernd nickten wir.

»Können wir ihm trauen?«, flüsterte Mikko, als er gegangen war.

»Wir können niemandem trauen.«

»Aber er hat recht. Meine Hand muss versorgt werden. Ich sollte hierbleiben, aber du ... du musst Ryanne suchen.«

»Auf keinen Fall. Ich bleibe bei dir.« Ich legte meine Arme um seine Schultern und mein Kinn auf seinen Kopf.

»Ich komm schon klar.« Er schob mich sanft beiseite. »Bitte. Sie braucht uns.«

Unschlüssig runzelte ich die Stirn. Es fühlte sich nicht richtig an, ihn zu verlassen. Ich hatte ihn doch gerade erst wiedergefunden.

»Bitte, Erin. Wir müssen sie finden.«

Ich hatte ihm noch nie eine Bitte abschlagen können. Zögernd nickte ich. »Gut. Aber wenn etwas ist, dann schrei. Ganz laut. Und ich komme.«

»Einverstanden.« Er musste lachen. »Ich schreie!«

Ich drückte ihm einen Kuss auf die Stirn und trat zurück auf den Gang.

Keine zehn Schritte kam ich weit, da wurde ich von hinten gepackt. Eine Nadel bohrte sich in meinen Hals und ich wirbelte herum. Doch bevor ich kämpfen konnte, erschlaffte mein Körper und ich sackte zusammen. Wie ein Ballon, dem man die Luft abließ.

Distel!, brüllte ich, aber ich spürte, dass er genauso überrascht war wie ich.

»Tut mir leid«, sagte eine vertraute Stimme an meinem Ohr. »Wir brauchten noch zwei Opfer.«

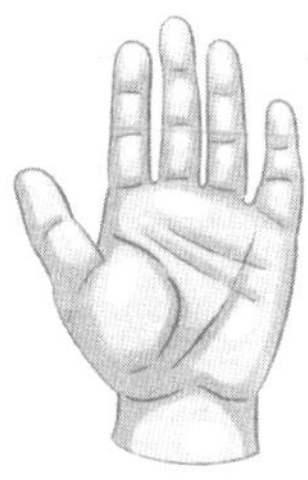

40

Erin Rider

Ich blühe im Schatten.

Ein Déjà-vu.

Ein verdammtes Déjà-vu.

»Du scheinst wirklich ein Talent dafür zu haben, von Wahnsinnigen betäubt und entführt zu werden«, bemerkte der Distelkönig, als ich zu mir kam. Ich drehte meinen Kopf und entdeckte Schläuche, die in meinen Armen und Beinen steckten. Über eine Maschine wurde Blut hinausgepumpt.

Das ist deine Schuld. Ich habe dich gefragt, ob wir ihm vertrauen können.

»Und ich fand, er sah nett aus.«

Das war nicht hilfreich, Distel!

»Ich habe dir gesagt, dass ich das verfluchte Licht in Hospitalen hasse.«

Wo war ich jetzt schon wieder gelandet? Bei illegalen Blut-Dealern?

»Nein. Bei etwas viel Dunklerem, weitaus Älterem.«

Wieder ließ ihn die Angst erschaudern. Angst, die mich mehr als die Schläuche in meinem Körper alarmierte.

Ist es dasselbe wie auf dem Luftschiff?

»*Ja …* «

Etwas, vor dem sich sogar mein sich selbst feiernder Dämon fürchtete? Das hörte sich nicht gut an.

Ich hob den Kopf, um mich in dem Raum umzusehen. Er war bei Weitem nicht so gut ausgeleuchtet wie das Krankenhaus. Über mir stand eine runde Operationslampe, die aber nicht angeschaltet war. Zwei trübe Röhren an der Decke waren die einzige Lichtquelle. Meine Schatten tanzten bereits unter mir auf dem Boden. In diesem Moment beugte sich jemand über mich und ein freundliches Gesicht musterte mich. Ein verlogen freundliches Gesicht.

»Tut mir leid«, flüsterte Jack Harper und es klang beinahe so, als würde er es ernst meinen.

Ich wusste es! Man konnte niemandem trauen! Nicht in Tokito!

»Nein, mir tut es leid«, knurrte ich.

Ich packte seinen Unterarm und zog den überraschten Arzt zu mir herunter. Ich nahm ihn in den Schwitzkasten und drückte zu. Er kämpfte gegen den Griff an, aber die Zeit lief ihm davon. Durch den Druck auf die Gefäße verlor er das Bewusstsein. Ich ließ ihn los und riss mir die Schläuche aus dem Körper, woraufhin die Maschine einen schrillen Ton ausstieß.

Verflucht!

Angelockt vom Lärm stürmte ein Wachmann in den Raum, gefolgt von einem weiteren Arzt. Der erste trug einen Tigerhelm, den ich nur aus Geschichten kannte. Dieser Clan war schließlich vor dreißig Jahren vernichtet worden.

Was bei den Geistern ging hier vor?

Ich machte mich bereit zum Kampf. Der Wächter zog seine Waffe, aber ehe er mich angreifen konnte, sank er zu Boden. Verwirrt hielt ich inne. Der Arzt hinter ihm hatte ihn getasert.

Dieser Taser!

»Mikko?«, fragte ich.

Er schob seinen Mundschutz zur Seite und strahlte mich an.

»Ich bin es.«

»Wie? Was?« Ich war vor allem eins. Perplex. Mikko war hier? Er eilte auf mich zu und zog mich sanft von der Liege, während er stattdessen Jack Harper hinaufzerrte.

»Was machst du da?«, fragte ich.

»Dafür sorgen, dass die Maschine Ruhe gibt. Hoffe ich jedenfalls.«

Kaum lag der Arzt auf der seltsamen Vorrichtung, bohrten sich die Schläuche in seine Arme und Beine. Er zuckte, als das Blut aus seinem Körper in eine Maschine gepumpt wurde.

Das Piepen verstummte und ich verstand. Der einzige Weg, den Alarm auszuschalten, war, das Gerät zu füttern. Mit Blut.

»Woher wusstest du, wo ich bin?«

»Ich habe auf mein Antibiotikum gewartet. Und plötzlich kam ein seltsamer Kerl, um die Infusion aufzubauen. Mir fiel auf, dass sein Clansymbol links war. Genau wie bei Jack Harper.«

»Okay.« Die Tattoos waren für gewöhnlich rechts, trotzdem gab es Fälle, wo die andere Seite genommen wurde.

»Das kam mir seltsam vor. Also hab ich einen Blick über seine Schulter geworfen und gesehen, dass er etwas in die Infusion gemischt hat. Ich dachte, das wäre das Antibiotikum, aber da stand Diazepam drauf. Ich meine, Diazepam? Ich bin kein Mediziner, aber ich bin eine Feder und wir sind bekanntlich nicht dumm. Der Kerl wollte mich betäuben.«

»Selbst dieser Lappen hat das durchschaut«, zeterte der Distelkönig. *»Was für eine Blamage.«*

»Also hab ich ihn mit meinem neuen besten Freund bekannt gemacht.« Mikko hielt triumphierend den Taser in die Höhe. »Dann habe ich mich versteckt und gewartet. Er ist aufgewacht und direkt hier runtergekommen. Alles, was ich tun musste, war, ihm zu folgen. Und noch mal auszuschalten, damit er mir freundlicherweise seinen Kittel leiht.«

»Und du bist gekommen, um mich zu retten?« Mein Herz schlug schneller.

Er winkte ab, als wäre es keine große Sache gewesen.

»Mein strahlender Held«, witzelte ich und schlang meine Arme um seinen Hals, um ihn zu mir zu ziehen.

»*Ich kotze …* «, brummte der Distelkönig.

»Moji.« Mikko ergriff meine Schultern und der Ausdruck in seinem Gesicht wurde ernst. »Das ist noch nicht alles. Wir sind in einer Art unterirdischem Bunkerlabyrinth. Vermutlich aus der Zeit, als die Tiger die Hospitale besetzt haben. Und hier sind noch mehr Tiger. Ich glaube, sie planen etwas.«

»Harper meinte etwas von zwei Opfern«, erzählte ich.

Mikko deutete auf eine weitere freie Liege. »Ob die für mich bestimmt war? Wir sollten hier verschwinden.«

»Du hast recht.« Ich nahm ein Tuch und warf es über den Arzt, während ich mir seine Maske und den weißen Kittel schnappte. Dann zerrten wir mit vereinten Kräften die Tigerwache zur zweiten Liege. Die Nadeln der Horrormaschine stachen durch seine Haut, in die Gefäße und begann zu saugen. Auch seinen Körper verdeckten wir, damit niemand erkannte, dass die Opfer ausgetauscht worden waren.

Mikko setzte sich wieder seinen Mundschutz auf, bevor wir Hand in Hand zur Tür gingen. Dort holten wir tief Luft, lösten uns voneinander und traten in den Gang.

»Zum Fahrstuhl geht es da lang«, flüsterte Mikko und setzte sich in Bewegung.

Doch es kam anders.

~

»Da seid ihr ja«, sagte ein maskierter Mann, der gefolgt von zehn weiteren Tigersoldaten auf uns zukam. Instinktiv schob ich mich vor Mikko. »Ist alles bereit?«

»Er meint euch!«, brummte der Distelkönig.

Erschrocken erwachte ich aus meiner Starre, als alle Köpfe in meine Richtung gedreht waren. Zuversichtlich hob ich den Daumen. Auch wenn ich keine Ahnung hatte, was der Verrückte meinte. Er war offenbar mit meiner Antwort zufrieden. »Gut, dann kommt mit. Der König erwartet uns.«

Mitkommen? … Verdammt!

Mikko und ich sahen uns an, aber Weglaufen war keine Option. Also taten wir, was der Tiger von uns erwartete. Er führte uns zu einer Tür, an der weitere Wachen stationiert waren. Mikko hatte recht. Das war kein normaler Teil des Hospitals und sicherlich auch keine Verkleidungsparty zum Thema »Ausgerottete Clans«.

Dies war etwas anderes. Gefährliches.

Der König erwartet uns. Das hatte er gesagt. Meinte er etwa den Verrückten König? Der war doch tot …

Die Tür vor uns öffnete sich und wir marschierten in einen runden Raum, der mit schwarzem Stein ausgekleidet war. Rote Lampen tauchten die Wände in ein flackerndes Licht. In der Mitte stand ein Thron, der die Form eines Tigerkopfes hatte. Es war das einzige Möbelstück. Sonst war der Raum vollkommen leer.

Ein Mann erwartete uns. Viel zu jung für den Verrückten König, aber die Krieger verbeugten sich vor ihm. Mikko und ich taten es ihnen nach.

Wer bei allen Spirits ist das?

Er trug einen roten Umhang mit goldenem Saum und eine glänzende Rüstung, die typische Bekleidung des Tigerkönigs. Offenbar stand da jemand, der in seine Fußstapfen treten wollte.

In diesem Moment wurde eine in Weiß gekleidete Frau hereingeführt. Sie trug einen Sack über dem Kopf und ihre Hände waren vor dem Körper gefesselt.

»Was soll das?«, schimpfte sie erbost. »Wisst ihr nicht, wer ich bin!«

»*Doch, das wissen sie*«, säuselte der Distelkönig.

Ich wusste es nicht.

»*Die ehemalige Fürstin der Hand*«, erklärte der Distelkönig ungeduldig.

Woher weißt du das schon wieder?

»*Ich war die letzten Jahre in einer Tonscheibe eingesperrt und weiß trotzdem mehr als du. Das sollte dir zu denken geben.*«

»Hier ist sie, mein Herr«, kündigte der Tiger an. »Die Mörderin unseres Königs und Vernichterin unseres Clans.«

Grob wurde die Gefangene vor den neuen König gestoßen.

»Wo ist mein Sohn?«, verlangte sie zu wissen. »Ich habe euch verraten, wo der Kristall ist. Ich will, dass ihr ihn freilasst.«

»Oh. Keine Sorge. Deinem Sohn geht es gut«, lachte der Tiger. Auf ein Zeichen von ihm wurde ihr der Sack vom Kopf gerissen und sie blinzelte. Als sie sah, wer vor ihr auf dem Thron saß, erstarrte sie.

»Ich sagte doch, wir sehen uns wieder, Mutter.«

~

Ich komm nicht mit … Warum spielen der Handfürst und die ehemalige Handfürstin hier unten mit den Tigern Gruselkabinett?, fragte ich.

»*Pssst …* «, zischte der Distelkönig aufgeregt, als wollte er kein Wort verpassen. »*Ich liebe Familiendramen.*«

Die ehemalige Handfürstin starrte ihren Sohn an. »Was soll das?«, brachte sie schließlich über ihre Lippen.

»Du weißt, was ich will«, entgegnete ihr Sohn. Der Glanz des Wahnsinns lag in seinen Augen. Derselbe Glanz, der schon dem Verrückten König nachgesagt wurde. »Ich will den Blutkristall.«

»Bitte, mein Sohn«, flüsterte die Fürstin. »Der Kristall ist nicht das, was du glaubst.«

»Hör auf mit den Spielchen«, unterbrach er sie und lehnte sich vor. »Ich bin nicht dein Sohn …«

»Was …«

»Ja. Ich kenne die Wahrheit.«

Die Wahrheit ist, dass du offensichtlich deinen Verstand verloren hast.

»Egal was du glaubst zu wissen, du bist mein Sohn«, sagte die Frau zu seinen Füßen.

»Ich bin der Sohn des Tigerfürsten. Sein einziger Erbe.« Es war kein Zweifel in seiner Stimme zu hören, nur Zorn. »Und du bist die Mörderin meines Vaters.«

»Du weißt, warum …« Sie hob beschwichtigend die Arme. »Bitte … Er war wahnsinnig.«

»Du hast mich belogen. Mein Leben lang. Ich habe immer versucht, dir gerecht zu werden. Dabei war ich nie dazu bestimmt, in deine Fußstapfen zu treten. Der Handclan war nie mein Schicksal. Der Tigerthron war es. Der Thron, den du meinem Vater geraubt hast. Den du *mir* geraubt hast!« Seine Hände verkrallten sich in den steinernen Armlehnen.

»Ich habe versucht, dich zu retten …«

»Du hast mich entführt«, widersprach der Fürst aufgebracht. »Ausgerechnet du … Wie konntest du mich glauben lassen, dass du meine Mutter seist, wenn du in Wahrheit meinen Clan zum Untergang verdammt hast.«

»Es ist wahr. Ich habe deinen Vater getötet. Das hatte er verdient nach dem, was er meiner Schwester angetan hat.« Die ehemalige Fürstin hob ihr Kinn, wurde aber erneut unterbrochen.

»Hör auf!« Der Fürst sprang auf. Sein Gesicht war vor Zorn gerötet. »Ich kenne diese Lügen bereits in- und auswendig. Du stellst dich selbst gerne als die große Retterin dar. Diejenige, die nur ihre arme Schwester rächen wollte. Dabei ging es dir gar nicht um sie. Sondern um den Blutkristall. Meinen Blutkristall. Mein Erbe.«

»Was? Wie kommst du auf solche Gedanken?« Die Frau zu seinen Füßen schüttelte verzweifelt den Kopf. »Mit wem hast du gesprochen?«

»Kannst du dir das nicht denken?«, fragte er verächtlich. »Ich dachte, du wärst so klug.«

Plötzlich wurde die Fürstin noch blasser. Sie fiel in sich zusammen, als sie verstand. »Warum? Warum hat sie das getan?«

»Weil sie dich ebenso sehr hasst wie ich!«, spie er aus. »Du hast mich ihr weggenommen.«

»Ich kümmerte mich um dich, weil sie es nicht konnte … Ich wollte dich zu einem starken, klugen Mann erziehen. Einem Mann, auf den wir beide stolz sein können …«

»*Nun, das ist wohl nach hinten losgegangen*«, kicherte der Distelkönig.

»Du hast ihr eingeredet, dass sie mich nicht will«, widersprach der Fürst. »Weil du unbedingt einen Erben wolltest, und wie wir alle wissen, nimmst du dir immer, was du willst.«

»Das ist nicht wahr. Du hast sie zu sehr an den Verrückten König erinnert. Darum war sie nicht in der Lage, dich zu lieben, so wie ich dich geliebt habe.«

»Sie hat mir eine andere Geschichte erzählt und warum sollte sie mich anlügen? Dazu hat sie keinen Grund.«

»Das dachte ich auch«, flüsterte die Handfürstin. »Andererseits war sie immer schon ein manipulatives Miststück … Du darfst nicht den gleichen Fehler machen wie ich. Vertraue ihr nicht.«

»Ich habe mich bereits entschieden. Ich werde den Weg einschlagen, der mir von Geburt an vorherbestimmt war. Und dafür werde ich mir den Blutkristall zurückholen.«

»Der Kristall wird dich umbringen, mein Sohn. Und wenn er es nicht tut, wird sie es tun.«

»Aber als Erstes stirbst du.« Der Fürst zog ein Messer und stieß es in ihre Brust. Sie wich ungläubig zurück, hielt sich die blutende Wunde. Dann sank sie mit einem Keuchen zu Boden, wo sie schwer atmend liegen blieb.

Der Fürst beugte sich über sie und griff mit den Händen in das Loch, das die Klinge hinterlassen hatte. Sie schrie vor Schmerz auf, während er in ihrem sterbenden Körper wühlte.

»Ach du Scheiße«, stöhnte ich.

»*Ach du Scheiße!*«, entfuhr es dem Distelkönig.

Und aus ihrem Herzen holte er einen Stein. Rot wie das Blut an seinen Händen.

41

Ryanne Cimon

Schönheit ist Macht.

Als ich dieses Mal erwachte, waren die Streuner verschwunden. Ebenso wie die Kabel und Schläuche, die meinen Körper versorgt hatten.

Ich biss mir auf die Lippen, bis ich den metallischen Geschmack von Blut schmeckte. Meine Finger krallten sich in meinen Oberschenkel und ich kniff mir so fest wie möglich hinein, in der Hoffnung, dass der Schmerz meine Gedanken klärte. Mit dröhnendem Kopf richtete ich mich auf. Tatsächlich befand ich mich in einem Hospitalzimmer der Hand, eindeutig zu erkennen an ihrem Symbol, das die Wände zierte.

Ich setzte mich auf die Bettkante. Von meinen Bewachern war keine Spur zu sehen. Ob sie vor der Tür warteten? Meine Zehenspitzen berührten den kalten Boden. Vorsichtig erprobte ich die Kraft meiner Beine. Die Knie zitterten leicht, aber konnten das Gewicht meines Körpers tragen.

Ich machte einen Schritt, dann noch einen. Vor einem Waschbecken blieb ich stehen. Meine Haut sah blasser aus als sonst. Blaue Adern zeichneten sich an den Schläfen ab und unter meinen Augen lagen dunkle Schatten. Ich trug ein weißes Nachthemd. Darunter spürte ich Bandagen, die die Wunde abdeckten. Und über dem Verband lag die unheimliche Kette mit den Katzenkrallen, die mir der Streuner geschenkt hatte. Es war also nicht bloß ein Fiebertraum gewesen.

Die Kette war der einzige Schmuck, den ich trug. Das Armband, in dem ich für gewöhnlich meine Klinge versteckt hielt, hatte man mir abgenommen.

Natürlich hatte man das.

Mein Magen zog sich zusammen. Ohne die Sicherheit der Klinge fühlte ich mich schutzlos. Sie war immer mein Plan B gewesen, die Garantie, dass ich die Kontrolle behielt, egal wie aussichtslos eine Situation sein mochte.

Automatisch scannte ich den Raum nach weiteren Waffen, konnte aber nichts entdecken.

Was willst du nun tun, Ryanne?

Hierbleiben war keine Option. Also strich ich mir die dunklen Haare zurecht und holte tief Luft, bevor ich mich der Tür zuwandte. Wenn sich meine Bewacher dort aufhielten, war es an der Zeit, sie zu konfrontieren.

So würdevoll wie möglich durchquerte ich den Raum und öffnete die Tür. Der Gang dahinter war hell beleuchtet und … leer.

Verwundert sah ich in beide Richtungen. Niemand war zu sehen. Keine Wachen, keine Ärzte, nicht einmal Patienten. Ich machte ein paar Schritte hinaus in die unheimliche Stille. Ein leeres Hospital? Träumte ich womöglich doch noch? Nur um ganz sicherzugehen, kniff ich mir erneut in den Unterarm.

Nein, kein Traum.

Was war also passiert?

Ich beschleunigte meinen Schritt, eilte den beleuchteten Gang hinunter, bis ich eine Treppe erreichte. Dabei folgte ich den Schildern, die mir den Ausgang wiesen.

»Hey, Mädchen«, hörte ich plötzlich eine Stimme. Ich wirbelte herum und sah eine junge Frau auf mich zueilen. Sie war in die senfgelbe Robe der Phari gehüllt. »Was machst du noch hier?«

»Ich bin Patientin«, antwortete ich vage.

»Das Hospital wird evakuiert«, erklärte sie.

»Warum?«

»Wir haben Grund zu der Annahme, dass sich gefährliche Leute hier versteckt halten«, erklärte sie ungeduldig. »Geh nach draußen. Dort wird sich das Personal um dich kümmern.«

»Ja. Danke.« Ich verbeugte mich und ging weiter. Meine Wunde schmerzte bei jedem Schritt, aber ich biss die Zähne zusammen.

Von was für gefährlichen Leuten mochte sie wohl sprechen? Egal was hier los war, es könnte meine Gelegenheit sein zu entkommen. Nur wohin? Meine Gedanken rasten. Vor Onkel Joe war ich nirgends sicher. Ebenso wenig vor den Streunern und ihrem ominösen Sponsor. Nein, die gefährlichen Leute waren nicht hier drinnen. Sie lauerten dort draußen, und wenn sie mich in die Finger bekämen ...

Ich presste mich an die kühle Wand, unschlüssig, welchen Weg ich einschlagen sollte. Plötzlich bemerkte ich aus dem Augenwinkel eine Bewegung. Instinktiv schlüpfte ich in ein leeres Patientenzimmer und schaltete das Licht aus. Im Dunkeln wartete ich.

Leise Schritte näherten sich. Die Sohlen schienen den Boden kaum zu berühren. Mein Herz schlug mir bis zum Hals, als die Gestalt an mir vorüberging.

Sie trug einen weiten Mantel, der bei der nächsten Bewegung den azurblauen Kimono darunter nur kurz enthüllte. Doch den hätte ich gar nicht gebraucht, um sie zu erkennen. Ihre Bewegungen waren so vertraut. Ebenso wie der Anblick der silbernen, kunstvoll hochgesteckten Haare.

Ich erwachte aus meiner Starre und streckte den Kopf aus der Tür, gerade weit genug, um zu sehen, wie sie in einem Treppenhaus verschwand.

Großmutter.

Und bevor ich weiter über die Konsequenzen nachdenken konnte, hatte ich auch schon beschlossen, ihr zu folgen.

42

Erin Rider

Ich blühe im Schatten.

»Der Blutkristall«, sagte der Fürst, jetzt neuer wahnsinniger König der Tiger. »Nun ist er endlich wieder in unseren Händen.«

Von seiner Hand tropfte Blut. Das Blut seiner eigenen Mutter.

»Tante …«, korrigierte mich der Distelkönig. *»Hast du nicht aufgepasst?«*

»Schafft sie weg«, wies der Fürst einen Krieger an. »Ich will sie in diesem heiligen Moment, auf den schon mein Vater so lange hingearbeitet hat, nicht dabeihaben. Heute werde ich die Macht des Kristalls entfesseln! Die Macht, die die Tiger endlich wiederauferstehen lässt. Wenn ich erst unsterblich bin, müssen wir uns nicht länger verstecken. Wir können uns zurückholen, was unser ist.«

Die Tiger brüllten begeistert ihre Zustimmung.

Distel? Wird er wirklich unsterblich sein?

»Ja und nein …«

Der Fürst drückte auf einen Knopf, woraufhin der Tigerkopf-Thron sich teilte und ein Becken enthüllte, das darunter in den Boden eingelassen war. Den Kristall fest in seinen Händen, stieg er die Stufen hinab ins Zentrum.

»Hundert opfere ich dir«, murmelte er, während er sich hinsetzte. »Bitte, gewähre mir deine Stärke. Deine Macht. Deine Unsterblichkeit. Rote Königin. Herrscherin über Asche und Knochen.«

Die Tigersoldaten traten an den Rand des Beckens und Mikko und ich folgten ihnen.

»Hundert opfern wir dir«, echoten sie einstimmig. Man konnte ihre Erregung förmlich spüren.

Plötzlich öffneten sich Klappen an den Wänden und rote Flüssigkeit schoss hinaus. Blut. Der unverkennbare metallische Geruch breitete sich im Raum aus. Erst jetzt bemerkte ich die Vertiefungen im Boden, die spiralförmig auf das Becken zuliefen. Und in diesen floss das Blut an uns vorbei und sammelte sich in der Mitte des Raumes. Das war kein Thronsaal. Das war etwas, das es schon lange nicht mehr gab.

Ein Blutschrein.

Was tut er da?

»Er befreit einen dunklen Spirit«, murmelte der Distelkönig. *»Einen sehr dunklen Spirit.«*

Wofür braucht er das viele Blut?

»Ich nehme an, sie braucht das Blut, um das Siegel zu brechen ... «

Das Siegel?

»Der Stein ist ein Gefängnis.«

Wie deine Tonscheibe?

»Ja, nur weitaus mächtiger. Wer auch immer sie da eingesperrt hat, wollte nicht, dass sie je wieder herauskommt. Kann ich verstehen. Die Rote Königin ist niemand, den man gerne um sich hat.«

Kennst du sie persönlich?

»Na ja, es gibt nicht viele Spirits unseres Ranges ... Da kennt man sich.«

Und?

»*Wir sollten auswandern …* «

Der Fürst hob den Blutkristall über seinen Kopf, während er wieder und wieder den Dämon herbeirief.

Plötzlich hörte ich eine Stimme, kalt wie der Winter. »*Stirb. Stirb mit meinem Namen auf den Lippen.*«

Der Fürst schien sie ebenfalls gehört zu haben, denn seine Augen begannen zu leuchten.

»Und dann erlange ich Unsterblichkeit?«, fragte er hoffnungsvoll, während er einen Dolch von seinem Gürtel löste.

»*Nichts wird deinen Körper verletzen können, solange meine Kraft durch seine Adern fließt*«, antwortete die unheimliche Stimme. »*Du wirst niemals altern. Niemals sterben. Du wirst unaufhaltsam sein. Bist du dazu bereit?*«

»Ja.« Er nickte, die Klinge fest umschlossen.

»*Ich meinte das mit dem Auswandern ernst*«, rief sich der Distelkönig in Erinnerung. »*Wir müssen verschwinden. Jetzt!*«

Okay.

»Mikko«, flüsterte ich. Er war wie erstarrt, den Blick auf das Becken mit Blut gerichtet. Glücklicherweise waren die anderen Tiger so von dem Horror-Spektakel abgelenkt, dass sie uns keine Beachtung schenkten. Während sie fiebrig vor Erwartung auf den roten See blickten, trat ich zurück. Ich hakte mich bei Mikko ein und zog ihn mit mir.

»Lass uns verschwinden«, flüsterte ich und er nickte.

Langsam näherten wir uns der Tür. Schritt für Schritt. Doch wir kamen nicht weit, denn plötzlich schlugen die Türen auf und gleißendes Licht erhellte mit einem Schlag den Raum. Licht, das ich durch meinen Kittel spürte, wie Feuer, das meine Haut verbrannte.

»*Nicht schon wieder …* «, stohnte der Distelkönig, als zwei Phari hereinstürmten. Dieses Mal jedoch hatten die Lichtbringer nur Augen für den Blutschrein in der Mitte des Raumes. Ich riss Mikko zur Seite, während sie an uns vorbeistürmten. Es waren zwei. Die zwei, die ich schon auf dem Luftschiff getroffen hatte. Der Mann mit dem Stab und seine Novizin.

»Was passiert hier?«, rief Mikko.

»Lauf!«, brüllte ich.

43

Kiran Seaborn

Es werde Licht.

Während sich Heiler um meinen Körper kümmerten, waren Meister Konoha und Clea dem zweiten Luftschiff gefolgt. Und ich? Ich folgte ihnen mit meinem Schweinswal, doch ich war bloß ein Geist. Noch nie im Leben hatte ich mich so hilflos gefühlt.

Meister Konoha und Clea kämpften um ihr Leben und ich konnte nur zusehen. Das glühende Licht erstrahlte am Stab meines Meisters wie eine Fackel der Hoffnung. Mit ihr in der Hand trat er den Tigern entgegen. Clea hatte ihre Kurzschwerter gezogen. Ihr Gesicht glühte vor Konzentration, beleuchtet von dem Feuer ihres Spirits. Der Luchsschwanz peitschte hin und her, während sie sich in den Kampf stürzte. Mutig und ohne zu zögern. Sie kam den Bewegungen ihrer Feinde zuvor, war ihnen immer ein paar Sekunden voraus. Natürlich. Immerhin wusste sie, was sie tun würden, bevor sie es selbst wussten. Das war Clea. Schnell und stark. Einer nach dem anderen ging vor ihr in die Knie.

Mein Meister wandte sich um und stellte zwei Gestalten, die zu fliehen versuchten. Die beiden sahen aus wie Ärzte. Sie trugen Kittel und Mundschutz, aber ich erkannte eine von ihnen sofort.

Ein dunkler Dämon klammerte sich an sie, Dunkelheit, fest mit ihr verschmolzen, wie ein Mantel. One-Strike. Unsere Wege kreuzten sich immer wieder, als ob unsere Schicksale miteinander verwoben waren.

Mein Meister hatte den Umbra ebenfalls bemerkt. Er eilte auf ihn zu, doch der andere Arzt stellte sich ihm in den Weg. Er war kein Gegner für Konoha. Gerade als er etwas hob, das wie ein Taser aussah, sammelte sich das Licht des Kristalls um meinen Meister wie ein Schild. Glühende Tentakel wuchsen daraus hervor. Sie packten den jungen Arzt und drückten ihn zu Boden.

One-Strike schrie auf. Ein Schrei voller Schmerz, der mir direkt ins Herz schoss. Sie wollte meinen Meister aufhalten, aber das Licht des Kristalls brannte sich in ihre Haut. Stöhnend ging sie in die Knie und versuchte verzweifelt, ihr Gesicht zu schützen.

Währenddessen zog mein Meister sein Schwert. Er schritt auf sie zu und holte aus. Zweifellos, um sie töten. Aber der Arzt, den er zu Boden gedrückt hatte, rappelte sich auf.

»Nein!«, rief er flehend, während er den Stab meines Meisters packte und ihn an sich riss. Der Kristall erlosch. Im selben Moment drehte sich mein Meister zu ihm um und stach zu.

Wie in Zeitlupe nahm ich die nächsten Sekunden wahr, die Sekunden, die alles änderten. One-Strike schrie, als die Spitze des Schwertes durch den Körper des Arztes fuhr. Sie erhob sich und stürmte auf Konoha zu, der nach seinem Stab griff. Ihr Gesicht war zu einer Maske aus Wut und Schmerz verzerrt. Was mir allerdings am meisten Angst machte, waren ihre Augen. Das strahlende Blaugrün, das mich an die Meere von Alvane erinnert hatte, war verschwunden. Stattdessen sah ich nur Finsternis darin.

Ein hungriges, verschlingendes Schwarz.

Ihr Dämon bäumte sich hinter ihr auf und die Schatten im Raum folgten. Mit einem Schlag erloschen die Lampen in ihrer Nähe und die Dunkelheit erwachte zum Leben.

»Meister, pass auf!«, schrie ich, aber es war sinnlos. Meine Warnung verklang ungehört im Raum.

One-Strikes Hand war zur Faust geballt. An ihren Fingern glänzte ein schwarzer Metallring. Ich wusste, was als Nächstes kam, denn ich hatte es bereits gesehen. Der Schlag, der sie in der Grube legendär gemacht hatte. Der Schlag, dem sie ihren Namen verdankte.

Die Finger meines Meisters schlossen sich um seinen Stab und er rief: »Fiat lux!«

Im selben Moment, als der Kristall zum Leben erwachte, donnerte ihre Faust nieder.

Ich schrie.

Vergebens.

One-Strikes Angriff war schnell und präzise. Ein gezielter Treffer, der den Kehlkopf zertrümmerte.

Ich eilte zu meinem Meister, als er zusammensackte, versuchte ihn aufzufangen, doch sein Körper fiel durch mich hindurch.

Nein! Nein! Das durfte nicht sein!

Gierige Schatten stürzten sich auf ihn. Ich hörte das freudlose Lachen des Dämons in meinen Ohren klirren, als er seine Klauen nach meinem wehrlosen Meister ausstreckte. Bereit, ihn zu zerfetzen.

»Nein!«, befahl ich. Mein Spirit schoss wie ein glühender Feuerball auf sie hinab und verscheuchte sie mit seinem Licht. Zischend zogen sie sich zurück, während ich mich mit meinem Schweinswal schützend über meinen Meister kauerte. Selbst der gehörnte Dämon hielt inne. Seine kalten Augen fanden mich.

»Du schon wieder«, knurrte er, aber ich ignorierte seinen eisigen Atem in meinem Nacken.

»Meister.« Ich ergriff Konohas Hand. Sein Blick irrte ziellos über die Decke, an mir vorbei, immer wieder durch mich hindurch, bis er plötzlich an mir hängen blieb.

Mein Meister blinzelte. Ein letztes Mal. Er konnte nicht sprechen, da sein Kehlkopf zertrümmert war, aber für den Bruchteil einer Sekunde sah ich ein Lächeln über seine Lippen huschen, als er mich direkt ansah. Dann wurden seine Augen trüb und sein Körper erschlaffte mit einem letzten Seufzen.

Das Glühen seines Spirits erlosch.

Für immer.

»Nein!« Es war mein Schrei, der von den Wänden widerhallte, als mir bewusst wurde, dass mein Meister tot war.

Getötet von One-Strike. Ich wirbelte zu ihr herum. Sie klammerte sich zitternd an den verwundeten jungen Mann. Doch egal wie verzweifelt sie wirkte, ich sah die Wahrheit. Den grinsenden, gehörnten Dämon, der hinter ihr kauerte und über Konohas Schicksal lachte. Ich sah die Schatten, die sich zu ihren Füßen drängten, gierig lauernd, nur zurückgehalten von dem Glühen meines Schweinswals.

Sie war das Böse.

Ein Monster.

»Das wirst du bezahlen«, schrie ich sie an. Es war mir egal, dass sie mich nicht hören konnte. »Ich werde dich töten!«

»Nicht solange ich hier bin«, säuselte der Dämon an ihrer Seite. Seine Dunkelheit hatte sich wie ein Schild um sie gelegt, beinahe beschützend, während sie sich weinend an den Arzt drückte.

»Ich werde euch beide vernichten.«

»Versuche es, kleiner Shinigami. Das wird sicherlich äußerst … amüsant.«

Mein Spirit glühte entschlossen auf, als der Blick des Dämons sich plötzlich auf etwas hinter mir wandte. Sein fieses Grinsen erlosch, als hätte man eine Kerze ausgepustet. Auch ich drehte mich um. Aus dem Becken erhob sich eine Gestalt, ganz und gar in Blut gehüllt. In ihren Händen lag der Blutkristall. Zerbrochen. Und da wusste ich, dass der Kampf noch lange nicht vorbei war.

Er hatte gerade erst begonnen.

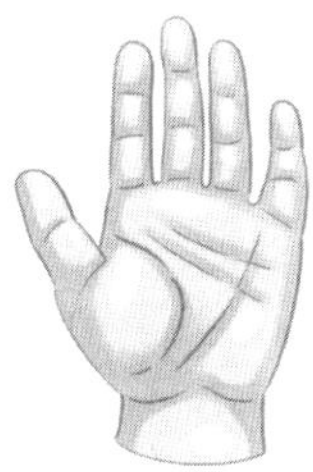

44

ERIN RIDER

Ich blühe im Schatten.

»Mikko. Halte durch«, flüsterte ich und wischte mir die Tränen aus den Augen. Jetzt war nicht die Zeit für Verzweiflung. Ich brauchte all meine Kraft, wenn ich ihn retten wollte. »Ich bring dich hier raus.«

Ich hatte meine Arme unter seinen Körper geschoben und trug ihn durch den Gang. Bloß weg von den Phari. Und weg von dem Monster, das dort erwachte. Die Schatten gaben mir die nötige Kraft. Oder war es meine eigene Angst?

Mein Verstand setzte angesichts der Wunde in Mikkos Körper aus, der Wunde, aus der beständig Blut sickerte.

Er darf nicht sterben!

Der Distelkönig teilte meine Verzweiflung nicht. Natürlich nicht. Er machte sich keine Mühe, seine gute Laune zu verbergen. Eigentlich war alles genau so, wie er es sich erhofft hatte. Der Phari war tot. Durch meine Hand gestorben. Mikko tödlich verwundet. Wenn er sterben würde, würde ich den Verstand verlieren. Wenn er sterben würde, würde mein Licht erlöschen.

»Rette ihn«, befahl ich, aber meine Stimme brach. »Bitte … Er darf nicht sterben.«

Und der Distelkönig, gewissenlos wie er war, nutzte meine Lage aus.

»Ich kann sein Leben retten. Wenn du mir deine Seele gibst.« Er grinste triumphierend, als wäre dies die Gelegenheit, auf die er gewartet hatte.

»Meine Seele?«, wiederholte ich und sank mit Mikko zu Boden.

»Ich habe dir gesagt, dass es in deinem Körper früher oder später etwas eng für uns beide wird«, sagte er.

Er wusste, dass ich es tun würde. Für Mikko würde ich alles tun. All meine Gedanken galten ihm. Er sollte leben. Er *musste* leben. Das war alles, was zählte.

»Na schön …«, murmelte ich, aber in dem Moment öffnete Mikko seine Augen.

»Moji.« Mit zittriger Hand strich er mir über die Wange, woraufhin mir erneut Tränen in die Augen schossen. Ich konnte es nicht ertragen, ihn leiden zu sehen.

»Du wirst wieder gesund«, versprach ich ihm. »Dafür sorge ich.«

Er musste ahnen, was ich vorhatte, denn er schüttelte den Kopf. »Tu es nicht. Bitte.« Er sah mich flehend an.

»Ich muss«, widersprach ich, während ich versuchte, meine Augen zu trocknen. Er sollte mich nicht so sehen, aber egal wie sehr ich mich bemühte, es flossen immer neue Tränen über meine Wangen.

»Nein.« Er nahm meine Hand und drückte sie an sein Herz. »Du musst kämpfen …«

»Er kann dich retten«, widersprach ich.

»Lass ihn nicht gewinnen. Du bist viel stärker als er. Bitte. Du hast es geschworen … geschworen, dass wir zusammen bleiben. Für immer …« Zu sprechen kostete ihn viel Anstrengung. Trotzdem fuhr er fort. »Wohin meine Seele auch nach dem Tod wandert, ich finde dich wieder. Egal in welcher Welt und welchem Leben, nichts kann uns trennen. Doch wenn er deine Seele frisst, dann bist du fort und jede Chance, dich wiederzusehen, ist vertan. Das wäre für mich schlimmer als der Tod.«

Mit letzter Kraft zog er mich zu sich hinunter und drückte mir einen Kuss auf die Lippen, um mich an das Versprechen zu erinnern, das ich ihm auf den Dächern über Tokito gegeben hatte. »Für immer, Moji.«

Hitze durchströmte mich. Heißer als die Sonne. Er war mein Licht. Meine Superkraft, die weder die Prinzessin noch der Tigerfürst hatten. Liebe. Sie sprengte die Ketten der Dunkelheit, die der Distelkönig um mich gewoben hatte.

»Deine Seele«, forderte der Dämon.

»Nein«, sagte ich mit fester Stimme. »Meine Seele gehört mir.«

Ich erhob mich und spürte die Dunkelheit, die aus meinem Körper tropfte und mit der Umgebung verschmolz. Sie war längst ein Teil von mir, ebenso wie sie ein Teil des Dämons war. Ich mochte seine Gedanken und Pläne nicht durchschauen, aber seine Kräfte flossen durch meinen Körper. Ich spürte die Macht, die mir die Dunkelheit verlieh.

Mir. Erin.

»Wir werden Mikko jetzt hier rausbringen.«

Ich spürte, wie die Schatten mir zur Seite eilten und mir halfen, Mikkos Körper hochzustemmen. Der Distelkönig hielt sie nicht auf, beobachtete mich nur. Meine Füße setzten sich in Bewegung und flogen durch den Gang, während mir die Dunkelheit den Weg wies.

»Glaub nicht, dass du über mich gebieten kannst«, wisperte der Distelkönig in mein Ohr. *»Die Macht, die ich dir verliehen habe, kann ich auch jederzeit wieder nehmen.«*

»Ach ja?«, knurrte ich, während ich Mikkos warmen Körper an mich drückte. Sein Kopf ruhte auf meiner Brust. Er atmete. Ungleichmäßig, aber er atmete. »Du und ich. Wir haben einen Bund, den man nicht lösen kann. Einen Bund der Ewigkeit. Deine Kräfte werden die meinen sein. Das waren doch deine Worte.«

»Ich wollte bloß dramatisch klingen. Nichts hält ewig, Kind.«

»Und warum bist du dann noch hier? Obwohl du tagtäglich sagst, wie sehr ich dich nerve?«

»Na ja, hin und wieder ist es ja auch ganz lustig. Zum Beispiel, als dich der Knochenbrecher verprügelt hat.«

Auch wenn er gewohnt sarkastisch klang, spürte ich, wie sich Unruhe in ihm breitmachte. Meine Worte schienen nicht so an ihm abzuprallen, wie er mich glauben lassen wollte. War er besorgt, weil die Schatten auch meinen Befehlen Folge leisteten? Wenn ja, dann wäre das ein gutes Zeichen. Oder nicht?

»Früher oder später wird einer von uns diesen Körper verlassen müssen«, sagte er leise. *»Ich kann warten …«*

Du wirst niemals gewinnen, Dämon!

»Die Schatten gewinnen immer«, murmelte er. *»Was bist du schon ohne mich. Bloß ein dummes, einsames Waisenkind.«*

Und du bloß eine dumme, einsame Tonscheibe!

45

Kiran Seaborn

Es werde Licht.

Der Fürst war mit Blut bedeckt, dem Blut der hundert Opfer, die er ermordet hatte. Aber er war nicht länger er selbst. Ein blutroter Schimmer, der jedes Licht zu verschlingen schien, umgab seinen Körper. Eine dunkle Gestalt füllte seinen Körper aus. Eine spitze Krone zierte ihren Kopf. Ihr Mund war ein breites Maul, das zu einer grinsenden Fratze verzogen war. Ihre Augen blutrot.

Die Rote Königin.

Die Seele des Fürsten konnte ich nicht sehen. Nein, das war ein Umbra, wie ich ihn mir immer vorgestellt hatte. Ein dunkler Spirit, der den Körper seines Wirtes ganz ausfüllte, nachdem er dessen Seele verschlungen hatte.

Er ließ die Splitter des zerbrochenen Blutkristalls zu Boden fallen und schritt auf Clea zu, die wie erstarrt dastand. Ihr Blick lag auf Meister Konoha und ich sah die Tränen in ihren Augen. Ihre Hände zitterten kaum merklich. Sie wischte sich über die nassen Wangen, bevor sie den Blick von Konoha losriss und sich umdrehte. Zu dem Umbra und den verbliebenen Tigern.

»Fiat lux«, murmelte sie und griff nach dem Stab, der aufleuchtete. Allerdings nicht mehr so hell wie auf dem Luftschiff. Seine Energie war beinahe erloschen. Clea absorbierte sein Licht, sammelte es um sich wie einen Schild, bevor sich die Hände um ihre Klingen schlossen.

»Herr!«, rief einer der Tiger. »Die Phari-Verstärkung ist eingetroffen. Sie sind im Hospital.«

»Haltet sie auf«, sagte die Rote Königin und hob das Schwert eines Toten auf. »Ich kümmere mich um die hier.«

Die Tiger setzten sich in Bewegung, während Clea mit dem Umbra zurückblieb.

»Lauf weg«, rief ich ihr zu. »Finde die anderen Phari!«

Aber Clea war eben Clea. Ich wusste, dass sie nicht fliehen würde.

Der Fürst wich ihren Angriffen spielerisch aus. Das Lachen aus seiner Kehle war kalt wie ein Schneesturm. Er ließ sich Zeit, wartete, bis sie müde wurde. Mit jedem Schlag wurden ihre Bewegungen langsamer und das Licht des Kristalls trüber.

Ich sah den Schweiß, der über ihre Stirn rann. Die wachsende Verzweiflung in ihren Augen. Immer wieder huschte ihr Blick zur Tür und ich ahnte, dass sie auf Verstärkung wartete. Aber mit jedem Schlag sank die Hoffnung, dass die rechtzeitig eintreffen würde.

Ich war hilflos. Bloß ein Geist, der außerhalb seines Körpers wandelte, und für einen Moment war ich wütend, wütend auf meinen Spirit, dass er mich hierhergeführt hatte.

»Willst du, dass ich ihr beim Sterben zusehe?«, schrie ich ihn an. Waren das meine ach so besonderen Fähigkeiten?

Ein Schlag traf Clea an der Schulter und sie ging wimmernd zu Boden. Schnell versuchte sie, wieder aufzustehen, aber ihr fehlte die Kraft. Die Rote Königin ließ das Schwert kreisen, als sie auf ihr Opfer zuging.

Ich wusste, was als Nächstes passieren würde. Und Clea wusste es ebenfalls. Sie hatte es vorhergesehen. Ich wusste, dass ich sie nicht retten konnte.

Meine Totenseherin.

Trotzdem wollte ich es verhindern.

»Nein!« Ich sprang mit ausgestreckten Armen vor Clea. Mein Spirit folgte mir. Ich spürte seine Wärme in meinem Nacken, sah sein Aufleuchten, das den Dämon blendete.

Die Königin hielt inne. Ihre roten Augen richteten sich auf mich.

»Sieh an. Ein Shinigami«, säuselte sie.

»Lass sie in Ruhe!«, forderte ich.

»Zu spät.« Der Umbra richtete das Schwert auf Clea. Dann stach er zu. Durch mich hindurch. Direkt in sie.

Ein Stich ins Herz. Es tut nicht weh.

»Nein!« Ich wirbelte herum. Als die Klinge Clea durchbohrte und ihr Körper nach hinten fiel, war ich an ihrer Seite. Ich nahm ihre Hand, hielt sie fest.

Ich hebe meinen Blick und sehe dich.

Wie in ihrer Prophezeiung erblickte sie mich.

»Du lebst, Fischerjunge!«, flüsterte sie, doch dann hielt sie inne. »Lebst du?«

»Ich weiß es nicht«, antwortete ich wahrheitsgemäß. Ich spürte meinen Körper. Er war da draußen, im Tempel, während Meisterin Gaiana ihn zu heilen versuchte, aber er war leer. Denn ich war hier.

»Ich sterbe, oder nicht?«

Ich sah auf ihre Wunde und spürte einen Kloß in meinem Hals. Wieso konnte ich nichts tun? Wieso konnte ich sie nicht retten?

Doch Clea lächelte mich an. »Du bist wirklich etwas Besonderes.«

»Besonders nutzlos«, krächzte ich. »Ich konnte euch nicht retten. Weder dich noch Meister Konoha.«

»Du bist genau da, wo du sein sollst.« Ihre Stirn runzelte sich und ich wusste, dass sie nun doch Schmerzen hatte. »Bitte. Bring uns weg von diesem schrecklichen Ort.«

Und plötzlich waren wir nicht länger in dem Raum, in dem sich Blut und Dunkelheit begegneten. Wir standen an einer grauen Küste. Der Wind peitschte uns durch die Haare und trug einen salzigen Geruch mit sich. Das Kreischen von Möwen drang durch die Wolken, die wie Watteschiffe über dem wilden Meer trieben.

»Es ist wunderschön«, staunte Clea.

»Wild und gefährlich. Die Küsten von Alvane«, sagte eine vertraute Stimme hinter uns. Wir drehten uns um und sahen Meister Konoha neben meinem Schweinswal stehen. »Danke, dass du uns hergebracht hast, Kiran.«

Er kam auf seinen Stab gestützt auf mich zu und legte seine Hand auf meine Schulter.

»Ich habe keine Ahnung, wie ich das gemacht habe«, gab ich zu. Als der Spirit meines Meisters mich berührte, spürte ich eine angenehme Wärme.

»Was ist das?«, fragte ich. Das Tier mit den kleinen Kulleraugen und der röhrenförmigen Schnauze irritierte mich immer noch.

»Ein Ameisenbär«, mischte sich Clea kichernd ein. »Der passt zu dir, Meister.«

Dann sah sie meinen Schweinswal an, der losgelöst von meinem Körper über dem Stein schwebte.

»Er ist toll«, staunte sie. Dasselbe hatte ich auch über ihren Luchs gedacht.

Auch Meister Konoha lächelte. »Ein Shinigami also. Das Bindeglied zwischen Menschen- und Spiritwelt.«

»Ich dachte, die waren bloß eine Legende«, sagte Clea. Sie versuchte immer wieder, ihren Pony glatt zu streichen, aber der Wind ließ nicht locker. Typisch Clea. Selbst tot wollte sie noch perfekt aussehen.

»Nun, ich bin der lebende Beweis, dass es sie gibt«, grinste ich. »Falls ich wirklich noch lebe.«

So richtig lebendig fühlte ich mich nämlich nicht.

»Du lebst.« Meister Konoha lachte. »Shinigami können sich von ihrem Körper trennen und durch die Festwelt wandern, ebenso wie durch die Schimmerwelt, die Welt der Spirits.«

»Aber ich konnte euch nicht retten.« Ich spürte tiefe Trauer, als die beiden meine Hände ergriffen und festhielten. Es würde das letzte Mal sein.

»Aber vielleicht kannst du die anderen retten«, sagte mein Meister. »Wenn jemand die Rote Königin aufhalten kann, dann du.«

»Wie soll ich das anstellen?«

»Vertraue deinem Spirit, Kiran.«

Ich hatte noch so viele Fragen, aber ich spürte, wie uns die Zeit davonlief.

»Was passiert jetzt?«, krächzte ich.

»Jetzt heißt es Abschied nehmen.«

Es gab keine Worte, die dem gerecht wurden, was ich für meinen Meister empfand.

»Danke«, sagte ich, auch wenn dieses einzelne Wort viel zu unbedeutend klang.

»Ich bin stolz auf dich, Kiran«, sagte er. Dann verschwanden er und sein Spirit einfach im Licht der Sonne, die sich durch die Wolkenteppiche von Alvane kämpfte.

Als Nächstes kam Clea.

Sie griff meine Hand und drückte sie ein letztes Mal.

»Mach es gut, Fischerjunge.«

»Mach es gut, Casapaia.«

Vor meinen Augen zerfiel sie mit einem Lächeln auf den Lippen. Dieses wunderbare Wesen, das ich so oft verflucht hatte. Und trotz allem hatte ich sie irgendwie geliebt. Aber als der Spätzünder, der ich nun mal war, verstand ich das erst, als die Partikel ihrer Seele sich auflösten und mit ihnen mein Herz.

46

Erin Rider

Ich blühe im Schatten.

Mein einziges Ziel war, Mikko hier wegzubekommen. Also stolperte ich durch den Gang, in dem rotes Notlicht glomm, gerade hell genug, um grobe Umrisse zu erkennen. Offenbar war der Strom ausgefallen.

Oh bitte! Lass den Fahrstuhl funktionieren, flehte ich.

Wir mussten dringend weg von dem Ort, wo gerade alle durchzudrehen schienen.

»Distelkönig.« Die Stimme war wie ein eisiges Klirren. Die Schatten um mich herum erstarrten. »Ich wusste, ich habe dich hier gespürt.«

»Der Kummer ist ganz meinerseits, Rote Königin.«

»Ich hatte gehofft, dass wir uns wiedersehen.«

»Ich habe eher das Gegenteil erbeten.«

»Das dachte ich mir.« Der blutüberströmte Fürst kam auf uns zu, aber ich wich zurück. Ich hatte keine Zeit für einen Dämonenplausch. Mikko brauchte einen Arzt. Dringend.

»Hör mir zu«, wisperte mir der Distelkönig ins Ohr. *»Wenn ich dir*

das Zeichen gebe, läufst du weg. Wir müssen deinen Mikko verstecken und uns um das da kümmern …«

Du willst kämpfen? Haben wir denn eine Chance?

»Wahrscheinlich nicht.«

Wie aufmunternd. Was ist das Zeichen?

»Du wirst es erkennen.«

»Was ist los mit dir?«, lachte der Fürst. »Warum hast du die Seele deines Körpers nicht verschlungen?«

»Na ja, es gibt da gewisse Umstände …«

»Mich verschlingt man nicht so einfach«, rief ich prompt.

»Ich bin enttäuscht, mein König. Wo ist dein unstillbarer Rachedurst geblieben, der ganzen Völkern den Untergang bescherte? Wo ist deine Entschlossenheit geblieben, die ganze Kontinente in Dunkelheit hüllte? Bist du etwa schwach geworden?« Der Umbra trat auf mich zu, den Mund zu einem diabolischen Grinsen verzerrt.

»Schwach? Meine Liebe, die Schatten waren lange vor dir.« Der Distelkönig brach in Gelächter aus. *»Vergiss nicht. Ich bin die Dunkelheit selbst und die Dunkelheit vergeht nie.«*

Und dann kam das Zeichen. Mit einem Schlag zersprangen die roten Notfalllampen und es wurde stockfinster. Ich drehte mich um, presste Mikko an mich und rannte los. Die Schatten wichen mir nicht von der Seite, kleine Fühler, die mich durch den Gang leiteten.

Ich hörte ihr Flüstern, ihren Plan.

Meine Füße hoben sich automatisch, meine Arme waren um Mikkos Körper geklammert. Die Muskeln brannten vor Anstrengung, als ich um eine Ecke rannte und um noch eine, bis ich keuchend zu Boden sank. Die Schatten hatten recht. Ich würde nicht entkommen. Ich musste kämpfen.

Ich roch den Geruch von Blut, der uns folgte. Metallisch und schwer. Er legte sich auf meine Zunge, breitete sich im Mund aus.

Die Schatten wisperten. Ich spürte ihre Unruhe. Wir hatten keine Zeit mehr. Jeden Moment würde die Rote Königin uns eingeholt haben.

Ich bettete Mikko vorsichtig auf den Boden und drückte ihm einen Kuss auf die Lippen.

»Moji«, murmelte er und versuchte, mich festzuhalten, aber seine Finger waren zu schwach. »Geh nicht … Zu gefährlich.«

Natürlich machte er sich Sorgen um mich, während er derjenige war, der verblutete.

»Ich komme zurück. Und wehe, du machst die Augen zu. Du wirst gesund. Das ist ein Befehl«, flüsterte ich.

»Aye, aye, Moji.«

»Ich liebe dich, Mikko Bridger. Vom ersten Moment und für immer.« *Und das will ich dir noch ganz oft sagen. Also kämpfe um dein Leben!*

»Ich liebe dich auch, Erin Rider.«

Ich konnte ihn nicht sehen, aber ich wusste, dass er lächelte. Dann stürzte ich los, in die Dunkelheit, um mich einem Dämon zu stellen.

Oder zweien.

47

Ryanne Cimon

Schönheit ist Macht.

Als ich den Geruch von Blut in der Nase spürte, bereute ich meine Entscheidung, Großmutter bis hierhin gefolgt zu sein.

Hatte sie etwas mit den gefährlichen Leuten zu schaffen, die das Pharimädchen erwähnt hatte?

Der Ort, an den sie mich geführt hatte, war unheimlich. Ein Labyrinth aus Gängen, direkt unter dem Hospital. An einer Tür hatte ich das Clansymbol der Tiger entdeckt, das offenbar übersehen worden war. Denn eigentlich war jeder Hinweis auf die Existenz dieses Clans vor dreißig Jahren vernichtet worden.

Ängstlich lugte ich durch die Tür des Treppenhauses in die Dunkelheit.

Gerade wollte ich wieder umdrehen, als ich jemanden stöhnen hörte. Ich hielt inne und lauschte. Tatsächlich. Jemand war dort, nur wenige Meter entfernt, und bewegte sich. Langsam. Qualvoll. Seinem rasselnden Atem nach zu urteilen, hatte er große Schmerzen.

Ich öffnete die Tür etwas weiter. Das Licht der Treppenhausbeleuchtung glitt über meine Füße und breitete sich im Gang aus.

»Hallo?«, flüsterte ich. »Ist da jemand?«

Ich wagte nicht zu atmen und wartete.

Schließlich kam die Antwort. Kaum mehr als ein Wispern, doch ich erkannte die Stimme sofort, auch wenn sie nur ein Wort sagte.

Meinen Namen.

»Ryanne ...«

»Mikko!« Der stechende Gestank hielt mich nicht länger auf. Ich stürzte los, folgte dem schmalen Pfad des Lichts zu einer Gestalt, die zusammengesunken an der Wand lehnte. Er war es. Sein dunkles Haar hing ihm wirr in die Stirn. Die Brille drohte, von der Nase zu rutschen, doch er machte keine Anstalten, sie zu richten.

»Mikko!« Ich fiel auf die Knie. »Was ist passiert?«

Er hob den Kopf und ich sah die Verwunderung in seinem Blick. Seine Lippen bebten, als er etwas sagen wollte, aber dann fiel sein Kinn auf die Brust und er verlor das Bewusstsein.

»Nein!« Ich schüttelte ihn. »Wach auf. Mikko!«

Sein Hemd war durchtränkt mit klebriger, warmer Flüssigkeit. Blut. Tränen stiegen mir in die Augen, doch ich blinzelte sie beiseite und zwang mich, ruhig zu bleiben.

Weinen wird ihn nicht retten, Ryanne.

Ich sah mich um. Wie sollte ich ihn bloß die Stufen emporschleppen? Ich würde es niemals rechtzeitig schaffen. Verzweifelt suchten meine Hände nach der Wunde und ich drückte sie darauf, in der Hoffnung, uns etwas Zeit zu verschaffen.

Plötzlich wuchs der Lichtkegel um uns herum, als drei Gestalten aus dem Treppenhaus in den Gang traten.

»Wir haben dich gesucht. Du solltest nicht hier sein«, sagte der

Tunichtgut, der auf mich zutrat. »Komm mit. Wir bringen dich in Sicherheit.«

Seine Begleiter trugen breite, löchrige Strohhüte, wie es die Streuner oft taten, um ihr Gesicht zu verbergen. Dazu ausgebeulte Kleidung.

»Nicht ohne Mikko«, sagte ich. Sein Blut lief an meinen Händen hinab. »Er braucht Hilfe, sonst stirbt er.«

»Die Feder interessiert uns nicht.« Ungeduldig zog mich der Tunichtgut hoch. »Komm schon.«

Ich riss mich los und funkelte ihn wütend an

»Nicht ohne Mikko«, wiederholte ich, doch im selben Moment packten mich die anderen Streuner von hinten und zogen mich mit sich.

»Wartet«, rief ich und griff nach der Kette. »Du hast gesagt, ihr schuldet mir was.«

Die Augen des Tunichtguts verengten sich.

»Ja«, antwortete er gedehnt.

»Ich habe dich gerettet und jetzt will ich, dass du ihn rettest. Bringt ihn zu einem Arzt.«

Sein Blick durchbohrte mich prüfend. »Ist das dein Wunsch?«

»Ja.« Ich riss mir die Kette vom Hals und reichte sie ihm.

»Nun gut.« Er entfernte eine der Krallen, bevor er sie mir wiedergab. »Schafft ihn hier fort«, sagte er an seine Begleiter gewandt.

Ich sah ihnen dabei zu, wie sie den bewusstlosen Mikko zwischen sich nahmen und zur Tür trugen.

»Komm«, sagte der Tunichtgut.

»Woher weiß ich, dass sie ihm wirklich helfen?«

»Wir halten immer unser Wort.«

»Ach ja?« Ich stemmte die Hände in die Hüfte. »Und woher soll ich wissen, dass das stimmt? Ich kenne euch nicht und bisher habt ihr nichts dazu beigetragen, dass ich euch vertraue.«

Er legte den Kopf schief. »Wir haben dir das Leben gerettet.«

»Weil es ein Befehl war«, entgegnete ich.

Er nickte. »Du hast in der Tat jemanden, dem du sehr wichtig bist.«

»Diesen ominösen Gönner?«, fragte ich.

»Genau.« Er drehte sich um. »Komm. Ich bringe dich hin. Dann wirst du alles verstehen.«

»Wer ist es?«

»Jemanden, den du gut kennst.«

Zu meiner Überraschung führte er mich nicht ins Treppenhaus, sondern tiefer in die Dunkelheit des unterirdischen Labyrinths hinein.

Und ich folgte ihm.

48

Erin Rider

Ich blühe im Schatten.

»Sie ist sehr stark, weil sie gerade eine Seele verzehrt hat. Wenn wir sie töten wollen, müssen wir sicherstellen, dass sie sich nicht regenerieren kann.«

Ich konnte nicht einmal die eigene Hand vor Augen sehen, doch das war nicht schlimm. Ich fühlte mich, als wäre ich ganz in meinem Element. Die Schatten glitten nicht nur um mich herum. Sie durchflossen mich, gaben mir Kraft und Stärke. Ich fühlte ihre Finger überall in diesem Gang. So stellte ich mir die Echoortung bei Fledermäusen vor. Die Dunkelheit war wie Schallwellen, die mir halfen, mich zu orientieren. Und nicht nur das. Ich *spürte* meine Umgebung.

Ich spürte den besessenen Fürsten vor mir. Er kam direkt auf mich zu, doch im Gegensatz zu mir war er nicht mit den Schatten verbündet.

Ich sprang. Der Distelkönig hob mich in die Höhe, während ich zum Schlag ausholte. Direkt in den Hals. Mit einem Knacken zerbrach der Knorpel. Die Augen des Fürsten verdrehten sich und er fiel um. Ein Röcheln drang aus seinem offen stehenden Mund. Für einen kurzen, wunderbaren Moment hoffte ich, dass es vorbei war. Aber der zertrümmerte Kehlkopf setzte sich in Sekundenschnelle wieder zusammen.

Verflucht!

»Blut ist ihr Lebenselixier. Wie bei uns die Dunkelheit schafft es das Blut, sie zu heilen«, erklärte der Distelkönig.

Der Fürst richtete sich auf und grinste mich an. Sein Arm schnellte vor und bekam mich zu packen.

»Renn!« Die Warnung des Distelkönigs kam zu spät.

Ich spürte, wie sich Hitze in meinem Körper ausbreitete. Brennende, beißende Hitze, als würde mein Blut kochen. Mein Puls beschleunigte sich. Er wurde schneller und schneller, brachte mein Herz an seine Grenzen. Der Druck in meinem Kopf schwoll an und mir wurde schwindelig. Mit einem »Plopp« riss mein Trommelfell und Blut floss aus meinen Ohren.

»Wenn sie dich berührt, kann sie dein Blut kontrollieren«, schrie der Distelkönig.

Was? Warum hast du das nicht gleich gesagt?

»Hab ich wohl vergessen ... «

Großartig!

Verzweifelt versuchte ich, mich aus dem Griff der Roten Königin zu befreien, aber mein Körper gehorchte mir nicht länger. Hilflos wie eine Marionette, der man die Fäden durchtrennt hatte, stürzte ich zu Boden. Mein Herz ... Es würde nicht mehr lang durchhalten. Ich spürte, wie das Blut sich bereits staute. Das Atmen fiel mir immer schwerer, je mehr davon in die Lungen floss. Blut rann mir aus Nase und Augen, in denen kleine Gefäße platzen. Der metallische Geschmack war überall.

Helft mir!, flehte ich die Schatten an, die sich auf die Rote Königin stürzten. Ihre Zähne verbissen sich in den Körper des Fürsten. Ihre Krallen versuchten, ihn von mir wegzuzerren. Vergebens.

Ich hörte meinen eigenen Schrei. Leise. Kraftlos. Verängstigt. Und den vom Distelkönig. Laut. Wütend. Panisch.

Mikko. Es tut mir leid. Ich weiß nicht, ob ich mein Versprechen dieses Mal halten kann …

49

Kiran Seaborn

Es werde Licht.

Auf keinen Fall wollte ich nach dem Abschied von Clea und Meister Konoha hierher zurückkehren, aber mein Spirit hatte andere Pläne. Er hatte mich zurückgeführt. An diesen Ort, wo sich Schatten und Blut trafen. Wo Umbra gegen Umbra kämpfte. Der Schweinswal war das einzige Licht an diesem sonst düsteren Ort und ich spürte seine Anstrengung, denn die Dunkelheit drohte uns zu zerdrücken.

Plötzlich wuchs vor uns ein Dämon in die Höhe. Seine schwarzen Augen richteten sich auf mich. »*Wir brauchen deine Hilfe, Shinigami.*«

»Was?« Ich dachte, ich hätte mich verhört.

»*Ich werde nicht betteln. Das ist unter meiner Würde.*« Er beugte seinen gehörnten Kopf. »*Aber ohne dich können wir die Rote Königin nicht besiegen.*«

Ich ballte meine Hände. »Warum sollte ich euch helfen?«

»*Sie wird uns vernichten. Und dann wird sie auch alle anderen vernich-*

ten, die sich ihr in den Weg stellen.« Der Dämon nickte in die Dunkelheit hinein.

Ich erkannte die Rote Königin, die sich über One-Strike beugte, deren Seele bereits erlosch. Es sah nicht gut aus. Ihre Haut hatte sich blau verfärbt. Die Augen waren tiefrot und geschwollen, während Blut aus ihnen floss. Es sah schmerzhaft aus und ich gönnte es ihr.

»Tja. Pech für euch.« Gerade wollte ich mich abwenden, als sich mein Spirit mir in den Weg stellte.

»Was?«, fragte ich ihn. »Sie bekommt, was sie verdient.«

Er starrte mich an.

»Ja, sie hat mir das Leben gerettet, aber meinen Meister getötet. Ich schulde ihr nichts.«

Er starrte weiter.

»Dummer Geist!«

Ich wollte mich an ihm vorbeischieben, entschlossen, sie verrecken zu lassen, aber mein Spirit ließ nicht locker.

»Ja, ich weiß, was Meister Konoha gesagt hat«, rief ich. »Aber er ist nicht hier. Er ist tot. Wegen ihr.«

Ich konnte es in seinen Augen sehen. Den Schmerz über meinen Verlust. Unseren Verlust. Und plötzlich erinnerte ich mich an den jungen Arzt, den One-Strike zu schützen versucht hatte. War das jemand, den sie liebte? Waren Umbra überhaupt dazu in der Lage?

One-Strike schrie. Ein kraftloser Schrei, aber dieses Mal ließ er mich nicht mehr kalt.

»Sie wollte ihn beschützen, oder?«, fragte ich den Dämon.

»*Frag mich nicht, wieso*«, seufzte er. »*Sie liebt diesen Menschen so sehr, dass es mich in den Wahnsinn treibt.*«

»Was kann ich tun? Ich bin bloß ein Geist.«

»*Du bist ein Shinigami*«, entgegnete der Dämon. »*Reiße sie aus diesem Körper und lenke sie lange genug ab. Wir kümmern uns um den Rest.*«

»Aus dem Körper reißen?«

One-Strike stöhnte. Die Rote Königin kauerte über ihr. Die widerliche Fratze war zu einem kalten Grinsen verzerrt. Sie schien ihre Qual zu genießen, sich regelrecht daran zu ergötzen.

»*Jetzt oder nie*«, rief der gehörnte Dämon.

»Wir tun es, oder?«, fragte ich meinen Spirit und für einen kleinen Moment glühten seine Augen auf, als wollte er mich ermutigen.

Du dummer Geist!

Aber ich wusste, dass er recht hatte. Also trat ich vor und ergriff seine Rückenflosse.

Seine Wärme durchflutete mich mit Zuversicht. Wie zuvor auf dem Luftschiff folgte ich meinen Instinkten, denn tief in mir wusste ich genau, was zu tun war. Und mit einem Schlag glühte mein Schweinswal auf. Er erstrahlte wie ein heller Stern, als wir die Rote Königin packten.

50

Erin Rider

Ich blühe im Schatten.

»Was ist passiert?« Mein Kopf dröhnte. Mein Körper fühlte sich an, als wäre er von einer Dampfwalze überrollt worden. Aber ich lebte. Wie es schien, hatte der Tod es nicht eilig, mich mitzunehmen.

»*Der Wahnsinn ist los!*«, rief der Distelkönig, während sich die Schatten erleichtert an mich schmiegten. »*Dein Shinigamifreund hat uns gerettet. Keine Ahnung, warum. Hat wahrscheinlich auch den Verstand verloren.*«

»Mein ...?« Ich konnte ihn nicht sehen. Wohl aber den Fürsten, der leblos auf dem Boden lag.

»*Der begriffsstutzige Phari. Er hat die Rote Königin aus dem Körper gerissen und kämpft gegen sie.*« Der Distelkönig zerrte mich hoch.

»Wo?«

»*In der Schimmerwelt. Der Welt der Geister.*« Der Dämon schob mich voran. »*Schnell, wir müssen den Körper zerstören, bevor der Spirit versucht, in sein Gefäß zurückzukehren.*«

Ich verstand es immer noch nicht, starrte nur auf den Fürsten, der vor mir lag. Seine Augen waren geöffnet und starrten mit leerem Blick die Decke an. Für mich sah er recht tot aus.

»Tu es! Verdammt! Tu es.«

Ein Schauer lief über meinen Rücken. Ich erwachte aus meiner Trance, fummelte am Gürtel des Fürsten und zog sein Messer.

»Was willst du mit dem Messer? Hast du nicht zugehört? Du musst den Körper zerstören. Sonst heilt die Königin ihn gleich wieder.«

Was sollte ich tun? Den Kopf abschneiden?

»Nein. Das hab ich schon mal probiert. Funktioniert nicht.«

»Ihn zerstückeln?« Allein bei dem Gedanken drehte sich mein Magen um. *Bitte, liebe Ahnen! Lasst es einen anderen Weg geben!*

»Reicht nicht. Verbrennen wäre nicht schlecht. Dann verbrennt auch das Blut und er kann sich nicht heilen.«

»Und wo soll ich jetzt Feuer herkriegen?«, rief ich verzweifelt.

»Was fragst du mich? Kannst du nicht eine Sache alleine hinkriegen?«

»Deine Panik ist nicht hilfreich, Distel.«

»Deine Nutzlosigkeit auch nicht!«

Ich starrte auf den Körper vor mir, während mir tausend Gedanken durch den Kopf rasten. Er war das Gefäß, zusammengehalten durch Blut. Blut war seine Stärke, sein Lebenselixier. Die Schatten schwärmten durch die Gänge auf der Suche nach einer geeigneten Waffe, als ich plötzlich eine Idee hatte.

Könnte das funktionieren?

»Das ist genial«, bestätigte der Distelkönig. Ein Lob aus seinem Munde. Das klang ungewöhnlich. *»Vielleicht gibt es doch noch ein paar nützliche Gehirnzellen in deinem Kopf.«*

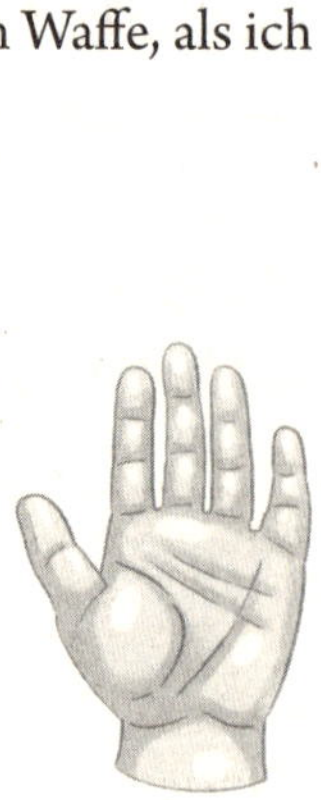

51
Kiran Seaborn

Es werde Licht.

Weiß. Alles um mich herum war weiß. Eine eisige Kälte lag zwischen den Bäumen des Waldes. Der Boden, die Stämme, die Baumkronen waren mit winzigen Kristallen überzogen. Schnee. Wohin das Auge reichte. Und dort, nicht weit entfernt, blutige Fußspuren. Ich folgte ihnen zu einer Lichtung, in deren Mitte eine junge Frau stand. Sie trug ein zerschlissenes weißes Kleid. Ihre Füße waren nackt und blutüberströmt. Sie hatte mir den Rücken zugewandt. Vorsichtig ging ich um sie herum. Vor ihr auf dem Boden war ein zugefrorener See. Zuerst dachte ich, sie würde ihr Spiegelbild betrachten, doch das Eis zeigte eine Burg in Flammen.

Ich warf meinem Spirit einen fragenden Blick zu. Er wirkte besorgt und blieb dicht bei mir, als wir uns vorsichtig näherten.

Das Bild auf dem zugefrorenen See änderte sich. Das Mädchen schritt durch einen Gang. Auf dem Kopf trug sie eine Krone aus Dornen, die ihr ins Fleisch schnitten. Zu beiden Seiten standen Männer und Frauen mit glühenden Eisenstäben. Jeder, den sie passierte, hinterließ sein Zeichen auf ihrem Körper. Ich hörte ihre Schmerzensschreie und mit jeder Brandwunde zersprang das Eis des zugefrorenen Sees ein wenig mehr.

Sie erreichte einen Thron, auf den sie unter den Jubelschreien der Anwesenden gedrückt wurde. Jemand legte ihr einen roten Mantel über die Schultern, aber königlich wirkte sie nicht.

Erst jetzt bemerkte ich die zahlreichen Narben auf dem dürren Körper der Frau. Wirre Muster, aber auch Wörter zeichneten ihre nackten Arme und Beine.

Ich sah erneut in den Spiegel, wo ihr Martyrium sich fortsetzte. Sie floh schwer verletzt durch einen Wald. Sie war die Beute. Die Jäger waren ihr dicht auf den Fersen. Für sie war es ein Spaß. Für das Mädchen ging es ums Überleben. Sie war allein. Niemand würde ihr helfen …

Ein Pfeil steckte in ihrem Oberschenkel. Ein anderer im Rücken. Im weißen Schnee um sie herum bildete sich eine Blutlache. Sie wusste, sie hatte keine Kraft mehr aufzustehen. Keine Kraft mehr, länger wegzulaufen. Ich spürte ihre Verzweiflung, als sie die Jäger hörte. Doch sie wollte nicht aufgeben. Nicht einfach sterben. Einsam und leise. Sie wollte sich wehren. Ihre blauen, steifen Finger formten sich zu einer Faust.

Die Männer hatten sie eingeholt. Der Anführer machte sich bereit, sie niederzustrecken. Ohne mit der Wimper zu zucken. Als wäre ihr Leben nichts wert.

Als sie fertig waren, drehten sie sich um, ließen die Prinzessin einfach liegen und kehrten zur Burg zurück.

Sie sahen nicht, wie sich aus ihrem Blut eine Kreatur emporhob und die Zähne bleckte.

Ein Wolf.

Seine Krallen kratzten über den Schnee. Das Mädchen hob den Blick, doch es war keine Angst darin. Vielmehr Erleichterung.

»Ich kann dir nichts bieten«, flüsterte sie. »Mein Besitz. Mein Leben. Sie haben mir alles genommen. Nur meine Seele, die kann ich dir schenken.«

»Deine Seele ist genug«, knurrte der Dämon. Sie streckte ihre Arme aus, hieß den Wolf willkommen. Und er … Er verschlang sie.

Das Eis des Sees zersprang mit einem Knall und die Frau vor mir hob den Kopf. Die zerschlissenen Stofffetzen verwandelten sich in ein Kleid. Rot wie Blut. Und auf ihrem rabenschwarzen Haar wuchs eine Krone. Eine Krone aus Dornen. Sie starrte mich direkt an.

Die Rote Königin.

»Hast du gesehen, was sie mit mir gemacht haben Shinigami«, sagte sie.

»Mit *ihr*«, korrigierte ich den Dämon. »Du hast ihren Schmerz nur ausgenutzt, um Besitz von ihr zu ergreifen.«

Die Augen der Roten Königin verengten sich, als sie auf mich zuschritt. »Ich habe ihr die Möglichkeit gegeben, Gerechtigkeit walten zu lassen. Diese Menschen hatten den Tod verdient, nach dem, was sie einem kleinen Mädchen angetan hatten. Einer Prinzessin ohne Armee. Ohne Verbündete. Ich habe ihr die Macht gegeben, die sie brauchte, um sich ihr Königreich zurückzuholen.«

»Du hast sie verschlungen …«

»Und nun ist sie ein Teil von mir«, bestätigte der Dämon. »Ihr Schmerz wurde zu meinem Schmerz. Und meine Stärke zu ihrer Stärke.«

Sie umkreiste mich wie ein Wolf. Ihre blutroten Augen bohrten sich tief in meine Seele.

»Wie viele hast du verschlungen?«, fragte ich.

»Mehr, als du zählen kannst.« Ihre Lippen verzogen sie zu einem Grinsen, so breit, dass es von einem Ohr zum anderen reichte. »Und keiner von ihnen hat es bereut, denn nicht ich habe ihnen Schmerzen bereitet. Die Menschen waren es.«

Sie kam immer näher. Mein Spirit drückte sich so fest wie möglich an mich. Seine pulsierende Wärme vertrieb die Kälte, die meinen Körper durchzog.

»Auch in dir spüre ich viel Schmerz.« Plötzlich schnellte sie vor und griff blitzartig meinen Arm.

Mit einem Schlag war die Kälte verschwunden und ich roch Salz. Wir standen neben einem vertrauten Steinhaus. Von hier aus konnte man direkt auf die steilen Klippen von Alvane gucken. Eine Gänsehaut kroch über meinen Rücken und ich war dankbar, dass mein Spirit seine Flosse auf meine Schulter legte.

»Hier liegt sie also«, sagte die Königin. »Die Wurzel deiner Qualen.«

»Dies war mein Zuhause«, gestand ich. Meine Knie zitterten und gaben nach, als die Tür der Steinhütte aufflog. Ein Mann, ein Hüne mit Vollbart, zerrte einen schreienden Jungen heraus. Eine Frau folgte ihnen. Alle drei trugen die typischen Tätowierungen der Triade auf Armen und Beine. Ich wusste, was nun kam. Kein Bitten und Flehen hatte geholfen. Es passierte genau wie damals. Meine Eltern stießen mich in die Tiefe.

»Siehst du, was ich meine? Die Menschen sind Monster«, sagte die Rote Königin, die neben mir stand. »Sie verdienen den Tod.«

Sie sah zu mir herab. Ihre Augen waren zwei blutrote Löcher, die jedes Licht zu verschlingen schienen. »Ich könnte sie für dich töten, Shinigami.«

Der Gedanke war verlockender, als ich mir eingestehen wollte.

»Nein«, antwortete ich. »Ich bin nicht wie du. Ich bin ein Phari.«

Die Rote Königin lachte bitter auf. »Dein Meister ist tot. Getötet vom Herrn der Schatten. Willst du ihn nicht vernichten? Diesen Dämon?«

»Erst kümmere ich mich um dich.«

»Oh! Du kannst mich nicht vernichten«, sagte die Rote Königin, doch plötzlich legte sie den Kopf schief. »Warum hast du mich hergebracht, Shinigami?«

»Damit wir reden können.« Ich versuchte, so unschuldig wie möglich auszusehen, doch sie wurde misstrauisch.

»Was hast du getan? Hast du mit *ihm* gesprochen?« Ihr Gesicht verzerrte sich zu einer wütenden Fratze. »Was hat er vor?«

Als ich nicht antwortete, stieß sie einen frustrierten Schrei aus. Sie wollte verschwinden, aber ich nahm all meinen Mut zusammen und warf mich auf sie. Mein Spirit folgte mir. Zusammen hielten wir sie fest. Er biss in einen Arm der Königin, genau in dem Moment, als sie sich verwandelte. Der Wolf brach aus ihr hervor und sprengte ihre menschliche Verkleidung.

Ein alles verschlingendes Ungetüm.

»Du weißt nicht, was du da tust«, brüllte der Dämon. »Lass mich sofort gehen. Ich muss zurück.«

»Nein«, rief ich, meine Hände in das Fell des Monsters verkrallt. Ich hatte keine Ahnung, was ich da machte. War es das, was Shinigami taten? Sich mit Geistern prügeln?

»Du vertraust dem, der deinen Meister getötet hat?«, rief der Wolf aufgebracht.

»Ich mache zwischen euch keinen Unterschied. Du hast meine beste Freundin getötet«, rief ich.

»Das hätte ich wirklich nicht tun sollen. Lass uns in Ruhe darüber sprechen«, bat der Wolf. In diesem Moment rollten wir über die Klippen und fielen hinunter ins tobende Meer.

Als die Wellen über meinem Kopf zusammenbrachen, erstarrte ich. Schwer wie ein Stein versank ich in der endlosen Kälte, die sich um mein Herz legte. Da war es wieder. Das Gefühl zu ersticken. Das Gefühl zu sterben. Ich fühlte mich wie damals und genau wie damals war ich unfähig, gegen mein vermeintliches Schicksal anzukämpfen.

Neben mir im tiefen Schwarz des Ozeans tauchte der Wolf auf.

»Siehst du, was sie dir angetan haben? Deine eigenen Eltern?«, säuselte er mir ins Ohr. »Menschen bedeuten Leid. Menschen bedeuten Schmerz. Aber ich … Ich bin die Gerechtigkeit.«

Ich hatte das Gefühl, verschlungen zu werden. Von der Dunkelheit selbst. Von meiner eigenen Angst und den Erinnerungen, die an ihr hafteten.

Doch plötzlich erschien über mir ein Licht. Mein Spirit schoss an meine Seite wie ein glühender Komet und seine Wärme vertrieb die Panik aus meinen Gliedern. Und mit ihnen die Bilder, die mich lähmten. Stattdessen brachte er neue.

Erinnerungen, wie der Meister mich rettete, als ich allein und verlassen war. Er streckte mir seine Hand entgegen und nahm mich mit. Er war der Vater, den ich mir gewünscht hätte.

Und Erinnerungen an Clea. Die ihre ganz eigene Bürde trug. Aber die ohne zu zögern für Schwächere einstand. Sie wäre ein guter Phari geworden. Und sie war eine gute Freundin. Die einzige, die ich je hatte.

»Ja, es gibt böse Menschen, aber es gibt auch gute. Menschen, die uns ihre Liebe schenken«, sagte ich. »Sie sind das Licht, für das es sich zu kämpfen und zu leben lohnt.«

Mein Schweinswal erstrahlte hell und leuchtend und das Meer von Alvane verschwand. Stattdessen standen wir wieder in dem zugeschneiten Wald am See.

»Im Moment hast du ihn gefunden, Shinigami. Den Frieden«, wisperte es. Im Schatten eines Baumes saß die Prinzessin. Sie hatte ihre Arme um die nackten Beine geschlungen und sah zu mir empor. Sie sah aus wie ein kleines Mädchen, doch in ihrem Blick konnte ich den Wolf sehen. »Der Schmerz hat dich nicht verschlungen … Noch nicht.«

»Diejenigen, die dir das angetan haben, sind tot«, versuchte ich es. »Auch du kannst nun Frieden finden.«

»Nein.« Sie schüttelte vehement den Kopf. Ein grimmiger Ausdruck lag auf ihrem Gesicht. »Meine Wut und mein Schmerz sind das Einzige, was mir geblieben ist. Wenn ich sie aufgebe, bin ich nichts …«

Mit diesen Worten drehte sie sich um und löste sich auf, um in unsere Welt zurückzukehren.

Hoffentlich hatte ich One-Strike und ihrem Dämon genug Zeit verschafft für das, was auch immer sie tun wollten.

52

Erin Rider

Ich blühe im Schatten.

Ich hatte den Fürsten auf den Tisch gelegt und die gierige Maschine saugte sein Blut aus dem Körper. Das, was den Dämon befreit hatte, schoss durch die Schläuche, verschwand nach und nach in der Wand.

Plötzlich öffnete er seine Augen. Sie waren leer und blutrot.

»Distelkönig«, knurrte er. Seine Finger schlossen sich um meinen Arm und ich schrie auf. Die Schatten wuselten panisch um mich herum und versuchten, sich an den Fürsten zu hängen, doch er schüttelte sie ab. »Was hast du getan?«

»*Halte ihn auf*«, rief Distel, als der Fürst begann, sich die Schläuche aus den Armen zu ziehen. Die Maschine piepte aufgeregt. Im nächsten Moment stürzte ich mich auf ihn und versuchte, ihn festzuhalten. Der Fürst bäumte sich auf und ich bemerkte, wie er erneut begann, seine Kraft auf mich wirken zu lassen. Mein Blut erstarrte. Es war nur eine Frage der Zeit, bis ich erneut zusammenbrach.

»*Das Messer!*«, schrie Distel.

Ich packte es und stach es in sein Herz. Wieder und wieder. Er blutete kaum noch, als die Klinge durch die Haut schnitt. Für einen kurzen Moment sank er auf die Liege zurück. Sofort bohrte ich mithilfe der Schatten die Schläuche zurück in seine Arme, die ihm gierig den Rest des Blutes entzogen. Und somit seine Kraft.

»Du hast recht, König der Schatten. Die Dunkelheit siegt immer«, keuchte der Fürst. Dann wandte er sich an mich. »Am Ende bekommt sie auch dich, Mädchen.«

Seine Augen verdrehten sich und mit einem letzten Seufzen sackte der Körper zusammen. Wie eine Maschine ohne Strom. Wie ein Luftschiff ohne Gas. Reglos. Tot. Fast friedlich sah er nun aus. Und doch verstand ich nicht genau, was da passiert war.

»Haben wir es geschafft?«

»Ja.« Distel war hörbar erleichtert. *»Die Rote Königin ist fort.«*

»Ist sie tot?«

»Vermutlich nicht … Aber für den Moment ist sie uns nicht länger gefährlich.«

Ich drehte mich um und stolperte los, nur ein Ziel vor Augen. Mikko. Meine Füße flogen über den Boden, den düsteren Korridor entlang.

»Wir müssen vorsichtig sein«, warnte der Distelkönig. *»Der Shinigami kann auch uns gefährlich werden. Du hast gesehen, was er kann. Wir sollten ihn vernichten, bevor er uns vernichtet.«*

Aber nicht heute. Heute hatten Licht und Dunkelheit zusammengearbeitet. Und gesiegt. Und das Einzige, was jetzt zählte, war Mikko. Und wenn er wieder gesund war, würden wir endlich nach Ryanne suchen.

53

Ryanne Cimon

Schönheit ist Macht.

Als der Tunichtgut mich in einen Raum geleitete, erblickte ich als Erstes den reglosen Körper am Boden. Eine Blutlache umgab ihn. Ich blinzelte und stieß einen erschrockenen Schrei aus, als ich sah, dass das Herz herausgerissen worden war.

»Ganz ruhig. Von den Toten ist nichts zu befürchten.« Erst jetzt bemerkte ich die Gestalt, die nur wenige Meter von mir an der Wand lehnte. Dunkle Ringe lagen unter den sonst so strahlenden Augen.

Großmutter.

Sie ignorierte mich und wandte sich an den Tunichtgut.

»Gibt es Neuigkeiten von den beiden Phari?«

»Sie sind tot.«

»Das habe ich befürchtet.« Sie nickte. »Und der Handfürst?«

»Ebenfalls tot.«

»Interessant.« Sie rieb sich nachdenklich das Kinn. »Wenn die Phari ihn nicht aufgehalten haben, wer war es dann?«

»Das wissen wir noch nicht.«

Großmutter nickte bedächtig. »Danke. Du kannst nun gehen.«

»Hier wimmelt es von Phari. Ihre Verstärkung ist gekommen«, warnte der Tunichtgut.

»Die weiß ich zu umgehen.« Großmutter lächelte zuversichtlich.

Zu meiner Überraschung verbeugte sich der Streuner vor ihr, bevor er verschwand.

»Großmutter?« Meine Stimme war kaum mehr ein Krächzen, da sich mein Mund trocken anfühlte. »Was geht hier vor?«

Sie wandte sich zu mir um und sah genauso aus wie bei unserer letzten Begegnung. Auf dem Balkon. Als sie mir auftrug, die Haarsträhne des Phari zu stehlen.

»Herzlichen Glückwunsch, meine süße Ryanne. Du hast deinen Test bestanden«, sagte sie und streckte ihre Hand aus, um mir wie früher über die Wange zu streichen, aber ich fuhr zurück. Mein Blick zuckte von ihr zu der Leiche am Boden.

»Welchen Test?«, verlangte ich zu wissen. Meine Hände hatten sich zu Fäusten geballt und zitterten.

»Die nächste Stufe zum Schmetterling natürlich.«

»Was?« Ich verstand nicht. Sie hatte mich von den Schmetterlingen verstoßen … *Oder nicht?* »Ich habe doch versagt … Mirella …«

Die Worte stolperten hektisch über meine Lippen, während ich versuchte zu begreifen, was sie meinte.

»Die Geschichte mit Mirella war eine Lektion, die du lernen musstest. Aber ich habe dich nie verlassen. Während der ganzen Zeit war ich in deiner Nähe und habe dich beobachtet.«

»Das verstehe ich nicht.«

»Im Viertel der Roten Türen hast du mir bewiesen, was ich schon immer wusste. Du bist ein echter Schmetterling. Vielleicht sogar der schönste und stärkste von allen.« Sie sah stolz aus. Wie sehr hatte ich mir gewünscht, dass meine Mutter mich so angesehen hätte. Nur ein einziges Mal. »Dir ist ein anderer Weg vorherbestimmt. Ein Weg, der dich ganz nach oben führt.«

Ich verstand bereits, was sie mir sagen wollte, aber ich wollte es nicht glauben. Darum musste ich es aus ihrem Mund hören. Das Blut rauschte mir durch den Kopf und mir wurde schwindelig. »Du meinst, all das … mein Rauswurf, Onkel Joe, die Auktion … Hinter alldem steckst du?«

»Das alles geschah zu deinem Besten, mein süßer Liebling. Ich habe dich nur auf die Straße gesetzt, um dich zu testen, um zu sehen, was du tun würdest, wenn du auf dich gestellt bist … Und du hast alle meine Erwartungen übertroffen.« Sie deutete auf den Verband, der meinen Brustkorb bedeckte.

»Du wolltest, dass ich mich umbringe?« Meine Stimme war schrill und hallte von den Wänden wider. Aber das war mir egal. Ich konnte nicht glauben, was ich da hörte.

»Oh, mein kleiner Liebling. Wenn du hättest sterben wollen, wärst du tot. Aber das wolltest du nicht, oder? Darum hat die Klinge dein Herz verfehlt.«

Ich wusste nicht, was ich sagen sollte.

»Du wolltest leben. Genau wie ich damals überleben wollte.« Großmutter lächelte wissend. »Ich habe es doch immer gesagt. Du bist wie ich. Ein Schmetterling.« Sie deutete auf ihre eigene Narbe am Hals, das Resultat ihres Keikeis. »Und Schmetterlinge überleben jeden Sturm.«

Ich versuchte, meine zitternden Hände unter Kontrolle zu bringen, aber es wollte mir nicht gelingen. »Warum … warum sind wir hier?« Ich deutete auf die Leiche. »Was ist hier passiert?«

»Eine tragische Geschichte«, antwortete sie, aber es klang nicht so, als würde sie es auch so meinen.

Die Tote kam mir seltsam vertraut vor, und obwohl sich alles in mir sträubte, sah ich genauer hin. »Ist das die ehemalige Handfürstin? Hiraya Hun?«

»Ja. Meine edle, ach so mutige Schwester«, antwortete Großmutter bitter.

»Schwester? Das tut mir leid.«

»Das muss es nicht. Wir waren uns nicht sehr nahe …«

Ich versuchte, die Puzzlestücke in meinem Kopf zu verbinden. Wenn die ehemalige Handfürstin Großmutters Schwester war, dann wäre sie der legendäre Schmetterling, der vom Verrückten König verschleppt wurde. Jener Schmetterling, der sich das Leben nahm, woraufhin die Handfürstin Rache schwor und die Stadt vom Tyrannen befreite. Jeder kannte die Geschichte. »Ich dachte, die Tiger hätten dich nie in die Hände bekommen. Der Keikei …«

»Ich wollte ihn vollführen, aber die Tiger waren vorbereitet. Sie wollten mich um jeden Preis lebend. Für ihren König«, berichtete sie. Ihre Stimme war kalt.

»Du warst das …« Wenn man den Erzählungen glaubte, musste sie unsagbares Leid erfahren haben.

»Ich war über Monate ihre Gefangene, doch die Hoffnung, dass mich jemand da rausholen würde, gab mir Kraft. Ich war der Liebling der damaligen Geisha. Meine Schwester war die Fürstin der Hand. Ich war sicher, dass sie das dem Tigerkönig nicht durchgehen lassen würden. Ich war sicher, dass sie mich retten würden. Aber niemand kam, um mich zu retten. Niemand.«

Ich wusste nicht, was ich sagen sollte. Also schwieg ich.

»Wie oft sagte er mir, Schmetterlinge sind hübsch anzusehen. Man kann sie sammeln und sich an ihrem Anblick erfreuen. Er irrte sich. Man kann eine Nadel durch ihren Körper jagen und sie an die Wand pinnen, aber solange sie leben, kann man sie nie besitzen.« Ihre Unterlippe bebte vor Wut. »Ich lernte meine Lektion, süße Ryanne. Niemand wird sich um dich kümmern. Das musst du selbst tun. Wer kam, um dich zu retten? Deine Freunde? Deine Mutter? Der nette Phari?«

Ich schüttelte langsam den Kopf. »Wie bist du entkommen?«

»Genau wie du. Durch den Keikei. Diesbezüglich habe ich nicht gelogen.« Sie deutete auf ihren Hals. »Aber ich wollte nicht sterben. Ich hatte nur gehofft, etwas anderes in mir würde es tun …«

Ich verstand nicht.

»Leider sorgte meine Schwester dafür, dass es doch überlebte.«

»Du hast ein Kind …«

»Nein. Der Verrückte König hatte ein Kind«, korrigierte sie mich. »Ich war nur gezwungen, es auszutragen.«

»Einen Erben des Tigerthrons.«

»Wenn es nach mir gegangen wäre, hätte er niemals so lange gelebt. Der König brachte uns ins Hospital, wo meine Schwester uns behandelte.«

»Und den König tötete …«

»Sie wollte den Blutkristall und nutzte die Chance, die sich ihr bot.« Großmutter schüttelte den Kopf. »Sie hatte immer schon eine Schwäche für kostbare Schätze und mächtige Artefakte. Und für Kinder. Sie selbst konnte keine bekommen, also wollte sie meins um jeden Preis … Sie glaubte, dass mein Sohn anders sei als sein Vater. Aber wie sich herausstellte, war er genau wie sein Vater.«

»Was hast du getan, Großmutter?«

»Das, was wir Schmetterlinge am besten können.«

Ich verstand. »Du hast sie manipuliert und gegeneinander ausgespielt.«

»Alles, was es brauchte, waren die richtigen Worte zur richtigen Zeit. Meine Schwester hat bekommen, was sie verdient hat. Ebenso wie der Erbe des Tigerthrons.«

»Das war deine Familie«, erinnerte ich sie fassungslos.

Sie wandte sich von ihrer toten Schwester ab, legte mir einen Arm um die Schulter und führte mich fort.

»Ich habe eine neue Familie, für die ich lebe.« Sie lächelte mich an. »Meine Schmetterlinge. Mädchen wie dich. Wir sind vor allem eins. Unabhängig. Wir brauchen niemanden, der uns vor Stürmen schützt. Wir sind der Sturm.«

»Ich darf zurückkommen?«, hauchte ich und sah Großmutter in die Augen. »Und wieder ein Schmetterling sein?«

»Natürlich. Ist es nicht das, was du immer wolltest, süße Ryanne?«

Sie hatte recht. Ich hatte es mir so sehr gewünscht, dass mir nun bei der Vorstellung schwindelig wurde. Ich wollte nicht länger die kleine Ryanne sein, die in eine Trillerpfeife pusten musste, wenn sie Rettung brauchte. Ich wollte die Macht haben, meine Feinde selbst zu vernichten. Und jetzt hatte ich die Chance dazu. Nie wieder würden Menschen wie Onkel Joe auf mich hinabsehen. Nie wieder würden mich Männer gegen meinen Willen auf ihren Schoß ziehen.

»Was soll ich tun, Großmutter?«

Sie schenkte mir ein zufriedenes Lächeln. »Die Hand ist ohne Führung. Das Gleichgewicht der Clans ist gestört und es ist an der Zeit zuzuschlagen. Dafür brauche ich deine Hilfe.«

»Ja, Großmutter.«

»Vor uns liegt jede Menge Arbeit, aber du musst keine Angst haben. Ich werde dich nicht alleine lassen. Niemals«, versprach sie mit sanfter Stimme. Ihr Klang lud mich dazu ein, ihr bis ans Ende der Welt zu folgen, und sie sprach genau die Worte, nach denen ich mich so sehr sehnte. »Von jetzt an gehören wir zusammen. Wie eine Familie.«

Sie streckte noch einmal die Hand aus, um über meine Wange zu streichen, und dieses Mal ließ ich es geschehen.

Ich sah in ihre blauen Augen voller Wärme. Hatte sie wirklich immer an mich geglaubt? Ihre Augen sagten Ja, aber den Augen eines Schmetterlings konnte man nicht trauen.

Mein Blick wanderte zurück zu dem Körper der Toten. Sie hatte den Tod ihrer Schwester zu verantworten. Ebenso wie den Tod ihres Sohnes ... Jemand, der so etwas tat, war zu allem fähig, oder nicht?

Nein, ich durfte ihr auf keinen Fall vertrauen. Aber das hieß nicht, dass ich sie nicht benutzen durfte, oder? Denn sie hatte etwas, das ich um jeden Preis wollte. Die Macht, mich an Onkel Joe zu rächen.

»Komm, mein Liebling. Lass uns von diesem grauenvollen Ort verschwinden.« Sie streckte mir ihre Hand entgegen.

Ich wusste, dass ich sie ergreifen würde.

Und sie wusste es auch.

54

Kiran Seaborn

Es werde Licht.

Neben meinem Spirit schwebte ich über meinem Körper, an dessen Seite zwei Heiler standen.

»Ich verstehe nicht, warum er nicht aufwacht«, sagte Gaiana. »Seine Wunden sind geschlossen. Er ist wieder geheilt.«

Aber es gab etwas, das kein Heiler der Welt wieder richten konnte. Mein Herz fühlte sich an, als ware es entzweigerissen worden.

Ich sah den Schweinswal an. »Ist es an der Zeit zurückzukehren?«, fragte ich ihn.

Er nickte. Zum ersten Mal schenkte mir seine Anwesenheit Trost und ich war froh, nicht allein zu sein.

»Ein Shinigami«, murmelte ich und starrte auf meine Hände. Ich hatte die Rote Königin aus ihrem Körper gerissen. »Können wir das, was wir mit ihr gemacht haben, auch mit One-Strike machen? Können wir ihren Dämon herausreißen?«

Der Wal leuchtete auf.

»Dann sollten wir das tun. Wir sollten dieses Monster vernichten, bevor es noch mehr Unheil anrichtet.«

Das war die Mission, die mir meine besondere Fähigkeit auferlegte. Die Mission, auf die mich mein Meister geschickt hätte. Ich hatte die Macht, die Welt vor dunklen Geistern zu beschützen, und genau das würde ich tun.

Ich griff nach der Rückenflosse meines Spirits und er brachte mich zurück zu meinem Körper.

Wenn ich aufwachen würde, würde alles anders sein. Meister Konoha und Clea waren tot, aber ich wusste, dass sie nicht verschwunden waren. Sie waren nur an einem anderen Ort. Irgendwann würde ich sie wiedersehen. Irgendwann wären wir wieder vereint.

Aber im Moment wurde ich hier gebraucht.

Endlich hatte ich meinen Platz bei den Phari gefunden. Meine Aufgabe. Das, was sich mein Meister immer für mich gewünscht hatte. Und was ich mir gewünscht hatte.

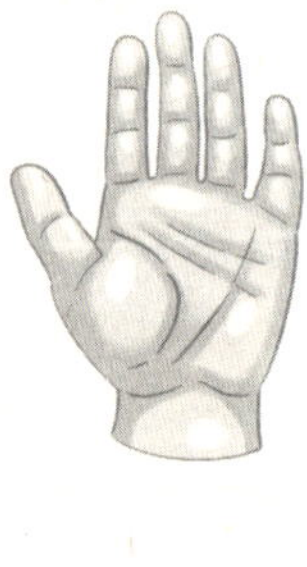

55

Erin Rider

Ich blühe im Schatten.

Wir saßen auf dem Dach unseres Hauses und aßen rosafarbene Reiskuchen.

Mikko, Ryanne und ich.

»*Und ich*«, ergänzte der Distelkönig.

Mikko sah noch etwas blass aus, aber es ging ihm mit jedem Tag besser und das verdankten wir Ryanne, auch wenn ich mich immer noch fragte, wie sie es geschafft hatte, ihn rechtzeitig zu den Ärzten zu bringen.

Als wir uns die Bäuche vollgeschlagen hatten, kuschelte ich mich an Mikko. Gemeinsam sahen wir über unsere Stadt.

Tokito.

Seit ich denken konnte war hier mein Zuhause. Irgendwann würde ich es verlassen. Da war ich mir sicher. Ich legte den Kopf auf Mikkos Schulter.

In diesem Moment zauberte Ryanne eine Tüte aus ihrem Ärmel hervor.

»Guckt mal, was ich dabeihabe«, verkündete sie strahlend »Erdbeeren!«

Dieses Mal waren es nicht nur drei. Nein. Die Tüte war bis oben hin gefüllt mit den roten Früchten. So viele auf einmal hatte ich noch nie in den Händen gehalten.

»Wo hast du die denn her?«, fragte Mikko erstaunt.

»Zur Feier des Tages.« Sie strich über ihren Unterarm, auf dem eine azurblaue Lotusblüte prangte.

»Ich bin mir nicht sicher, ob wir den Tag feiern sollten«, brummte ich. »Mikko und ich sind clanlos. Der Federclan will uns tot sehen ...«

Und ich bin besessen, ergänzte ich in Gedanken.

Doch nichts konnte Ryanne von ihrer guten Laune ablenken. »Ach was. Du hast eine verrückte Sekte aufgehalten. Das werden euch die Phari sicher nie vergessen.«

»Oh. Die Phari werden mich sicher nicht vergessen.« Ryanne kannte den dunklen Teil der Geschichte noch nicht, den, der sich in meinem Schatten verbarg. Ich hatte beschlossen, sie nicht einzuweihen, denn egal wie sehr ich sie liebte, ich wurde das Gefühl nicht los, dass auch sie uns etwas verheimlichte.

Ryanne hatte sich verändert.

»Das hat sie«, bestätigte der Distelkönig. *»Du solltest sie im Auge behalten.«*

In diesem Moment zog mich Mikko an sich. »Ryanne hat recht. Wir drei leben und das ist die Hauptsache.«

»Ganz genau.« Strahlend verteilte Ryanne die Erdbeeren. Das Rascheln hatte ein paar Müll-Mojis angelockt, die auf der Suche nach Futter ihre Kreise um uns zogen. Natürlich konnte Mikko nicht widerstehen, ihnen die Reste unserer Reiskuchen zuzuwerfen, und wenig später war ihr zufriedenes Schmatzen zu hören.

Über uns flog ein Methanwal der untergehenden Sonne entgegen. Diese wunderbaren Giganten. In ihren Augen mussten unsere Probleme so klein aussehen.

Ich biss in eine Erdbeere und ließ das süße Fruchtfleisch in meinem Mund hin und her wandern.

Ryanne hatte recht.

Wir lebten. Und das war die Hauptsache.

»Die Frage ist nur, wie lange noch?«, säuselten die wachsenden Schatten um mich herum.

DIE CLANS

1. Der Lotusclan
Fürstin: »Die Geisha«
Spezialgebiet: Unterhaltung
Krieger: Die Schmetterlinge
Motto: *Sei anmutig und schön!*

2. Der Federclan
Fürst: »Der Rabe«
Spezialgebiet: Informationen und Wissen
Krieger: Die Federassassinen
Motto: *Denk nach, bevor du handelst!*

3. Die weiße Hand
Fürst: »Der Doktor«
Spezialgebiet: Medizin und Heilung
Krieger: keine
Motto: *Gesundheit ist das wichtigste Gut.*

4. Die Amphibien
Fürst: »Die Kröte«
Spezialgebiet: Gifte, Gegengifte und Färbereien
Krieger: Die Giftmischer
Motto: *Zusammen sind wir viele!*

5. Der Affenclan
Fürst: »Der Affenkönig«
Spezialgebiet: Handwerk, (ausufernde Feiern)
Krieger: Barbaren und Raufbolde
Motto: *Wir brauchen kein bescheuertes Motto, nur unsere Fäuste.*

6. Die Streuner
Fürst: »Der Katzenkönig«
Spezialgebiet: Diebstahl und Schmuggel
Krieger: Unorganisierte kleinere Gruppen, die im Untergrund leben
Motto: *Die Unsichtbaren sehen alles.*

7. Die Tiger
Fürst: »Der Tigerkönig«
(auch »Der Verrückte König« genannt)
–ausgelöscht–